源氏物語の歌と人物

池田節子
久富木原玲
小嶋菜温子
編

翰林書房

源氏物語の歌と人物◎目次

はじめに……………………5

第一部　主要人物の物語と歌

光源氏の歌……………………高田祐彦　9
紫の上の和歌――育まれ、そして開かれていく歌――……………………鈴木宏子　26
花散里・朝顔の姫君・六条御息所の物語と和歌……………………高木和子　46
歌から読む帚木三帖――「帚木」「空蟬」「夕顔」と歌の鉱脈――……………………津島知明　68
明石一族の和歌……………………秋澤亙　91
夕霧・雲居雁・落葉の宮と歌――誤配・転送・遅延する場から――……………………橋本ゆかり　110
玉鬘十帖の和歌――玉鬘・螢宮――……………………今井久代　134
近江の君・末摘花の物語と和歌……………………青木賜鶴子　154
女三の宮の「ひぐらし」の歌――刻み付けられた柏木の歌の言葉――……………………井野葉子　172
八の宮と匂宮の和歌……………………針本正行　196
薫と和歌――宇治の中の君との贈答から――……………………久保朝孝　216
「隔てなき」男女の贈答歌――宇治の大君の歌――……………………吉野瑞恵　227

浮舟の和歌――伊勢物語の喚起するもの――……久富木原玲 247

＊

『源氏物語』における歌わない人々――二つの観点から――……陣野英則 265

第二部　地位・役柄からみた作中歌

帝の歌――桐壺帝・朱雀帝・冷泉帝――……室城秀之 287
后妃の歌……室城秀之 299
内侍の歌――朧月夜・源典侍・玉鬘――……高野晴代 314
官人たちの歌――頭中将(一)・紅梅親子の歌を中心に――……池田節子 323

＊

従者の和歌……長谷川範彰 339
女房たちの歌――暴かれる薫――……吉井美弥子 350
男たちの記憶の中の女たちの歌――指食いの女と博士の娘の場合――……鈴木裕子 363

＊

尼・僧侶の歌……松岡智之 382

老人の歌……小嶋菜温子 396
子どもの和歌……青木 慎一 409
*
源氏物語の人物論・表現論を拓く……髙橋 亨 422
『源氏物語』人物別和歌一覧——『物語二百番歌合』『風葉和歌集』収載歌——……馬場 淳子・横溝 博 435
あとがき……池田 節子 457

はじめに

『源氏物語』は日本の古典文学の最高峰であり、かけがえのない文化遺産である。そのことは今や誰しも認めるところといえましょうか。もとより『源氏物語』が唯一無二の古典であるというわけではなく、『枕草子』や『平家物語』あるいは『徒然草』といった連綿とした散文の歴史にくわえて、『万葉集』や『古今集』以下、燦然たる韻文の歴史も忘れてはなりません。ただ、『源氏物語』が孤高の風格を湛えているとしたら、それはひとえにその表現の特異さにあると思われます。けっして分かりやすいとはいえない文体。しかしその難度の高さは、ためにするものではなく、物語の質によってもたらされた必然の結果といえましょう。物語を象るのは、語り手、そして登場人物それぞれの声の交響です。彼・彼女たちは複雑に進行する物語のうねりに身を委ねながら、時には饒舌に、そして時には寡黙に、こうでしかありえない有機的な言葉の迷宮を織りあげていくのです。

そのような『源氏物語』の言葉の世界にあって、散文的な表現はいうまでもなく、韻文的な表現も大いに力を発揮します。『源氏物語』の繊細にして錯雑な迷宮には、いたるところで語りと歌のハーモニーが響いているでしょう。それが和音であれ不協和音であれ、物語の状況に即応した言葉の響きとして、絶妙な効果をあげているはずです。本書では、人物の造型のされかたに、そうした『源氏物語』特有の表現効果を見いだしていきます。登場人物たちの演じるさまざまな人間模様が、歌と語りのハーモニーをとおして、如何に生き生きと描き出されるか。そのことを確かめながら、『源氏物語』という言葉の迷宮の秘密に迫りたいと思います。

本書の各論においては、作中歌・引き歌・歌語といった和歌的な表現の諸相を広く見渡しながら、主要人物をはじめ脇役にいたるまでの人々の物語がどのように形づくられているのかを確かめます。第一部では、主要人物たちの物語における歌の役割について子細な検討を加えます。第二部では、脇役たちも含めた個々の人物を規定する地位や役柄といった枠組みに注目して、歌がその枠組みにおいてどのような役割を果たしえているかを具体的に検証します。個々の人物の問題を超えた横断的な視点に立つことで、第一部でみた人物造型の成り立ちを、さらに立体的にとらえかえすことができると考えます。

『源氏物語』には、王朝の宮廷社会に生きる様々な人々の生活が描き出されます。光源氏や紫上などの主人公とその周辺の人物たちの姿をとおして、わたくしたちは王朝人の多様な生き方を感得するとともに、そこに味わい深い人生哲学をも汲みとることができるでしょう。登場人物たちは虚構の世界のなかで、実に生き生きとした造型を与えられています。だからこそ千年の時を隔ててなお、わたくしたち読者は相応のリアリティを看取しながら、フィクション上の人物たちの心の動きに共鳴したり、あるいは違和感を抱いたりする読書の喜びを享受できるわけです。虚構作品にリアリティをもたらすのは、地の文における場面描写や心理描写の力が大きいことは言うまでもありません。人間関係を紡ぐ手段としての会話や消息（文）も、人物のリアルな心の動きを籠める有効な表現方法となります。そして『源氏物語』のフィクショナルな人物造型に厚みを与えるのに、歌もまた重要な役割を果たしている。そのことが、本書によって明らかになれば幸いです。

『源氏物語』――歌と語りの響きあう、めくるめく言葉の迷宮。そこに息づく、魅力と個性にあふれる人物たちに会いに出かけることにしましょう。

編　者

第一部

主要人物の物語と歌

光源氏の歌

高田祐彦

はじめに

光源氏の歌は、『源氏物語』の全歌数七九五首のうち、二二一首を占める。それだけでも四分の一強の数字であるが、光源氏が登場しない匂兵部卿巻以下を除いて、桐壺巻から幻巻に絞って数え直せば、分母五八九首に対して、実に四割弱の割合となる。むろん、数値が問題なのではない。全体に対する割合が高いということは、それだけ、光源氏の歌、というような特別な区分は通用しにくくなるだろうということである。

光源氏の歌が際立って多いことは、光源氏を中心とする物語世界の構築からみて、いかにも自然なことではある。『源氏物語』の和歌では、光源氏と他の作中人物との間で交わされる贈答が中心であることは否めない。また、贈答歌だけでなく、特別な状況下における光源氏の独詠歌も、作品の重要な側面になっている。ただし、全編満遍なく光源氏の歌が現れるわけではない。元服までを語る桐壺巻を除けば、たとえば、須磨巻や幻巻のように、悲哀の情の噴出によって歌が集中している所もあれば、藤袴巻や夕霧巻のように、源氏の歌が一首も詠まれない巻もある。個々の巻に即して、源氏の歌がどのように現れるかを精査することは、重要な課題である。しかし、それはもちろん本稿のよくするところではない。同様に、質量ともに豊かな源氏の歌は、一編の文章では概観することすら不可能であろう。おのずと本稿も対象を絞り込み、光源氏の和歌のある一面に光を当てるところから、いかなる展望が開けるか、という試みになる。

一

賢木巻で藤壺に迫って拒絶された源氏は、雲林院に籠る。そこで、次のような紫の上との贈答が交わされる。この贈答歌から光源氏の歌について考えてゆくことにしたい。

例ならぬ日数も、おぼつかなくのみ思さるれば、御文ばかりぞしげう聞こえたまふめる。

行き離れぬべしやと試みはべる道なれど、つれづれも慰めがたう、心細さまさりてなむ。聞きさしたることとありて、やすらひはべるほどを、いかに。

など、陸奥国紙にうちとけ書きたまへるさへぞめでたき。

浅茅生の露のやどりに君をおきて四方の嵐ぞ静心なき

などこまやかなるに、女君もうち泣きたまひぬ。御返り、白き色紙に、

風吹けばまづぞみだるる色かはる浅茅が露にかかるささがに

とのみあり。

（賢木②一一七～一一八頁）

源氏は、二条院に一人取り残してきた紫の上を気がかりに思い、たびたび手紙を送る。その中の一通ということになるが、こういう場合、数多くの手紙の中の一通を、具体的に書き記したもの、と考える必要はないだろう。この手紙の文面などは、いわば、いくつもある手紙の内容を最大公約数的に記したもの、という趣であり、源氏から紫の上に送られた手紙は、どれもこれも同じような文面を持っているはずで、この一通にだけ、こうした内容が記されていたわけではあるまい。「しげう聞こえたまふめる」と「めり」を用いているように、たくさんあったらしいと記すなかで、おおよそこのような内容の文面であった、ということが伝わればよいのである。

しかし、もちろん和歌はその一つ一つが独立した存在である。もちろん、和歌にしても、「記憶に自信がなく、だいたいこのような類の歌」という語り手の弁明まじりに紹介される場合もあるが、ここではひと組の贈答歌がその個別の形とともに記録されていると見るべきことは、いうまでもない。

この贈答歌をめぐる状況や歌の表現の検討に入る前に、この源氏の歌を一条天皇が辞世の歌としてふまえた、というよく知られている事実との関係を考えてみたい。[*1]

一条天皇の辞世の歌を『御堂関白記』から引用すれば、次のとおりである。

此夜御悩甚重興居給、中宮御〻依几帳下給、被仰、つゆのみのくさのやとりにきみをおきてちりをいてぬることをこそおもへ、とおほせられて臥給後、不覚御座、奉見人々流泣如雨

（『御堂関白記』寛弘八（一〇一一）年六月二十一日条。大日本古記録本）

「露の身の草の宿りに君をおきて塵を出でぬることをこそ思へ」というこの歌は、それを載せる諸書によって微

妙な異同がある。並べてみれば、以下のとおりである

①露の身の風の宿りに君を置きて塵を出でぬることぞ悲しき[*2]　（『権記』）
②露の身の仮の宿りに君をおきて家を出でぬることぞかなしき　（『栄花物語』「いはかげ」）
③秋風の露の宿りに君をおきてちりを出でぬることぞかなしき　（『新古今集』哀傷・七七九）[*3]
④露の身の風の宿りに君をおきて遠く出でぬることをしぞ思ふ　（『古事談』第三・僧行）

天皇の臨終に立ち会った道長と行成によってさえも、わずかに歌詞が異なっている。文献としての信頼度からいえば、『御堂関白記』のこの条は自筆本であるから、写本である『権記』や成立の遅れる他の文献よりも一応信頼度は高い。しかし、『御堂関白記』に「おほせられて臥したまひて後、不覚におはします」と言う状況から見て、天皇が息も絶え絶えに最後の力をふりしぼってこの歌を詠み上げたとするならば、必ずしもそのような差をつけることはできない。異同を越えてほぼ動かないところは、二句から四句にかけての「宿りに君をおきて塵を出でぬる」あたりであり、初句も「露の身の」が有力であろうか。[*4]

この一条天皇の歌が先の源氏の歌をふまえていることは、まちがいないだろう。もっとも、「ふまえている」という言い方は、この場合必ずしも正確ではあるまい。なぜなら、もし息も絶え絶えというような状況であったとするなら、天皇に源氏の歌を「ふまえる」というような意識があったとは思われないからである。むしろ、最期の時にあたって、天皇の『源氏物語』の記憶が、天皇をして光源氏と同様の歌を詠ませた、という方が的確であろう。いわば、それほどに源氏の歌が天皇の記憶にしっかりと住みついていたということになるのだが、それはいったい

なぜなのであろうか。

一条の歌と源氏の歌とではもちろん詠まれた状況が異なる。一条の歌は辞世の歌であり、源氏の歌は一時的に住まいを離れたときの歌に過ぎない。しかし、ここで源氏は雲林院の宗教的な雰囲気に接して、かねて彼の心に胚胎していた出家への思いを呼び覚まされていたところでもあった。

律師のいと尊き声にて、「念仏衆生摂取不捨」と、うちのべて行ひたまへるがいとうらやましければ、なぞやと思しなるに、まづ姫君の心にかかりて、思ひ出でられたまふぞ、いとわろき心なるや。（一一七頁）

こうした仏道世界にひかれる心がどこまで本気であったかと疑うこともできるが、そのような源氏を確実に現世に繋ぎ止める存在として、あらためて紫の上の存在が顧みられてくるのであった。おそらく、一条天皇にとっては、源氏と紫の上に関わるこの場面が、ある危機的な状況として記憶されていたのではあるまいか。

この場面の一般的な読み方としては、それほどの危機感などは見ないところであろう。藤壺に拒絶されて、いわば拗ねたようにして寺に籠もった源氏であるから、宗教的な雰囲気に惹かれたといっても一時的なものに過ぎない、と読むのが普通であろう。ここで紫の上と歌を詠み交わし、また、このあと朝顔の姫君とも歌を詠み交わして、普段の生活に戻ってくる、あくまでそのような一齣として描かれているように思われる。しかしながら、一条の辞世歌から逆照射してみた場合、事態はそれほど簡単なものでもないようである。そこに何らかの危機的な状況を読み取る可能性なども含めて、この場面における歌のやりとりの孕む問題について、さらに追求してみたい。

二

この贈答歌の表現に即して検討を進めよう。

源氏の歌の「浅茅生」からは荒れ果てた邸というイメージが喚起されるが、もちろん紫の上を残してきた二条院そのものが荒れ果てているわけではない。「浅茅生の露」は、消えやすい、あるいは風に吹き飛ばされやすいものとして、無常のイメージを負っている。雲林院という仏道の空間に身を置く今の源氏にはふさわしい捉え方である。と同時に、そのような「宿り」に紫の上を残してきた、との上の句は、当然源氏たちを取り巻いている厳しい世の情勢の反映ともなっている。「四方の嵐」は、直接には、今、光源氏がやってきている雲林院の地に吹く風であろうが、これまた源氏たちを包んでいる厳しい世の中そのものであろう。

この源氏の歌の表現からは、桐壺巻の、いわゆる野分の段との関連を見てとることができる。[*5] すなわち、「浅茅生」という語は、桐壺更衣の母北の方と桐壺帝の次のような和歌に詠まれていた。

いとどしく虫の音しげき浅茅生に露おきそふる雲の上人（北の方）（①三二頁）

雲の上も涙にくるる秋の月いかですむらむ浅茅生の宿（桐壺帝）（三六頁）

「浅茅生」という語は、『源氏物語』の中でこの三例に限られる。いずれも二条院をさすのである。また、北の方は、幼い光源氏の身の上を心配して、

あらき風ふせぎしかげの枯れしより小萩が上ぞ静心なき（三四頁）

と詠んだ。幼い光源氏が、これまで更衣によって防がれていた「あらき風」にさらされる恐れのある弱い立場であ

ることと、一人残された紫の上が「四方の嵐」にさらされる弱々しい存在であることとが相似形をなしている。「風」も「嵐」もその中心は、弘徽殿女御であることも等しく、「静心なし」という語も共通である。光源氏と紫の上の関係という点でいえば、幼く庇護されるべき存在であった源氏が、今度は紫の上を守るべき存在になっているのである。

では、いったいなぜこの雲林院の場面が、桐壺巻との表現上の類似を見せるのであろうか。桐壺巻では、桐壺更衣の実家は、母北の方が更衣を喪った深い悲しみに沈む場として描かれていた。雲林院の場面では、誰も亡くなっていない。しかし、一条天皇はこの場面から辞世の歌を詠んだ。雲林院の場面では、もちろん現実に光源氏の死が予想されるわけでもない。源氏自身の心情に即してみれば、源氏の出家の可能性がにじみ出ている、という程度にとどまるのであるが、何かしらそこには、「死」や「別離」の靄のようなものが立ちこめている。

桐壺巻との関連、そして「死」の印象ということから、ここで「長恨歌」を参照してみることにしよう。桐壺巻の野分の段に、日本における「長恨歌」受容、とりわけ和歌世界でのそれが深く関わっていることはよく知られている。[*6]道命阿闍梨の、

ふるさとは浅茅が原と荒れはてて夜すがら虫の音をのみぞなく　（『道命阿闍梨集』）

や、源道済の、

思ひかね別れし野辺を来てみれば浅茅が原に秋風ぞ吹く　（『道済集』）

などのごとく、楊貴妃終焉の地を「浅茅が原」として、そこに秋風が吹く、というように、玄宗がやって来る季節をことさら秋に設定するのは、日本における「長恨歌」受容の特徴であった。野分の段は、そうした「長恨歌」受容の枠組みと一致する。

この桐壺巻の野分の段と「長恨歌」との関係を考えてみるとき、雲林院の場面にも、死や別離の印象が一段と濃厚にまつわりついているように感じられる。光源氏が雲林院の雰囲気に惹かれて出家しそうである、という可能性だけではなく、もっと形にならないものとして、二人が死や別離の空気に不気味に包まれているのである。それを、須磨への伏線と見ることもできるが、須磨への下向による二人の別離は、あくまで具体的に招来される現実の一部なのであって、この場面をそこへ向けての伏線と限定して読むことは、読みを痩せたものにしてしまうだろう。この場面が漂わせる空気は、もっと不定型な広がりを持ったものと理解したい。

翻って、ここで、紫の上の返歌も検討しておこう。

源氏の歌を受けて紫の上は、風による浅茅の色変わりを詠む。たとえば、

思ふよりいかにせよとか秋風になびく浅茅の色ことになる　（『古今集』恋四・七二五・よみ人知らず）

などの歌に見られるような類型的な発想によりながら、源氏の雲林院参籠を他の女性への心移りととりなしたもので、いかにも贈答歌らしい仕立てになっている。「ささがに」は、

わが背子が来べき宵なりささがにのくものふるまひかねてしるしも　（『古今集』墨滅歌・一一一〇）

によりながら、「ささがに」を直接蜘蛛の意味として、自分をはかない露にかかる蜘蛛に見立てた表現である。そのように詠まれた「ささがに」のはかなさには、同時代の、

くもでさへかき絶えにけるささがにの命を今は何にかけまし　（『後拾遺集』恋三・七六九・馬内侍）

などの類例がある。

もっとも、贈答歌らしい仕立てとはいうものの、「女君もうち泣きたまひぬ」とあるように、手紙の文面からは源氏が出家しかねないだけに、紫の上の嘆きはけっしてことばの上だけのものではなく、真率な響きを帯びている。

三

この贈答歌の表現として、あらためて注目したいのは、「風」である。

前述したように、この「風」には「長恨歌」受容との関わりと、作品内の関連として桐壺巻との関係を見ることができるが、「風」は賢木巻の中でも重要な景物であると考えられる。

はじめに、野宮の場面をとりあげよう。

はるけき野辺を分け入りたまふより、いとものあはれなり。秋の花みなおとろへつつ、浅茅が原もかれがれなる虫の音に、松風すごく吹きあはせて、そのこととも聞きわかれぬほどに、物の音ども絶え絶え聞こえたる、いと艶なり。（②八五頁）

光源氏を迎える野宮には、虫の音に松風の音が調和するなか、琴の音が響いてくる。そして、二人の別れ際にも、

風いと冷ややかに吹きて、松虫の鳴きからしたる声も、折知り顔なるを、（八九頁）

と、やはり風が点描される。宵と明け方に意識的に風を配置した晩秋の風情に、二人の別離が美しくかたどられてゆく。

なお、この野宮の別れの場面にも「長恨歌」との関係を見出しうること、先行研究[*7]も指摘するとおりであろう。したがって、野宮の場面が雲林院の場面と桐壺巻の野分の段とを媒介するものと捉えた場合、「死」から「別離」へ、そして別離の潜在的な可能性へと、「長恨歌」引用が次第に影を潜めながら変奏されてゆく過程を見てとることができるが、「風」は「長恨歌」受容の側面を離れても次のような連関を示す。

季節は冬を迎え、桐壺院が崩御する。四十九日が来て、藤壺もほかの夫人たち同様、実家に移る。

宮は、三条宮に渡りたまふ。御迎へに兵部卿宮参りたまへり。雪うち散り風はげしうて、院の内やうやう人目離れゆきてしめやかなるに、大将殿こなたに参りたまひて、古き御物語聞こえたまふ。（九九頁）

桐壺院崩御の悲しみと来るべき冬の時代を象徴するような、吹雪である。同様の風景は、一年後、藤壺の出家の折に再現する。*8

風はげしう吹きふぶきて、御簾の内の匂ひ、いともの深き黒方にしみて、名香の煙もほのかなり。大将の御匂ひさへ薫りあひ、めでたく、極楽思ひやらるる夜のさまなり。（一三二頁）

激しい吹雪は、藤壺と光源氏をとりまく情勢の厳しさながらであり、吹き荒れる風の中、しめやかな香りに包まれて二人は対座する。

この藤壺の出家に先立って、朧月夜から源氏に文がある。右大臣勢力を憚って、源氏は朧月夜にも手紙を出さなくなって久しくなっていた。

大将、頭弁の誦じつることを思ふに、御心の鬼に、世の中わづらはしうおぼえたまひて、尚侍の君にもおとづれきこえたまはで久しうなりにけり。初時雨いつしかとけしきだつに、いかが思しけん、かれより、

木枯の吹くにつけつつ待ちし間におぼつかなさのころもへにけり

と聞こえたまへり。（一二七頁）

木枯の風を手紙を運ぶものとした表現で、久しく待ち続けた朧月夜の寂しさをよく言い表している。季節は冬か晩秋か確定しきれない。

以上のように、賢木巻の風は秋と冬に限られ、人と人との別れや距離を表す場面に偏っている。この中に、問題

の贈答歌を置いてみれば、そこには、一時的とはいえ、離ればなれになった源氏と紫の上との距離が浮上してくる。さらに注目されるのは、源氏と紫の上との贈答歌の後に、源氏と朝顔の姫君との贈答歌が置かれていることだが、そこにも「風」が関わっていた。

吹きかふ風も近きほどにて、斎院にも聞こえたまひけり。（一一九頁）

前年の桐壺院の崩御によって、おそらくはこの年に斎院となった朝顔の姫君が、雲林院に近い斎院に入っているのは、本来二年目に入るだけに不自然であるが、そのような無理を冒してでも、ここでは紫の上との贈答のあとに朝顔との贈答を組み合わせようとしたのだと考えられる。[*9]

ここに用いられた「吹きかふ」という語は、ほとんど例を見ない語である。「かふ」であるから、互いに風が吹き通っているというほどの意味だと考えられる。そこには、源氏と朝顔との長い交流を背景として、朝顔が斎院という禁域に遠く隔たった存在になりながらも、手紙のやりとりが可能となるような特別な関係を読み取ってよいのであろう。雲林院に吹く風は、紫野の斎院にも吹き通うことで、二人の間に文のやりとりを可能にさせる。それは、源氏と紫の上との贈答においてもほぼ同様であった。

この源氏と朝顔の姫君との贈答歌について、少し詳しく考えたいのであるが、風の問題から離れることになるので、それは節を改めることにして、風に関して、もう一点勘案すべき要素をおさえておくことにする。

それは、源氏が籠った場所である雲林院との関係である。雲林院の親王と呼ばれた常康親王に次の歌がある。

吹きまよふ野風を寒み秋萩のうつりもゆくか人の心の（『古今集』恋五・七八一）

「題知らず」であるから、どのような状況で詠まれた歌であるか不明である。この歌の特徴は、野風が寒いので秋萩が色移ろってゆく、という因果関係にあるだろう。風に草木が色移ろうというのは、ごく普通の表現であるが、

この歌では秋風の寒さが強調されている。「寒し」という語を用いなくても、たとえば、同じ『古今集』の、

秋風にあふたのみこそかなしけれわが身むなしくなりぬと思へば　（恋五・八二二・小野小町）

などは、秋風の冷たさを実感させる恋の歌であるが、この歌は「野風を寒み」と寒さを前面に出したことによって、心変わりの悲哀を感じる詠み手に風の寒さが身にしみる趣を出している。

前述のように、この歌が雲林院で詠まれた確証はないが、「野風」という語は雲林院という郊外にふさわしいものであろう。源氏が雲林院へ出かけるところでも、「秋の野も見たまひがてら」とあった。

さらにこの歌は恋歌ではあるものの、どこか恋歌を越えて、人の心の頼みがたさ一般への広がりを表現じたいが持っているようなところがある。常康親王の持つ不遇のイメージを重ね合わせれば、いよいよそのように見えてくる。そこから、源氏と紫の上を取り巻く世の中の厳しい状況とも符合してくるのである。直接の引歌であるとか構想の原拠であるとかいうような関係ではないとしても、「風」が表現の軸をになう、この雲林院の場面に、強い結びつきを有する歌であるにちがいない。[*10]

四

先に検討を中断した、源氏と朝顔の姫君との贈答歌の問題に移ろう。前後を含めて引用する。

吹きかふ風も近きほどにて、斎院にも聞こえたまひけり。中将の君に、「かく旅の空になむもの思ひにあくがれにけるを、思し知るにもあらじかし」など恨みたまひて、御前には、

「かけまくはかしこけれどもそのかみの秋思ほゆる木綿襷かな

昔を今にと思ひたまふるもかひなく、とり返されむもののやうに」と、馴れ馴れしげに、唐の浅緑の紙に、榊に木綿つけなど、神々しうしなして参らせたまふ。御返り、中将、「紛るることなくて、来し方のことを思ひたまへ出づるつれづれのままには、思ひやりきこえさすること多くはべれど、かひなくのみなむ」と、すこし心とどめて多かり。御前のは、木綿の片はしに、

「そのかみやいかがはありし木綿襷心にかけてしのぶらんゆゑ

近き世に」とぞある。御手こまやかにはあらねど、らうらうじう、草などをかしうなりにけり。まして朝顔もねびまさりたまへらむかしと、思ひやるもただならず、恐ろしや。（②一一九〜一二〇頁）

源氏と紫の上、源氏と朝顔の姫君、この二組の贈答では、いずれも源氏が二人の手紙の字に目をとめ、それに感心するところが共通している。紫の上の文を見て、源氏は、

「御手はいとをかしうのみなりまさるものかな」と独りごちて、うつくしとほほ笑みたまふ。常に書きかはしたまへば、わが御手にいとよく似て、いますこしなまめかしう女しきところ書き添へたまへり。（一一八頁）

と受け止めていた。また、朝顔の文に対しても、「御手こまやかにはあらねど」以下に述べられているとおりである。紫の上に対して「をかしうのみなりまさる」と感じ、朝顔の姫君に対しても「をかしうなりにけり」と、いずれの場合も、その字の上達に目をとめている。紫の上は、源氏が二条院に連れてきてから六年、その教育の成果というべきであろうが、そうした紫の上の成長と歩調を合わせるように、朝顔の上達にふれられているのである。しかし、源氏が朝顔の字に久しぶりに接したのかといえば、そんなことはなく、朝顔が斎院になったという記述の箇所で、「中将におとづれたまふことも同じことにて、御文などは絶えざるべし」（一〇四頁）とあった。したがって、ここでは、二人の歌に詠まれている「そのかみ」との関係で、朝顔の字の上達に目をとめていることになる。

ここで源氏が「そのかみの秋思ほゆる」と思わせぶりに詠みかけている「そのかみ」とは、帚木巻で紀伊守邸の女房たちが、源氏の「式部卿宮の姫君に朝顔奉りし歌」を話題に上せていた、その一件である。すなわち、源氏が朝顔の姫君の「朝顔」を見た一件であるが、それは桐壺帝時代の幸福な思い出として、今、源氏には限りなく懐かしいのであろう。右大臣一派の専制に加えて、朝顔の姫君が斎院という手の届かない存在になってしまったことで、その思い出がかけがえのないものとしてふり返られる。歌に添えた「昔を今に」は、

いにしへのしづのをだまきくりかへし昔を今になすよしもがな（『伊勢物語』三十二段）

であり、「とり返されむもの」は、出典未詳の、

とりかへすものにもがなや世の中をありしながらのわが身と思はむ

である。「馴れ馴れしげに」というのは、朝顔を見たという経験を、あたかも情交があり、思いを交わし合っていたかのような詠みぶりにしたからである。斎院にいるだけに、榊に木綿をつけたりもしているが、そのような神域らしさを装いながら、実現されなかったことまで含めて、過去を哀惜しているのである。

ここで、榊を用いたことは、その前年の六条御息所との野宮の別れをなぞるかのようであり、事実、この引用の直後に「あはれ、このころぞかし、野宮のあはれなりしことと思し出でて」という行文が続く。源氏自身の意識においても、六条御息所との別れとこの朝顔の姫君との和歌贈答がつながるように、二つの出来事は、そこにひじょうに強い悔恨の情が貫いているという点で共通する。神域におけるやりとりとして、いずれも源氏にとっては危険なふるまいでありながら、取り戻し得ない過去をふり返るという点で、深いつながりを持つのである。また、ここでは、女房である中将が主人朝顔の姫君と源氏との結縁を願っていた心情にもふれていて、その点も六条御息所の女房たちの姿を彷彿とさせる。

源氏と朝顔の姫君が歌を詠み交わすことじたいは、物語世界を大きく動かすには至らない。むしろこの場面は、物語の中心的な展開からは外れた、一つの挿話といってもよいものであろう。そうであるからこそ、そこには歌のことばによって、過去を支えとしながらつながる人間関係が構成されることになる。逆に言えば、このような状況下では、歌が引歌をも呼び込みながら、過去とのつながりを構成することによって、はじめて場面が構えられるのだともいえよう。

五

あらためて、雲林院場面の二組の贈答歌への視角をまとめてみよう。

前節最後のように、源氏と朝顔の姫君との贈答の意味合いをまとめることができるのであれば、これはずいぶん須磨巻の状況と似ていることに気づく。むろん、雲林院からは源氏は容易に都の生活に戻れるのであるが、都を離れたこの数日は、実際に経過した日数以上の時間を内蔵しているようである。たとえば、源氏との贈答における紫の上の悲しみについては前述したが、帰宅した源氏が紫の上に感じる愛着は、次のように語られている。

女君は、日ごろのほどに、ねびまさりたまへる心地して、いといたうしづまりたまひて、世の中いかがあらむと思へる気色の、心苦しうあはれにおぼえたまへば、あいなき心のさまざま乱るやしるからむ、「色かはる」とありしもらうたうおぼえて、常よりことに語らひきこえたまふ。（②一二一頁）

不在の間に紫の上の成長を感じるという点では、源氏が葵の上の四十九日から戻ったときと同工異曲ともいえるが、今回ははなはだ日数が少ない。数日間という水平方向の時間よりも、垂直方向への時間の深まりを実現させているがゆえであろうと思われる。先に、この場面を須磨への伏線と限定して捉えるべきではないと述べたが、一種の前須磨的状況とでも呼べそうな内実を有していることは疑いない。源氏による自発的な都からの脱出という点において、それが都の磁力の圏内とはいえ、いままでにない状況を作り出しているからである。

このような状況において、二組の贈答歌は、それぞれの人間関係は異なるとしても、現実の状況とは直接の相互関係を持たない次元における、ことばによってのみ示される人間関係を構成するものとなる。和歌の贈答による場面の構築が、物語の状況をさまざまな形で越えてゆく側面を見せるのである。歌そのものが現実に作用して力を持つのではなく、贈答歌による場面を構えることそれじたいが、物語の状況を食い破るものたりえている。雲林院における光源氏は、都から一時的に逃避してきた存在に過ぎないが、そのように物語を動かす主体たりえないところにおいてこそ、和歌による人間関係が明らかになる。物語は、そのような和歌の力を生かして場面を構成する、という、虚構の作品ならではの方法をとったのである。

このように見てみると、おそらく物語のさまざまな状況や場面の中に、その反映のようにしてはめ込まれたと見られる和歌が、けっしてそれほど単純な存在ではないということに気づかされる事例が多々あるであろうとの予想に導かれる。本稿は、そのような問題提起としての、ささやかな事例を示してみた。

注

＊1　岡一男『増訂　源氏物語の基礎的研究』（東京堂出版、一九六六）一三三頁、寺本直彦『源氏物語受容史論考続編』（風間書房、一九八四）一一八頁など参照。早く『河海抄』が、源氏の歌に対して一条天皇の歌を引くが、『河海抄』の注釈姿勢からは、一条天皇の歌を源氏の歌の典拠と見ているのかどうか不明。現在では、『紫式部日

記』に見える一条天皇が『源氏物語』を読んだ経験と、『源氏物語』の成立についてのおおよその見通しから、天皇が源氏の歌をふまえたものとする。

＊2　『権記』の表記は、「露之身乃風宿爾君乎置天塵を出ぬる事曾悲支」（史料大成本）である。

＊3　『河海抄』は、『新古今集』を詞書とともに引用しているが、初句を「あさぢふの」として、光源氏の歌と等しい。『新古今集』の詞書には、「例ならぬこと重くなりて、御ぐしおろしたまひける日、上東門院、中宮と申しける時、つかはしける」とある。

＊4　久保田淳『新古今和歌集全評訳』が、本稿でも掲出した文献を当然列挙した上で、「字句は多分改められているであろう」とするのも、平安朝の文献を有力と見ての判断だと思われる。

＊5　高田『源氏物語の文学史』「歌ことばの表現構造」（東京大学出版会、二〇〇三）

＊6　上野英二『源氏物語序説』「平安朝における物語―長恨歌から源氏物語へ」（平凡社、一九九五）。近時、土方洋一「『源氏物語』のことばと和歌のことば」（『文学』二〇〇六・九・一〇月号）にも、この問題を扱いながら新たな展開を示した論述が見られる。

＊7　＊6に同じ。

＊8　清水好子『源氏物語の文体と方法』「場面表現の伝統と展開」（東京大学出版会、一九八〇）

＊9　高田「作中人物連関の方法―紫の上と女君たち」（『国文学解釈と鑑賞別冊　人物造型からみた『源氏物語』』（一九九八）

＊10　根本智治「光源氏の雲林院籠り」（『中古文学』第四四号　一九九〇・一）は、この常康親王の歌を含め、源氏の雲林院籠りに関する諸問題を包括的に扱う、有益な論である。

※　『源氏物語』の引用は新編日本古典文学全集本により、巻名、巻数、頁数を記す。

紫の上の和歌――育まれ、そして開かれていく歌――

鈴木宏子

一　光源氏への返歌から贈歌へ、そして他者に開かれる歌へ

紫の上が詠んだ歌は、『源氏物語』中に二十三首見られる。二十三という数は、光源氏と深く関わった他の女君たち、たとえば明石の君の二十二首、藤壺宮の十二首、六条御息所の十一首、朧月夜の九首、女三の宮の七首、花散里の六首などと比べると最も多いのだが、紫の上と光源氏が共に過ごした昼と夜の数を思うと、意外に少ないとも感じられる。紫の上の詠みぶりについては、「類型的な恋歌の発想に寄り添う」「無難な穏当さ」といった評がなされているが、[*1]基本的に首肯されるように思う。光源氏の女君たちの中では、明石の君がすぐれた歌人と目されており、[*2]六条御息所の「袖ぬるるこひぢとかつは知りながら下り立つ田子のみづからぞうき」は物語中第一の名歌として誉れ高い。[*3]また出家前の藤壺宮の歌には、歌の結晶度を損ねかねないほどの、彼女固有の心の葛藤が形象化されているように思われる。[*4]紫の上の歌には、そうした水際立った手腕や個性は認めにくい。型に則った素直な歌、

あるいは場の要請に即した中庸を得た歌、それが紫の上の歌の特徴であると思われる。

　無論こうしたことは紫の上の歌人としての力量云々の問題ではなく、物語における彼女の位置づけと関わっている。光源氏と暮らした日々の堆積の中で、紫の上には、自らの全存在を賭けて男の魂をひき寄せるような歌――明石の君や六条御息所の歌のような――を詠む必要がなかったのであろう。[*5] そのような歌を詠むまでもなく、多少の曲折はあるにしても、あどけない少女時代から臨終の時に至るまで、光源氏の心は紫の上の傍らにあった。本稿のテーマは「紫の上の和歌」であるが、少し視点をずらして「紫の上をめぐる和歌」について考えてみるとき興味深いのは、紫の上の最初の歌以前と最後の歌以後に、彼女を恋い求める光源氏の歌が大量に存在していることである。若紫巻の求婚歌群と、御法巻末から幻巻にかけての哀傷歌群がそれである。この現象は、光源氏が紫の上に寄せる思いの深さをはっきりと示している。紫の上という作中人物は、光源氏の歌に包み込まれるようにして存在しているのである。

　紫の上の歌を詠まれた順に列挙すると、次のとおりである。

1かこつべきゆゑを知らねばおぼつかないかなる草のゆかりなるらん　（若紫①二五九頁）
2千尋ともいかでか知らむさだめなく満ち干る潮ののどけからぬに　（葵②二八頁）
3風吹けばまづぞみだるる色かはる浅茅が露にかかるささがに　（賢木②一一八頁）
4別れても影だにとまるものならば鏡を見てもなぐさめてまし　（須磨②一七三頁）
5惜しからぬ命にかへて目の前の別れをしばしとどめてしかな　（須磨②一八六頁）
6浦人のしほくむ袖にくらべみよ波路へだつる夜の衣を　（須磨②一九二頁）
7浦風やいかに吹くらむ思ひやる袖うちぬらし波間なきころ　（明石②二二四頁）

8うらなくも思ひけるかな契りしを松より波は越えじものぞと　（明石②二六〇頁）
9思ふどちなびく方にはあらずともわれぞ煙にさきだちなまし　（澪標②二九三頁）
10ひとりゐて嘆きしよりは海人のすむかたをかくてぞ見るべかりける　（絵合②三七八頁）
11舟とむるをちかた人のなくはこそ明日かへりこむ夫と待ちみめ　（薄雲②四三九頁）
12こほりとぢ石間の水はゆきなやみそらすむ月のかげぞながるる　（朝顔②四九四頁）
13風に散る紅葉はかろし春のいろを岩ねの松にかけてこそ見め　（少女③八二頁）
14くもりなき池の鏡によろづ世をすむべきかげぞしるく見えける　（初音③一四五頁）
15花ぞののこてふをさへや下草に秋まつむしはうとく見るらむ　（胡蝶③一七二頁）
16目に近く移ればかはる世の中を行く末とほくたのみけるかな　（若菜上④六五頁）
17背く世のうしろめたくはさりがたきほだしをしひてかけな離れそ　（若菜上④七六頁）
18身にちかく秋や来ぬらん見るままに青葉の山もうつろひにけり　（若菜上④八九頁）
19住の江の松に夜ぶかくおく霜は神のかけたる木綿鬘かも　（若菜下④一七三頁）
20消えとまるほどやは経べきたまさかに蓮の露のかかるばかりを　（若菜下④二四五頁）
21惜しからぬこの身ながらもかぎりとて薪尽きなんことの悲しさ　（御法④四九七頁）
22絶えぬべきみのりながらぞ頼まるる世々にと結ぶ中の契りを　（御法④四九九頁）
23おくと見るほどぞはかなきともすれば風にみだるる萩のうは露　（御法④五〇五頁）

これらの歌を『新編日本古典文学全集⑥』所収の「源氏物語作中和歌一覧」（鈴木日出男氏編）の認定に従って、贈答歌、独詠歌、唱和歌に分類してみたのが表Ⅰである。贈答歌については相手を示し、特に光源氏と交わした歌は贈歌と返歌に分けて掲出した。

この表からまず読み取れるのは、紫の上の歌が光源氏との贈答歌から始まり、しばらくは二者間に閉じられているものの、13の秋好中宮との贈答歌(少女巻)あたりを転機として、彼以外の人々にも開かれていくことである。六条院に移り住んで以後の紫の上は、春の町の女主人として、他の女君や外部の朱雀院とも関わりを持つといえようか。光源氏との贈答歌は二十三首のうち十四首を占めている。特に1から12までは源氏との贈答歌が連続しているが、初めの五首はいずれも返歌であり、6以降は紫の上からの贈歌が主となることが、一見して特徴的である。

表I　紫の上の和歌

	贈答歌						独詠歌	唱和歌
	光源氏(答)	光源氏(贈)	秋好中宮	朱雀院	明石君	花散里		
若紫	1							
葵	2							
賢木	3							
須磨	4 5	6						
明石	8	7						
澪標		9						
絵合		10						
薄雲		11						
朝顔		12						
少女			13					
初音	14							
胡蝶			15					
若菜上				17			16 18	
若菜下		20						19※
御法					21	22		23※

※19＝明石姫君・中務と　23＝光源氏・明石姫君と

表II　明石の君の和歌

	贈答歌						独詠歌	唱和歌
	光源氏(答)	光源氏(贈)	明石尼君	乳母	明石姫君	紫の上		
明石	1							
	2							
	3							
		4						
	5							
		6						
澪標	7							
	8							
	9							
松風								10※
			11					
			12					
	13							
薄雲				14				
		15						
		16						
初音					17			
							18	
野分							19	
若菜上								20※
御法						21		
幻	22							

※10＝明石入道・明石尼君と　20＝明石尼君・明石姫君と

第一部、第二部の変化という観点から見ると、第一部は十五首、第二部は八首と歌数がほぼ半減している。そして、第一部の歌が光源氏との贈答歌主体であるのに対して、第二部の歌は贈答歌、独詠歌、唱和歌と多様であり、しかも光源氏以外の人と交わす歌が増えるという傾向が見られる。

ただし、光源氏への返歌から始まって、女側からの贈歌が交じるようになり、やがて光源氏以外の相手に対しても開かれていくといった傾向自体は、紫の上同様若くして光源氏と出会い六条院の女君として人生を歩んだ明石の君の場合も、おおよそのところは共通している（後述するとおり内実は異なる）。表IIのとおりである。こうした傾向は、直ちに紫の上固有の特徴であるというよりも、『源氏物語』における男女関係の描き方や、第一部から第二部への物語の構造の変化とも連動しているのであろう。そして、このことと関わって瞠目すべきなのは、光源氏自身の歌が第一部には百八十四首あったのに対して、第二部では三十八首（しかも十九首は幻巻である）と激減することであろう。第二部の光源氏は、人々が詠み交わす歌の中心の座から滑り落ちているのである。

以上のような大枠が確認できたところで、紫の上の歌の特徴をより鮮明にすることをめざして、個々の歌について検討してみよう。その際小稿では特に贈答歌、独詠歌、唱和歌の別に着目しながら考察を進めることにする。

二　光源氏との贈答歌（一）――男君に与えられたことば――

紫の上の歌は、光源氏に対する返歌から始まる。物語内で最初に詠む歌が光源氏への返歌であることは、前述した明石の君をはじめ、藤壺宮、朝顔姫君、空蟬、末摘花などの女君にも共通するが、[*6]その中で紫の上を特徴づけるのは、彼女の歌の歴史自体が光源氏に育まれながら始まっていることであろう。周知のとおり、光源氏と出会った当初の紫の上は「難波津をだにはかばかしうつづけはべらざめれば」（若紫①二二九頁）と評される幼さであった。豊かな将来性を感じさせはするものの女君としては未完成な状態。それが紫の上の最初の姿である。物語絵と雛遊びの世界の住人であった少女は、光源氏の感情教育によって、男女の歌の世界へと導かれていく。[*7]紫の上は、光源氏に教えられた歌のことばによって、ほかならぬ光源氏から贈られた歌に返歌をする。紫の上は二重の意味で、光源氏からことばを与えられているのである。

具体例として1の歌を見てみよう。

君は二三日内裏にも参りたまはで、この人をなつけ語らひきこえたまふ。やがて本にと思すにや、手習、絵などさまざまにかきつつ見せたてまつりたまふ。いみじうをかしげにかき集めたまへり。「武蔵野といへばかこたれぬ」と紫の紙に書いたまへる、墨つきのいとことなるを取りて見ゐたまへり。すこし小さくて、

ねは見ねどあはれとぞ思ふ武蔵野の露わけわぶる草のゆかりを

とあり。「いで君も書いたまへ」とあれば、「まだようは書かず」とて、見上げたまへるが何心なくうつくしげなれば、うちほほ笑みて、「よからねど、むげに書かぬこそわろけれ。教へきこえむかし」とのたまへば、うちそばみて書いたまふ手つき、筆とりたまへるさまの幼げなるも、らうたうのみおぼゆれば、心ながらあやしと思す。「書きそこなひつ」と恥ぢて隠したまふを、せめて見たまへば、

1かこつべきゆゑを知らねばおぼつかないかなる草のゆかりなるらん

と、いと若けれど、生ひ先見えてふくよかに書いたまへり。（若紫①二五八〜二五九頁）

紫の上を二条院に引き取ったのち、光源氏は少女のために絵や歌まなび用の歌をかいてやり、一緒に遊び導きながら心を通わせていく。さまざまに書かれた歌の中には「武蔵野といへばかこたれぬ」という古歌があり、光源氏自身の「ねは見ねど…」という恋歌も交じっていた。これらの歌には光源氏の秘かな意志、すなわち藤壺宮「ゆかり」の若草のような少女をやがては我が物にしようという思いがこめられているが、もちろん紫の上には知る由もない。光源氏に促されて詠んだ幼い返歌*8は、「かこつ」「草のゆかり」という贈歌のことばをルールどおり正しく踏まえてはいるものの、光源氏の真意をはかりかねており、「おぼつかな」という戸惑いの気持ちを素直に表わすものであった。光源氏の態度には、少女を教え育む保護者の側面と、彼女を性愛の対象として見る男君の側面が綯い交ぜになっている。おのずから紫の上のふるまいも、光源氏に教えられた歌に学びながら、学びとった歌のことば

によって彼の求愛に対応する――この場面では十分には対応しきれていないが――という二重性を帯びるのである。

とはいえ、光源氏の感情教育は、彼の思惑どおりに進捗するのでもなかった。紫の上の少女時代は、やがて衝撃的な新枕によって終止符を打たれるが、光源氏の後朝の歌、

あやなくも隔てけるかな夜を重ねさすがに馴れし夜の衣を　（葵②七一頁）

に対して紫の上は返歌を拒む。そして「などてかう心憂かりける御心をうらなく頼もしきものに思ひきこえけむ」と、信頼しきって心を寄せてきた日々を悔やむのであった。新枕ののち物語は、光源氏の愛情がいっそう深まっていくことを語るが、紫の上がこの経験をどのように馴致していったかについては言葉少なである。しかし、雲林院参籠に際して詠まれた3の歌ではみずからを「浅茅が露にかかるささがに」にたとえて光源氏一人を頼るべき人としており、須磨出立の折の離別歌（4、5）には光源氏との別れを嘆く真情があふれている。こうした歌から、二人の関係が保護者と少女という域を脱して、一対の男女として再構築されていく様を窺うことができよう。

さて、前掲の表では紫の上の6、7の歌を光源氏への贈歌に分類したが、これらは須磨の光源氏と文を交わす中で詠まれた歌で、本来あったはずの光源氏からの贈歌が省略されていると見ることもできる。[*9] 光源氏への返歌として捉え直してみたとき、特に注目されるのが6である。

6浦人のしほくむ袖にくらべみよ波路へだつる夜の衣を　（須磨②一九二頁）

6は光源氏のために縫った「御宿直物」に添えた歌であるが、不思議なことに光源氏の後朝の歌「あやなくも隔てけるかな…」（前掲）とも似通っている。すなわち源氏の「隔てけるかな」を「波路へだつる」と受け、また「夜の衣を」という第五句も共通しているのである。川島絹江氏はこのことに着目して、6は光源氏の歌と「巻を隔て、時を隔て」て対応しており「大きな意味での贈答歌」を形成していると指摘した。[*10] また三田村雅子氏も両者の間に

はるかな呼応を見て取り、「結婚から三年たって、不遇の日々の中に、ようやく対等に心と心で結びつく関係が打ち立てられる」と意味づけている。[*11] 稿者もまた、出会いから七年、兄妹のように睦み合う日々が過ぎ、須磨と都に生き別れる経験を経て、光源氏と紫の上の関係はようやく成熟の時を迎えたと考えたい。拒絶されたままであった後朝の贈答歌の完成は、そうしたことを物語っていよう。

三　光源氏との贈答歌（二）——いざなわれる贈歌——

光源氏帰京後の9から12はいずれも、紫の上から光源氏への贈歌である。ちなみに9は光源氏から明石姫君の存在を打ち明けられた折の歌（澪標巻）、10は須磨、明石で描いた絵日記を見せられての感慨（絵合巻）、11は明石の君のもとに出掛けようとする光源氏に詠みかけた歌（薄雲巻）、12は冬夜に光源氏の過往の女性関係を聞かされたのちの歌（朝顔巻）である。このうち12はやや異質であるが、[*12] その他の三首には、紫の上からの贈歌でありながら、実は光源氏の言葉やふるまいによって誘い出されているような趣がある。

具体例として9の歌を取り上げたい。

9思ふどちなびく方にはあらずともわれぞ煙にさきだちなまし　（澪標②二九三頁）

少し長くなるが、この歌が詠まれるまでの二人のやりとりをたどってみよう。紫の上の嫉妬がはっきりと語られる場面である。明石姫君の誕生後、光源氏は自らの言葉で紫の上に事実を伝えることにした。話を聞いた紫の上は、姫君の誕生よりもまず「憎みたまふなよ」という光源氏の注意に「面うち赤みて」、「もの憎みはいつならふべきにか」と怨み言を言う。光源氏は笑い、あなたが私の心を邪推しがちなのは悲しいことだなどと言って、ついには涙ぐむ。そのような光源氏の言動に接した紫の上は「年ごろ飽かず恋しと思ひきこえたまひし御心の中ども、をりをりの御文の通ひなど思し出づるには、よろづのことすさびにこそあれと思ひ消たれたまふ」（澪標②二九二頁）と、気持ちを取り直した。紫の上の生来の善良さや、須磨流離の日々を通して培われた絆に寄せる信頼のほどが窺われよう。紫の上の心の動きをどこまで忖度してのことなのか、光源氏は話を続けて、明石の君に心惹かれたのも鄙びた土地柄ゆえなのだと紫の上に花を持たせるが、さらに「あはれなりし夕の煙、言ひしことなど、まほならねどその夜の容貌ほの見し、琴の音のなまめきたりしも、すべて御心とまれるさまに」語ってしまう。紫の上は「我はまたなくこそ悲しと思ひ嘆きしか、すさびにても心を分けたまひけむよ」（澪標②二九二頁）と穏やかならざる気持ちになり、ため息をついて9の歌を詠んだ。この歌は光源氏の問わず語りの中に出てきた「あはれなりし夕の煙」すなわち、光源氏と明石の君が別れに際して交わした、

　このたびは立ちわかるとも藻塩やく煙は同じかたになびかむ（光源氏）

　かきつめて海人のたく藻の思ひにもいまはかひなきうらみだにせじ（明石の君）

（明石②二六五頁）

という贈答歌を踏まえたものである。光源氏の「同じかたになびく煙」は明石の君との和合の象徴であるが、この煙を受けて紫の上は、みずからを荼毘に付す煙がひとりぼっちであらぬ方に立ち上る様を歌い、抗議の気持ちを示した。しゃべりすぎた光源氏はあわてて「誰により世をうみやまに行きめぐり絶えぬ涙にうきしづむ身ぞ」と紫の上の機嫌を取り結びながら、「もの怨じしたまへる」紫の上もまた魅力的であると思うのだった。

　見てきたとおり、9は形の上では紫の上からの贈歌であるが、光源氏の長い語り、特にその中に出てきた歌のことばに触発されて詠まれるという、受け身的、返歌的な性格を持っている。そして、適度な嫉妬の気持ちを示すことによって、光源氏をひきつけるものであった。この歌に比べると、明石の君のもとに出掛けようとする光源氏に

中将君を介して詠みかけた、

11舟とむるをちかた人のなくはこそ明日かへりこむ夫と待ちみめ

（薄雲②四三九頁）

は、行為としても歌の内容面でもかなり積極的なものであるように思われる。しかし11もまた、折から光源氏が口ずさんでいた「催馬楽・桜人」の趣向に寄り添っており、光源氏に水を向けられて、彼の期待どおりの好ましい嫉妬を示した歌であると見られよう。光源氏に対する紫の上の贈歌は、光源氏の言葉やふるまいにいざなわれて、彼の内なる期待に添うかたちで詠まれるという特徴を持っている。紫の上がことさらに光源氏の意を汲んでいるというよりも、二人の関係はそのようなものとして出来上がっているのである。

もう一つ注意しておきたいのは、光源氏と紫の上の贈答歌がしばしば長い会話――語るのは主に光源氏で紫の上は聞き役に徹することが多いが――に続く一連の流れの中で詠まれていることである。長々とたどってきた9歌の場合も、明石の君との経緯を語る光源氏の言葉や、まずは「よろづのことすさびにこそあれ」と納得しようとし、やがて「すさびにても心を分けたまひけむよ」と憤りを感じるにいたる紫の上の感情の揺らぎなど、夫婦間の心の機微があますところなく描かれ、その中に和歌が織り込まれていた。物語歌全般についても言えることだが、とりわけ光源氏と紫の上の贈答歌は、こうした散文部分とともに読み味わうべきものであろう。二人の関係は、贈答歌もさることながら、日常的なさりげない会話の中にこそ表われているように思われるのである。

四　返歌がなされる独詠歌

第二部になると、紫の上の身に、女三の宮の降嫁という予想外の出来事がふりかかる。紫の上の立場は根底から揺さ振られ、彼女は光源氏によって作られたみずからの人生を内省することを余儀なくされた。そのような中で、紫の上は独詠歌を詠む。16、18の歌である。この二首には二つの共通性が見られる。一つは手習を媒介として半ば無意識的に詠まれた歌であること、もう一つはどちらの歌も光源氏の目に触れて返歌がなされることである。いずれも紫の上の和歌を考える上で重要なポイントになるように思われる。

具体例として、引用されることの多い場面であるが、18の前後を見てみよう。

対には、かく出で立ちなどしたまふものから、我より上の人やはあるべき、身のほどなるものはかなきさまを、見えおきたてまつりたるばかりこそあらめなど思ひつづけられて、うちながめたまふ。手習などするにも、おのづから、古言も、もの思はしき筋のみ書かるるを、さらばわが身には思ふことありけりとみづからぞ思し知らるる。…〔中略〕…うちとけたりつる御手習を、硯の下にさし入れたまへれど、見つけたまひてひき返し見たまふ。手などの、いとわざとも上手と見えで、らうらうじくうつくしげに書きたまへり。

18身にちかく秋や来ぬらん見るままに青葉の山もうつろひにけり

とある所に、目とどめたまひて、

水鳥の青羽は色もかはらぬを萩のしたこそけしきことなれ

など書き添へつつすさびたまふ。ことに触れて、心苦しき御気色の、下にはおのづから漏りつつ見ゆるを事なく消ちたまへるも、ありがたくあはれに思さる。（若菜上④八八〜八九頁）

紫の上は女三の宮を表敬訪問したが、内心には「我より上の人やはあるべき…」という矜持があった。鬱屈した感情のまま手習にむかうと、無意識のうちに書かれるのは「もの思はしき筋」の歌ばかりである。そうした歌によって紫の上は「さらばわが身には思ふことありけり」という認識に至る。無邪気な少女時代には光源氏に導かれて行なわれた手習であったが、成熟した女君となった紫の上は歌とともに生きて、[*13]古歌の言葉を通して自らの心の真実を探り当てている。そこに光源氏がやってくる。紫の上はとっさに手習を硯の下に隠すが、光源氏は目ざとく見つけて、18の傍らに「水鳥の…」という歌をしたためた。ちなみに18の歌は、「秋」に「飽き」を掛けるという類型的なパターンを踏まえて、秋になって青葉の山がみるみる色褪せてゆくように、我が身の上にも秋が訪れて夫の愛情も移ろってしまったと詠じたもの。[*14]光源氏は「あおば」を色褪せることのない水鳥の青羽に変えて、私の愛情は不変なのに「萩の下葉」であるあなたの内心こそ変わってしまったのだと、和歌の約束事どおりに切り返している。

さてここで、贈答歌と独詠歌の分類基準について確認しておかねばならないだろう。18は、紫の上の意識に即していえば、他者に見せる意図などない、明らかな独詠歌であった。しかし光源氏が返歌をしたことによって、贈答歌の体裁が成り立っている。このような例をどう捉えたらよいのか。前述のとおり小稿の分類は鈴木日出男氏作成の「源氏物語作中和歌一覧」によっているが、その分類基準は次のとおりであった（傍線は稿者）。

①贈答＝二者のみによって詠み交わされる場合であり、ここでは贈答・唱和を区別せず、すべて贈答関係とした。ただし、二者間に詠み交す意識がまったくないのに偶然にも通じあうような場合は独詠の範疇に含めた。

②唱和＝三者以上によって詠み交される場合であり、おのずと同一場面における集団的な唱和であることがほとんどである。

③独詠＝心遣りの独吟や手習歌のように、他者への通達の意図がまったくない場合である。

一読して明快な分類であるが、具体例に即して考えてみると、傍線部に述べられる「詠者の意識・意図」をどのように汲み取るべきか、判断が分かれる場合も生じてくる。贈答歌と独詠歌の線引は存外難しいのである。この問題については鈴木氏の見解にも揺れがあるようで「…ある人物が相手と詠みあうことを意識せずに口ずさんだ歌や手慰みに書いた歌に対して、他者が応じて結果的に一対の贈答歌をなす場合。今日のわれわれからすれば、人物の詠作への意識のありかたが和歌表現を決定的に左右するもののようにもみえるが、だからといって一方を独詠に他方を唱和に区分しなければならないかどうか。しかしこれも、表現の次元からみると、さほど径庭のない、贈答歌の一種とみるべきであろう。当時の和歌が、集団と個人を繋ぐ独自な表現性に規制されているからである。その点からも、実際の対人意識による分類は必ずしも決定的ではないとみられる」というように、詠者の意識に重きを置くべきでないとする発言も見られる。[*15] 結局のところ、オールマイティの分類法などというものはなく、多くの人に理解しやすい一定の基準によって分けてみた上で、そこから生じてくる矛盾や揺れを、個別の例に寄り添いつつ見ていくのが生産的な方法なのではないか。そして整然とした分類に収まりきらない例にこそ、大切な問題が潜んでいるのだと思われる。

18の歌にもどろう。この歌は本来、古歌を媒介とする自問自答として詠まれたものでありながら、光源氏の目に触れて返歌がなされるという特徴を持っていた。紫の上の「独詠歌」は光源氏の手で贈答歌に変えられるのである。では他の女君の場合はどうであったか。光源氏の主要な女君の中で独詠歌を詠むのは六条御息所、藤壺宮、明石の君である。まず六条御息所は、登場して最初に詠んだ歌が独詠歌であった。

影をのみみたらし川のつれなきに身のうきほどぞいとど知らるる　（葵②二四頁）

葵祭の日、葵の上一行に正体を見破られて隅に押しやられてしまった六条御息所の前を、晴れやかに美しい光源氏が素通りしていく。御息所は屈辱をかみしめながらも、光源氏の姿を目で追わずにはいられない。そのような中で詠まれたのがこの歌であった。[*16] 藤壺宮は、宮中の花の宴で、光源氏の花のような舞姿を見つめて独詠歌を詠んだ。

おほかたに花の姿を見ましかば露も心のおかれましやは
（花宴①三五五頁）

宮の心の奥底に秘められた、光源氏に魅了されて止まない思いが、独詠歌という器によってかろうじて表現されたものと見られよう。直後の「御心の中なりけむこと、いかで漏りにけん」という、誰も知るはずのない秘密が語り伝えられるという物語そのものの孕む矛盾を敢えて顕在化させる草子地が、この歌の重大さを読み手に気づかせる仕組みになっている。明石の君の独詠歌には次のようなものがある。[*17]

おほかたに荻の葉すぐる風の音もうき身一つにしむ心地して
（野分③二七七頁）

野分の翌日、見舞いに訪れた光源氏が早々に立ち去ったのを見送って、口ずさまれた歌である。「おほかたに荻の葉すぐる風」とは通り一遍の挨拶をして去った光源氏のことである。これらの独詠歌はいずれも、光源氏をこの上なく愛しながらも、決して満たされることのない自身の運命を厳しく認識して詠まれたものであり、もちろん光源氏の知るところとはならなかった。

このような、光源氏を遠くに見つめながら歌う純然たる独詠歌は、紫の上には存在しない。紫の上の傍らにはつねに光源氏の気配がある。そして彼女の歌は、ことごとく光源氏によって掌握されているのである。独詠歌に返歌がなされること——それは、光源氏に育まれて彼のもとで生涯を送った紫の上の幸せの証でもあり、同時に、光源氏によって人となって心の隈々まで知り尽くされている彼女特有の不幸の徴でもあろう。これ以降、紫の上は独詠歌を詠まない。彼女の孤独、彼女の自己認識は、歌のかたちに昇華されることなく、息づまるような散文によって追求されていく。そうした過程は紫の上の心身を蝕むものであった。

対には、例のおはしまさぬ夜は、宵居したまひて、人々に物語など読ませて聞きたまふ。かく、世のたとひに言ひ集めたる昔語どもにも、あだなる男、色好み、二心ある人にかかづらひたる女、かやうなることを言ひ集めたるにも、つひによる方ありてこそあめれ、あやしく浮きても過ぐしつるありさまかな、げに、のたまひつるやうに、人よりことなる宿世もありける身ながら、人の忍びがたく飽かぬことにするもの思ひ離れぬ身にてややみなむとすらん、あぢきなくもあるかな、など思ひつづけて、夜更けて大殿籠りぬる暁方より、御胸をなやみたまふ。（若菜下④二一二頁）

五　開かれていく歌

病を得たのちの紫の上の歌は、それ以前とは異なる趣を備えているように思われる。たとえば20は、極楽浄土を思わせる蓮の池を共に見やりながら詠み交わした、光源氏との最後の贈答歌である。

池はいと涼しげにて、蓮の花の咲きわたれるに、葉はいと青やかにて、露きらきらと玉のやうに見えわたるを、「かれ見たまへ。おのれ独りも涼しげなるかな」とのたまふに、起き上がりて見出だしたまへるもいとめづらしければ、「かくて見たてまつるこそ夢の心地すれ。いみじく、わが身さへ限りとおぼゆるをりをりのありしはや」と涙を浮けてのたまへば、みづからもあはれに思して、

20消えとまるほどやは経べきたまさかに蓮の露のかかるばかりを

とのたまふ。

契りおかむこの世ならでも蓮葉に玉ゐる露の心へだつな（若菜下④二四五頁）

紫の上は自らの健康がもはや回復しないことを自覚しており、彼女の言動には死の翳が兆している。そのような紫の上には、小康を得たことを喜ぶ光源氏の姿は痛々しく、またしみじみといとおしく思われる。ひさしぶりに光源

氏に詠みかけた歌は、私の命は蓮の露のようにはかないものなのですよと、さりげなく光源氏を諭すものであった。紫の上は、この世のさまざまなものを死にゆく者の眼で見つめている。そうした彼女の歌には、男女の愛憎を超えた、人間への共感が認められるように思う。しかし対する光源氏は、あくまでも紫の上を自分に傍に繋ぎ止めようとしており、この世の別れが避けられないものならば、来世においても同じ蓮の上に生まれるよう約束しておきましょうと返歌をした。

御法巻の法華経供養の日、紫の上は人生の中で出会ってきたすべての人々に「あはれ」という愛惜の眼差しをむけている。

年ごろかかる物のをりごとに、参り集ひ遊びたまふ人々の御容貌ありさまの、おのがじし才ども、琴笛の音をも、今日や見聞きたまふべきとぢめなるらむ、とのみ思さるれば、さしも目とまるまじき人の顔どもも、あはれに見えわたされたまふ。 （御法④四九八頁）

紫の上は光源氏をめぐって長年競いあってきた明石の君、花散里にも歌を詠みかけている（21、22）。人生の終わりの時が近づくにつれて、彼女の歌は光源氏以外の人々へと開かれていくのである。前述したとおり、第二部にいたって光源氏以外の相手とも歌を詠み交わす傾向は、明石の君にも認められるものであり、物語における光源氏の求心力が失われていくこととも結びついているのだと思われる。しかし「光源氏以外の相手」が、明石の君の場合は血の縁で結ばれた母や娘であるのに対して、紫の上の場合は光源氏を介してたまさかに人生を触れ合わせることになった人々であるという事実は、紫の上の孤独と、それゆえにこそ生じた人間存在全体への愛惜の思いとを、二つながら鮮やかに示している。こうした歌のあり方から、紫の上の最晩年の境地の一端を見て取ることが許されよう。

紫の上の終焉の場面になぜ明石姫君が立ち合っているのか、そして、紫の上の辞世の歌が光源氏との贈答歌ではなく明石姫君をも含めた唱和歌であるのはどうしてなのか。このことは『源氏物語』の読者が一度は抱く疑問であると思われるが、紫の上の歌の歴史をたどってみると、極めて当然な終着点であった。御法巻の紫の上に、たとえば最初のヒロイン桐壺更衣のような、命のかぎりを燃焼させる贈答歌を期待するのは無理であろう。紫の上は男女の愛執から離れて、光源氏はもちろんのこと、自身の手で育んだ明石姫君をはじめ生きる中で出会った多くの人々を「あはれ」と見つめながら生を閉じるのであった。

注

＊1　今井久代氏「紫の上物語の主題と構造」「「隔て心なき」仲のかたち」（『源氏物語構造論―作中人物の動態をめぐって―』風間書房、二〇〇一）。

＊2　藤井貞和氏「明石の君　うたの挫折」（『源氏物語入門』講談社学術文庫、一九九六）。

＊3　『細流抄』に「物語中第一の歌」という評があることは、よく知られている。

＊4　藤壺宮の歌については鈴木宏子「葛藤する歌―藤壺の独詠歌について―」（『源氏研究』九号　二〇〇四・四）「藤壺の流儀―「袖ぬるる露のゆかりと思ふにも」―」（『日本文学』二〇〇四・十二）「光源氏の渇愛―藤壺との贈答歌について―」（『国語と国文学』二〇〇六・三）において考察した。

＊5　たとえば須磨流離は大きな試練ではあるが、光源氏と紫の上の関係を根本から揺るがすものとは言えず、むしろ二人の絆を強固にするものであったと思われる。秋山虔氏の「これからさきどうなるか予測のつかぬふたりの関係についてけっして思い悩むことはない」「疑うべからざる自明の愛情によって結ばれるもの同士がひき裂かれることに対して綿々となげけばよいのである」（「紫上の初期について」『源氏物語の世界』東京大学出版会、一九六四）

という言葉が想起される。

＊6　女からの贈歌によって関係が開始する夕顔などの方が特異であろう。

＊7　その道程については今井久代氏「紫の上と和歌―少女が女になるまで―」（注＊1書所収）に詳しい。

＊8　この場面は「書いたまへ」「ようは書かず」「書きそこなひつ」「…ふくよかに書いたまへり」などの語句の連続が示すとおり、筆を執って「書く」行為に焦点があり、詠歌の内容についての直接的な言及はない。しかし筆跡についての評言は、歌の内容の評価とも分かちがたく結びつくものと思われる。

＊9　川島絹江氏「紫の上の和歌―『源氏物語』の和歌の機能―」（『日本古典文学の諸相』勉誠社、一九九七）、宗雪修三氏「若菜巻の歌について（二）―紫上―光源氏の贈答歌を中心に」（『源氏物語歌織物』世界思想社、二〇〇二）、高木和子氏『女から詠む歌―源氏物語の贈答歌』（青簡舎、二〇〇八）一四〇頁。

＊10　川島氏注＊9論文。

＊11　佐佐木幸綱氏、復本一郎氏編『名歌名句辞典』（三省堂、二〇〇四）。

＊12　朝顔巻の12「こほりとぢ石間の水はゆきなやみそらすむ月のかげぞながるる」は、紫の上の歌の中でも議論の集中している歌である。近年の研究をまとめたものとして「源氏物語の和歌を読む―諸説整理を兼ねて」（小嶋菜温子氏、加藤睦氏編『源氏物語と和歌を学ぶ人のために』世界思想社、二〇〇七／当該歌の筆者は長谷川範彰氏）がある。その後も贄裕子氏「朝顔の巻の〈女歌〉」（『中古文学』二〇〇八・六）や牧野裕子氏の口頭発表「『源氏物語』朝顔巻の回想場面―場面取りによる『長恨歌』の内在―」（平成十九年度中古文学会秋季大会　二〇〇七・十）などの研究が重ねられている。

＊13　三角洋一氏「歌まなびと歌物語」（『王朝物語の展開』若草書房、二〇〇〇）は貴族女性の歌まなびを跡づけて「一七、八歳からは成人であり、歌とともに生きるという段階になる」とする。

＊14　歌ことば〈あき〉が愛を失った女の自己認識のことばとして定着していることは、鈴木宏子「〈あき〉〈あかず〉考―万葉から古今へ―」（『古今和歌集表現論』笠間書院、二〇〇〇）において述べた。

＊15　鈴木日出男氏「『源氏物語』の和歌」（『古代和歌史論』東京大学出版会、一九九〇）。この論文では紫の上の18と光源氏の「水鳥の」は贈答歌とみなされている。

＊16　御息所にはもう一首「そのかみを今日はかけじと忍ぶれど心のうちにものぞかなしき」（賢木②九三頁）という独詠歌もある。

＊17　もう一首「めづらしや花のねぐらに木づたひて谷のふる巣をとへる鶯」（初音③一五〇頁）がある。これなども、光源氏に見られることを意図したと見ることもできる、独詠歌と贈答歌のはざまに位置する歌である。ただし光源氏の返歌は語られない。

※　引用は新編日本古典文学全集による。○内の数字は巻数、漢数字は頁数を表わす。

〔付記〕本稿脱稿後、紫の上の手習歌について論じた土方洋一氏「古言としての自己表現」（小嶋菜温子氏、渡部泰明氏編『源氏物語と和歌』青簡舎、二〇〇八）に接した。

花散里・朝顔の姫君・六条御息所の物語と和歌

高木和子

花散里・朝顔の姫君・六条御息所の物語と和歌を論じるにあたり、そもそも作中人物ごとに和歌を論じるという方法が成り立つのかどうか、まず吟味する必要がある。確かに、『源氏物語』に描かれる和歌は、原則的には、それぞれの作中人物の創作歌という建前である。しかし所詮、作中人物は史上の実在人物ではなく虚構の人物である以上、それらの詠作は、物語の作者の作である。つまり、作中人物ごとに作歌傾向を見出せるとすれば、物語作者が意識的に描き分けたか、あるいは読者である我々の期待に充分に応じ得るものを自ずからに本文が含んでいる、ということになろうか。

なるほど、たとえば末摘花の歌には「唐衣」の語が頻用され（末摘花①二九九頁、玉鬘③一三七頁、行幸③三一五頁）、光源氏にも揶揄されるほどである（行幸③三一五頁）。一作中人物に固有の特徴的な表現が与えられた典型例であろう。あるいはまた、近江の君が、脈絡のない多くの歌枕を用いた和歌を詠むところなどにも（常夏③二四九頁）、作中人物の個性がその作歌傾向を通じて暗示される方法が認められる。その一方で、作中人物がむしろ没個性的に、場面の要請に従って描かれる場合もある。たとえば、須磨巻、須磨の地から光源氏が遣わした和歌に対する都の女たちの返歌（須磨②一九二頁）などは、必ずしもそれぞれの女君ごとに描き分けられているとは言い難い。[*1]

とはいえ、時には没個性的であるにせよ、だからといって、和歌が作中の詠み手の人物像と無関係だとするのもいささか早計であろう。いかなる視点から作中和歌を分析するかによっても、見出せる傾向は大きく異なるはずだからである。従来、作中和歌の研究は和歌に使用される語彙に注目され、引歌や類想歌の検討から取り組まれることが多かった。そこで、本稿では主に、贈答歌の表現とやりとりの呼吸に注目し、近接して叙述される他の女君との相対的な関係を視野に入れた分析を試みたいと思う。

一　花散里の和歌

花散里が初めて登場するのは、『源氏物語』中で最も短い部類に属する花散里巻である。この巻には、光源氏と中川の女、光源氏と麗景殿女御、という二組の贈答歌が叙述されるが、花散里については光源氏との対面の場面が描かれるだけで、両者の交わした贈答歌は描かれてはいない。麗景殿女御・花散里姉妹の非自立性[*2]が指摘されるところである。

明らかに花散里の和歌と判断できる最初の和歌は、須磨巻、光源氏の須磨下向直前の別れの訪問の場面にある。花散里巻と同様、麗景殿女御との対面ののち、「西面は……」と花散里との対面に話題が移される。

例の、月の入りはつるほど、よそへられて、あはれなり。女君の濃き御衣に映りて、げに濡るる顔なれば、

A月影のやどれる袖はせばくともとめても見ばやあかぬ光を

いみじと思いたるが心苦しければ、かつは慰めきこえたまふ。

「行きめぐりつひにすむべき月影のしばし曇らむ空なながめそ
思へばはかなしや。ただ、知らぬ涙のみこそ心をくらすものなれ」などのたまひて、明けぐれのほどに出でたまひぬ。
（②一七五―六頁）

光源氏を「月影」に喩え、その「光」の恩寵を失う不安を訴える女君の贈歌と、再会を約して励ます光源氏の返歌である。光源氏との別れを惜しむにとどまらず、その庇護なくしては立ち行かない花散里の窮状が滲んでいる。須磨の地の光源氏に宛てた和歌も同様である。

花散里も、悲しと思しけるままに書き集めたまへる御心ごころ見たまふは、をかしきも目馴れぬ心地して、いづれもうち見つつ慰めたまへど、もの思ひのもよほしぐさなめり。

B荒れまさる軒のしのぶをながめつつしげくも露のかかる袖かな
（須磨②一九六頁）

Aの「月影の」の歌同様、「袖」の語を詠み込み、悲しみの涙にくれていると訴える。ここでは須磨の光源氏からの文を見ているとあるが、光源氏の手紙の文面や、贈られたはずの和歌は叙述されていない。一見したところ女からの贈歌の形で描出され、光源氏の返歌すらも叙述されない。「御心ごころ見たまふ」とあるから、麗景殿女御・花散里姉妹が二人で見ているのだろう。とすれば、この和歌の作者が、麗景殿女御なのか、妹の花散里なのかは、判別が難しい。そもそも「花散里」という呼称は、邸ないしは、そこに住む姉妹の総称であって、当初から妹だけを単独で名指す呼称ではなかったからである。

振り返れば、花散里巻での光源氏の贈歌「橘の香をなつかしみほととぎす花散る里をたづねてぞとふ」（②一五六頁）に対する麗景殿女御の返歌は、「人目なく荒れたる宿は橘の花こそ軒のつまとなりけれ」（②一五七頁）とあったから、「荒れたる宿」「軒」などの語は、このBの歌と一続きの連想にある。もとより、同一の作中人物の和歌であるから、連想性の強い表現を繰り返し用いるとは一概には言えず、異なる作中人物間にも和歌の表現が照応する場合はあり得るだろう。とはいえ、表現上からすれば、Ｂ「荒れまさる」の歌の詠み手が麗景殿女御である可能性は排除できない。少なくとも、麗景殿女御・花散里姉妹のいずれとも決定し難く、あるいは二人の合作と考えても差し支えない。[*3]初期の花散里姉妹の造型の未分化は、和歌の表現の上でも指摘できることになる。

さらに問題なのは、Ｂの和歌が、もともとは花散里側からの贈歌でなかった可能性が高いのに、光源氏の和歌が描かれない点である。光源氏の手紙を見ている姉妹の様子が描写されるからには、一見女からの贈歌に見える花散里の歌は、実のところ光源氏への返歌かもしれないからである。ただし、これに先行して叙述されている光源氏と女君たちの贈答――藤壺・朧月夜・紫の上・六条御息所――[*4]はいずれも、「須磨の浦」「しほたる」「海人」などといった海辺の風景に関する語彙を光源氏との間に共有していたのに対し、花散里の和歌は、須磨の地の光源氏の情況とは無縁な表現となっている。Ｂの歌は、花散里か麗景殿女御か、いずれの歌であるにせよ、光源氏への返歌としてではなく、自ら詠みかける形で叙述されることで、花散里巻の麗景殿女御の歌も含めてＡ・Ｂの歌が一定の連想下の表現を抱えることが可能になる。それは、光源氏の贈歌に応じる形では実現できない表現方法だと考えられよう。

実は、花散里と光源氏との贈答歌は、常に女の側から詠みかける形をとる。通常、花散里の和歌と認定される和歌全六首Ａ「月影の」（須磨②一七五頁）、Ｂ「荒れまさる」（須磨②一九六頁）、Ｃ「水鶏だに」（澪標②二九八頁）、Ｄ「その駒も」（螢③二〇九頁）、Ｅ「結びおく」（御法④四九九頁）、Ｆ「夏衣」（幻④五三七頁）のうち、光源氏との贈答歌はＥ以外の五首で、その全てが光源氏に対する贈歌なのである。これらのうち光源氏の会話や働きかけに応じたものはＢのみで、全体に女君自ら働きかけた様相が濃い。そこに花散里の意外な積極性を見出し、内面の情熱を読み取る向きもあるほどである。しかし、女から男へと和歌を詠みかけるのは異例で、関係に対する危機感の表れ[*5]、といった女君の個性や内面に因果づける理解だけでは充分ではない[*6]。

澪標巻、須磨から帰京した光源氏は、五月雨の頃、花散里を訪れ、やはり麗景殿女御に挨拶したのち、「西の妻戸には夜更かして」(②二九七頁)、妹の女君のもとに立ち寄った。

水鶏のいと近う鳴きたるを、

C水鶏だにおどろかさずはいかにして荒れたる宿に月を入れまし

といとなつかしう言ひ消ちたまへるぞ、とりどりに捨てがたき世かな、かかるこそなかなか身も苦しけれ、と思す。

「おしなべてたたく水鶏におどろかばうはの空なる月もこそ入れうしろめたう」とは、なほ言に聞こえたまへど、あだあだしき筋など疑はしき御心ばへにはあらず。

(澪標②二九八頁)

花散里の歌Cは、Aと同じく光源氏を「月」に喩え、Bの歌の「荒れたる宿」を引き受けた歌である。光源氏は「とりどりに捨てがたき世」と、さして深い愛着ではないにせよ、捨てるに捨てがたい関係と感じている。花散里が「水鶏」の景に託して、自らが声をかけねばどうやって「月」を入れようか、と暗に光源氏の間遠な訪問を怨む。すると光源氏は、あえて他の男の存在を懸念して見せて、自らの執着を訴える素振りを見せる。後続の叙述には、「心やすき殿造りしては、かやうの人集へても……」(②二九九頁)と五節の君などを含めた二条院構想も語られており、花散里は光源氏の関わる、その他大勢の女君の典型として位置づけられる。そうした光源氏の女君たちの中での相対的な位置づけの軽さのために、花散里から和歌を詠む、という贈答の形式が繰り返されるのではなかろうか[*7]。

螢巻、六条院の馬場の競射の折、花散里の功労に報いるべく泊まった光源氏は、もはや夫婦の仲を確かめることもない。ここでも花散里から、F「その駒もすさめぬ草と名にたてる汀のあやめ今日やひきつる」(螢③二〇九頁)とやはり競射の折にふさわしい「駒」にちなんだ歌を詠みかけ、今日の光源氏の温情に感謝を示し、光源氏は「にほどりに影をならぶる若駒はいつかあやめにひきわかるべき」と、常に変わらぬ心を訴える返歌をする。

もっぱら花散里から歌を詠みかけるのは、花散里の光源氏に対する危機感や執着心の表れ、というだけでは充分ではない。花散里は、光源氏に多くを求めても仕方ないと自認しているはずである。むしろ、光源氏からは歌を詠みかける必要のない相手だという、光源氏の側の花散里に対する侮り、軽視を読み取るべきであろう。光源氏にとっては自ら歌を詠みかけなくとも、決して裏切ることのない安住できる相手だったはずである。

光源氏から和歌を詠みかけるか、女君の側から和歌を詠みかけるか、それは、光源氏に向き合う女たちの相対的な位置づけと関わっていると思われる。相対的に重みのある女に対しては、光源氏から和歌を詠みかけ、相対的に軽んじている女は、女の側から和歌を詠む。あるいは、実際には光源氏から和歌を詠みかけたと思われる場合にさえも、叙述の上ではそれを捨象し、女から歌を詠みかける形で描写する、そうした方法を通じて、光源氏の女性関係の相対的な軽重が表されているのではなかろうか。

と同時に、花散里の和歌の表現に一貫した連想性が見出せるのは、それらが花散里の側からの贈歌であることと関わっていよう。花散里巻での麗景殿女御の和歌の表現以来、一貫して継承される、「月」「光」「荒れまさる軒」といった表現は、光源氏への返歌ではなく、花散里の側から贈り続ける中で維持された一貫性なのである。それは、末摘花が「唐衣」の歌を詠み続けることに通じていよう。末摘花の場合、光源氏に贈る装束に添えて和歌を贈るのだから、「唐衣」の表現は情況によって必然化されており、光源氏の「唐衣」の歌への揶揄は、末摘花から贈られた装束への評価と一体である。末摘花や花散里は、一貫して大きく変化しない造型を維持するという意味で、短編的あるいは端役的なのである。その周囲の情況の変化に応じて揺らぐことのない一貫した造型は、相手の和歌に応じる形ではなく、自発的な表現で歌いかけることで獲得されているのではなかろうか。

二　朝顔の姫君の和歌

朝顔の姫君は、花散里とは対照的にもっぱら光源氏の贈歌に応じ続ける女君である。この女君は、光源氏と長きにわたって近しく関わり、光源氏に情愛を抱きながらもついに関係を深めることがない。朝顔の姫君の和歌は七首あるが、そのすべてが光源氏からの贈歌や働きかけに応じたものであった。

朝顔の姫君についても、花散里の場合とはやや別種とはいえ、やはり造型の非独立性の問題がある。朝顔の姫君が最初に話題になるのは、帚木巻であった。方違えのために紀伊守の邸に赴いた光源氏は、かの家での女房たちが「式部卿宮の姫君に朝顔奉りたまひし歌などを、すこし頬ゆがめて語る」（①九五頁）様子を耳にする。式部卿宮の姫君が「朝顔」と呼ばれるゆえんである。「朝顔」の語から二人の仲が察せられるものの、後続の物語では、両者には関係がなかったかのように描かれている[*8]。それは一面では、帚木巻でひとたび関係を結びながらも二度と関係を許そうとしない空蟬の造型と類縁的でもある。

この「朝顔」の語は、のちに朝顔巻の和歌に引き受けられるのだが、それ以前に「朝顔」の語は、夕顔巻、「六条わたり」の女の女房中将の君に詠みかけた光源氏の歌に現れる。

光源氏　咲く花にうつるてふ名はつつめども折らで過ぎうきけさの朝顔

中将の君　朝霧の晴れ間も待たぬけしきにて花に心をとめぬとぞみる　（夕顔①一四八頁）

光源氏は、女房の中将の君自身を相手取って「朝顔」を歌うが、中将の君は機転を利かせて、女主人のことに差し替えて返歌する。夕顔巻では、「夕顔」が中の品の女を、「朝顔」が高貴な身分の女君を、象徴しているのである。とすれば、いまだ「六条わたり」の女の造型が明瞭にならない夕顔巻あたりでは、ことによると帚木巻に登場した式部卿宮の姫君も「六条わたり」の女の候補になり得るともいえる。

ところが、葵巻に到ると、「六条わたり」の女は「かの六条御息所」（②一八頁）と呼ばれ、光源氏の寵愛の薄さを嘆いて娘の斎宮とともに伊勢に下向しようかと思案する前東宮妃として肉付けされる。一方、「式部卿宮の姫君」は「朝顔の姫君」（②一九頁）と呼ばれて再登場し、六条御息所の風評を耳にするがゆえに光源氏の求愛を頑なに拒む人物として、いわば御息所と造型が分化されて再登場する。葵巻では、賀茂新斎院の御禊に供奉する光源氏の見物に出かけた六条御息所は、葵の上一行の狼藉を受けて屈辱を嚙み締めるのだが、その同じ折、父親とともに桟敷で見物していた朝顔の姫君は、光源氏に心惹かれながらも、「いとど近くて見えむまでは思しよらず」（②二六頁）と、光源氏との関係を深めることを躊躇する。

帚木巻と夕顔巻における「朝顔」の連想は、いったん六条御息所と朝顔の姫君を結びつけながら、葵巻では新たな二つの独立した造型に分化させる。帚木巻での空蟬をはじめとして、朝顔の姫君は往々にして、別の人物を炙り出す機能的な役割を果たすのである。

さてその朝顔の姫君の最初の和歌は、葵巻、葵の上の死後、光源氏からの贈歌に応じた返歌であった。光源氏と朝顔の姫君は、「つれなながら、さるべきをりをりのあはれを過ぐしたまはぬ、これこそかたみに情も見はつべきわざなれ」（葵②五八頁）と、和歌の贈答を通して心の交流を重ねる関係として語られている。

葵の上没後、光源氏の左大臣邸退出までの叙述には、十二首の和歌が含まれる。

Ⅰ　光源氏の独詠歌　a「のぼりぬる」、b「限りあれば」
Ⅱ　六条御息所の贈歌　c「人の世を」→光源氏の返歌　d「とまる身も」
Ⅲ　頭中将の贈歌　e「雨となり」→光源氏の返歌　f「見し人の」
Ⅳ　光源氏の贈歌　g「草枯れの」→大宮の返歌　h「今も見て」
Ⅴ　光源氏の贈歌　i「わきてこの」→朝顔の姫君の返歌　A「秋霧に」
Ⅵ　光源氏の独詠歌（手習）j「亡き魂ぞ」、k「君なくて」

ⅠとⅥ、最初と最後に光源氏の独詠歌各二首（a・b、j・k）、ⅢとⅣ、中間に葵の上の関係者である頭中将、大宮を相手とする贈答歌二組（e→f、g→h）、ⅡとⅤ、六条御息所からの贈歌による贈答歌（c→d）、朝顔の姫君の返歌による贈答歌（i→A）が配され、きわめて対称的な構成である。しかもその二組の贈答歌は、表現に連動性が認められる。

Ⅱ御息所　c人の世をあはれと聞くも露けきにおくるる袖を思ひこそやれ　（②五一頁）
　光源氏　dとまる身も消えしも同じ露の世に心おくらむほどぞはかなき　（②五二頁）
Ⅴ光源氏　iわきてこの暮こそ袖は露けけれもの思ふ秋はあまたへぬれど　（②五七頁）
　朝顔　A秋霧に立ちおくれぬと聞きしよりしぐるる空もいかがとぞ思ふ　（②五八頁）

弔意を表すからとはいえ「露（けし）」「袖」「聞く」「思ふ」「おく（後る・置く）」など共通の語彙が多く、Ⅰ・Ⅵの光源氏の独詠歌や、Ⅲ・Ⅳの頭中将や大宮との贈答歌に比しても、[*9] Ⅱ六条御息所との贈答歌と、Ⅴ朝顔の姫君との贈答歌は、叙述の流れを超えて表現が酷似する。ややうがった見方かもしれないが、帚木・夕顔巻に見られた六条御息所と朝顔の姫君との造型の近しさが、分化しつつもその表現の連動性に残っているのかもしれない。

六条御息所の伊勢下向ののちの朝顔の姫君は、今度は紫の上を照らし出す役割を果たす。賢木巻、桐壺院の没後、藤壺に求愛して拒否された光源氏は、失意のうちに雲林院に籠って仏道を志すものの俗世への未練も捨てきれず、紫の上や朝顔の斎院と贈答歌を交わす。この、紫の上との間の贈答歌と、朝顔の斎院との間の贈答歌とが、手紙の文面・紙質や色・筆跡・和歌の表現などの点で、きわめて対比的に描き分けられている。[*10]

紫の上宛の文は、恋文にはやや無粋な白い厚手の「陸奥国紙」を用いて、文面も「などこまやかなるに」とあるから、長大な散文が記されている様子である。紫の上も「白き色紙」と光源氏の文の色に合わせ、文面は和歌一首のみで寡黙に応じる。一方、朝顔の斎院宛の文は、舶来の藍色の風流な「唐の浅緑の紙」を用いて榊の枝に木綿を付け、女房の中将の君宛の手紙に忍ばせる。応じる朝顔の斎院宛の文は、光源氏が贈った木綿の片端を切り取って、和歌一首と短い言葉で、光源氏の文面と釣り合う程度の分量で答えている。

Ⅶ光源氏　浅茅生の露のやどりに君をおきて四方の嵐ぞ静心なき

紫の上　風吹けばまづぞみだるる色かはる浅茅が露にかかるささがに　（②一一八頁）

Ⅷ光源氏　かけまくはかしこけれどもそのかみの秋思ほゆる木綿襷かな

朝顔　Bそのかみやいかがはありし木綿襷心にかけてしのぶらんゆゑ　（②一一九頁）

Ⅶ紫の上との贈答歌の「浅茅生の露」「浅茅が露」の呼応、「四方の嵐ぞ静心なき」「風吹けばまづぞみだるる」の呼応をみると、贈歌と答歌に共有される表現は、語順が逆転している。一方、Ⅷ朝顔の姫君との贈答歌は、「そのかみ」「木綿襷」と語順を合致させたまま引き受け、かつての関係を匂わす光源氏の言葉を否定し距離を保つものとなっている。

Ⅶの光源氏と紫の上との贈答歌と、Ⅷの光源氏と朝顔の斎院との贈答歌とは、形態の上では対照的ながら、表現の上ではそれぞれ自立的に完結した贈答歌となっており、前掲の葵巻における、Ⅱ六条御息所と光源氏の贈答歌と、Ⅴ朝顔と光源氏との贈答歌に見られたような、一種の連続性はここでは見られず、むしろ対比的に照らし出す関係になっている。これはのちの朝顔巻における、紫の上と朝顔の姫君の位置づけを先取りしたものとも言えようか。

朝顔巻、藤壺没後の物語においては、朝顔の姫君は光源氏の藤壺喪失の空虚を埋め合わせるのにふさわしい女君として登場、紫の上に妻の座の危機を感じさせる存在となる。

Cなべて世のあはればかりをとふからに誓ひしことと神やいさめむ　（朝顔②四七四頁）

D秋はてて霧のまがきにむすぼほれあるかなきかにうつる朝顔　（朝顔②四七六頁）

Eあらためて何かは見えむ人のうへにかかりと聞きし心がはりを　（朝顔②四八六頁）

Fふぢごろも着しはきのふと思ふまにけふはみそぎの瀬にかはる世を　（少女③一八頁）

いずれも光源氏の贈歌に対する返歌である。Cは、女五の宮との対話の後、姫君に対面し、「人知れず神のゆるしを待ちし間にここらつれなき世を過ぐすかな」（②四七四頁）と、長い時の経過を嘆いては求愛する光源氏に対して、「神」にかこつけて求愛を押し返そうとしたものである。Dは、求愛を拒まれて帰邸した光源氏が、庭の朝顔の枝に添えて、「見しをりのつゆわすられぬ朝顔の花のさかりは過ぎやしぬらん」（②四七六頁）と遣わした歌への返歌である。光源氏は「見しをり」と例の「朝顔」の記憶を反芻しようとするが、姫君は過去の関係の有無には言及せず、「朝顔」に託して自らの身のはかなさを返歌する。Eは、光源氏が再度、朝顔の姫君と対面した折、「つれなさを昔にこりぬ心こそ人のつらきに添へてつらけれ」（②四八六頁）と訴えた贈歌への返歌で、ここではもはや景物は捨象され、光源氏の求愛と、あくまで拒否する姫君の感情がそのままに歌われている。Fは、少女巻冒頭、光源氏の求へり君がみそぎのふぢのやつれを」（③一七頁）と贈ったものへの返歌である。

朝顔の姫君の最後の歌G「花の香は散りにし枝にとまらねどうつらむ袖にあさくしまめや」（梅枝③四〇六頁）は、唯一、朝顔の姫君の側からの光源氏への贈歌である。ただし、これは光源氏の娘、明石の姫君の入内を目前に、薫物合わせを試みようと「二種づつ合はせさせたまへ」（③四〇四頁）と香の調合を依頼したのに応じて香を奉るものに添えられた和歌だから、光源氏の働きかけに応じたもので、純然たる女からの贈歌ではない。その和歌は、螢宮の目前で開かれ、宮が誦じて朝顔の姫君の風流が讃えられる趣向となる。

このように辿ると、総じて光源氏と朝顔の姫君との贈答には、斎院であった事にちなんだ表現が見受けられる程度で、表現には必ずしも統一感はない。せいぜい、朝顔の姫君のA・Dの歌に「秋」「霧」、B・Cに「神」の語が用いられ、帚木巻、「式部卿宮の姫君に朝顔奉りたまひし歌」（①九五頁）以来の「朝顔」の連想や、斎院という立場からの連想などが見出せる程度である。特定の歌ことばが反復されるのではなく、臨機応変にその場の情況に応じた歌いぶりが多い。それは、光源氏の贈歌に応じた返歌であるために、朝顔の姫君の内部で自立的に獲得された表現ではないことと関わっていよう。Aでは葵の上を亡くした後の光源氏に、Bでは雲林院に籠った光源氏に、それぞれに当意即妙に応じたものであった。光源氏の求愛相手として主役になる朝顔・少女巻では、Cは斎院であった過去にちなみ、Dはかつての「朝顔」の歌を連想し、Eは光源氏の求愛に向き合い、Fは除服、といった具合に、光源氏の側が朝顔の姫君の情況を汲み取った表現で詠みかけているものの、Gの和歌は再び、明石の姫君入内前という情況に応じたものであった。

朝顔の姫君が一貫して光源氏の贈歌に応じる立場であることは、光源氏の姫君への格別な尊重の姿勢を感じさせるが、のみならず、朝顔の姫君の和歌は、その臨機応変な詠みぶりによって、女君の柔軟な才知あふれる気質を暗示するよう仕組まれていると言えよう。

三　六条御息所の和歌

六条御息所の和歌は物語中に十一首あるが、独詠歌や光源氏への贈歌が多いこと、物の怪の歌があることなどの特徴がある。その研究史は多岐にわたるが、[*11] 紙数の関係上、ここでは贈答歌の呼吸に焦点を絞って二、三の事例を取り上げるにとどめたい。

A影をのみみたらし川のつれなきに身のうきほどぞいとど知らるる　（葵②二四頁）
B袖ぬるるこひぢとかつは知りながら下り立つ田子のみづからぞうき　（葵②三五頁）
Cなげきわび空に乱るるわが魂を結びとどめよしたがひのつま　（葵②四〇頁）
D人の世をあはれと聞くも露けきにおくるる袖を思ひこそやれ　（葵②五一頁）
E神垣はしるしの杉もなきものをいかにまがへて折れるさかきぞ　（賢木②八七頁）
Fおほかたの秋の別れもかなしきに鳴く音な添へそ野辺の松虫　（賢木②八七頁）
Gそのかみを今日はかけじと忍ぶれど心のうちにものぞかなしき　（賢木②九三頁）
H鈴鹿川八十瀬の波にぬれぬれず伊勢まで誰か思ひおこせむ　（賢木②九四頁）
Iうきめ刈る伊勢をの海人を思ひやれもしほたるてふ須磨の浦にて　（須磨②一九四頁）
J伊勢島や潮干の潟にあさりてもいふかひなきはわが身なりけり　（須磨②一九四頁）

Kわが身こそあらぬさまなれそれながらそらおぼれする君は君なり　（若菜下④二三六頁）

六条御息所の一首目の和歌Aが独詠歌であることは、御息所の造型を考える上で意義深い。独詠歌とは目前にない他者への歌いかけだと考えれば、応答のない光源氏への歌いかけともいえようか。六条御息所が、C生霊、K死霊となって光源氏に歌いかけ、返歌が得られないことと地続きだとも言える。結果的に、光源氏との贈答歌はB・D・E・F・H・I・Jとなるが、B・D・E・I・Jは御息所からの贈歌である。[*12] ところが、一見六条御息所の贈歌にみえるB・E・I・Jの歌は、実は単純な意味で御息所からの贈歌ではない。光源氏の何らかの働きかけに応じたもので、いわば、光源氏に促されて、歌を詠まされたものである。

六条御息所は自ら歌を詠みかけたという形で描き出される場合の多い女君である。それは、光源氏が巧みに御息所から歌を引き出した、あるいは、物語が作為的に作中世界の出来事を切り出した、などの事情によるものであって、素朴に六条御息所の積極的な姿勢を読み取るだけでは充分とはいえまい。

たとえば、Bの和歌は葵巻、葵の上についた物の怪の噂が流れ始めた頃、体調不良の御息所を訪問した光源氏が、翌夕、今夜は訪問できないと詫びの使者を遣わしてきたのに対して、御息所が歌いかけたものである。

……御文ばかりぞ暮つ方ある。「日ごろすこしおこたるさまなりつる心地の、にはかにいといたう苦しげにはべるを、え引き避かでなむ」とあるを、例のことつけと見たまふものから、

B「袖ぬるるこひぢとかつは知りながら下り立つ田子のみづからぞうき

山の井の水もことわりに」とぞある。御手はなほここらの人の中にすぐれたりかしと見たまひつつ、いかにぞやもある世かな、心も容貌もとりどりに、棄つべくもなく、また思ひ定むべきもなきを苦しう思さる。御返り、いと暗うなりにたれど、「袖のみ濡るるやいかに。深からぬ御事になむ。

浅みにや人は下り立つわが方は身もそぼつまで深きこひぢを

おぼろけにてや、この御返りをみづから聞こえさせぬ」などあり。

（葵②三四—五頁）

御息所が、光源氏から遣わされた使者を、口伝えの伝言だけで帰せたであろうか。それを無粋と考え、心情的にもつれなくは振舞えない御息所の気質から察すれば、御息所が自ら和歌を詠んで使者に持たせるであろうことは、光源氏の側もあらかじめ想定していたかもしれない。一見、女から詠みかけた風の叙述であるが、実は光源氏が引き出した贈歌ともいえる。とはいえ、光源氏からのそもそもの伝言は、和歌を誘い出す風情などは何もないただの伝言だったのだから、いわば拒絶によって引き出された和歌、ということになる。このあたりの光源氏と六条御息所の関係に固有の呼吸に留意したいのであるが、のみならず六条御息所のいま一つの特徴は、他の女君に比べて格段に、古歌や物語が重層的に引用され、それによって御息所の教養の深さが表される点にある。

今夜は訪問できないと伝える光源氏からの使者に、六条御息所は和歌を託し、「山の井の水もことわりに」と言い添える。ここには、

くやしくぞ汲みそめてける浅ければ袖のみ濡るる山の井の水

（『古今六帖』第二）

と、情愛の薄い男と関わった身のつたなさを嘆く引歌が指摘されている。光源氏は「袖のみ濡るるやいかに」と御息所の言葉尻を捉え、「浅みにや」の和歌を通して、あなたは情愛が薄いからまだ立っているのだ、私は全身が濡れるほど深い泥の道、恋路にはまり込んでいる、と切り返して自らの誠意を訴えている。この光源氏の「浅みにや」の歌には、

あさみこそ袖はひつらめ涙河身さへながると聞かば頼まむ

（『伊勢物語』一〇七段）

との引歌が諸説に指摘されている。『伊勢物語』一〇七段では、昔男のもとに居た女に心を寄せた藤原敏行が「つ

れづれのながめにまさる涙河袖のみひちてあふよしもなし」と歌を贈ったのに対し、昔男が女に代わって詠んだ返歌とされ、敏行が代作とも知らずに女の返歌に感動する様子がやや戯画的に描かれている。代作の返歌「あさみこそ袖はひつらめ」は、敏行の求愛の歌を逆手に取って、情愛が足りないから「袖」しか濡れないのだ、本当に情愛が深ければ「身」まで流れるだろうと切り返したものである。

「袖」では足りず「身」まで濡れるほどの情愛を、という発想は、六条御息所と光源氏の贈答歌にそのまま生かされている。光源氏としては、情愛の薄さを難詰する御息所の歌を切り返し、自らの誠意を訴えるために引用したに過ぎず、お洒落なやりとりのつもりだったかもしれない。しかし通常そこまで読み込まれないのだが、一〇七段の後半の顚末は、女の側が歌を贈ることで一度は訪問を断っていた男が来訪する、歌徳説話仕立てなのである。光源氏の返歌が一〇七段を踏まえたことで、あたかも光源氏の訪問を期待する御息所の気持ちを見透かすかの趣となり、それでいながら再度断るという、まことに残酷な和歌となった。それを光源氏が意図したかどうかは定かでない。仮に光源氏が無自覚であろうと、御息所はその文脈をありありと感じ取ったであろう。御息所自身が自覚し得ていたかどうか定かでない光源氏の訪問への期待を見透かされた屈辱も感じたことであろう。この贈答歌が、六条御息所を追い詰め、生霊化へと導いたことは言うまでもない。

引用をどこまでの深さで読み取るか、その理解によって思いがけない展開を生む。贈歌の作り手の意思とその読み手の理解、答歌の作り手の意思とその読み手の理解の間に齟齬があっても不自然ではない。古歌や物語に対する充分な知識や理解、すぐれた対話の呼吸を互いに求め合い見せつけ合う高次の心理劇として、ここでの贈答歌は描かれている。そこに、他の女君たちをはるばると凌駕した六条御息所の造型、あるいは光源氏との関係性があったともいえよう。

このような教養の高さを暗示させる六条御息所と光源氏の応酬がいっそう極まるのは、賢木巻、光源氏が野宮の御息所を訪問する場面である。生霊を目の当たりにした光源氏も、重い心を奮い立たせて出かけると、道中の風情に心揺さぶられ、想いを募らせていく。

月ごろの積もりを、つきづきしう聞こえたまはむもまばゆきほどになりにければ、榊をいささか折りて持たまへりけるをさし入れて、「変らぬ色をしるべにてこそ、斎垣も越えはべりにけれ。さも心憂く」と聞こえたまへば、

E神垣はしるしの杉もなきものをいかにまがへて折れるさかきぞ

と聞こえたまへば、

少女子があたりと思へば榊葉の香をなつかしみとめてこそ折れ

おほかたのけはひわづらはしけれど、御簾ばかりはひき着て、長押におしかかりてゐたまへり。

（賢木②八七—八頁）

この御息所の贈歌は、明らかに光源氏が促し引き出したものである。光源氏が榊の枝を御簾のうちに差し出し、古歌を踏まえて訴えたからである。先の葵巻の贈答歌の場合とは異なり、光源氏は自ら和歌を詠みかけるのに近い働きかけをしたと見るべきであろう。

ここでの対面には、両者の心の溝を埋めるためか、種々の引歌が織り込まれている。言い訳のしようのないほどの長い無沙汰に光源氏は、榊の枝を差し出し、「変らぬ色をしるべにてこそ、斎垣も越えはべりにけれ」と、榊葉の変わらぬ色と同じように心変わらぬ私は、野宮の「斎垣」も越えて参ったのだから対面してほしい、と訴える。「ちはやぶる神垣山の榊葉は時雨に色も変らざりけり」（『後撰集』冬・四五七）、「ちはやぶる神の斎垣も越えぬべし今

はわが身の惜しけくもなし」（『拾遺集』恋四・九二四）などが引歌として指摘されるところである。一方、対面を躊躇っていた御息所は、光源氏の訴えに誘い出されるようにEの歌で「しるしの杉」を詠みこみながら、目印の「杉」もないのにあなたはなぜやってきたのか、と切り返す。ここには、

わが庵は三輪の山もと恋しくはとぶらひ来ませ杉立てる門　（『古今集』雑下・九八二）

という歌の「杉立てる門」が明らかに踏まえられている。しかし、御簾の中に入れてほしいと訴える光源氏を、少なくとも表面上は拒否の姿勢を崩していない御息所の返歌が引歌とするにしては、たとえその主旨を覆すにせよ、この歌はやや唐突に積極的過ぎる印象は否めない。そのような連想を媒介したのは、実は『伊勢物語』七一段の贈答歌ではなかったか。

むかし、男、伊勢の斎宮に、内の御使にてまゐれりければ、かの宮に、すきごといひける女、わたくしごとにて、

ちはやぶる神の斎垣も越えぬべし大宮人の見まくほしさに

男、

恋しくは来ても見よかしちはやぶる神のいさむる道ならなくに

七一段の女の贈歌は、光源氏の「斎垣も越えはべりにけれ」との言葉の引歌として指摘されるものである。古注以来この場面の引歌として指摘されるのは七一段の贈歌の方で、返歌には管見の限りまず注目されていない。[*13] しかし、七一段の返歌「恋しくは来ても見よかし……」から前掲の『古今集』九八二番歌「わが庵は」の歌中の「恋しくはとぶらひ来ませ」への連想を媒介にしなければ、なぜ御息所が『古今集』九八二番歌「わが庵は」を引用して返歌したかは了解しにくい。さらに言えば、この七一段の返歌「恋しくは」から、『古今集』九八二番歌「わが庵は」

への連想を可能にさせ、御息所がどんなに拒む姿勢を見せたところで心を拓かせてしまうのは、光源氏の巧みな誘導であり、おそらく御息所はそれを承知しつつ応じたのである。この、引歌を重層的に駆使した両者の対話の呼吸にこそ、六条御息所の造型、あるいは光源氏と六条御息所の関係性が感受される。

さらには、I・Jの和歌、須磨巻で、伊勢の御息所から須磨の光源氏に贈られた二首の場合、物語の作為性が強く感じられることはすでに論じたので詳細は譲りたいが、[*14] 簡略に要点だけ述べれば、そもそも、「まことや、騒がしかりしほどの紛れに漏らしてけり。かの伊勢の宮へも御使ありけり。かれよりもふりはへたづね参れり。浅からぬことども書きたまへり」（須磨②一九三頁）とあるから、まず光源氏が使者を遣わし、それに応じて六条御息所からも須磨へと使者を遣わしたのであって、光源氏が和歌を持たせなかったとは考えられない。物語は意図的に光源氏の贈歌を叙述せず、六条御息所から光源氏に和歌を贈る形で事態を切り取り、自らの使いまで添えて二首贈る姿を叙述したのだと考えられる。それは須磨の光源氏と都の女君たちとの贈答歌を、それぞれの女君たちの相対的な位置づけによって描き分けようとする語りの操作の一環として、理解すべきところである。

だとすれば、残るD「人の世を」の歌が、純然たる御息所からの贈歌となっているところには、葵の上への弔意を伝えた和歌とはいえ、葵の上没後の光源氏の情愛を確かめるための贈歌であり、光源氏の返歌を通して、御息所が自らの生霊化というおぞましい真相を悟らせられるという衝撃的な展開と関わって、物語に要請されたものであろう。

物語の作中和歌は、個々の人物の造型の特質をさまざまな次元で表出しており、その造型の形象とやはり無関係であるとは言い難い。とはいえ、それが素朴な意味での人物の情念の表出だと理解するのもいささか物足りない。作中和歌は、作中人物の感情表現である以前に、物語の作り手によって作為されたものであるという語りの操作の力に、まずは留意しておきたいものである。

注

＊1　高木和子『女から詠む歌　源氏物語の贈答歌』（青簡舎、二〇〇八）第五章。

＊2　藤村潔「花散里の場合」（初出一九六〇・二、『源氏物語の構造』桜楓社、一九六六）、小町谷照彦「花散里」（『国文学』一九六八・五）。なお、花散里の和歌についての先行研究としては、吉見健夫「花散里巻試論――贈答歌の方法性」（『中古文学論攷』一二、一九九一・十二）、日向福「花散里の歌「夏衣」の解釈について」（『相模国文』二〇、一九九三・三）、吉見健夫「花散里巻の和歌――源氏物語の歌物語的方法について――」（『中古文学論攷』一五、一九九四・十二）、神野藤昭夫「「花散里」巻をどう読むか――その和歌的発想と表現――」（『源氏物語の鑑賞と基礎知識　花散里』至文堂、二〇〇三・六）など。

＊3　注＊2藤村論文は、麗景殿女御の歌とする。

＊4　注＊1に同じ。

＊5　鈴木一雄「源氏物語の和歌――贈答歌における一問題――」（初出一九六八・五、『王朝女流日記論考』至文堂、一九九三）。

＊6　注＊1書、第一・三・五章。

＊7　注＊1書、第五章。

＊8　朝顔の姫君についての、主に歌ことばや和歌に関わる研究成果としては、田中隆昭「朝顔と夕顔――『紫式部集』の宣孝関係の歌と源氏物語――」（初出一九七三・十、『源氏物語　引用の研究』勉誠出版、一九九九）、森藤侃子「朝顔巻の構想」（『講座源氏物語の世界　第四集』有斐閣、一九八〇）、鈴木日出男「朝顔の姫君の朝顔」（『むらさき』二〇、一九八三・七）、青山一也「朝顔の姫君について」（『国文学研究』一九九〇・三）、松井健児

「朝顔の姫君とうたことば」（初出一九九一、『源氏物語の生活世界』翰林書房、二〇〇〇）、原岡文子「朝顔の姫君とその系譜――歌語と心象風景――」（初出一九九二、『源氏物語の人物と表現　その両義的展開』翰林書房、二〇〇三）、越野優子「喩としての朝顔――源氏物語の朝顔の姫君を中心に――」（『中古文学』一九九七・五）、高田祐彦「〈結婚拒否〉の思想」（初出二〇〇一、『源氏物語の文学史』東京大学出版会、二〇〇三）、今井上「朝顔姫君の形象と主題――「変わる心」と「変わらぬ心」――」（初出二〇〇四・五、『源氏物語　表現の理路』笠間書院、二〇〇八）。

＊9　Ⅰａのぼりぬる煙はそれと分かねどもなべて雲居のあはれなるかな　（②四八頁）
　ｂ限りあれば薄墨衣あさけれど涙ぞ袖をふちとなしける　（②四九頁）
Ⅲｅ雨となりしぐるる空の浮雲をいづれの方とわきてながめむ　（②五五頁）
　ｆ見し人の雨となりにし雲居さへいとど時雨にかきくらすころ　（②五五頁）
Ⅳｇ草枯れのまがきに残るなでしこを別れし秋のかたみとぞ見る　（②五七頁）
　ｈ今も見てなかなか袖を朽すかな垣ほ荒れにし大和なでしこ　（②五七頁）
Ⅵｋ亡き魂ぞいとど悲しき寝し床にあくがれがたき心ならひに　（②六五頁）
　ｌ君なくて塵積もりぬるとこなつの露うち払ひいく夜寝ぬらむ　（②六五頁）

＊10　注＊1書、第五・六章。

＊11　六条御息所の和歌についての先行研究はきわめて多いが主に、小町谷照彦「光源氏の「すき」と「うた」」（初出一九七一・六、『源氏物語の歌ことば表現』東京大学出版会、一九八四）、廣田收「『源氏物語』における和歌の伝承性」（初出一九八二・五、『『源氏物語』系譜と構造』笠間書院、二〇〇七）、小嶋菜温子「六条御息所と朝顔――葵・賢木・朝顔巻」（初出一九九〇・五、『源氏物語批評』有精堂、一九九五）、武者小路辰子「六条御息所――その声から――」（森一郎編『源氏物語作中人物論集』勉誠社、一九九三）、久富木原玲「生霊の歌をめぐって――六条御息所と和歌」（初出一九九四・十一、『源氏物語　歌と呪性』若草書房、一九九七）、高田祐彦「道綱母から六

条御息所へ——かな日記と源氏物語——」（初出一九九八・十一、『源氏物語の文学史』東京大学出版会、二〇〇三）、鈴木日出男「愛憐の歌——六条御息所と光源氏（二）」（初出二〇〇〇・三、『源氏物語虚構論』東京大学出版会、二〇〇三）、藤原克己・高橋亨・高田祐彦「座談会　源氏物語のことばへ」（『文学』二〇〇六・九、十）、土方洋一「『源氏物語』のことばと和歌のことば」（『文学』二〇〇六・九、十）、なお、松岡智之の研究史の整理（『人物で読む源氏物語　六条御息所』勉誠出版、二〇〇五）が有益。

＊12　Ｆを御息所の贈歌に対する光源氏の返歌と取る説もあるが取らない。

＊13　伊井春樹編『源氏物語引歌索引』（笠間書院、一九七七）にも指摘がない。

＊14　注＊１書、第五章。

※　本文は、『源氏物語』『伊勢物語』は小学館新編日本古典文学全集、その他の和歌は『新編国歌大観』を用いたが、一部、私意により表記を改めたところがある。

歌から読む帚木三帖――「帚木」「空蟬」「夕顔」と歌の鉱脈――

津島知明

「光る源氏、名のみことごとしう」と語り起こされる三帖は、「帚木」「空蟬」「夕顔」なる巻名をもって差し出されている。作中人物の詠歌を辿るにあたり、まずはこの周知の事実から受けとめ直しておきたい。現巻名が成立時まで遡れるか否かは不明であっても、それらが長く巻頭にあって読者を待ち受けてきたことは確かである。巻名なるものの本文への干渉、本文に先立つその特権を、いま貪欲に活用して行きたいと思う。[*1] 例えばそこでは、「帚木という巻名は、源氏と空蟬の巻末の贈答歌による」といった先回り、女を既に「空蟬」と呼んでしまう類の賢しらも、あえて斥けられることになるだろう。

一　帚木から始まる物語

はじめに「帚木」がある。喚起される心象は、多くの巻名同様、歌ことばとしての来歴に負っているらしい。古注より引かれてきた歌に、

園原やふせ屋に生ふる帚木のありとは見えてあはぬ君かな

があり、新古今集に坂上是則の作として見える。「ありとは見えてあはぬ君」を導く帚木は、一般に「遠くから見ればまさしくあるが、近寄って見るとない」（片桐洋一『歌枕歌ことば辞典』）伝説上の木と解説されている。「帚木」のみならず、「園原」「ふせ屋に生ふる」まで作中歌が共有することから、かつてはこの古歌自体から巻が構想されたと見るむきもあった。それに対し、この一首からというより、当時知られていた「帚木伝説」が下敷きになったとするのが現在では穏当な理解のようだ。[*2] だが結果的に、帚木なるもののイメージ、あるいは伝説の実体について、つきつめれば先の歌以上の手がかりは乏しい。今日に伝わる帚木伝説への、源氏物語じたいの関与というものも、考えておくべきだろう。

前掲歌は、右兵衛少尉貞文歌合と古今和歌六帖に見えるが、ともに第四句が「ありとてゆけど」と伝えられ、作者の記載もない。歌合では「不会恋」に、六帖では「くれどあはず」に分類される。「訪ねても会えない恋人」に帚木が喩えられるわけだ。同歌は源氏物語以降多くの歌論書に引かれ、あわせて帚木にも説明が加えられて行った。歌句に注意してみると、俊頼髄脳・綺語抄・奥義抄・袖中抄など、現行本では「ありとは見れど」、新古今集以降は、色葉和難集などに「ありとは見えて」が確認できる。源氏注釈書でも「見れど」（紫明抄・異本紫明抄・孟津抄）「見えて」（河海抄・一葉抄）などと、概して「見る」「見える」に比重が置かれている。

同様に帚木の説明も、どこでどう「見える」かと、「ありとは見れど（見えて）」をめぐってなされているようだ。

よそにて見れば、庭掃く箒に似たる木の、こずゑの見ゆるが、近くよりて見れば、うせて、皆ときは木にてなむ見ゆるといひ伝へたるを、このごろ見たる人に問へば、さる木も見えずとぞ申す。

と、俊頼髄脳は「形状は箒に似て、よそから梢は見えるが近くに寄ると消え失せる木」と伝えている。同時期に綺

語抄では、

或人云、はゝきゞのもりのある也。そのもりいとしげくて、もりの中にはゝきゞのおひたる也。それをとほくて見れば、あるやうにて、もりのしたにいきてみるに、木のしげりてみえぬ也。それをいふ也。或人云、はゝきゞににたる木の、そのもりにあるなり。これをとほくて見るにあるやうにて、ちかくて見ればあらぬ也。

とあり、「生い茂った森の木」だから見上げても見えないのか、「似ている木」を遠くから見間違えたのか、両説が紹介されている。帚木が「近づくと見えなくなる」木であることを前提に、理由付けがなされているようだ。帚木伝説とはいえ、すでにその手がかりは乏しく、「ありとは見れど（見えて）」からなされた詮索が帚木の説明となっている観がある。

帚木はまた「母」と掛けたり、

帚木をまたすみがまにこりくべて絶えし煙の空に立つ名は（元良親王集）

のように「炭釜に樵りくべる」木としても詠まれていた。よって右の歌などは、伝説の帚木と区別して、実在の箒木草の歌と解されてもいる（日本国語大辞典）。「園原や」以前の可能性のある歌としては、

こずゑのみあはと見えつつ帚木のもとをもとより見る人ぞなき（人丸集）

という、地名「あは」を詠み込んだ歌が知られる。梢に目を留める点、俊頼髄脳の「遠くからは梢が見える」という説明と合致する。あるいはこの「梢は見えても根元の見えない木」というイメージが原型となって、「ありとて行けど会はぬ君」なる喩えが生まれたとも考えられよう。

「園原や」以外に古注が引く歌としては、後拾遺集にみえる馬内侍の作が知られる（河海抄・孟津抄、ただし第二句は「逢はずもあらぬ」）。

ゆかばこそ逢はずもあらめ帚木のありとばかりはおとづれよかし

「伯耆の国に侍りけるはらからの音し侍らざりければ、便りにつかはしける」という詞書を持ち、便りのないはらからを（伯耆と掛けて）帚木に喩えている。行こうにも伯耆国の遠さは、まるで「行っても会わない君」同然ということだろう。ただ帚木なら会わずとも「ある」はずだから、せめてそれだけは知らせてほしい、という訴えになっている。どちらかといえば、これも歌合や六帖の歌句（ありとて行けど）と重なろうか。帚木なる巻名から確かに認定できるもの、従ってそれは「園原や」の歌、「ありとてゆけど会はぬ君かな」と詠まれたようなシチュエーションということになろう。「訪ねて行っても会えない」相手との恋物語、巻名をそうした予告と受け取って、以下本文に分け入ってみたい。

二　歌を詠む女たち

その〈帚木の恋〉は、巻の冒頭から早くも方向付けられてくることになる。

光る源氏、名のみことごとしう、言ひ消たれたまふ咎多かなるに、いとど、かかるすき事どもを世の末にも聞きつたへて、軽びたる名をや流さむと、忍びたまひける隠ろへ事をさへ語りつたへけん人のもの言ひさがなさよ。*3

光源氏として名を馳せた男に、「忍びたまひける隠ろへ事」のあったことが明かされる。語られようとする帚木は、どうやら彼の身に関わるらしい。続く雨夜の場面では、頭中将によって源氏の「色々の紙なる文ども」が話題となる。帚木の期待が、ここまでは確かに維持されていよう。だが左馬頭と藤式部丞を加えた女性論議が始まると、源氏自身はもっぱら聞き役に回り、やがて居眠りまで決め込んでしまうのだった。「ある」と思われた帚木を、読者はいったん見失う。

その後、源氏が興味を示すのは、彼らが体験を語り出す頃であった。以下の四つの物語は、それぞれ女との贈答歌を伴っていて、歌語りの風情も持つ。披露された四人の女の歌、それはつまりは男の記憶によるものである。作中歌というものが結局は語り手の手の内にあるという、物語の建前が念入りになぞられているわけだ。しかし一方、ここでは歌が「物語の必然的な経緯を牽引するという機能を発揮してはいない」とも言われる。[*4] あくまでも当人の言葉として、そこに真情を量ろうとする読者を、歌たちはついに拒まない。

作中人物の歌。それは語り手が伝えたもの、そもそもは作者の創作であったとしても、定型の鎧を纏うことで、一個の〈作品〉たり得てしまう。三十一文字の結晶は、それを統御しようとする語り手を（あるいは作者をも）裏切って、時には読者と思わぬ関係を取り結ぶ。語りと語りの狭間から、歌の屹立する姿。ここではそれがシミュレートされてもいる。

巻名に導かれてきた者は、もしや彼らの歌語りこそが〈帚木の恋〉なのかと、ここでいったん軌道修正を迫られよう。だが源氏とともに耳を傾けてみると、その期待を抱かせるのは、おのずと頭中将の女ひとりに絞られてくる。左馬頭と藤式部丞の女たち（指喰い、木枯、蒜食いの女）には、恋物語としての進展が期待できないこと、その内容からも、源氏自身の反応からも裏付けられよう。女を思い出して涙ぐむ頭中将に、ついに源氏は「さて、その文の言葉は」と口を挟んだ。そこで披露されたのが、

山がつの垣ほ荒るともをりをりにあはれはかけよ撫子の露

という女の歌だった。さらに頭中将の「咲きまじる色はいづれと分かねどもなほとこなつにしくものぞなき」に対

する返歌が、

うち払ふ袖も露けきとこなつに嵐吹きそふ秋も来にけり

と語られ、ただ一人、ここで二首の歌をもって記憶される女となる。幼子を重ねた「なでしこ」の歌で、いわば「母」を押し出していた女が、男の歌によって花の別名「とこなつ」へ、床を共にした「女」へと変換されている。しかも「嵐（正妻方の圧力）吹きそふ」後の、女の行方はわからない。頭中将との再会はあるのか。源氏の示した興味は何かの布石なのか。歌自体は「常夏（撫子）」が鍵語なので、確定はできない。〈帚木〉への道のりは遠いようだ。

三　鳥の歌、帚木の歌

翌朝、源氏の紀伊守邸への方違えによって、新たに物語は動き始める。「かの中の品に取り出でて言ひし、このなみならんかし」と、訪れた源氏の心中が語られて、前夜との関わりも示さる。いよいよ常夏の女の登場か。だが直後には、源氏が「思ひあがれる気色」を聞き及んでいたという女の存在が明かされてくる。紀伊守の父、伊予介の後妻。さらに女は故衛門督の子で、宮仕えの話があったという情報も、源氏は既に得ていたらしい。〈帚木〉の期待を担うかにみえた常夏の女とは、別の物語へ踏み込んでいることが明らかになるわけだ。

その後妻は、「女の宿世はいと浮かびたるなむあはれにはべる」などと、紀伊守から憐憫される身の上でもあった。様々な予備知識、相手の声まで耳に収めた後、源氏は寝所に忍び込む。「ありとて行けど会はぬ君」か。読者の期待は高まるが、女はやすやすと抱き上げられてしまう。彼女も帚木ではなかったのか。ところが女はむしろ、契りの後にこそ存在感を増してゆくのだった。「いとかく憂き身のほどの定まらぬ、ありしながらの身にて、かかる御心ばへを見ましかば、あるまじき我頼みにて、見直したまふ後瀬をも思ひたまへ慰めましを……」に始まる語りだが、反実仮想に無念を滲ませながら「よし、今は見きとなかけそ」と結ばれるこの訴えによって、女の輪郭は常夏の女を遥かに超えて鮮明になった。

鶏の声にせかされて、源氏はそこで本巻最初の歌を詠む。

つれなきを恨みも果てぬしののめにとりあへぬまでおどろかすらむ

吉見健夫の指摘するように、[*5] 後朝の歌めいていながらも実際は相手のつれなさを恨む内容となっている。心までは委ねて来ない相手に、満たされぬ思いが吐露される。逢っているのにいないような女。帚木の予告が、遠景ながら見えてくる。女はここで最初の歌を返した。

身のうさを嘆くにあかで明くる夜はとり重ねてぞ音もなかれける

男が詠み込んだ「とり」を受け、鳴く（泣く）しかない自分だという。さらにこの歌を印象付けるのは、直前に語られる女の嘆きだろう。歌を返すべく言葉を探すその瞬間、女の脳裡には「常はいとすくすくしく心づきなしと思ひあなづる」はずの老夫が強く想起されてしまったというのだ。源氏の「まばゆさ」は、戻れない己の境遇を照らす残酷な輝きでしかない。語られた女の心中は、そのまま歌にある「身のうさ」を補完するかにみえる。しかし同時にその語りは、「歌を返す」という女の行為とは、相容れないほどの切実さを物語ってしまってもいた。これは本当に男への返歌だったのか、という疑いも、語り手はあえて引き受けるかのようだ。

いずれにせよ、こうして語られた女の身のほど意識が「すぐれたることはなけれど、めやすくもてつけてもありつる中の品かな」と、男を引き付けてゆく経緯が語られて、「とり」の歌の女は、巻の主役に躍り出る。弟の小君を巧みに手なずける源氏の姿が描かれ、次なる逢瀬の早晩訪れることを予想させながら、二首目の歌が贈られた。

見し夢をあふ夜ありやと嘆く間に目さへあはでぞころも経にける

逢いたい思いを訴える、型通りの詠みぶりといえよう。女は返事をしない。男が「ありとて行く」夜は、「あふ夜」は訪れるのか。帚木の興味が確実に重なりだす。

あきらめない源氏は、再び紀伊守邸を訪れた。今度は女が渡殿の局へと逃れてしまう。「ありとて行けど会はぬ君」が現実となる瞬間。なぜ女は「会はぬ」のか。だが、源氏に惹かれないわけではない。「品定まりぬる身のおぼえ」がそうさせたという。拒まれた源氏は動揺を隠せない。そこで詠まれた三首目の歌、ついに帚木が登場する。

帚木の心を知らで園原の道にあやなくまどひぬるかな

これこそが帚木の恋だったと、今さら確認する歌ではあるまい。読者の予想は既につけられていた。「帚木の心を知らずに会いに来て、園原の道に迷ってしまった」と、味わったことのない敗北を言葉で立て直すため、相手を「帚木」に喩えざるをえなかったのだ。これではまるで帚木の恋ではないか。そう詠みかけることで〈自嘲できる自分〉だけは確保しようとしている。

四　消える帚木

「帚木の心」と詠みかけられたことで、今度は女も歌を返している。

数ならぬふせ屋に生ふる名の憂さにあるにもあらず消ゆる帚木

あえて古歌から「ふせ屋」の方を持ち出して、賤しい生まれの意を重ね、そんな自分は「あるにもあらず消ゆる帚木」だという。「ありとて行けどあはぬ」木に喩えた源氏に対して「あるにもあらず」と切り返す歌。「訪ねても会わない人」どころではない。自分は「あるにもあらず」、無きに等しい身なのだと。

この「あるにもあらず」の歌句は、指摘されてもいるように、いくつかの物語場面をも連想させてくる。[*6] 特に伊勢物語（六五段）の二条后の歌、

さりともと思ふらむこそ悲しけれあるにもあらぬ身をしらずして

は、閉じ込められて男に会えない状況で、ともにわが身を「あるにもあらぬ」と嘆いている。さらに「あるにもあらず」が歌句として重なるものに、

落窪物語の姫君の歌、

消えかへりあるにもあらぬわが身にて君をまた見むことかたきかな

うづもれてあるにもあらず年をふるやどと知りてや雪つもるらん

という、新千載集に同じ是則の作として見える歌がある。世に埋もれている自分は無きに等しいという訴えだが、こうしてわが身を嘆くのは、むろん「ある」ことを認められたい願いの裏返しだろう。

しかし「会えぬなら死んだも同じ」と訴える伊勢や落窪の女君と違って、帚木と詠みかけられた女は、自らその身を隠していたのだ。無理やりに隔てられたわけではない。嘆きの差異が、そこにこそ際立つ仕儀だろう。古物語の女たちとは違う、会えばかえって「あるにもあらぬ」境遇が思い知らされるばかり。その救いのなさこそが、次の「消ゆる」なる歌句を呼び込んでいるのだ。「ありとて行けど会はぬ」（逆にいえば「ある」ことは確かな）帚木ではない。自分は〈消える帚木〉なのだ、と。

「消える」とは相手からは「見えなくなる」こと。しかし「あり」と思うからには「行く」前は見えていたはず、

という理解から、「ありとは見えてあはぬ君」なる歌句も定着していったのではないか。そして「帚木」は「遠くからは見えるが近づくとなくなる木」だという説明も、〈消える帚木〉を経た上で、しだいに整合されていった可能性がある。初めから帚木が「近寄ると消える木」だったなら、「消ゆる帚木」などと詠む必要はあるまい。

女は古歌通りの「あはぬ君」でありながら、帚木に新たな意味をも加えてみせたのだ。詠歌は「常夏の女」と同じ二首だが、巻を象徴するのはもちろんこの「帚木の女」となる。同時に、巻名に導かれてきた帚木探しの旅にも、この贈答でいったん決着がつけられる。ただ最後には「消ゆる帚木」といった女に対し、「人に似ぬ心ざまの、なほ消えず立ちのぼれりけると、ねたく」という源氏の思いも語られていた。彼の中で、女は〈消える〉ことを許されていない。

五　空蟬の恋

続く巻名は「空蟬」。歌語としては帚木以上に多くの用例が知られる。そもそもは「現そ身の」「現せ身の」の形で、万葉集に「世」「人」「命」などにかけて用いられた（「この世」「この世の人」の意）。古今集ではそれが「うつせみの世」なる表現に収斂されて、この世のはかなさをいう歌ことばとなっている。また、

うつせみのからは木ごとにとどむれど魂のゆくへを見ぬぞ悲しき

のように「うつせみ」を「蟬」に掛けて「から（抜け殻）」とともに詠む例が、古今集には見えはじめる（ほか八三一）。それが後撰集では主流となり、もっぱら「から」か「むなしき」（さらに「むなしきから」）とあわせて詠まれている。特に空蟬巻の構想に関わるものとして注目されてきたのが、「つらくなりにける男のもとに今はとて

装束など返しつかはすとて」の詞書をもつ平中興女の歌、

今はとてこずゑにかかるうつせみのからを見むとは思はざりしを

と源巨城（宗城）の返し、

忘らるる身をうつせみの唐衣返すはつらき心なりけり

であった。蟬の「から」を相手の「衣」に見立てる発想は、結果的には通じるところがある。だが巻名として差し出された段階では、「むなしき世」の象徴ぐらいに受け取っておくべきか。あるいは前巻が〈帚木の恋〉だったことからすれば、

うちはへて音をなきくらすうつせみのむなしき恋も我はするかな（同集一九二）

と詠まれるような、「泣きくらす」「むなしき恋」物語の予告と取るのが妥当な所と思われる。

その空蟬巻はまず、

寝られたまはぬままには、「我はかく人に憎まれても習はぬを、今宵なむ初めて憂しと世を思ひ知りぬれば、恥づかしくて、ながらふまじくこそ思ひなりぬれ」などのたまへば、

と語り始められている。寝られないのは光源氏で、「今宵初めて憂しと」思い知らされた相手が、あの帚木の女らしい。以下、「並み並みならずかたはらいたしと思ふ」女側の心情も語られて、前巻でいったん区切りが付けられた帚木の物語が（消えないまま）続いていることが明かされる。その意味でこれも「帚木の女」との物語なのだが、周知のとおり彼女には、本巻末の詠歌によって「空蟬」なる呼称が定着している。またそのことが、前巻との間に奇妙な関係を生じさせることにもなった。それはある意味で、帚木の存在理由が揺らいでしまう事態だったと言えようか。

先鞭はすでに無名草子に認められる。源氏物語の女性たちが語られてゆく中、この伊予介の後妻は「空蟬」と呼ばれ、例の「空蟬は源氏にはまことにうち解けず、うち解けたり」の議論の的となっている。そこで彼女が「うち解けなかった」ことの証しとして、「帚木といふ名にて、うち解けざりけりとは見えてはべるものを」と言われるのだ。古歌にあるとおり、帚木の名こそが「会はぬ君」の証し、ということだろうか。「空蟬」なる女の人柄を説明するために、いわば人物評に奉仕すべく、帚木は都合よく懐柔されてしまっている。

注釈のレベルでも、それは顕著であった。例えば花鳥余情が前巻「帚木の」の歌に施したのは、「帚木は空蟬にたとへたり、有りとは見れどあはぬ故也」という注だった。「有りとは見れどあはぬ」帚木を、ここで空蟬（の女）に喩えたという説明は、順序としてはおかしい。源氏の歌に「数ならぬ」と応じたこの時点なら、彼女はまず「帚木」と呼ばれるべきである。様々に呼称される作中人物を特定すべく、固有名のようなものが、注釈上は必要であろう。しかしそれはあくまで便宜上に留めておかないと、読み手に託されていたはずの想像力を鈍らせることにもなる。

こうした帚木をめぐる問題は、実際は次の巻とも関わっていた。つまり「空蟬」に加えて「夕顔」もが女の呼称として固定されてしまったために、同じ理由で人物呼称でもあり得たはずの（関屋巻ではそう使われてもいた）「帚木」は、別称に貶められるか、宙に浮くことにもなった。この浮いた帚木問題に、ある意味最も関心を寄せたのが、宗祇の雨夜談抄だったといえようか。そこでは帚木の巻名に触れて、

此巻の名なれ共、此物語五十四帖にをよぼす名也。其ゆへは、此物語はつくり事にて、なき事にはあれども、又昔有こし事どもをおもかげにしてかける也。

と説かれている。帚木とは、全巻の総序ともいうべく五十四帖を象徴する言葉であって、空蟬や夕顔のような命名

とは次元が違うというのだ。こうした「雨夜の品定め」重視の姿勢は、帚木三帖は「品定め」の部分と、実際の女性たちとの出会いと別れ、つまりは空蟬の女、夕顔の女の物語とに三分した方が理に適うとする立場にも通じてくる。

帚木が総序たり得る根拠として、雨夜談抄はさらに「されば五十四帖、ことごとく有物かとみればなく、なき物かとすればある物なれば、此帚木一部の名になるもの也」とも説いている。同じく「帚木」に「源氏一部の名にかけて見るべきなり」と注し、同説を踏襲する細流抄にも、「一切衆生のあるかとすればなき有さまに能叶へり」といった記述がある。ここに帚木伝説は「胡蝶の夢」とも重ねられつつ、「あるかとすればなき」物語の本質論にまで駆り出されているのだ。*7

だが帚木とは、見てきたように実際は「品定め」以降、伊予介の妻との贈答に満を持して現れる（そこにしか使われない）言葉であった。雨夜の品定めを含めた現行の区切りをもって、つまり帚木（の歌を交わした女と）の物語を象徴する巻名として、それがあることは動かない。こうした説の根底には、帚木という巻名が空蟬夕顔と並ぶことに、読者が感じた納まりの悪さがあるといえようか。むろんそれは、巻名が人物名に振り分けられてしまう不都合を、逆に物語るものでしかない。

六　虫の女

空蟬は改めて巻名として、古歌にある〈むなしき恋〉の予告程度に受け取っておきたい。ただ結果として、豊富な「うつせみ」歌群とは裏腹に、また十四首の歌を抱えた前巻とも対照的に、本巻の詠歌はわずか二首、それも巻末を待たなければならない。前掲の本文をうけて、まず物語は源氏の三度目の紀伊守邸訪問を描いてゆくことになる。女の方は、伊予介の娘と碁を打っていた。垣間見る男の目に「頭つき細やかに小さき人の、ものげなき姿」「手つきやせやせにて」と映る女の身体。それとは対照的に、碁の相手は「いと白うをかしげにつぶつぶと肥えてそそろかなる」若い娘だった。寝所に忍び込んだ源氏が契りを持ったのは、結局はその娘の方であり、気配を察した女はここでも帚木の名の通り「行けど会はぬ」を貫くことになる。源氏が手にできたのは女の「脱ぎすべしたると見ゆ薄衣（小袿）」だけであった。

空蟬のむなしき恋、それは帚木の女を訪ね、再び拒まれた男の心を象徴するものであった。男の側から、改めてこの体験が〈空蟬の恋〉としても更新されたことになる。帰ってからも眠れない源氏は、手習のように畳紙に書きすさぶしかなかった。

空蟬の身をかへてける木のもとになほ人がらのなつかしきかな

〈空蟬の恋〉をも思い知らされた男の歌、となろう。手にしたのは空蟬のから（蟬の抜け殻）のような衣だけだと、まずは挫折が刻まれる。しかし「から」に「人柄」を掛け、「なつかしきかな」と詠んだ下の句によって、〈むなしき恋〉では終れない未練も吐露されている。帚木の女を求めて、「もとをもとより見る人もなき」木（人丸集）を訪ねて行った男が、「空蟬の身をかへてける木のもと」に立ち尽くす。ようやく辿り着いたと思った「木のもと」には、抜け殻しかなかったのである。源氏が帚木の女に求めたもの、その手に入れ難さは、一方に伊予介の娘との顚末が描かれたことでおのずと明らかにされている。

小君によって男の歌は届けられた。手にした畳紙に女はこう添えたという。

空蟬のはにおく露の木隠れて忍び忍びに濡るる袖かな

男に「空蟬」（蟬、すなわち虫の女）と呼びかけられたことを受け[*8]、その「は（羽）」に「は（葉）」を掛けて置く「露」を導いている。「木隠れて」は、岷江入楚を踏まえて倉田実が解釈を示したように[*9]、源氏から隠れた己も重ねられているのだろう。ただ、古今集や後撰集では「木隠れる」のは月やホトトギスなどが多いこともあり、ここも「葉に置く露」が木陰に隠れるように（倉田説）と三句目で切るのは収まり悪い気もする。場面に引き付けつつ、（身を変えた）蟬の「羽」に、「葉」に置く露のように、（あなたから）身を隠したまま忍び忍びに濡れる（わが）袖であるよ、と二句目で切って解しておく[*10]。

先の帚木の贈答と結び付ければ、男が辿り着いたつもりの「木のもと」も、身を隠した女ともども「消ゆる帚木」であることも暗示される。歌としては空蟬（蟬）から木が詠まれているが、帚木に継ぐ贈答であってみれば、帚木あっての空蟬だろう。ただ、直前に再度語られたその心中「ありしながらのわが身ならばと……」を下の句（忍び忍びに濡るる袖かな）と重ねれば、女は男の歌に胸打たれてはいるらしい。しかし歌は届けられないまま、唐突にこの巻は閉じられる。歌そのもので終る「奇抜な巻末」（新大系）として。

歌で終る奇抜に加え、さらに女の歌が伊勢のものだったとすると、「引歌表現の極限的な場合」（全集）と評されるような趣向までが、ここには凝らされていたことになる。伊勢集成立の問題と絡んで、言われているように実証的な決着は難しい[*11]。いずれにせよ、見てきたように女の歌は男の歌とともに物語世界と密接に結び着いており、古歌だとすれば、ここから空蟬の恋が構想されたといえるほど重要な役割を担っていたことになる。物語本文からは、空蟬と詠みかけられた女の歌と受け取って何ら問題はあるまい。仮に説明不要な、周知の古歌だったとするならば「源氏への思いをもはや古歌に託すしかなかった」女の哀切を訴えたとも解せるが、巻名を予告と取る立場からは、むしろあざとさを残す。

何よりも、ここに帚木の女は空蟬の女へと、巻をまたいで脱皮した。そして、帚木を〈消える〉心象に塗り替えたように、空蟬には「蟬の抜け殻」なる印象を定着させたといえる。空蟬がただちに抜け殻を意味したわけではなかろう。〈抜け殻を残した空蟬〉である彼女こそが、その重心を抜け殻へと移行させたのだ。[*12]

七　夕顔の白い花

帚木、空蟬と、歌語を巧みに変奏してみせた二帖に続いて、夕顔なる巻名が登場する。古歌という拠り所の、それは唐突な消滅をも意味していた。[*13] およそ和歌とは縁のなかったその花に、あえて注目してみせたのは枕草子だった。「なでしこ」を筆頭にあげる「草の花は」で、「朝顔を思わせる名前には引かれるが、実の有様がいただけない」と活写されている。「名」にし負う風流より、目についてしまう大きな「実」。帚木や空蟬を道しるべとしてきた者たちを、まずは途方に暮れさせるイメージである。しかし、その憂慮を覆すように、夕顔の花は早々と物語に登場してくる。巻末歌にようやく帚木や空蟬の現れる前巻までとは、興味の持たせ方が逆である。夕顔が、歌語としては手付かずの「白い花」であることが、どうやら逆手に取られているらしい。

場面は、光源氏が五条に乳母を見舞う所から。すでに空蟬の女とは別の物語が始まっているようだ。そこで車中の源氏は「青やかなる葛」に「白い花」を目にとめる。「をちかた人にもの申す」、すなわち「そのそこに白く咲けるは何の花ぞも」の歌句を経由して、随身からその名が告げられた。

かの白く咲けるをなむ、夕顔と申しはべる。花の名は人めきて、かうあやしき垣根になん咲きはべりける。

賤しい垣根に咲くのは、源氏にとって未知なる花。同じように読者にも、その名から展開を予想させない。「おのれひとり笑みの眉ひらけたる」白き花を、「口をしの花の契りや、一房折りてまゐれ」と源氏が所望することで、しかし花は確実に物語の鍵となってゆく。家の童からの白い扇とともに花は随身へ。乳母を見舞った後、香りの残る扇にようやく源氏は目をやった。書かれていたのは、

心あてにそれかとぞ見る白露の光そへたる夕顔の花

こうして歌に開花した夕顔は、知られているように諸説も紛紛と咲き乱すことになった。ただ確かなのは、この歌がまず躬恒の「心あてに折らばや折らむ初霜の置きまどはせる白菊の花」(古今集)を想起させるという点だろう。[*14] 類同性によって、歌が歌を呼び込んでくるのだ。それはまた読者にひとつの理解を促すものでもあった。清水婦久子の提示する、両歌を同じ「伝統的な作り方をした歌」として、「それ」を「夕顔の花」と取る解である。[*15] 折ったのは誰であれ、家主から所望した貴人へ花を奉る形で、「見当をつけてそれ(夕顔の花)かと見ます、白露が光を添えている(あなた様の目に留めてもらって光栄なこの)花を」どうぞ、くらいの挨拶となろうか(工藤重矩の解釈も参考にした)。[*16]

ただし、改めて物語本文に立ち戻り、場面の介入を受けるとき、「それ」はどうしても歌の中に行儀よく収まってはくれない。[*17] 女側が相手を、源氏かそれなりの貴人と「見当をつけて」いた可能性から、指示内容も花を奉る相手へと広げ得ることになろう。すると、類同性によって呼び込まれていたはずの躬恒歌が、今度は差異を主張し始める。「折らばや折らむ」と「それかとぞ見る」との位相の違い、後者が「それ」なる指示詞を抱える点が大きい。結果として「見当をつけてその人かと見ます……夕顔の花(のような私)は」などと、相手の気を引かざるを得ない歌としても読めてくる。

一方だけが正解というわけではない。同時に成り立つというのも少し違う。あえて両解が時間差で成り立つよう

に、場面が仕組まれているというべきか。乳母を見舞う場面を経た後に初めて提示されるこの歌は、いわば詞書と切り離された詠歌として、読者をまずは「似ている」躬恒歌へと誘導する。しかし女の正体を踏まえて読み返せば、頭中将誤認説まで出てくるように[*18]、そもそもは随所に謎を誘発するような語りの内にあることが[*19]、否応なく実感されてくるだろう。いずれにせよ、「光そへたる」（光源氏の目に留めてもらった）ことで、夕顔なる花は和歌世界に踊り出た。もうひとつ確かなのは、この歌がその〈宣言〉にもなっているということだ。

惟光の話からも相手を宮仕人と推測し、源氏は筆跡を変えて返歌した。

寄りてこそそれかとも見めたそかれにほのぼの見つる花の夕顔

近寄ってこそそれかと見よう、黄昏にほのかに見た花の夕顔（夕方の顔）を。「笑みの眉ひらけたる」とあった夕顔だが、この贈答によってまだ見ぬ女へと重ねられてゆく。夕顔の歌を交わした女、ここで巻名は彼女との恋を予想させるに至る。そしてやがてはその女こそが、かつて常夏に喩えられた頭中将の女であったことが明かされ、帚木（木）空蝉（虫）の女に対する「草の花」の女という、もうひとつの系譜が、詠歌から立ち現れてくるわけだ。

八　「草の花」の女

ただし、この夕顔の女が「もし、かのあはれに忘れざりし人にや」と、常夏の女と結び付けられるまでには、伊予介の妻が（源氏の思いの中に）再登場させられてもいた。「かの空蝉のあさましくつれなきを、この世の人には違ひて思すに」と、いまだ源氏が忘れられないという文脈だが、初めて空蝉が女の呼称に重なる所でもあった。しかしそれは、女が空蝉と命名されたということではないだろう。この時点では帚木よりも空蝉の印象が優っていたという、いまだ相対的な状況に過ぎまい。以下、改めて「雨夜の品定め」が想起されることで、帚木と空蟬、そしてこの夕顔巻が、何より大きな物語として連動していることが明らかになってゆく。

品定めを契機に語られる源氏の「隠ろへ事」としては、帚木／空蟬の女から、常夏／夕顔の女へと、地と図が入れ替わってゆくわけだ。以下、夕顔の女が源氏と歌を交わすのは計三回。伝わる詠歌は六首となり、たちまち空蟬の女を凌ぐことになった。紙幅の関係上、特に問題の多い五首目の歌に触れておく。

山の端の心もしらで行く月はうはの空にて影や絶えなむ

古注以来「山の端は源氏によそへたり」と解されてきたが、ここも歌自体としてみれば、「行く月」を男、「山の端の心」を女自身の喩とする清水説を支持したい。[*20]「山の端の心も知らずに、行く月（あなた）は天空で消えてしまうでしょうか」と、男の歌に切り返す形である。「行く月」に対する「山の端」という歌語の位相に加えて、〈草の花（常夏／夕顔）〉なる女の属性に、大空を行く印象は重ね難くもある。ここに彼女の「死の予感」を読むことも、[*21]後から振り返れば「消える月」が実は当人の運命をも暗示する詠みぶりだったという次元での理解となる。

女は最後の詠歌では、

光ありと見し夕顔の上露はたそかれ時の空目なりけり

と、かつて夕顔に「そへた」あの「光」を、「たそがれ時の空目」だったと詠み返している。歌として、晴れて脚光を浴びたはずの夕顔の花。その光を錯覚と斥けることで、女は花の名を花に返そうとする。夕顔はあくまで賤しい垣根に咲く、それだけの花だというのだ。最初の歌にあった「山がつの垣ほ」に通じる卑下でもあろう。しかし女が幕引きを試みた夕顔は、この後に語られる自らの死、そのはかない生涯によって、後世には堂々たる歌語としてもてはやされてゆくことになる。[*22]

常夏の女は「夕顔」に新たな心象を刻んで物語から消えた。一方の帚木の女は、負けまいとするかのように、ここで自ら源氏に見舞の歌を贈っている。源氏からの返し、

空蟬の世は憂きものと知りにしをまた言の葉にかかる命よ

には、古今集の定石どおり「空蟬」を「世」にかけて、はかなさを詠み込み、葉にその「羽」を掛けている。さらに伊予へ下るさい、餞別と小袿を届けた源氏に対して、

蟬の羽もたちかへてける夏衣かへすを見ても音はなかれけり

と、女が返したとある。「蟬の羽のうすき衣」（拾遺集七九）である夏衣を返されて、冬なのに鳴いて（泣いて）しまう蟬なのだという。この贈答により彼女の詠歌は五首となった。〈花の夕顔〉に対峙すべきが〈虫の空蟬〉だという印象は、この両歌によって極まることになる。後に源氏と再会を果たす空蟬の女は、さらに二首の歌を加えている。出家が語られるその関屋巻を待って、ようやく夕顔の女が残した歌数を越すわけだ。そこでは「かの帚木」と想起され、改めて帚木の女として据え直される彼女。今度は羽化でなく「尼衣」を身に纏って、物語から退場して行った。

「……あまりもの言ひさがなき罪、避りどころなく」。かくて帚木巻からの光源氏の「隠ろへ忍びたまひし」物語が、ひとつの終結を告げる。「帚木」「空蟬」に歌語として新たな心象風景を刻みつけ、歌語ならざる「夕顔」を歌の世界へ導いた三帖の物語でもあった。

世の中にをかしきこと、人のめでたしなど思ふべき、なほ選り出でて、歌などをも、木、草、鳥、虫をも言ひ出だしたらばこそ、〈思ふほどよりはわろし、心見えなり〉とそしられめ……

とは枕草子跋文の一節。「ただ心ひとつにおのづから思ふ事」を標榜する清少納言にとって、「歌」に詠まれ続ける

「木、草、鳥、虫」は、いやでも意識せざるを得ない鉱脈であったらしい。[*23] 帚木三帖はまた、「木」を「鳥」を「虫」を、「草の花」を詠み、詠まれた女たちの歌物語でもあった。

注

*1 巻名を歌語から捉え直す試みとしては、近年、清水婦久子に「源氏物語の和歌的世界」(『源氏物語研究集成 九』風間書房、二〇〇〇)以下、一連の成果がある。

*2 藤岡忠美「源氏物語の源泉」(『源氏物語講座 八』有精堂、一九七二)ほか。

*3 以下、物語本文は小学館『新編日本古典文学全集』による。

*4 鈴木日出男「『源氏物語』の和歌」(『古代和歌史論』東京大学出版会、一九九〇、初出一九八〇)。なお同氏には源氏物語における和歌表現が、決して「事実の心の反映だけによってはいない」、「むしろ逆に、歌の言葉が、いわばもう一つの関係として、人間関係をつなぎとめていく」ものである、との指摘もある(「物語と和歌的なるもの」『源氏物語虚構論』東京大学出版会、二〇〇三、初出二〇〇二)。またそれは読者との関係にも敷衍されよう。

*5 吉見健夫「空蟬物語の和歌」(『平安文学の風貌』武蔵野書院、二〇〇三)。

*6 藤河家利昭「帚木の歌と空蟬」(『源氏物語の源泉受容の方法』勉誠社、一九九五、初出一九八七)、吉見健夫(注*5に同じ)参照。

*7 日向一雅「『帚木』三帖の主題と方法」(『源氏物語の準拠と話型』至文堂、一九九九、初出一九九八)に詳しい。

*8 源氏の歌には「蟬のもぬけになって、姿かたちを変えてしまった」(新大系)という解があるが、「蟬が姿を変えてしまった」と解すべきだろう。女自身は蟬に喩えられている。

*9 倉田実「源氏物語『空蟬』巻の巻末歌をめぐって」(『大妻国文』二〇〇一・三)。

*10 従ってこれを「蟬の抜け殻に露のかかる光景」(清水婦久子・注*1に同じ)と見ることはできない。なお吉見

健夫（注＊5に同じ）も同歌を二句目で切るが、羽に葉を掛けず「はかなさ」を導くものとする。歌自体の解釈としてはそれも否定できまい。

＊11　諸注の解釈については倉田論文（注＊9に同じ）を参照。それ以降では高木和子「空蟬巻の巻末歌」（『源氏物語の思考』風間書房・二〇〇二、初出二〇〇一）吉見健夫（注＊5に同じ）がそれぞれ源氏物語創作歌として論じている。なお、多くの先行論文をここでは紹介しきれなかった。詳細は上原作和編『人物で読む源氏物語　葵の上・空蟬』同『夕顔』（勉誠出版、二〇〇五）などを参照されたい。

＊12　顕昭『古今集註』（うつせみとは蟬のもぬけをいふ也）を受けて、今日でも空蟬は「蟬の抜け殻から転じて蟬そのものをいうようになった」と説明されるが、当時の和歌では「蟬そのもの」の方が主流といえる。万葉時代に「打背見」「宇都世美」等の借字のひとつだった「空蟬」「虚蟬」、その「うつ」の語感が抜け殻の意に解されて行ったのであって、抜け殻ゆえに「虚蟬」と表記したわけではあるまい。当の古今歌七三番歌も、あえて抜け殻と取る必然性はない。物語当時の「空蟬」のイメージは、あくまで「蟬」を第一義とすべきだろう。それ自体が「はかなさ」を表す例もあるが（後選集一九三）、一般には夏の景物でもあった蟬が、特に「はかなさ」「むなしさ」と結びつく際に「うつせみ」の語感が好まれたものと思われる。

＊13　わずかに「朝顔の朝露おきて咲くといへど夕顔にこそにほひましけれ」（人丸集）が伝わる。朝顔あっての夕顔であり、この対比は夕顔巻（中将のおもととの贈答場面）にも引き継がれている。

＊14　古注以来多くの指摘があるが、両歌の関係付け方は様々。小林正明は「否定的な媒介」としての躬恒歌を位置付け、その差異を適確に言い当てている（「夜を往く光源氏」『源氏研究4』一九九九および「夕顔・偶像の黄昏」『解釈と鑑賞』二〇〇六・十二）。また、「躬恒の歌を考慮して解する必要はない」とする山本利達の論もある（「夕顔の『心あてに』の歌の読み方」『滋賀大国文』二〇〇五・七。「それ」を「心中にある人＝源氏」と解すもの）。

＊15　清水婦久子「光源氏と夕顔」（『源氏物語の風景と和歌』和泉書院、一九九七、初出一九九三）。

＊16　工藤重矩「源氏物語夕顔巻の発端」（『福岡教育大学紀要』50、二〇〇一）。

＊17　室田知香「夕顔物語の発端」（『国語と国文学』二〇〇四・九）は、歌中の「それ」が場の文脈をも受け得ることを指摘する。
＊18　黒須重彦『夕顔という女』（笠間書院、一九七五）。
＊19　「夕顔に『あやし』を幻出してゆく語り」（今井久代「夕顔物語の『あやし』の迷路」『源氏物語構造論』風間書房、二〇〇一、初出一九九六）、「語り手の仕掛けが夕顔を〈謎〉たらしめている」（斉藤昭子「夕顔巻・表裏の〈他者〉」『人物で読む源氏物語・夕顔』勉誠出版、二〇〇五、初出一九九八）などと指摘される。
＊20　清水婦久子（注＊15に同じ）。松下直美「夕顔巻　山の端の贈答歌について」（『国文』二〇〇三・七）も同解釈。
＊21　今井源衛「夕顔の性格」（『源氏物語の思念』笠間書院、一九八七、初出一九八一）ほか、同様の指摘は多い。
＊22　夕顔をめぐる後世の受容については、ハルオ・シラネ「夕顔、詩歌、絵画」（『源氏物語と和歌世界』新典社、二〇〇六）、鈴木健一「源氏物語と近世和歌」（『源氏物語と和歌を学ぶ人のために』世界思想社、二〇〇七）などに詳しい。
＊23　「花の木ならぬは」の段にも「草、木、鳥、虫もおろかにこそおぼえね」とあり、この題材へのこだわりが窺える。帚木三帖は、そんな枕草子への物語からの一回答にもなっている。

明石一族の和歌

秋澤　亙

一　唱和する一族

『新編 日本古典文学全集』（小学館・平六〜一〇）[*1]第六冊巻末に付帯された「源氏物語作中和歌一覧」（鈴木日出男編）は、詠んだ人物ごとに作中和歌の概要が俯瞰できて、まことに至便である。これに依拠して女君たちの和歌を詠みかける相手に着目してみると、なかなか興味深い事実に気づかされる。例えば、朝顔・朧月夜・源典侍・筑紫五節・六条御息所などの詠んだ和歌は、独詠歌を除くと、全て光源氏に向けられたものである。空蟬・末摘花・藤壺・花散里の場合も、わずかな例外を除いて、他は光源氏。つまり、もともと光源氏との関連が薄い雲居雁や落葉宮、あるいは一条御息所などを別にすれば、正篇の主たる女君たちの和歌は、大半が光源氏に対して向けられていることになる。この事実は、この作品の正篇の和歌の贈答や唱和が、基本的に光源氏と女君との間のそれを描くために存在することを、いみじくも物語っているだろう。和歌を通して光源氏の「すき」の行為が支えられる物語と把握される所以である。*2

明石の君の場合も、詠歌の過半は光源氏に対して向けられており、その限りにおいては、他の女君たちと変わらない。しかし、特徴的なのは、彼女の詠作中に父親の入道や母親の尼君、もしくは実娘の明石中宮との贈答や唱和が少なからず含まれている点である。明石の君の和歌は全部で二十二首を数えるが、内訳は光源氏に向けられたものが十三首、紫の上との贈答が一首、宣旨の娘（姫君の乳母）との贈答が一首、独詠が二首、残りの五首が明石入道、尼君、姫君（中宮）との贈答、ないしは唱和である。つまり、母としてであれ、娘としてであれ、明石の君が親子で詠みあった和歌は五首ということになるが、この数値は決して小さいものではない。

と言うのは、この作品には、親子の間の和歌のやり取りそのものが、ほとんど見られないからである。それと認定できるものは、真木柱と鬚黒のもとの北の方（真木柱三七三頁）、頭中将と柏木（藤裏葉四三八頁）、同じく紅梅（柏木三三五頁）、八の宮と大君・中の君（橋姫一二二頁）、浮舟と母親の中将の君（東屋八四頁、浮舟一九五〜六頁）くらいであり、全編で三十九首もの大量の和歌を謳い上げている夕霧でさえ、父親の光源氏との間には、わずかに一首が確認されるに留まっている（幻五四二頁）。

もっとも、こうした親子の間の贈答が少ないことは、この作品固有の問題でなかったかも知れない。当時の現実社会において、親子の間で日常的に和歌を詠み交わす習慣があったどうかは、十分に説かれていない。平安中期に書かれた女流日記は、当時の女性のなまの日常を和歌中心に垣間見せてくれるので、こんな場合の参考になるだろう。その嚆矢である『蜻蛉日記』は、言うまでもなく道綱母の手になるものだが、父親の藤原倫寧を専ら「頼もし人」「頼もしき人」と呼び、母親と思われる「古代なる人」が重要な局面で的確な助言を施すなど、両親の存在感が強く見て取れる作品である。だが、そうした作品にして、両親と道綱母自身との間の和歌贈答や唱和は全く存在しない。また、下巻になると、息子道綱への関心が強くなり、その詠作が多数載せられるようになってくるが、それらは全て彼本人が恋愛相手の女性と詠みかわした贈答歌であり、母親である作者とのやり取りは一首も混じっていなかった。

同じく、菅原孝標女の『更級日記』も重要であったろう。この作品の場合も、今の『蜻蛉日記』ほど極端ではないが、やはり作者と親とのやり取りが十分には認められなかった。さすがに父親の孝標とは、地方下向の折などを中心に二、三の贈答を行っているものの、母親の倫寧女（道綱母の妹）との詠歌のやり取りは絶無である。この母親は、孝標女のために物語を用意してやったり、いきなり出家してみせたりするなど、作品内における行為には感動を伴うものが少なくないが、作者との間には、言葉の上での交流はあっても、それが和歌という形には結実されないのである。ところが、その一方で、この作品には、「親族」や「継母」といった関係性の近い人間との和歌のやり取りが頻繁に登場する。そうした交流が盛んであるだけに、作者と両親との和歌贈答や唱和の僅少さは、我々の目には際立って映る。

このような事例を見る限り、当時の貴族の親子たちが普段の生活において、恒常的に和歌を取り交わしていたとは解しにくい。特に、道綱母の場合は、新婚間もなく父親が陸奥国に旅立った際にも、さんざん地の文で別れの悲しみを訴えておきながら、実際に倫寧と和歌を詠み交わす姿は描かれていなかった。倫寧が婿の兼家に娘の今後を託す和歌を贈り、それを道綱母が発見するという場面が存在しただけである（上巻・九八頁）。当然のことながら、その和歌に応じて返歌をしたのは兼家であり、道綱母は蚊帳の外だった。そうした記事の延長線上に、父親と恒常的に和歌のやり取りをしている生活を、無邪気に想像することは不可能だろう。

むろん、こうした類のことには、それぞれの作品の主題性との関わりなども考慮されなければならないし、個々の家々の家風のようなものも軽視できないに違いない。だから、一概にこれを以って、平安一般の風潮と考えるわけにもいかないが、先にも触れたように、実際に『源氏物語』でも親子同士の和歌のやり取りが少なかった事実は、これらのことと無縁ではなかったように思われる。また、試しに三代集などを手繰ってみても、親子間での贈答、もしくは唱和が詠出背景になっていると認められる事例は、さして多くなかった。それと確定しうるものは、『古今集』に七首、[*3]『拾遺集』に六首、[*4]『後撰集』に至ってはわずかに一首に過ぎない。[*5]これに対して男女の間の贈答は、それぞれの和歌集が数巻の部立を割いて、三桁に及ぶ「恋歌」を選んでいるのであるから、その数量的な格差は圧倒的だと言えるだろう。

もちろん、普通に考えを巡らせば、平安時代の親子たちが一生の間に全く和歌を詠みあわなかったという想定はあり得まい。しかるべき折に、歌に託して、改まった気持ちを伝える局面があったことは間違いなかろう。しかし、かりにそういう生活があったにせよ、その種の歌が普段の日常において頻繁にやり取りされていたかというと、その確証は必ずしも持てない、ということである。このことは、贈答歌や唱和の本質とも言うべき対人的性格が、元来『万葉』の相聞の形式を基本とし、さらにはその淵源に太古の歌垣が見据えられるという、[*6]伝統的な経緯に由来していたもののように思われる。この事情を踏まえて考えれば、贈答歌や唱和が仲立ちする人間関係とは、基本的に男女の仲のことであり、少なくとも親子の間柄ではなかった。男女の間では何のてらいもなく詠み交わせる和歌が、親子の間となると照れくさくてためらわれる。和歌に付着せしめられた伝統的な恋歌の臭気が、それを親子の間にはそぐわないものと認識させ、暗黙の規制力となったものかと推測されるわけである。

二　親子による和歌

このように見ると、明石一族を特徴づける和歌のありようとして、親子間の贈答歌や唱和の多さを挙げることができそうであるが、このことにはどういった作品上の意味があったのか。それを見極める前段階として、ここでは物語に窺える他の親子たちのやり取りを検証してみたい。明石関連の記事を除くと、最初に見える親子の贈答は、上述の通り、真木柱巻に見える真木柱の姫君と鬚黒のもとの北の方とのやり取りである（三七三頁）。

熾烈な求婚争いを制して玉鬘を手にした鬚黒は、火取の灰をぶちまけられた事件を口実に、もとより狙っていた北の方との離縁に着手する。北の方の父親の式部卿宮は、鬚黒の冷淡さにあきれ、子息たちを差し向けて、娘である北の方、及び所生の孫や孫娘を引き上げることにした。その孫娘が、いわゆる真木柱の姫君である。姫君は、馴染んだ鬚黒邸を離れることをためらい、「今はとて宿離れぬとも馴れきつる真木の柱はわれを忘るな」と書きつけた檜皮色の紙を柱のひび割れに押し込む。この姿を見た母北の方は、「馴れきとは思ひいづとも何により立ちとまるべき真木の柱ぞ」と応じる。言うまでもなく、巻名の「真木柱」の由来となった著名なやり取りである。

ここでは、柱のひび割れが、同時に自分たちを離散させる一家の亀裂を意味していたのだろう。そのひび割れを埋めあわせるかのように押し込まれた和歌の色紙は、この家族離反の溝を埋め戻したいという、祈りにも似た姫君の気持ちの表象だったに違いない。だが、これに和する母北の方の歌は冷徹であった。姫君の無念に一半の理解を示すと見せて、すぐさまそれを翻す。娘の思いを一蹴して、冷水を浴びせかけるのである。両親の不和に戸惑う娘と、その娘の戸惑いに苛立つ母親。北の方は、狼狽する娘を慰撫してやる余裕もないほどに、みずからが傷ついているのである。しかし、この母娘は、歌によって単純に自分の思いを主張しあっているだけではなかった。裂け目を持った「真木の柱」に、等しく幸せだった頃を懐かしみ、等しくその引き裂かれた今を悲しんでいるのである。つまり、互いの思いの向かう先は必ずしも同じではないものの、この母娘は自分たちを襲った一つの悲劇に対して、同じように苦しみを覚えている。そして、その母娘二人の同じ思いは、ひび割れた真木の柱という一つの景物に、等しく託されていたわけである。

もう一つ例を見てみよう。取り上げたいのは、橋姫巻の八の宮、及び大君、中の君の父娘三者の唱和(一二三頁)。彼らの眼前に立ち現れるのは、「春のうららかなる日影に、池の水鳥どもの翼うちかはしつつおのがじし囀る光景である。恐らく、この「水鳥」は雌雄仲睦まじい鳥として古来名高い鴛鴦であろう。この時、八の宮は失意の人生の末、最愛の北の方を喪っていた。そんな八の宮にとっては、水鳥の睦びあう光景が、亡くなった北の方と自分とのかつての姿に重なって見える。「うち棄ててつがひさりにし水鳥のかりのこの世にたちおくれけん」という八の宮の歌は、自分や二人の姫君を残して黄泉路へ旅立った北の方に呼びかける絶唱であった。同時に、その水鳥である北の方の、雁の卵(かりのこ)ならぬ姫君たちを産み残していったこの現世が、「仮のこの世」という、いかにも空しく、生きる意味に乏しい世界として観ぜられるのである。

これに対して長女の大君は、「いかでかく巣立ちけるぞと思ふにもうき水鳥のちぎりをぞ知る」と手習紙に書きつける。大君にとって、池の上に浮かぶ水鳥は「憂き水鳥」でしかなかった。幼い自分たちを置いて、「つがひさ」ってしまった夫婦鳥だからである。しかし、その夫婦の契りがなければ、自分もこの世にいなかったし、こうして大きくなって巣立つこともなかった。はかない夫婦鳥の憂き宿世に対する大君の思いは複雑である。

さらに追和を強いられた二女の中の君は、「泣く泣くもはねうち着する君なくはわれぞ巣守りになるべかりける」

と幼い手跡で添える。北の方は、中の君を産み落とすのと引き換えに、命を落とした。だから、北の方を慕っていた女房たちも、中の君にはつらく当たるのである。しかし、「ただ、この君をば形見に見たまひて、あはれと思せ」という北の方の遺言を重く受け止めて、父親の八の宮だけはこれを愛育した（一一九頁）。幼いながら、中の君はその事情を知っていたのであろう。だから、中の君には、目の前で翼を打ち交わしているだけの水鳥が、たった一人ではねを自分に打ちかけて守ってくれている父宮の姿として映る。

確かに、この三首の感慨はこもごもであろう。八の宮の思いは亡き妻を偲ぶ情であり、それに応和する姫君たちの歌は、片親となった自分たちをここまで育て上げてくれた父宮に対する感謝と称揚である。北の方の亡くなった当時、数え年三歳だった大君に、母の記憶はないも同然であろうし、まして生まれたばかりの中の君は、そのぬくもりすら覚えていないに違いない。したがって、この姫君たちが父宮の追懐に心から共感できるはずはないのである。ところが、そうでありながら、これらの唱和は強い一体感を有し、一つのまとまりを見せている。かりに三者の思わくがそれぞれ違った角度を向いていても、もとよりそれは北の方を喪ったという同一の不幸に端を発する同根の思いであり、さらに各歌に等しく取り込まれた水鳥の光景が、際限なく拡散してゆきかねない各々の感慨を一定の枠内につなぎ止めている。だから、そこには、眼前の「水鳥」の光景を核として、父娘それぞれの立場の違いを超えた共感が形成され、麗しい家族の肖像が浮かび上がることになる。[*7]

このような事例を見ても分るように、総じて親子の贈答や唱和には、その人々が精神的に追いつめられた時に詠まれたものが多い。頭中将（内大臣）と紅梅の父子が、夕霧を交えて和歌を詠みあったのは、柏木の死を悼んだ折である（柏木三三五頁）。また、夕霧が父親の光源氏と相和したのも、彼らが紫の上の死に打ちひしがれている時であった（幻五四二頁）。さらに、浮舟が母親の中将の君に贈った歌は、まさに辞世とも評すべき切迫した内容を含んでいたのである（浮舟一九五〜六頁）。このように考えると、親子のやり取りの中でも、深刻さに欠ける東屋巻の浮舟と中将の君との贈答（八四頁）や、めでたさの中で詠まれた頭中将（内大臣）と柏木との唱和（藤裏葉四三八頁）などは、むしろ例外に属するものであったろう。およそ、この種の和歌は、自分たちの上に等しく降りかかってきた危機に直面して、親子の絆に寄りすがらずにはいられずに発せられた悲痛な叫びだったのである。

もう一つ注意しなければならなかったのは、そのようなやり取りが唱和や贈答の形を取って成立した場合には、いずれも同一の物象を歌に詠み込むことで、親子の連帯が維持されていた点であろう。上述の例で言えば、真木柱の姫君と母北の方は「真木の柱」、八の宮父娘は「水鳥」、頭中将と紅梅は「かすみの衣」、光源氏と夕霧は「ほととぎす」が、その共有された事物に相当する。親子というものは、年齢も違えば、立場も異なる。見ようによっては、最も利害の対立しやすい関係にあったと言えるかも知れない。その意味では、物事の捉え方が様々な観点において極めて一致しにくい人間同士なのである。一つの物象を和歌に取り込むことは、そのように、ややもすれば物の見方を異にしがちな親子たちが、互いの立場の違いを乗り越えて、一つの共感を保つための知恵であるに他ならなかった。

三　不在の共感

このような点を踏まえつつ、明石一族の唱和や贈答を具体的に追ってみることとする。その最初は、松風巻で明石の君たちが大堰に移住する際の別れの場面であった（四〇三〜四頁）。この時、明石の君や姫君には、祖母の尼君が連れ添い、祖父の入道だけは現地に残ることになる。明石一族は、言わば一家離散の形となったわけである。

その別れ際、入道が「行くさきをはるかに祈るわかれ路にたえぬは老の涙なりけり」と詠みかけると、尼君は「もろともに都は出できこのたびやひとり野中の道にまどはん」と応じ、さらに明石の君が「いきてまたあひ見むことをいつとてかかぎりもしらぬ世をばたのまむ」と詠み添えて、女君の一行は旅立っていった。

入道の和歌は、旅立つ一行の大堰までの遠い道のりと、姫君の末頼もしい将来とを重ね合わせて、その二つの平穏無事を祈りつつも、こらえきれずに途切れぬ涙を流す老いた我が身を自嘲したものである。対する尼君の唱和は、かつて夫の入道と手を携えて播磨国に下ってきた自分が、今回は一人で明石の君母娘に付き添うことになった数奇な運命を嘆くと同時に、その行く末に対する不安な思いを訴えた歌であった。さらに、明石の君の場合は、これが入道との今生最後の別れになるかも知れない可能性を懸念して嘆く趣旨となるが、結果的に危惧は的中し、この父娘は生涯に二度と顔を合わせることがなかったのである。

こうして見ると、ここでは入道の歌が基点となって、別れに際しての三者三様の思いが、紡ぎ出すようにして綴られている。鈴木日出男氏は、この箇所に関して、「この三者の唱和は、未来の栄光を夢見ながらも、今現在の悲しみを悲しみとする入道自身の偽らざる心に領導され、父と母と娘の共感の環をつくり出している」[*8]と説いている。だが、確かにこれら三首は等しく一家別離に対する悲哀を含んでいるものの、そこに開示される個々の感慨には、一体化した印象がほとんど希薄であったろう。つまり、同じ離別を一緒に惜しんでいながら、三人の抱く思いには重なる部分が全く見えてこない。言い換えれば、これらの歌は、互いに異なった思いを披瀝しあっているだけで、最終的に一つの境地に収斂してゆかないのである。

その証拠に、この三首は共有する言葉を持っていなかった。強いて言えば、入道歌の「わかれ路」の「路」と尼君歌の「野中の道」の「道」とは、やや近いかも知れない。また、その「野中の道」が、「ふる道にわれやまどはむいにしへの野中の草は茂りあひにけり」（拾遺・物名　藤原輔相）を引歌とするものであったとすれば、それは「いにしへ」や「昔」、「老」などを喚起する歌枕「野中古道」のことであり、入道歌の嘆老の思いと一脈通ずるものがあったことになるだろう。でも、たったその程度である。この二つを除くと、三首に使われている用語は悉く別の言葉であり、このことが歌相互の一体感を決定的に削いでいるように思われる。むろん、これらは直接につがわされた贈答歌ではなく、あくまでも唱和に過ぎないから、先行の歌に詠まれた用語を是が非でも自分の歌に取り込む必要はなかっただろう。しかし、前章でも検証してきたように、この作品中の親子間で詠まれた歌々は、いずれも共通の物象を踏まえ、それをともに歌へ取り込むことで、共感の枠組みを維持していた。そのように共感を保つ定石のシステムが、この明石一族の唱和では機能していない。

同様のありようは、それ以降にも続く。明石の君と尼君は、この後、大堰への道中でも歌を交わしていた。尼君の「かの岸に心寄りにしあま舟のそむきしかたにこぎかへるかな」に対して、明石の君は「いくかへりゆきかふ秋をすぐしつつうき木にのりてわれかへるらん」と応じたものである。俗世に背を向けて尼の身となった自分が、同じくかつて背を向けた京の地に再び帰ろうとしている姿に感慨を寄せる尼君と、秋の物寂しさの中で心細い上京を遂げる我が身を憂える明石の君。ここでは先の場合と異なり、「かへる」という言葉がかろうじて共有されている。だが、その共有された言葉とは裏腹に、二人の感慨に一致したものはない。母親は、娘の身を案じるでもなく、ただただ自分のことだけを嘆じ、娘は娘で、その母の胸中をいたわることなく、ひたすら我が身の不安を訴えるのである。これらは悲哀に満ちた状況だけを共有していて、互いに相手と触れ合う点がない。その意味で、この母娘の歌には、両者をつなぐ共通の軸がおよそ欠如しているのである。

ついでに、この二人が大堰到着後に再び歌を取り交わした場面も見ておこう。大堰山荘の松風と響き合う明石の君の琴の音色に、後にしてきた明石の地を思った尼君は、「身をかへてひとりかへれる山里に聞きしに似たる松風ぞ吹く」と詠みかける。これに対して、明石の君は、「ふる里に見し世の友を恋ひわびてさへづることを誰かわくらん」と和す。

ここでも共通する用語が不在であることには注意すべきだろう。あえて言えば、尼君の「山里」が明石の君の「ふる里」に対応するが、この場合の「山里」は大堰、「ふる里」は明石のことであって、言葉上の合致に反して、中身には大きな違いがあった。歌の趣旨じたいに齟齬が認められるのも、先の旅中歌と同工であろう。尼君は、自分がこの大堰山荘の所有者中務宮の末裔であるという意識の下で、*9 法体に身を変えて故地に戻ってきた我が身を省みると同時に明石の地に思いを馳せ、明石の君は、長く暮らした明石の地を恋いわびる気持ちの理解者がいないことを嘆いてみせる。ここでも両者の詠み上げた境地に嚙み合う点は皆無と言ってよい。母親は母親で、専ら自慰的な懐旧の念に耽り、娘は娘で、最大の理解者として頼ってしかるべき母親を尻目に、ひたすら我が身の理解者の不在を慨嘆するのである。

このように見ると、明石の別離に端を発した一連の大堰旅程におけるやり取りは、一応贈答や唱和の形式を取っているものの、その実、十分な響き合いを持っていなかった。個々の歌が互いに干渉しあうことなく、それぞれの思いを一途に嘆ずべく自立しているのである。前章でも触れたが、鈴木日出男氏は贈答歌や唱和の対人性というものに強く着目した。*10 その対人性とは、対話的とも言い換え可能なものであったろう。そのような性格の対人性ゆえ、贈答歌や唱和は、もともと排他的な雰囲気を持っている。贈答歌は詠者の二人以外は入り込めない孤立した世界であり、唱和は同じ思いの共有抜きにその場に参入できない閉鎖的な空間であった。

そのような詠出の場じたいの排他性を背景に、その内部に高い共感性を築き上げるのが、本来の贈答歌や唱和の役割であったとしたら、大堰旅程に見られた明石一族のやり取りは、それとは様相を大きく異にするものだったろう。贈答歌や唱和の孤絶した空間の中に、それぞれの歌が孤独に存在する。極端な言い方をすれば、これらは相互に共感を舐めあうものでなく、他者に理解されない個々の胸の内を一身に吐露しあっているだけなのである。その意味で、この一族にとっての贈答や唱和は、家族が肩を寄せ合って互いの傷心を癒す類ではなかった。おのおの孤絶をそれぞれに嘆く、言わば独詠歌の集積のごときものなのであり、それこそが明石一族の贈答や唱和の最大の特色であると考えてよかったように思われる。

四　一族という名の孤独

明石一族のこうした贈答や唱和のありようは、何を物語っているのだろうか。むろん、このことはこの一族の背負った稀有な運命と無縁ではあり得なかったに相違ない。思えば、我々は入道たちを「明石一族」などと無自覚に呼んでいるが、この家には当主の入道と尼君、それに明石の君という娘の三人しかいなかった。後には孫の姫君が加わるが、これは表向き、光源氏の娘であろう。まして、その姫君が生んだ東宮以下の皇子たちを、この「一族」の概念に入れ込んで呼んでいる人は稀であったに違いない。つまり、この家族には「一族」と称されねばならないほどの人的な広がりはないのである。[*11] それは我々が、左大臣や妻の大宮、葵の上らの子女を指して、「左大臣家」とは言っても、「左大臣一族」などと呼んでいないことからも分かるだろう。この明石一族をそのように名づけた最初について十分に承知してはいないが、少なくとも『源氏物語』作中人物論の創始として知られる今井源衛「明石上について」(「国語と国文学」昭24・6)では、既にこの呼称が用いられている。となれば、その歴史は浅いとは言えない。

そもそも、この呼称が用いられる前提には、これらが血脈の伝説を背負う人々だったという認識があったに違いない。そして、その血脈の伝説に相当する、いわゆる「明石の物語」は、『源氏物語』を口述している語り手の、現に生きている時代を治める帝の始祖伝承だったかとも思われる。[*12] 語り手現在の帝が誰なのかは判然としない。ただし、それが明石姫君の生んだ東宮か、二宮か、匂宮かのいずれかであることだけは確かだろう。過去に存在した明石の人々が、その現今の当帝を世に出現せしめる血の運命を背負い、始祖としての宿命を果たすために、人生や誇りをなげうってその道を突き進んできた。そのような把握がこの人々を一族視する特殊な認識を生む。[*13]

あるいは、入道の父親だった大臣は、朝廷に対して何らかの「ものの違ひ目」を背負い、報いによって末裔が衰微するとの世評を得た、という（若菜上一二八頁）。その事実から逆算すれば、希代の夢告によってその罪をそそいでゆく子孫の物語という考え方も成り立つかも知れない。[*14] いずれにせよ、その種の血脈の物語と見なす視点を抜きに、「明石一族」という呼称はあり得なかった。

もしも、その明石一族がそうした運命共同体的な強い連帯感を前提に描かれているとすれば、この人々は最初から崇高な使命感によって裏打ちされていたことになる。したがって、唱和や贈答に共感を醸成するシステムが内包されていないのも、もとより使命感によって束ねられているこの人々には、その種の低次な共感の確認など無用だったからだと見られないこともない。換言すれば、共通の運命によって縛られているこの人たちには、それ以上の結びつきが必要なかった、ということである。次に見る若菜上巻の尼君、明石の君、そして姫君による三世代の母娘の唱和は、そのことを考える上で、かなり重要な記事であったものと思われる。

それは東宮（後の今上）への入内を果たした明石姫君が、その長子（後の東宮）を出産する間近の出来事であった。六条院に里下がりしていた姫君に、少し耄碌しかけた尼君が近づき、問わず語りの体で、彼女の出生の秘話を説き明かしてしまう。「生まれたまひしほどのこと、大殿の君のかの浦におはしましたりしありさま」などを聞かされた姫君は、承知していた出自の劣りが、単に母方の血筋の悪さだけでなく、辺境の鄙の地に生まれ合わせた深刻なそれであったことを知り、衝撃を受ける。その後、参り合わせた明石の君は、泣き腫らした尼君の顔と姫君の暗い表情とを見て、一目で事のあらましを察知する。

顔をだらしなく泣き崩した尼君は、「老の波かひある浦に立ちいでてしほたるるあまを誰かとがめむ」と詠んでひるむところがない。これに和して、姫君は硯箱の中の紙に、「しほたるるあまを波路のしるべにてたづねも見ばや浜のとまやを」と、歌を書きつける（一〇七〜八頁）。姫君の歌の趣旨は明瞭であろう。つい今し方衝撃を以って受け止めた辺境生まれという現実を、翻って甘受する内容である。明石の君の懸念をよそに、姫君は尼君に大人の態度で応えた。だが、自分の存在を根底から揺さぶるような衝撃を、心の底から受け入れるには、あまりに時間が少なかろう。姫君は、尼君の体面を傷つけぬために、無理に動揺を抑えて強がったのである。

しかし、注意したいのは、ここで姫君が尼君の詠んだ「波」「しほたるるあま」という言葉を自分の歌に目立って取り込んでいる点であろう。皮肉なことに、尼君の誇りは、同時に姫君にとっては恥辱であった。だから、尼君の誇らしげな歌に、姫君が素直に同調できるはずはないのである。気持ちのつながらない二人を、何とかつなぎとめるためには、言葉の上で強引につなげる以外に方法がない。尼君の言葉を取り込んだ姫君の返歌は、あり得べくもない二人の共感を確保するための、やむにやまれぬ方策であった。こうして、未知の事実の発覚にうろたえつつも、姫君は自分が明石の一員以外ではあり得ないことを賢く悟り、何とか家族の輪の中に入ろうとする。血というものの持つすさまじいまでの求心力がそこには示されている。

しかし、姫君の背伸びもそこまでであった。言葉の共有で得られるのは、所詮表面上のつながりに過ぎない。明石の君が添えた「世をすてて明石の浦にすむ人も心の闇ははるけしもせじ」という歌は、姫君の繕った見かけ倒しの共感を、いとも簡単に突き崩してしまう。この歌で念頭にされているのは、明石の地に一人で残った父親入道。家族の中で唯一不在だった入道が、この歌を通じて、この場に呼び込まれるのである。*15 だが逆に、そのことによって、姫君が今度はこの座から締め出される。この歌を聞いて、「別れけむ暁のことも夢の中に思し出でられぬを、口惜しくもありけるかな」（一〇八頁）と、姫君はほぞを嚙む。「別れけむ暁」とは、かつて入道が断腸の思いで掌中の孫娘である姫君や娘の明石の君を手放して大堰への旅立ちを見送った先述の場面だったろう。当時、数え年三歳だった姫君の記憶は、さすがに今ではおぼつかない。かすかに見えかかろうとしていた姫君の原点は、彼女自身には手の届かない記憶の彼方に存在していた。それは「暁」という時間帯が象徴する*16ごとく、姫君の目に見えそうで見えないもどかしい光景なのである。結局、その光景を共有し得ない姫君は、この歌との間に共感を形成できず、家族の輪の中への参入は留保されてしまう。恐らく、姫君があまりに性急に一族との連帯に傾く不自然さに、一種の歯止めがかけられたものであろう。

家族としての絆の浅い姫君は、何とか明石の一員として振る舞うために、言葉の共有を媒介に祖母や実母と連なろうとした。しかし、そのように言葉の力に頼らねばならない点に、姫君が真の意味での「明石一族」でないことが如実に示されている。逆に言えば、和歌のやり取りにおいて、共通の言葉など必要としないところに、明石一族が「一族」と呼ばれる所以があった。

初音巻における新春のやり取り（一四六頁）にも、同様のことが言えただろう。北の殿から姫君に進呈された鬚籠や破子に、「年月をまつにひかれて経る人にけふ鶯の初音きかせよ」という明石の君の歌が添えられる。光源氏の手によって、姫君と引き離されて以来、全く顔を合わせることもなく、実に四年が経過していた。そうした長年月の隠忍の中に過ごした母親の、ほんのささやかな願いが「初音きかせよ」だったのである。さすがの光源氏も、「この御返りは、みづから聞こえたまへ。初音惜しみたまふべき方にもあらずかし」として、姫君自身に返歌を勧める。当時、数え年八歳だった姫君は、それが会えぬ実母の歌と了解し、「ひきわかれ年は経れども鶯の巣だちし松の根をわすれめや」と詠む。ここには「ひき」「経る」「鶯」「松」と、明石の君の歌にあった言葉が、可能な限り取り込まれている。おまけに、この歌には、薄雲巻で母娘が引き裂かれた際の明石の君の「末遠き二葉の松にひきわかれいつか木高きかげを見るべき」さえ念頭にされていた。

いわゆる草子地は、「幼き御心にまかせてくだくだしくぞある」として、その「くどい詠みくち」[*17]を幼い年齢のゆえと擁護するが、恐らくそうではあるまい。すなわち、これは歌ことばというものの共有を通して、面会さえ許されない実母との絆を確認しようと試みた幼い姫君の精一杯の挑戦だったのだろう。それは同じ言葉を分かちあうこと以外ではつながり得ない母娘二人が、かろうじて互いのぬくもりを確かめあうことのできた切なくも、幸福な瞬間であったに違いない。

このように見ると、和歌の詠みあいにおいて、同じ言葉を必要としない入道、尼君、そして明石の君の親子三者が、いかに深い絆の下に結ばれていたかは、瞭然と理解できるだろう。その意味で、明石一族は「一族」と呼ばれるにふさわしい高度な一体性を身に着けていたと言える。しかし、その「一族」なるものの内実は、果たして一枚岩であっただろうか。入道と明石の君との意識の齟齬については、かつて論じたこともあるが[*18]、その際の観測によれば、明石の君は入道の不道徳とも言える異様な「遺言」[*19]を真摯に受け止めながら、字義通りには理解していなかった。父親の言いつけを守りはするものの、最も優先されるべきなのは、女性としての自分の幸せだと固く信じていたのである。

また、入道と尼君との間にも大きな認識のズレがあった。流離してきた光源氏に明石の君を託すに際しては、真っ先に異を唱えたのが尼君だった（須磨二一〇頁）。ところが、当の入道は、「え知りたまはじ。思ふ心ことなり」と言い放ち、「故母御息所は、おのがをぢにものしたまひし按察大納言の御むすめなり」と系譜上のつながりを誇示して、尼君を黙らせた。入道が以前から光源氏との関係を目指していたかどうかは定かでない。だが、少なくとも若菜上巻に見える霊夢に光源氏との邂逅を暗示するくだりはなく（一一三〜五頁）、当初から光源氏との結契が入道の念頭にあったとすると、その着想は更衣との血縁関係を唯一の拠り所として出てきたものだったと思われる。[20]ただし、その血縁関係は今に分かったことではあるまい。入道は以前からそれは承知していたはずであり、そういう大事な事柄をずっと尼君には秘していたことになる。

黙して語らぬまま、突如として極端な行動に打って出る。その奇癖は、「この思ひおきつる宿世」（若紫二〇四頁）と称して明石の君に押しつけられた「海に入りね」（同前）の遺言に尽きる。この女性たちは若菜上巻で瑞夢の話が明かされるまで、それが「宿世」である理由も知らされず、唯々諾々と不可解な冒険につき合わされて、人生を賭けてきたのである。言うなれば、この女性陣は強制的に入道の身勝手な意思を受諾させられた人々なのであり、[21]その胸裏には、常に釈然としない気持ちと先の見えない不安とがないまぜになった思いで満ち溢れていたはずであった。

入道と心を一つにして一族の「宿世」を背負っていると言ったところで、尼君も明石の君も自分たちがどこを向いて進んでいるのか、少しも分からなかった。本人が分からないものを、まして自分以外の人間が理解しているはずもないであろう。この娘にとっては、母親でさえ理解者でなく、その母親にとっては、娘でさえ何の救いにもならなかった。そうした先行きの見えない中で、人生の岐路に立たされて戸惑った時の、二人の孤独なあえぎの象徴が、まさに例の和歌の贈答や唱和だったのである。二人で一つの「宿世」を生きているのに、互いが互いを思いやるゆとりもない。周囲からは一枚岩にも見える「明石一族」なるものの内側は、不安と孤独とに打ちひしがれたこの女性たちの苦悩の巣窟だったわけである。

注

＊1　当論の『源氏物語』の引用、及び頁数は、このテキストによる。なお、『源氏物語』以外の作品の引用や頁数も、特に断らない限りは同シリーズによる。

＊2　小町谷照彦「作品の主題と和歌との連関」『源氏物語の歌ことば表現』（東京大学出版会、昭五九）

＊3　五二（藤原良房→明子）・三〇九（素性法師→遍照）・三六八（母→小野千古）・八六二（在原滋春→母）・九〇〇（伊登内親王→在原業平）・九〇一（業平→伊登）・九五七（凡河内躬恒→いときなき子）

＊4　三〇九（村上天皇→楽子内親王）・三一七（母→源嘉種女）・四七三（母→菅原道真）・四九四（村上天皇→楽子内親王）・九二五（母→善祐法師）・一二八四（村上天皇→盛子内親王）・一二九四（母→としのぶ）。なお、四九五（徽子女王）は、娘の規子内親王に向けて詠まれた可能性があり、その場合は上記の数に加えうる。

＊5　四六一（人のむすめのやつなりける→親）

＊6　鈴木日出男「和歌における対人性」『古代和歌史論』（東京大学出版会、平二）

＊7　松井健児「四季の歌―和歌生活としての自然」『源氏物語と和歌を学ぶ人のために』（加藤睦／小嶋菜温子編、世界思想社、平一九）

＊8　「明石の君と光源氏」『源氏物語虚構論』（東京大学出版会、平一五）

＊9　浅尾広良「中務宮と明石物語」『源氏物語の准拠と系譜』（翰林書房、平一六）

＊10　注＊6に同じ。

＊11　日向一雅『源氏物語の世界〈岩波新書〉』（岩波書店、平一六）は、明石一家と桐壺更衣を輩出した故大納言家が血縁に当たるところから、これらを「明石一門」と呼んで一体的に把握している。この「明石一門」が「明石一族」と同義であれば、一族を称する広がりを認め得るが、両家を一つ物に見なす考え方は、現在の段階で、必ずしも定見になっていない。

＊12　明石の物語を「始祖伝承」と把握する見方については、藤井貞和「赤い糸と家を織る糸」『源氏物語論』（岩波書店、平一二）参照。

＊13　高橋和夫「源氏物語における創作意識の進展について」『源氏物語の主題と構想』（桜楓社、昭四一）は、「明石上一家とは住吉明神をめぐる〝宗教社会〟の自己実現であり、そこから奉らされた女性が至尊の傍に侍し、その腹から天子が生まれて明石一族は栄え明神が皇室と因縁を持つというのが、明石説話の原始構想であったと考えられる」と説明する。そのような宗教氏族的な印象も一族視される一因であったかも知れない。

＊14　小嶋菜温子「明石とかぐや姫」『源氏物語批評』（有精堂、平七）

＊15　松井健児「歴史への参入」『源氏物語の生活世界』（翰林書房、平一二）

＊16　河添房江「源氏物語の暁」『源氏物語表現史』（翰林書房、平一〇）

＊17　注＊1の書の現代語訳

＊18　秋澤亙「良清の噂」『源氏物語の准拠と諸相』（おうふう、平一九）

＊19　竹内正彦「海に入らぬ女」『源氏物語発生史論』（新典社、平一九）

＊20　高橋亨「明石入道の物語の心的遠近法」（『国語と国文学』平一〇・一一）。なお、明石一族と故大納言家との同族意識の重要性は、久富木原玲「もうひとつのゆかり」『源氏物語　歌と呪性』（若草書房、平九）参照。

＊21　注＊15に同じ。

夕霧・雲居雁・落葉の宮と歌

——誤配・転送・遅延する場から——

橋本ゆかり

はじめに——歌の不思議さ

現代人が『源氏物語』を読んでいて、違和を感じる箇所の一つとして、歌がある。語り手の言葉である草子地、そして登場人物の会話文や心内語ともに、歌がその語りの中に入ってくるのである。語りの中における位相の異なる言葉の出現の唐突さは、ミュージカルの舞台で、それまで普通に会話していた登場人物がいきなり歌いだす唐突さに似ている。ミュージカルであれば、それは約束だからとして舞台を観る人が慣れてしまうと、この唐突さに対する驚きは消えてなくなる。しかし、『源氏物語』を読む中で、会話でなく歌ということの違いに対する驚きには、こだわってみたい。[*1] なぜなら、歌は物語を重厚かつ繊細に彩っている方法であるからだ。

『源氏物語』の歌の研究史においては、引き歌や歌ことば表現は重要なものとしてある。[*2]『源氏物語』の物語世界の建築やしぐさや登場人物の会話に対して、歌はその時々のテーマソングとしても理解できる。また殊に、散文の中にある引き歌や歌ことばはいわばその場面のＢＧＭの役割を果たす。登場人物が繰り広げる舞台に同時併行的にもう一つの物語や景色を奏でるＢＧＭである。

さて、本稿では、どの箇所にどの歌が引き歌としてあるかということではなくて、歌の形とその伝達の在り方にこだわって読み解いてみたい。歌と言っても、贈答歌もあれば、唱和もあり、独詠もある。声に出して歌いもすれば、手習や手紙など文字にもする。会話文などと区別され、さらにその中で腑分けされる歌の形が物語をどのように形成するかに注目をしてみたいのである。

歌には歌われるべき場というものがある。よって、そのような常套的場に歌が無いことは、その場を形成する人物たちの特殊な関係を示すことになる。その例として、光源氏の初めての妻になり、夕霧を生んですぐに亡くなった葵上は、光源氏との間に一首の歌も交わさなかったことで、よく知られる。光源氏と恋する男女として、心通わし得なかったと解釈される。また、恋の場面において歌を交わすのが常套であるのに対して、歌でなく会話で関係を紡ぎ続けた女君として、大君がいる。[*3] 歌は、そこに歌われている言葉だけでなく、場の問題やメディアの問題をはらんで豊穣な意味を奏でつづけるのだ。本稿に与えられた課題は、夕霧・雲居雁・落葉の宮の歌を論じることである。夕霧と雲居雁、夕霧と落葉の宮の恋の場面における歌を特に場に注目して論じていくことにする。

一　語らないことのメッセージ――賀歌でなく恋歌でなく

夕霧の幼い初恋は、元服を境にして俄かに語られ始める。この夕霧の元服には、夕霧の父・光源氏のような華やかな盃酒の賀歌の場の詳細が語られない。[*4] 光源氏の元服の儀は、光源氏の父である桐壺帝と、光源氏の添臥となる葵の上の父左大臣との間で盃酒と賀歌とが交わされる詳細が華やかに語られ、父たちの政治的連帯が確認されていた。光源氏の元服を機に帝と左大臣が連帯することが、左大臣対右大臣の政治体制の構図を鮮明にする政治的パフォーマンスにもなっていたのである。そして、光源氏の元服を機に繰り返し語られるのが、光源氏の藤壺への秘められた恋の思いであった。父たちが作る連帯の網の目を潜り抜けて、光源氏自らの情動を発露している場所がそこに示されていた。

すなわち、こうした光源氏の元服に比して、盃を酌み交わして歌の賀歌の詳細が語られない夕霧の元服というものは、光源氏・内大臣などの男たちが新たに政治的連帯する契機を特別に与えてはいなかったことを意味する。そして一方、賀歌の詳細が語られない代わりに、夕霧が幼くして、雲居雁と歌を交わしていた「経緯」が語られる。この点が、夕霧の父光源氏の元服の語られ方と比較して大きく異なっている。しかし、「経緯」は語られても、二人の間で交わされた歌は、やはり具体的に示されてはいない。

① ア冠者の君、ひとつにて生ひ出でたまひしかど、おのおの十にあまりたまひて後は、御方異にて、「睦ましき人なれど、男子にはうちとくまじきものなり」と父大臣聞こえたまひて、け遠くなりにたるを、……イいみじう思ひかはして、けざやかに今も恥ぢきこえたまはず。……おほけなくいかなる御仲らひにかありけん、よそよそになりては、これをぞ静心なく思ふべき。ウまだ片生ひなる手の、生ひ先うつくしきにて、書きかはしたまへる文どもの、オ心をさなくて、おのづから落ち散るをりあるを、御方の人々は、ほのぼの知れるもありけれど、何かは、かくこそと誰にも聞こえん、見隠しつつあるなるべし。

（少女③三二～三頁、傍線橋本）

傍線部ア「冠者の君」という夕霧の呼称は、夕霧が元服した男子であることを改めて読者に確認させるものとなっている。その夕霧と雲居雁とは幼いころからともに睦まじく育って、傍線イのようにいつしかその睦まじさは恋へと移行していた。その恋は、傍線部ウ、オにあるように、二人の交わした文が女房たちに拾われて、それと知られていたのである。誤配されたエクリチュール＝郵便が盗み見られ、二人の仲を女房たちに教えていたことになる。

そして、このやわらかな恋の芽が、さながら「ロミオとジュリエット」のように、両家の父たちの確執によって引き裂かれようとすることが、畳みかけるようにして続けて語られていくのである。先行研究においては、「幼馴染の恋」という類似から『伊勢物語』第二十三段「筒井筒」の物語との関連が論じられてきたが、[*5]本稿では夕霧の恋が、「元服を境に恋が語られる」点にこそ注目したい。

元服は「男の子」が「男」になることを社会に宣言する儀式である。「好き」と思うことがままごと遊びの男女の枠を逸脱させられ、社会の男女に位置づけ直されていく。「大好き」が「僕たち二人だけ」に意味あることではなくなることを「元服」の儀は社会に宣言する。すなわち、夕霧の恋は、両者をめぐる大人たちのまなざしと思惑に搦め捕られていこうとする力学に入る宣言を得て、初めて、物語となるのである。歌物語である『伊勢物語』の初段は、次のように語られる。

②　むかし、男、初冠して、奈良の都の京、春日の里に、しるよしして、狩にいにけり。（『伊勢物語』初段）

元服をして、正式に律令官人として出発したその「昔男」は、現在の都の中心から離れた過去の都に赴き、そこで激しい恋をする。男が元服を得て、初めて恋は物語となる。

『伊勢物語』の初段では、「昔男」が恋をしてやむにやまれぬ激しい恋情のまま咄嗟に書き送った恋歌が示されて、その段は結ばれている。[*6] しかし、一方、夕霧の場合には、恋の主役であるはずの二人の恋歌はなかなか物語に具体的に示されることがない。それよりむしろ、彼らの周囲にある女房たちに拾い読まれ、噂されることがまず語り示されるのである。歌を書きつけた文＝エクリチュールは誤配されて女房の元に届き、さらにそれが噂という声＝パロールに変換され、ノイズをともなってそれを聞く他者へと新たに届けられていくことをまずは物語る。[*7] すなわち、恋する男女の歌の内容よりも、歌をめぐるメディア事情を、物語は重要なものとして示していると言える。元服を語る場において、盃酒の賀歌もなく恋歌もまたないことが、恋物語を紡ぐ新しい方法たり得ている。盃酒の賀歌も恋歌も詳細が語られないという空白がメッセージとなり、『伊勢物語』初段とも、光源氏の元服後の禁忌の恋物語とも異なる、新たな物語を紡ぐ方法となるのである。

夕霧の恋は、『伊勢物語』の昔男の垣間見による恋の瞬発力に比べても、元服後の光源氏がその身を焦がす帝妃への禁断の恋の狂おしさに比べても、幼さが強調されるばかりである。生と死のはざまを揺らぎ生きるようなエロスは溢れて来ない。父たちの作る現体制に対する息苦しさも、そこに穴を打つような危険も力強さも全くもって見当たらず、ひ弱さしかない。そのひ弱さに対して、むしろ夕霧と雲居雁をとりまく女房たちのささめき言・後言が物語に俄かに危険な香りを持って響いていく。[*8] 本来なら歌を媒介するはずのメディアたる女房たちの放つノイズの怪しい力こそがここにおいて前景化するのである。

二　恋歌のノイズ――メディアは敵か味方か

物語に初めて語り示された夕霧と雲居雁の歌の贈答場面は、

③　くれなゐの涙にふかき袖の色をあさみどりとや言ひしをるべき
恥づかし」とのたまへば、
　いろいろに身のうきほどの知らるるはいかに染めける中の衣ぞ
とものたまひはてぬに、殿入りたまへば、わりなくて渡りたまひぬ。（少女③五七頁）

とある。この贈答歌以前には、雲居雁がつぶやいた歌に対して、夕霧が独詠する場面がある（少女③四八〜九頁）。そこでは雲居雁の歌は夕霧の耳に届いているが、その歌に返歌する内容を持つ夕霧の歌は、その場において雲居雁には届けられない。文字で書かれて語り合わされることよって、読者は特権的にその歌を贈答歌として読んで、二人が繋がりつつ隔てられ、隔たりつつ繋がっているというアイロニーを読むことになる。よって、物語世界の住人である二人が互いに認識できる形で贈答歌が成立して示される場面は、③の場面が最初となる。

贈答歌が登場人物間で完成された形で物語られたこの時初めて、二人は恋物語の主人公の系譜たる資格を得る。

夕霧と雲居雁は、同じ邸で〈母〉的存在の大宮にともに育てられている時間の中にあって、超えるべき隔てが無かった。二人は十歳を過ぎてようやく部屋を別にされて、初めて隔てらしい隔てを得ていた。恋する男女に必然の隔てをめぐる攻防と緊張なく、二人の恋の初めには全く語られない。

先の引用文①にあるように、夕霧と雲居雁が交わす文は、その文を拾い読みする女房たちに黙認されていた。引用文①傍線部ウにある二人の文に対する「生ひ先うつくしきにて」という評価は、語り手の評価であるとともに、その文を見る人々の評価でもある。その評価には、二人が育っていくことへのおおらかなまなざしが読み取れる。「おのづから落ち散るをりある」ことによって、女房たちが知る二人の文は、大人の恋であれば媒介者がいるはずであるのに、媒介者がなくて本人同士の間で手渡されていて、その内容が漏れ出るという状況が想像される。「心をさなくて」と語られる二人は、まだメディアの恐ろしさも味方につけた時の力強さも知らない幼さが強調され続ける。

④ 姫君はあなたに渡したてまつりたまひつ。しひてけ遠くもてなしたまひ、御琴の音ばかりをも聞かせたてまつらじと、今はこよなく隔てきこえたまふを、「いとほしきことありぬべき世なるこそ」と、近う仕うまつる大宮の御方のねび人どもささめきけり。（少女③三八頁）

⑤ 大臣出でたまひぬるやうにて、忍びて人にものたまふとて立ちたまへりけるを、やをらかい細りて出でたまふ道に、かかるささめき言をするに、あやしうなりたまひて、御耳とどめたまへば、わが御上をぞ言ふ。「アかしこがりたまへど、人の親よ。おのづからおれたることこそ出で来べかめれ。子を知るはといふは、そらごとなめり」などぞつきしろふ。（少女③三九頁）

⑥ 「殿は今こそ出でさせたまひけれ。いづれの隈におはしましつらん。今さへかかる御あだけこそ」と言ひあへり。ささめき言の人々は、「アいとかうばしき香のうちそよめき出でつるは、冠者の君のおはしつるとこそ

思ひつれ。あなむくつけや。後言やほの聞こしめしつらん。わづらはしき御心を」とわびあへり。

（少女③三九、四〇頁）

『源氏物語』冒頭には、桐壺帝と更衣を追い詰める他者のまなざしと声が語られていた。その生き方を受け継いだ光源氏もまた、他者のまなざしと声との鬩ぎ合いの中に、藤壺へのタブーの恋を秘めていく。夕霧と雲居雁の恋においては、歌を拾い読まれていた当人たちよりも、その父内大臣を驚かせ悩ませるまなざしと声が語られていた。引用④、⑤、⑥は、夕霧たちを取り巻く女房たちが噂する場面である。

雲居雁の女房たちは、引用⑤傍線部ア「かしこがりたまへど、人の親よ。おのづからおれたることこそ出で来べかめれ。子を知るはといふは、そらごとなめり（偉そうにしていらっしゃるけれど、やはり並の親ですよ。そのうち驚くようなことが起こるでしょうよ。子供のことは親がよく分かっているなんて諺は、どうも嘘のようね。）」と、雲居雁の父内大臣の知らない情報を持っていることに対して、自分たちこそが優位であるとの気持ちを露わにささめき言（＝噂）をしていたのである。しかし、その直後、そのささめき言（＝噂話）をした女房たちは、内大臣が実はそばで聞いていたかも知れないと気づき、引用⑥傍線部ア「いい香りがしたから、冠者の君がそばにいるのだと思っていた」と、うっかり後言（陰口）を互いにしたことを後悔し合うに至る。

つまり、女房たちの内大臣への悪口は、自分たちのそばでいい香りを漂わせていると（思っていた）夕霧に聞かせるつもりのものであったといえる。幼い恋人たちにおおらかなまなざしを持ち、内大臣の悪口をその恋人たちに聞かせようとする女房は、自分たちを「親に秘密の幼恋をしている夕霧の味方よりで」あるかに見せている。少なくとも、二人の恋を知りながら放置しているというのは、その恋に消極的加担ということになるのであるから。だからもし、この後言を夕霧が耳にしていたならば、「自分がこの恋を持続し成就させるために味方につけなければいけない人々はまずこの女房たちである」という警告として響いたであろう。事態を動かしていくのは、自分たちであるという密やかな自負と楽しみを、この女房たちのささめき言から知ることができる。

⑦　心知れる人は、いみじういとほしく思ふ。一夜の後言の人々は、まして心地も違ひて、何にかかる睦物語をしけんと思ひ嘆きあへり。（少女③四四頁）

しかし、雲居雁の女房たちは、内大臣からの批判を受けて、引用⑦のように、夕霧と雲居雁に同情しつつも噂したことを後悔するが、雲居雁の側の乳母を始めとして夕霧を遠ざける方向に忽然と動いていく。

そのような事態に展開した中、大宮の計らいで雲居雁と夕霧が密会している現場が、女房たちによって押さえられる。雲居雁の乳母は雲居雁と夕霧に聞こえるように、「そんな身分のまだ低い男が相手では、内大臣はもとより、雲居雁の母の再婚相手である大納言に対しても体裁が悪い」と言って、二人を遠ざけるように仕向ける。

この言葉から分かるのは、雲居雁の乳母や女房たちは、彼女たちが仕えてお世話している雲居雁本人の思いの延長上に立ち働く女房というよりも、雲居雁の「母」の立場に寄り添った発言をしているということである。すなわち、この言葉は、産みの母の二人の夫（＝雲居雁の父と義父）に対して「母」が体裁が悪いと言い換えることができる。雲居雁に「母」の体裁を考えてやれという発言である。このことは、改めて雲居雁が「母」に捨てられた子であることを確認させる。彼女を産んだ母は、彼女を守って思いやってくれる母では無い。続けて父を失えば、雲居雁はみなしご同然の立場となる。

先の夕霧と雲居雁への批難の発言の直前にある乳母の心内語には、

⑧「あな心づきなや。げに、宮知らせたまはぬことにはあらざりけり」と思ふにいとつらく（少女③五六頁）

とある。大宮が二人の仲を黙認していたのだろうと乳母は推測して、それに対して「つらし（＝薄情だ、むごい）」と批難の気持ちを露わにしているのである。乳母が夕霧と雲居雁の仲を知らずに情報圏外に置かれていて、しかもその責任を内大臣に問われたことを「つらし」と感じているのだ。乳母が「母」を思いやれという言葉を雲居雁に対して発するのは、一方にこの母的（＝〈母〉とする）大宮に対する批難を含むのである。

そして、ここで先に示した引用③に示した夕霧と雲居雁の二人の贈答が初めて物語に語られるのである。夕霧の歌にある「色」は、雲居雁の乳母が言った「まだ六位ふぜいである」と言った言葉に過剰に反応して「衣の色」を歌うのであるが、雲居雁の歌にある「いろいろに」の「色」は、夕霧の「衣の色」をめぐっての夕霧との関係と、「母」の二人の夫（雲居雁にとっては父と義父）との関係と、二人の「母」と〈母〉（＝産みの母と大宮）をめぐる「いろいろ（＝さまざま）」を意味する。二人の歌が二人の間で交わされて共有する場面はここが最初であるが、その歌に示された「いろ」は、二人の恋をとりまく社会の質を明らかにする。夕霧の歌には元服して律令官人として生きる場が、雲居雁の歌には、彼女をめぐる家族の複雑さが見えてくる。

夕霧の衣の色が浅いのは、光源氏の教育の意向が反映されている。雲居雁を夕霧から隔てようとする内大臣もまた、雲居雁に対する后がねの期待がある。夕霧は自身が生まれるのと引き換えのように母が亡くなった。雲居雁の母は彼女を置いて他の男と結婚をした。二人には母が居ない。「母」がいないことによる「父」の過剰が二人の隔てを作っていることが、その二人の歌う歌の中にある「いろ」という言葉に滲み出ていく。恋が始まっていると語られてから長い語りの後に、ようやく示された恋歌は、こうして初めてアイロニーを響かせて行く。

雲居雁の歌は、まさに「大好き」が二人だけのものではなくて、「さまざま」な思惑に取り囲まれた「大好き」になったことを露わにして、元服した夕霧に対して、彼女もまた「大人」になったことをここに示している。初めて語られる二人の贈答歌は、夕霧の元服に賀歌の唱和が語られないことと呼応して、二人の恋における試練の課題を物語に響かせる。

そして、その試練の課題は、大宮の死を境に解決を見る。

「夕霧と雲居雁との恋」も、次に論じる「夕霧の落葉の宮への恋」も、喪を境に進展を見せる構造を持つ。夕霧と雲居雁との場合には、大宮の死を契機に、その法要に於いて、内大臣と夕霧の間に和解がある。乳母の批難からも、内大臣の批難からも、二人を守っていてくれた〈母〉的大宮の法要の後、内大臣と夕霧の歌の贈答が実現され、つづく場面では夕霧が内大臣の邸に藤の宴を口実に招かれるのである。そこでは、夕霧と内大臣とその息子柏木との唱和が語られる。元服時にはなかった唱和が初めてここに語られて、内大臣家の男たちとの連帯が確認される。

大宮は、内大臣の母である。そして、光源氏の義母である。さらに、夕霧にとっては、系図の上では祖母であるが、母葵の上が幼くして亡くなったために、養育してくれた〈母〉である。また、雲居雁も実母が他の男と結婚したために、生きながらにして母と別れて、大宮が〈母〉の役割をしている。すなわち、夕霧の恋と結婚にまつわるすべての人物、夕霧・雲居雁・内大臣・光源氏にとっての共通の〈母〉が大宮であり、すべての結節点であった。その〈母〉の死が、和解の贈答と連帯の唱和をもたらし、新しい家族の誕生を促すことになったのであった。かくして元服を機に語り始められて、女房《メディア》たちによるノイズを響かせてきた夕霧と雲居雁の恋は、夕霧の衣の「いろ」

も雲居雁の歌の中にあった「いろいろ」の「いろ」も解決をみて成就に至ることが示される。

三　歌の転送――偽装される鎮魂と連帯の場

さて、夕霧と落葉の宮との物語には、歌の転送・誤配・遅延が物語の現実を動かしていく方法としてある。歌の内容には宛先があり、歌を詠んだり受け取ったりする場がある。その通常のあり方を逆手に取って、歌の宛先や場をズラすことで、物語を紡ぐ方法としていくのである。「『伊勢物語』の和歌は、贈答歌、独詠歌の区別なく、基本的に作中人物の誰かに向けて歌いかけるものとして方法化され、そのことを通して歌い手の心を証したてているとみられる。[*9]」が、『源氏物語』はその誰かへの宛先があることを逆手に取って、その宛先をズラすことを物語を新たに紡ぐ方法とするのである。「逆に、そのような歌を詠みあげない人物は、物語の主題から外れてしまうほかないのである[*10]」が、『源氏物語』が宛先のある歌を別の場に転送・誤配・遅延してしまうことは、その歌を詠んだ人の思いとは別の主題をその歌によって物語の中に新たに響かせていくことになる。

夕霧の落葉の宮への恋物語は、柏木の死後、夕霧は柏木の未亡人の邸に弔問に行くところから始まるとされている。[*11]その夕霧の来訪時、次のように、

⑧「あひ見むことは」と口すさびて、

　時しあればかはらぬ色ににほひけり片枝枯れにし宿の桜も

わざとならず誦じなして立ちたまふに、いとどう、

この春は柳のめにぞ玉はぬく咲き散る花のゆくへ知らねば

と聞こえたまふ。　　（柏木④三三二～三三三頁）

と、夕霧と落葉の宮の母御息所との歌の贈答があった。夕霧がわざわざ返答を強しるような歌い方をしないで独詠のように歌を声に出して口ずさんだのであるが、その歌声を聞いた御息所が間髪いれずに歌を返してくることで、贈答歌が成立していく。夕霧が柏木のいないことを思い起こす歌を詠むのに対して、御息所は柏木の存在しない悲しさと彼の存在しない邸の寂しさを伝え、悲しみの共有とそれによる連帯を形作っている。口頭（パロール）による歌の贈答であった。しかし、夕霧はその歌を畳紙に書きつけて文字というエクリチュールによるモノへと変換してしまう。そして、そのまま柏木の父致仕大臣の邸に向かい、そのモノ化された歌を届ける。

⑩　夕暮の雲のけしき、鈍色に霞みて、花の散りたる梢どもをも、今日ぞ目とどめたまふ。アこの御畳紙に、

木の下のしづくにぬれてさかさまにかすみの衣着たる春かな

大将の君、

亡き人も思はざりけむうちすてて夕のかすみ君着たれとは

弁の君、

うらめしやかすみの衣たれ着よと春よりさきに花の散りけむ

御わざなど、世の常ならずいかめしうなむありける。イ大将殿の北の方をばさるものにて、殿は心ことに、誦経なども、あはれに深き心ばへを加へたまふ。　　（柏木④三三五～三三六頁）

御息所の歌は、夕霧の歌に対して返したもので、柏木のいない寂しさを夕霧と共有する場で、口頭で、一回的に歌われたものである。しかし、その歌は場から切り取られて文字に変換され、夕霧によって、致仕大臣の邸へと転送された。夕霧のその行為によって、御息所の歌は、改めて致仕大臣の邸の悲しみの場に置かれ直すことになる。御息所の歌は、一条邸とは異なる新しい場を得て、その場の中にとりこまれていく。引用⑩にあるように、畳紙に夕霧の文字によって書かれた御息所の歌に対して致仕大臣と夕霧と弁の君が歌を続けて唱和する場が生成していく。

新たな歌の場の生成は、言い換えれば、あたかも御息所と男たちが唱和したかのような場がそこに偽装されることを意味する。亡くなった柏木の魂を鎮魂する場が成立していくのである。柏木の姑である御息所と父と兄弟による柏木鎮魂の場に、その家族から外部であるはずの夕霧が加わることで、夕霧の柏木への鎮魂が家族的連帯の中に組いることをそれは可能にしている。夕霧はこうして他者の言葉を回収して、恋物語を主体的に動かしていく人物となる。

ところで、物語は、その男たちの唱和が、畳紙に書きつけられた文字の歌に対して、新たに文字にして付けられていった歌か、口頭で歌われた歌かの詳細は語っていない。ただ、畳紙に書かれた御息所の歌に対して、三人が歌を続けたという出来事だけが示されている。そのため、続けて作られた歌が口頭で歌われた歌なのか、畳紙に書かれた文字の歌に文字で書き加え連ねた歌なのかは曖昧となり、さらには、御息所の歌が異なる場において歌われ、その場において一回的な意味を持つものであったことも隠蔽されてしまう。物語世界のパロールもエクリチュールも、物語文学では「書く」というエクリチュールでしか示しえないことを逆手にとって、『源氏物語』はその差異を示すことより、あたかもそこに全員が揃って唱和したかのような文字による視覚的な場を『源氏物語』という書物の上に偽装していく。ここでは、登場人物による場の偽装と、『源氏物語』が読者に対して行う書くことによる場の偽装とが二重にしかけられている。

夕霧と落葉の宮の関係は、歌の内容ばかりでなく、歌の場のありように二人の関係が変容していくことをたどることができる。『源氏物語』は夕霧が落葉の宮の邸に出かけて歌を詠んだ時、その歌を返したのが、落葉の宮なのか、母御息所なのか読者には明確に示さないままに、[*11]男女の贈答歌が成立しているかのような形を見せる。

⑪　忍びやかにさし寄りて、

　　ことならばならしの枝にならさなむ葉守の神のゆるしありきと

御簾の外の隔てあるほどこそ、恨めしけれ」とて、長押に寄りゐたまへり。（中略）この御あへしらひ聞こゆる少将の君といふ人して、

　　柏木の葉守の神はまさずとも人ならすべき宿の梢か

うちつけなる御言の葉になむ、浅う思ひたまへなりぬる」と聞こゆれば

（柏木④三三八頁）

母御息所と落葉の宮が混然となって、夕霧の訪問を迎えているありようは、後に変容の気配を忍ばせていくことになる。

四　後朝の歌の偽装——あったこととなかったことのあわいの場の生成

男女の贈答が成立するのは、男の恋が成就しているかまだその過程であるか否かにかかわらず、大切なものである。言葉が返ってきてこそ、関係は〝ある〟ものとして、意味を持つから。そして、男が女の邸から朝帰って歌を贈る「後朝」の歌もまた、男の情熱と誠実さを示す重要な恋の技術である。

さて、落葉の宮が初めて夕霧の侵入に遭って、障子一枚隔てて抵抗し、一夜を明かした翌朝、夕霧から歌が届く。落葉の宮が、力づくで彼女の元に侵入しようとする夕霧を汗もしとどに拒み明かしたその朝に、歌が来たのである。

⑫、人はえまほにも見ず。例の気色なる今朝の御文にもあらざめれど、なほえ思ひはるけず。人々は御気色もいとほしきを、嘆かしう見たてまつりつつ、いかなる御事にかはあらむ、何ごとにつけてもありがたうあはれなる御心ざまはほど経ぬれど、かかる方に頼みきこえては見劣りやしたまはむと思ふもあやふく、など、睦ましうさぶらふかぎりは、おのがどち思ひ乱る。（夕霧④四一五頁）

男が朝、女の邸を出て帰ってからすぐに、その男から歌が来るというタイミングは、男女の間で交わされる後朝の歌の体裁をとって見える。夕霧の歌は実際に恋心を訴える歌となっているが、落葉の宮は夕霧を受け入れているわけではなかった。しかし、「朝帰りした男からその朝に届く歌」という形によって、二人は男女の仲にある体裁が整って見えることになる。歌は現在のように郵便屋がポストに届けてくれるのでもなく、メールのように二人の間だけで秘密に交わせるものでもない。歌の発信者と受信者であるはずの当人の間には、それを運び伝達する従者と女房が入る。幾人かの手を経由する場合には、その人の数だけ、文が届けられた出来事は知られてしまう。二人の心の距離の実際ではなくて、歌が示す形が他者の目にとらえられ、現実を推し量らせていく。何が二人にあったかという〈本当〉よりも、外から見える形がすべての〈現実〉となる。女房たちは、引用⑫の傍線部にあるように、夕霧から来た文とそこにある歌に対して、普通の後朝の文という感じではないけれど、しかし疑いが晴れない思いを持つことになる。

落葉の宮の女房は、落葉の宮の思いと一心同体であることで、落葉の宮の思いを具現化していく分身となりえる。しかし、落葉の宮の〈本当〉を測りかねる歌の形は、女房たちのたち振る舞いと指揮系統を混乱させてしまう。

五　歌の誤配と遅延——浦島の子になる

夕霧の偽装された後朝の歌に返歌をしなかった落葉の宮のもとに、畳みかけるように続けて夕霧から文があった時、その夕霧の文に対して御息所が代返をする。落葉の宮は母御息所に出来事の〈本当〉を言葉で伝えられないままにあって、御息所はその娘の心の言葉を聞き出してはいない。お互いがお互いを思うばかりに、出来事を露わにして語り合わない二人は、ある意味、上品な距離感である母娘といえる。しかし、その上品さは、世間の言葉とまなざしの下品の前には、あまりに上品でありすぎた。雲居雁と夕霧の幼恋の場合は、二人の〈母〉的立場にあり、なおかつ内大臣の母である大宮は、——関係する人々すべての〈母〉的位置にある大宮は——二人の恋の噂を内大臣から聞いた時、「世間の言葉に振り回されてはいけない。出来事の〈本当〉をちゃんと確かめることが大切だ」

と内大臣に語る。それ対して、夕霧と落葉の宮の関係の場合、二人の噂を耳にした御息所は、「ひとは、いかに言ひあらがひ、さもあらぬことと言ふべきにかあらむ（人の口に上ったことに反論する手だてはない）」（夕霧④四二〇頁）と落葉の宮に語り、出来事の〈本当〉より世間の声が動かす現実の大きさへの嘆きが大きかった。

驚きと嘆き溢れる御息所の代歌は、「一夜ばかりの宿をかりけむ（一夜限りのことなのでしょうか）」（夕霧④四二六頁）と夕霧を詰問していた。しかし、その歌が書かれてある文は、夕霧が読んでいる途中で夕霧の妻雲居雁に取り上げられてしまい、夕霧がそれを見つけて読むことが出来たのは夕暮れで、返歌は長く遅延してしまった。この遅延が御息所を急逝させてしまう。書きつけられた歌の言葉だけでなく、どのようなタイミングで返すかということもまた、歌のエクリチュールの一つとしてあるからこそ、このような事態が生まれる。[*11] 夕霧の返信は、その御息所の死後に届くのである。

夕霧は雲居雁との恋においては、二人の心が繫がりつつも、その周囲を取り込めることができずに七年の歳月を要した。しかし、夕霧と落葉の宮との場合には、夕霧は外堀から実事があったかのように埋めていく。柏木の死を悼む歌の唱和の場と後朝の歌の場の偽装、そして、歌の遅延は、歌の内実よりもその歌の持つ場の論理が大きな力を得て物語の現実を動かす方法となりえている。歌は三十一文字の言葉そのものだけでなく、歌われる場と、歌を贈答する間合いもまた、エクリチュールとなる。書きつけられたり、口頭で歌われたりする文字は、歌われたり、享受されたりする場や、歌の贈答の間合いなどの文脈によって意味を変容させる。『古今和歌集』は詞書を持って、徹底的にその文脈を限定して届けようとする姿勢に満ちているが、『源氏物語』はその文脈をずらすことで物語を蠢す方法としたのである。[*12]

夕霧と落葉の宮の関係には、夕霧と雲居雁の幼恋の時に見えた過剰な〈父〉は現れない。むしろ、夕霧の父光源氏も、落葉の宮の父朱雀院も、見て見ぬフリでこの件に関わることを避けている。雲居雁の恋の時のような、すべての結節点となる〈母〉も無い。

母の死後、落葉の宮の女房たちは、落葉の宮の意思とは裏腹に、小野の山荘から邸に戻る準備をする。母を喪失して、自分の思いが叶わない小野の邸で、落葉の宮は、次のように独詠する。

⑬ 御心地の苦しきにも御髪かき撫でつくろひ、下ろしたてまつりたまひしを思し出づるに目も霧りていみじ。御佩刀に添へて、経箱を添へたるが御かたはらも離れねば、

恋しさのなぐさめがたき形見にて涙にくもる玉の箱かな

……誦経にせさせたまひしを、形見にとどめたまへるなりけり。浦島の子が心地なん。おはしまし着きたれば、殿の内悲しげもなく、人気多くてあらぬさまなり。

（夕霧④四六四〜五頁）

落葉の宮の歌にある「玉の箱」と語り手の「浦島の子の心地なん」という草子地に、『万葉集』をはじめとする浦島子の歌や伝説の引用が指摘されている。[*15]

浦島伝説は、浦島の子がしばらく故郷を離れて戻ると、そこには自分の知っている時間ははるかかなたにあり、自分だけが自分の現在を生き続けていたことを明らかにする。場所から見れば、戻ってきた浦島は過去であるが、浦島からみれば、自分こそが現在を生きていて、変わり果てたその場所は行き過ぎた未来である。浦島は、その場と時に自分の知る人を見つけることが出来ない。それは、身寄りのない自分に、自分だけが違う〈今ここ〉を生きる人になったことを意味する。

落葉の宮の場合、母は亡くなり、父の朱雀院は落葉の宮のことを胸痛めつつも放置している。母の残した経箱と父のくれた御佩刀を抱きながら泣いて歌を詠む落葉の宮は、皇女として愛され育った時と場所から遠くみなしごになり、父母の〈子〉であることから引き剝がされてしまう。母が体調の苦しい中にも、落葉の宮の髪をなでていてくれたことを思い出しながらう歌う彼女の歌は、もう彼女を庇護してくれる〈母〉も、母に愛される時間も〈今・ここ〉の場には無いことをかみしめている。〈母〉が無いが〈母〉と〈父〉の過剰の中にあり「いろいろ」に夕霧との恋に悩んだ雲居雁に対して、夕霧から一方的に恋されている落葉の宮は〈母〉の過剰な保護の中から逸脱し、〈子〉であった自分を思い返して泣く。その箱が思い出させてくれる時間にはもう帰れないのである。「浦島の子が心地」という語り手の言葉は、落葉の宮が小野の別荘から自邸に戻る直前と直後の間にさしはさまれている。落葉の宮が小野から戻った自分の邸は、自分の邸でありながら、夕霧が主人顔で整えて別の場に変容していた。[*16] かつての場所と時間はそこにない。

歌の場の偽装から始まり、それが反復される夕霧と落葉の宮の物語は、夕霧が落葉の宮の邸という場の意味をも変質させることで決着を導く。

おわりに

夕霧と雲居雁の恋物語は、賀歌の唱和も恋歌もない元服から語り始め、喪を境に唱和と恋の贈答歌を整えてひとまずの完結する構造を持つ。夕霧と雲居雁の恋物語は、元服における賀歌の唱和と恋歌を語らないことで、『伊勢物語』の初段「昔男」とも、光源氏元服時における藤壺への禁断の恋とも異なって、〈父〉〈母〉〈子〉の葛藤と、女房たちのささめき言を前景化し、〈みやび〉の物語を相対化する。二人の初めての恋の贈答歌は、二人に与えられたその恋の試練を示しており、関係するすべての人々の〈母〉的存在の大宮の喪が、内大臣家との唱和をもたらしていた。

夕霧の落葉の宮への恋においては、歌の転送・誤配・遅延によって歌の場の偽装が反復される。それが物語を紡ぐ方法としてあることが指摘できる。この方法は、口承と書承の差異を逆手に取って活かされたものである。落葉の宮は住処までも、夕霧によって、主人の位置が奪われて、彼女の意思に逆らって夕霧と結ばれてしまう。落葉の宮と夕霧の関係を形作っていく歌の場の偽装というシニフィアンが、そのまま彼女の出来事の〈本当〉や存在の場の偽装とその結末のシニフィエと重なることが、指摘できる。夕霧巻と手習巻の歌ことばや引き歌表現の類似については、今後改めて論じてみたい。

注

＊1　先行研究に、歌を会話の特殊な形態として論じた時枝誠記「韻文散文の混合形式の意義」『古典解釈のための日本文法』(至文堂、一九五〇)、「慣習化した生活儀礼」と見る益田勝実「和歌と生活──『源氏物語』の内部から」(『解釈と鑑賞』一九六八・四)、「歌のかたちへの転位作用」に注目する秋山虔『王朝女流文学の形成』(塙書房、一九六七・三)・『王朝女流文学の世界』(東京大学出版会、一九七二・六)、歌の表現の本質に対話性・会話性を持つ和歌がどのように特殊性を発揮するかに注目する鈴木日出男「物語と和歌」『古代和歌史論』(東大出版会、一九九〇・十)がある。

＊2　『古今和歌集』以来の歌語と『源氏物語』の歌語がどう切り結びあうかを論じる小町谷照彦『源氏物語の歌ことば表現』(東大出版会、一九八四・八)が重要な先行研究としてある。散文で書かれた『源氏物語』の中に歌こと

ばが織り込まれ、その歌ことばを共有する知が、『源氏物語』の物語世界を豊穣な意味世界を生み出していくことになる。歌ことばを共有する知の集団と享受については、また改めて考えてみたい。

＊3　武者小路辰子「大君　歌ならぬ会話」（『源氏物語と日記文学研究と資料―古代文学論叢第十二―』武蔵野書院、一九九二）、中川正美「宇治大君―対話する女君の創造―」（『源氏物語とその前後』四、新典社、一九九三）など。

＊4　少女巻における夕霧の元服に賀歌の唱和がなくて、藤裏葉巻に至ってようやく賀歌の唱和が実現されて夕霧の結婚の承認が得られる構造があることは、小嶋菜温子「賀歌――盃酒と賀の時空」（『源氏物語と和歌を学ぶ人のために』世界思想社、二〇〇七・三）に学んだ。

＊5　先行研究においては、幼なじみの恋という観点からの類似で『伊勢物語』の第二十三段「筒井筒」との関連が指摘され、繰り返し論じられている。阿部好臣「夕霧の恋」（『国文学』一九八七・十一）など。

＊6　ここに、現在の体制への反発と葛藤を読み、それを「みやび」の原点として指摘するのが、秋山虔「「みやび」の構造」『講座　日本思想5　美』、東京大学出版会、一九八四・三）である。体制への反発が示されてこそ、「みやび」は発露されるのである。秋山虔「〝みやこ〟と〝みやび〟」（『日本の美学7　特集都市』一九八六・三）も併せて参照されたい。夕霧の恋物語はおよそ「みやび」からは遠く、それとは別の主題を示しているといえる。

＊7　東浩紀『存在論的、郵便的――ジャックデリダについて』（新潮社、一九九八・十）、高橋哲哉『デリダ――脱構築』（講談社、二〇〇三・七）、ジャック・デリダ『声と現象』（林好雄訳、ちくま学芸文庫、二〇〇五・六）など参照。

＊8　玉鬘のことも、近江の君のことも、そして雲居雁の一件も、メディアをコントロールしきれない内大臣の迷走ぶりが際立っていく。光源氏がメディアをどう動かしていくかというよりも、内大臣の迷走ぶりによって、光源氏のメディアコントロールのうまさが際立つという語り方になっている。

＊9　鈴木日出男「『伊勢物語』の和歌」（『古代和歌史論』東京大学出版会、一九九〇・十）。なお、『伊勢物語』の歌についての同じ指摘は、「〈いろごのみ〉と和歌」（『源氏物語虚構論』東京大学出版会、二〇〇三・二）でも繰り返

されている。

＊10　＊9に同じ。＊9の引用文のつづきである。

＊11　小町谷照彦「夕霧の造型と和歌――落葉の宮物語をめぐって」『源氏物語の歌ことば表現』（東大出版会、一九八四、八）は、和歌が落葉の宮物語に際立っていることに注目し、夕霧造型の特質を論じる。引歌表現の重層的な構造を分析し、「夕霧の落葉の宮弔問は柏木に対する追悼と落葉の宮の始発という二面性を持っていることが知られるが、その叙述の一翼を和歌が担っているのである」とする。本稿は歌の場の形成に注目して論じているが、引歌、歌ことばの面からは、また改めて考えてみたい。

＊12　夕霧の歌に対して返歌したのが、落葉の宮自身とする説と母御息所であるとする説がある。どちらと限定する読みも面白いが、限定されない書き方になっていることを『源氏物語』の方法として積極的に読むこともまた出来るのではないか。

＊13　葛綿正一「行為と状態――二つの恋をめぐって」『源氏物語のエクリチュール――記号と歴史――』（笠間書院、二〇〇六・一）は柏木の恋と夕霧の恋を論じて刺激的である。手紙の逸脱によるコミュニケーションのありように言及しているところには示唆された。

＊14　神田龍身『紀貫之――あるかなきかの世にこそありけれ――』（ミネルヴァ書房、二〇〇九・一）は、詞書を持つ『古今和歌集』に対して、それを持たずに並べる『紀貫之集』に物語の方法を見る。

＊15　最近の研究に、本橋裕美「『浦島の子』落葉の宮造形をめぐって――御佩刀と経箱の象徴性――」（『源氏物語〈読み〉の交響』新典社、二〇〇八・十二）は、御佩刀と経箱の象徴性から落葉の宮造形を読む。「『浦島の子』落葉の宮の姿は、皇女としてあることのできた、最後の姿であったように思われる」とする。

＊16　落葉の宮の邸の変容と落葉の宮物語に関しては、橋本ゆかり「『源氏物語』の塗籠」『源氏物語の〈記憶〉』（翰林書房、二〇〇八・四）、「『源氏物語』の塗籠」（『人物で読む『源氏物語』第十四巻――花散里・朝顔・落葉の宮』勉誠出版、二〇〇六・五）に書いたので読まれたい。後者の論文註（14）（15）に、安部公房の「プルートーのわ

な」の家や、アニメ『新世紀エヴァンゲリオン』のエントリープラグなどに言及している。前者の論文と共に他ジャンルとの関わりとしてぜひ読まれたい。

　また、夕霧と落葉の宮の物語における夕霧の偽瞞は様々な角度で論じられている。最新の研究として、石井宏枝「夕霧の偽り—落葉宮物語における「後見」をめぐって」（『立教大学日本文学』第一〇〇号、二〇〇八・七）がある。「浦島の子が心地なん」については、別稿を用意している。

※『源氏物語』『伊勢物語』本文引用は、すべて小学館新編古典文学全集によっている。表記は私に改めている。引用末尾に付してある数字は巻と頁を表す。

玉鬘十帖の和歌——玉鬘・螢宮——

今井久代

一　問題への態度

『源氏物語』にとって和歌は、読解の手掛かりとしても重要である。すなわち、歌物語や物語的私家集から学んだものであろうか、周知のように『源氏物語』では、歌を中心とする「場面」ごとにプロットや人間関係が集約することが多い。このため、和歌が中心をなす「場面」を追い掛けていくことで、物語を集約的に理解することができる。また和歌を、日常に交わされる非日常、特別な言語とみる感覚が作者側にもあるためか、和歌が作中人物の心の奥底を浮かび上がらせ、以後の展開の予示となる場合も多い。さらに加えて『源氏物語』の作者は、制約言語である和歌による意思伝達の特性と限界を十分に知悉し、それを巧みに利用して、和歌と散文を組み合わせ、作中人物の関係の機微、多面的な心の動きを浮き彫りにする表現法を編み出している。和歌は、『源氏物語』を読み解く重要な近道、鍵を種々の形で握っているのである。

本稿では、玉鬘らが活躍する玉鬘十帖について、和歌に注目することでどのような物語世界の仕組みを明らかにできるかを考え、併せて玉鬘の人物像が担う役割について考えていきたい。

二　「みくり」「玉鬘」詠にみる六条院のみやび

まずは、玉鬘が六条院の住人として迎えられる際の贈答歌、及び独詠歌を考察する。

①知らずとも尋ねてしらむ三島江に生ふる三稜のすぢは絶えじを　（光源氏・消息）
②数ならぬみくりや何のすぢなればうきにしもかく根をとどめけむ　（玉鬘・消息）
③恋ひわたる身はそれなれど玉かづらいかなるすぢを尋ね来つらむ　（光源氏・手習）

光源氏からの贈歌①を、新全集の頭注は「やや複雑なよみくち」と評している。歌意の中心は「すぢは絶えじを」にあり、「葉が舌形をなし直生して筋の多いところから」（新全集頭注）「三島江のみくり」を「すぢ」を導く序としているが、そもそも「すぢ」と共に詠む景物は「糸」あるいは「糸」に見立てられる「蜘蛛（の糸）」「柳」が通例で、「みくり」「すぢ」を詠む先行例は、一条摂政御集の「筑摩江の底ひも知らぬみくりをば浅きすぢにや思ひなすらん」しかなく、『源氏物語』以降も「みくり」「すぢ」を歌う作例はない。

古今六帖は「みくり」を立項し、「筑摩江におふるみくりの水速みまだねも見ぬに人の恋しき」「恋すてふ狭山の池のみくりこそ引けば絶えすれ我やね絶ゆる」の二首を載せる。ほかに、師輔集「世のうきに生ふるみくりのみがくれてなかるる事は我も絶えせず」、道信集・後拾遺集「近江にかありと言ふなるみくりくる人くるしめの筑摩江の沼」があるが、さほど「みくり」の作例は多くない。また「沼沢地に生える。茎は三綾形で高さ約八十センチメートル」（広辞苑）という植生を反映し、「ね（根）」「引く」「絶ゆ」「繰る（「みくり」とも関連か）」「うき（泥）」「なかるる（流るる）」が縁語となる。「みくり」「すぢ」を歌う一条摂政御集の例にしても、筋の多い葉の姿よりもむしろ水底深く地下茎が伸びる姿を基に「底ひも知らぬみくり」を詠んでいる。「みくり」をその植生から切り離し「すぢ」の序とする例は珍しく、これは「筑摩江のみくり」でなく、あえて他にない「三島江のみくり」と歌う点も同じである。ちなみに「三島江」で詠まれる植物はこの時期までに「蘆」二例（拾遺集・柿本人麻呂、後拾遺集・曽根好忠）「薦」二例（万葉集）が見られ、以後「蘆」と共に詠む例が中心となるが、「みくり」を詠むのはこの光源氏詠のみである。「知らずとも尋ねて知らむ」の歌い出しも理屈っぽく、確かに光源氏詠は、わざと通例でない「複雑な詠みくち」で二人の縁を歌いかけたものといえる。

一方玉鬘の②は、贈歌の中心をなす「すぢは絶えじを」にきちんと応えつつ、贈歌が隠した「みくり」の植生に基づき、つまり「みくり」詠の本流に戻って、「根」「うき」と展開させ、「みくり」に「身」をかけている。「みくり」から作る「三稜簾」が「三稜簾、網代屛風」（蜻蛉日記・中）のように野趣溢れる調度品の類である点から見ても、「数ならぬみくり」の続け方は素直で、以下掛詞と縁語を紡いでいく調べも流麗であり、沼沢地に生える「みくり」の景に我が運命の拙さを二重写しにするさまは女歌らしいたおやかさに満ちていよう。加えて「唐の紙のいとかうばしき」にやや弱々しげながら「あてはかにて口惜しからねば」という筆跡ぶりに、光源氏は安心し、玉鬘の六条院入りが決まった。

①詠は、源氏による「みやび」の試験といえる。一般的な詠み方から微妙にずらされた、しかし一条摂政御集のような用例もいちおうある、「みくり」の「すぢ」詠。「筑摩江」ならぬ「三島江」を配したのは、あるいは「みしま江の玉江の蘆をしめしよりおのがとぞ思ふいまだ刈らねど」（拾遺集・人麻呂）が念頭にあるといったら穿ちすぎ

か。ともかく、光源氏は微妙に標準からずれた詠歌で試し、玉鬘はさりげなく標準に戻った女歌で答えたのである。また源氏は、実父でないのに引き取りを申し出た理由を「すぢは絶えじ」と歌いながら、いかなる「すぢ」かは示さず、おのが心情を見せない。対して玉鬘は、おのが運命の拙さへの嘆きを歌うが、これはむしろ玉鬘の境遇ならば当然推察される心情であって、このありそうな心情を切々と歌うことで、血の繋がらない源氏に「何のすぢ」で引き取られるのかという根本的な不安については、つつましく仄めかすにとどめている。歌としてのうまさに加えて、肉親でもない初対面の権力者に対して失礼にもならず無警戒でもない、巧みな心情の吐露ぶりが印象的である。田舎育ちの玉鬘は音楽の嗜みにやや難があり、筆跡も本格的というよりはうまく誤魔化すというのに留まるようだが、②歌の読みぶりからは、六条院の姫君として振る舞うに十分な、教養と才気が窺えよう。

さて①②を経た源氏は、③の独詠歌を詠む。③は巻名及び女主人公の通称の由来となった歌であり、読者に最も印象深い歌である。この③では一首の要の物象が「三島江のみくり」から「玉鬘」へと変わり、「いづくとて尋ね来つらむ玉かづら我は昔の我ならなくに」(後撰・源善)がふまえられる。「玉かづら」は、「はふ」「絶ゆ」「懸く(かけ)」「かつら」を縁語とする歌ことばで、「みくり」に比べると格段に作例が多い。「玉鬘」を「尋ね」とうたう源善の歌は珍しいが、詞書によると、中将時代に懇意の女蔵人のもとに壺胡簶老懸を置いていたが、急に遠方に赴任となり、女蔵人が遠く源善のもとに慰めの手紙を添えて老懸などを送って寄越したのに、応えた歌という。老懸(玉鬘)が尋ねて来たという場の状況を踏まえた作歌なのである。思えば、夕顔との恋が光源氏の中将時代であったこと、遠く筑紫から(右近の仲介で横道に逸れ)玉鬘が尋ね来たこと、距離でなく時間的に中将時代と今は大きく隔たること、などを考え合わせると、光源氏の心情と源善の詠歌には共通点が多い。この源善の歌をふまえた③は、①で隠された源氏の心情が迸り出たかのような詠歌である。もっと言えば、「尋ねて知らむ」と歌う①の時から、既に源善の歌は源氏の念頭にあったかも知れない。「玉鬘」「すぢ」の先行例は「まくるとも見えぬものから玉かづら問ふ一筋も絶え間がちにて」(和泉式部日記)の同時代詠のみだが、『源氏物語』内に「たゆまじき筋を頼みし玉かづら思ひのほかにかけはなれぬる」(蓬生巻・末摘花詠)もあり、以後鎌倉時代に七例を加えるなど、「みくり」よりも「玉鬘」の方が「すぢ」と結びついた作例が多い。また「すぢは絶えじ」という続きから考えても、①も「三島江のみくり」でなく「玉鬘」を中心に「すぢ」「尋ね」とまとめた方が素直な調べを形成したのではないか。

夕顔の忘れ形見の玉鬘がはるばる尋ねて来たと知らされたとき、源氏の心にはさまざまなものが去来したと想像される。薄幸だった夕顔に今更のように募る愛情、二十年近くにもなる時の流れへの感慨、実父内大臣(頭中将)よりも先に行方を知ったという縁の不思議。つまりは源善の歌や③から読みとれる心情なのであるが、しかし源氏はまずは①を玉鬘に贈り、玉鬘が六条院のみやびにふさわしい姫君であるかを試した。夕顔思慕や懐古の念といった源氏個人の感情のみならず、むしろ造営なった六条院に貴公子たちを惹きつける妙齢の姫君がいない欠損を補うためにこそ、源氏は玉鬘を迎えようと行動したのだ。最大のライバル内大臣家にも娘は二人というのに、秋好(冷泉中宮)に明石姫君(東宮入内予定)を擁しながら、さらに衆目を集める姫君を六条院に迎えようとする、権勢家光源氏の貪欲なまでの人心収握術と遠謀深慮が窺える。

光源氏と玉鬘が最初に交わす「みくり」をめぐる贈答、及び巻や女主人公の謂れとなった「玉鬘」詠をみていくと、夕顔を偲び無常の世に慨嘆する柔らかな心と共に、権勢に執し六条院を演出しようという飽くなき意志を抱える、多面的な光源氏像を読むことができる。ひとり「玉鬘」詠を書きつける真情を抱きながら、しかしまずは「三島江のみくり」詠で挑んでいく冷徹な意志や打算とが絡み合うところに、玉鬘十帖の描く「六条院のみやび」があるのである。そして玉鬘もまた、「六条院のみやび」を十二分に体現するような、才気と教養に溢れ、したたかな計算を秘める女君たることを、「みくり」詠から読むことができよう。

三　六条院の女たちの歌——夏の町の喚起するもの

玉鬘十帖には、全部で90首の歌が詠まれている。内訳は、多い順に光源氏（22首）、玉鬘（18首）、螢宮（5首）、髭黒（4首）、明石君・夕霧・冷泉帝（各3首）、紫の上・柏木・玉鬘乳母・末摘花・近江君（各2首）、明石姫君・秋好中宮・花散里・内大臣・大宮などその他が1首ずつである。光源氏と玉鬘の詠歌が多いのは当然のこととして、玉鬘の相手となる螢宮・髭黒・冷泉帝の詠歌も多いこと、対して紫の上を初め六条院の妻妾の和歌は少ないこと、一方末摘花や近江君の詠歌が存外に多いことが眼に付く。

末摘花や近江君の詠歌の多さは、劣った和歌を詠む、「みやび」にそぐわぬ存在を批評する場面の多さと直結している。玉鬘に求婚した大夫監の田舎者ぶりは、その滑稽な和歌に端的に示された（玉鬘九七頁）。内大臣家の劣敗を内外に示す近江の君の珍妙さも、歌に絡んで描写される（常夏二四八～二五二頁・真木柱三九九頁）。末摘花も笑われ者に立ち戻り、一時代前の流行歌語「唐衣」に固執するさまが執拗に描かれた（玉鬘一三七頁・行幸三一五頁）。こうした笑われ者の拙劣は、まずは六条院の洗練を際だたせるためと考えられるが、一方で、本来ならば称揚されるべき主要人物の和歌が批判される例もある。明石姫君の「ひき別れ年は経ぬれど鶯の巣立ちし松の根をわすれめや」（初音一四六頁）は「くだくだし」（初音一四七頁）とされ、大宮の「ふた方にいひもてゆけば玉くしげわが身はなれぬかけごなりけり」（行幸三一二頁）は、震える筆跡及び縁語の多さが笑われている。後者の場合、縁語は傍線部三カ所のみに過ぎないので、縁語の多さというよりも、万葉集十八例・古今六帖十六例の古めかしくありふれた「玉くしげ」を核に縁語を重ねる姿が笑われているらしいが、この大宮は翌年に亡くなってしまう老女で、六条院家に劣る内大臣家の一員でもあった。また、明石姫君も八歳であり、幼さゆえの和歌の拙さは、明石母娘の絆を目立たせぬために肝要だったようだ（後述）。彼女たちが拙劣な和歌を読む理由も推察されるのだが、老耄でもない六条院の妻妾の一人の花散里が、「その駒もすさめぬ草と名にたてる汀のあやめ今日やひきつる」（螢二〇九頁）という「あいだちなき御言ども」の歌を詠む理由は、どのように考えたらよいであろうか。

ところで詠者の分布から見ても、玉鬘十帖の主題は玉鬘を巡る恋といえるが、六条院の妻妾たちも一～二首ながら和歌を詠み、花散里の螢二〇九詠もその一つである。そしてこれら六条院の妻妾たちの和歌では、『源氏物語』内の過去の場面と響き合うことばが使用されており、作中人物の意識をも超えたところで、過去との照応が図られているようである。まずは初音巻頭、光源氏と紫の上が六条院の栄華を祝い合う「うす氷とけぬる池の鏡には世にたぐひなきかげぞならべる」（初音一四五頁）の「鏡」「かげ」は、正月の鏡餅ばかりでなく、須磨への別れに際しての「身はかくてさすらへぬとも君があたり去らぬ鏡のかけは離れじ」（須磨②一七三頁）を受け、須磨の別れを乗り越えての現在を象徴しているのではないか。続く明石母娘の贈答歌の「ひき別れ」「松」「根」も、子の日（小松引き）の「折」のみならず、全集頭注も指摘するように、母娘別れに際しての「末遠き二葉の松にひきわかれいつか木高きかげを見るべき」「生ひそめし根も深ければ武隈のまつに小松の千代をならべん」（薄雲②四三四頁）をふまえ、別れの悲嘆の答えとしての母娘の絆が確認されていよう。もとより年賀（元旦）と子の日が重なる特別な折ゆえ贈り得た歌であるし、「くだくだしい」姫君の歌は、「巣立ちし松の根をわすれめや」と明石母娘の絆を歌うようでいて、実際は贈歌の歌語をなぞるのに懸命なだけで、実母の哀切な苦悩には気付いていない。つまり明石母娘の絆は、幼い姫君の幼い歌ゆえに一瞬浮かび上がったあだ花として確認されるのであった。さらに胡蝶巻の春秋争いの紫の上と秋好の贈答が、薄雲巻の秋好との対話や少女巻末詠をふまえるのは言うまでもない。そしてかの花散里詠だが、「駒もすさめぬ草」という表現が「大荒木の森の下草老いぬれば駒もすさめず刈る人もなし」（古今）を思わせる「あいだちなき御言」だが、この古歌はかつて源典侍の扇に散らし書きされており、光源氏を辟易させた（紅葉賀①三三七頁）。このほか玉鬘をめぐる和歌のうち、源氏の贈歌「うちとけてねもみぬものを若草のことあり顔にむすぼほるらむ」（胡蝶一九〇頁）が、「手に摘みていつしかも見む紫のねにかよひける野辺の若草」（若紫①二三九頁）など一連の紫の上登場時の記述と照応し、「なでしこのとこなつかしき色を見ばもとの垣根を人やたづねむ」（常夏二三三頁）は、頭中将（内大臣）と常夏の女（夕顔）の贈答歌（帚木①八二頁）をふまえている。

紫の上や明石母娘、秋好詠の歌語の類同は、須磨流離・母娘別れ・六条院造営の企図といった過去の場面と繋がり、その帰着としての現在という、六条院体制の根底を照らし返している。これらは当人の過去に直接つながり、その帰結としての現在を象徴する歌と解釈し得るのだが、花散里と玉鬘の歌はもっと複雑である。まず玉鬘であるが、胡蝶一九〇は、玉鬘本人の過去ではなく、若紫巻の紫の上と源氏の出会いに響き合う。若紫巻では、①**伊勢物語初段**（巻名「若紫」。貴族社会の逸脱・超越、奔放で烈しい恋情）②**古今八六七**「紫の一本ゆゑに武蔵野の草はみながらあはれとぞ見る」（紫のゆかり。血縁者への代替的恋情）③**伊勢物語四十九段**（「若草」「初草」詠。後見する女性への背徳的恋情）の三つのモチーフが重層し、全体としては、社会通念に囚われない、継母藤壺への恋情をゆかりの稚純な少女（紫上）に昇華させる光源氏が描かれていた。これらは禁忌に踏み込みながら背徳退廃に堕することなく、秩序を超えた凄烈な純情を生きる、光源氏の原点を語るモチーフ群である。紫上が女主となった六条院に迎えられた娘（玉鬘）に再度このモチーフを担わせることで、光源氏の原点を語り直そうとの物語構造が透かし見える。とはいえ、「いと無心に」（玉鬘一三二頁）妻にし得た紫の上の物語では、②を中心に収束し展開したのだが、玉鬘物語では③「若草」のモチーフが中心となる。すなわち、夕顔の娘という「ゆかり」が源氏の恋情の原点であるのは明白なのだが、言語化はされず（かわりに螢宮が玉鬘への「紫」「ゆゑ」を歌う）、玉鬘は「若草」と結びつけられて歌われる。夕顔を思い時の流れに涙する純情ばかりでなく、むしろ「若草」の養女に言い寄る貪欲や背徳や退廃こそが、玉鬘物語の中心となっていくのである。また常夏二三三詠では、光源氏ではなく、頭中将と夕顔の常夏の贈答歌がふまえられる。なるほど常夏の女の話は、源氏の前でも心を隠し続けた夕顔という女の心を読み解く最大の手掛かりであり、源氏が夕顔に興味を抱いた原点でもある。だがやはり何よりも、玉鬘が政敵内大臣の実娘であることを確認させ、甘美な懐古の念に留まり得ない現実を明示する挿話であった。総じて和歌によって玉鬘に配される過去は、夕顔追憶というしみじみした美をかき乱すような、養女に恋する淫靡性背徳性、あるいは政争に纏わるしたたかな打算と思惑を抱く源氏の姿を、あぶり出しているのである。

さて、最後に花散里である。花散里自身に纏わる印象的な過去と言えば、彼女の作中呼称の由来でもある花散里巻があり、慎ましく穏やかに源氏を思い続ける女性像を結んできた。少女巻になると、夕霧の無遠慮な視線を通じ、源氏でもなければ我慢できぬ不器量ぶりが明かされるが、これもむしろ花散里や源氏の心の美しさを際だたせるための醜貌といえる。さて、問題の螢二〇九詠の趣意は、自らの不器量を自覚しつつ源氏の配慮に感謝するというもので、醜貌ながら美しい心根という少女巻以来の花散里像を集約したような内容である。しかし、「今はただおほかたの御睦びにて、御座なども別々にて大殿籠る」（螢二〇八頁）状態の女が口にする「駒もすさめぬ草」表現は、かの「森の下草老いぬれば駒もすさめず」詠と容易に重なり、「おほどか」に収まらぬ女の性的不満や媚態を引き当ててしまう。光源氏の答歌もろとも「あいだちなき御言ども」に引きずり込み、源典侍の姿をも引き寄せてしまうインパクトがある語句なのである。とはいえ、老醜漂う年齢でも昔が忘れられず、不相応な媚態で男の気を引こうとする笑われ者源典侍と、同じ醜貌でも慎ましく生きる心根の美しい花散里とでは、似ても似つかぬあかの他人である。逆に言えば、慎ましく美しい心だからこそ、醜くとも源典侍とは全く異なり、六条院夏の町の主たり得たのが花散里であった。その花散里の玉鬘十帖での歌が、老耄幼少でもないのに「みやび」に反し、あかの他人の笑われ者源典侍と照応し、六条院の一員にふさわしい花散里像を破綻させかねないことばを有する不思議——。思えば老いてなお盛んな源典侍のあさましさは、深い道心もないまま出家している晩年も示す如く、極めて人間らしい猥雑に満ちていた。死を怖れ、老いを怖れ、若さに執し、賞賛と快楽を求める源典侍。六条院のみやびは、夏の町の主花散里の歌を通じ、みやびの静謐な美をかき乱す、醜怪で貪欲で猥雑な欲動を引き寄せようとしている。

花散里は六条院の一員でありながら、源典侍に通じる猥雑を思わせる歌を詠む。また紫の上と同じ「対の姫君」玉鬘には、源氏の背徳退廃打算を引きずり出す歌が配される。この二人が共に夏の町の住人であるのも興味深い。本来六条院は「ゆきかはる時々の花紅葉、空のけしきにつけても、心のゆくこともしはべりしがな」の、春秋の美への憧れから企図された邸であり、春秋の町にこそ中心がある。それは、七世紀天智天皇の御代（万葉・巻一・額田王）以来の春秋賞美の伝統を受け継ぎ、古今集の作り上げた春秋重視の美意識に従うみやびであった。しかしながら夏の町は、美意識の中心にいないゆえにかえって、四季の美の一角を構成しながらそれを突き崩す生命力、秋山虔の「みやび」の定義に倣えば、それこそが「みやび」の重要な本質である奔放な生命力《エネルギー》*1と、豊かにつながっているのである。そもそも玉鬘十帖までにも、藤壺との最初の逢瀬（若紫①二三一頁）や、朧月夜との密会の発覚（賢木②一四三頁）、人妻空蝉との一夜の逢瀬や、夕顔との謎めいた出会いなど、光源氏の迸る恋情は夏の出来事として描かれてきた。また六条院の唯一の男子夕霧が夏の町に曹司を置くため、夏の町には馬場や蹴鞠場があり、夕霧の友人同僚が出入りする（螢二〇五頁、常夏二二三頁、篝火二五八頁）、青年たちの躍動する町であった。その夏の町らしさが際やかに表れたのが五月五日の馬場での手結であり、この催しの夜に花散里がかの「駒もすさめぬ草」歌を詠む。

玉鬘十帖が描く六条院のみやびや人間群像は、けっして美しく洗練されたそれのみでは成立しないのであった。猥雑な笑われ者たちを指弾し疎外するようでいて、六条院の一角である夏の町に、猥雑で滑稽で、時には醜怪背徳にも転じかねない、奔放な生命力が包摂されているのである。なお、花散里の前の住処の二条東院には、再び笑われ者に戻った末摘花が住み、珍妙な歌を詠み続けている。この末摘花のもとに年賀に訪れた源氏が思わず「ふるさとの春の梢にたづね来て世の常ならぬはなを見るかな」(初音一五五頁)と呟いており、過去(「なつかしき色ともなしに何にこのすゑつむ花を袖に触れけむ」末摘花①三〇〇頁)を踏まえる歌が配されている。源典侍末摘花という滑稽な笑われ者たちは一見排除されながら、夏の町(花散里)を通じて六条院と繋がっている。そして彼らに揺るがされる緊張のなかに成立する美こそが、六条院であり光源氏なのだろう。六条院を彩る妻妾たちの詠歌は、玉鬘十帖で描かれる玉鬘と光源氏の恋や栄華や「みやび」が、過去の帰結としての現在であり、またその現在は善美にして醜悪な人間存在そのものに連なり、醜怪で陰湿で背徳性すらまつわる真情から生まれるものであることを、示唆しているのではなかろうか。

四 夏の風景と和歌——光源氏の恋

養女玉鬘への光源氏の恋の醜怪さは、再三近接しては口説き、螢の光に浮かぶ玉鬘をわざと螢宮に見せつけ、今後の交際の余地を睨んで尚侍就任を画策するなどの、生々しい口説(会話)や思惑(心中思惟)、行為などによって、余すところ無く描かれている。その一方で、和歌へと繋がる美しい情感的自然描写が中心の「恋の場面」もある。抒情的な自然描写と、生々しい心中思惟やことばや行為と、異質な二つの散文を伴いつつ、玉鬘物語の和歌はどのような恋を描いているのか、源氏が恋情をついに告白する場面を例に考察しよう。

告白の前段には、光源氏が玉鬘に、恋文への対処や求婚者の人柄を縷々述べる場面がある。一見すると姫君の心得を諭しているようだが、ことばの端々から玉鬘に求婚する者への抑え切れぬ嫉妬と対抗意識が透かし見えている。結局源氏はおのが長口説に倦んで立ち去ろうとするが、その時「御前近き呉竹の、いと若やかに生ひたちて、うちなびくさまのなつかしき」が眼に映り、

光源氏　ませのうちに根深くうゑし竹の子のおのが世々にや生ひわかるべき
玉鬘　今さらにいかならむ世か若竹の生ひはじめけむ根をばたづねん
（胡蝶一八二～三頁）

の贈答となった。「竹」（竹の子）は「よ」「ふし」を縁語とし、不変の永遠性（貞節）をモチーフとする歌語で、古今六帖にも収録される著名な「今更になに生ひ出づらむ竹のこの憂きふししげき世とは知らずや」（古今）のように、述懐的内容を構成することが多い。恋歌に転じづらい（一義的に恋のモチーフを引き出すのでない）「竹」の景ゆえか、*2 源氏の贈歌は、彼自身の心中をよそに、父の立場から娘の巣立ちを思う体の歌となっている。とはいえ、血も繋がらない、引き取って四ヶ月ほどの養女が巣立つ時を今から怖れる心には、源氏の不穏な感情も透けて見える。対して玉鬘は、「生ひはじめけむ根」にわざわざ言及し、自分の実父はほかにいる（内大臣）と殊更に示唆しつつ、今さらに実父を尋ねるなぞとんでもないと、源氏一人を頼るほかない身の上を哀切に訴える。語り手によれば、内心実父に会う望みを捨てていないとのことで、実父を求めないという歌意は、源氏の意を迎えようというしたたかな計算によるものらしい。なるほど、実父の存在を仄めかして釘を刺す一方で、源氏に頼るしかないはかない身の上を哀訴するたおやかな女歌でもあるという、玉鬘らしい才知と計算の窺える歌となっている。

続いてついに源氏が玉鬘に告白する場面となるが、これは次のような自然描写に始まる。

雨のうち降りたるなごりの、いとものしめやかなる夕つ方、御前の若楓、柏木などの青やかに茂りあひたるが、何となく心地よげなる空を見出したまひて、「和して且清し」とうち誦じたまうて、まづこの姫君の御さまのにほひやかげさを思し出でられて、例の忍びやかに渡りたまへり。手習などして、うちとけたまへりけるを、起き上がりたまひて、恥ぢらひたまへる顔の色あひいとをかし。なごやかなるけはひの、ふと昔思し出でらるるにも、忍びがたくて……箱の蓋なる御くだものの中に、橘のあるをまさぐりて、

橘のかをりし袖によそふればかはれる身ともおもほえぬかな

（胡蝶一八五〜六頁）

叙情的な自然描写であるが、掲出部以外では叙情性をかき消すような生々しい表現が続いている。すなわち、告白しながら源氏は「御手をとらへ」、嫌悪し俯く玉鬘の「手つきのつぶつぶと肥えたまへる、身なり肌つきのこまやかにうつくしげなるに、なかなかなるもの思ひ添ふ心地したまうて」（同一八六頁）口説き続け、ついには「なつかしいほどなる御衣どものけはひは、いとよう紛らはしすべしたまひて、近やかに臥し」（一八七頁）まで接近するのである。養女に向ける恋着の背徳性が隠しようもなく立ち上る生々しい叙述であるが、これに前後して掲出の「若楓、柏木など」の景が、あるいは「雨はやみて、風の竹に生るほど、はなやかにさし出でたる月影をかしき夜のさまもしめやかなる」（一八七頁）自然が、描かれている。ちなみに、叙情性豊かに源氏と玉鬘の恋愛を語る篝火巻も同様で、「御琴を枕にて、もろともに添ひ臥したまへり」「御髪の手当たりなど、いと冷やかにあてはかなる心地して、うちとけぬさまにものをつつましと思したる気色、いとらうたげなり」（二五六〜七頁）のような生々しい叙述と共に、しみじみと哀切な忍び寄る初秋の景がつづられている。

さて、源氏はこのみずみずしい初夏の景に玉鬘の「にほひやかげさ」を思い起こし、逢いに行く。玉鬘の姿態が、

和歌的情緒を纏う藤や卯の花、花橘でなく、若楓や柏木によそえられていることにまずは注目したい。花ならぬ青葉に喚起される玉鬘らしさとは、恋愛の文化性を帯びる以前の、若々しい生命のきらめきそのものであるのだろう。さらにこの景は、源氏の「和して且清し」の口遊びに種明かしされるように、「七言十二句、贈駕部呉郎中七兄」（白氏文集・巻十九）の景を下敷きにし、傍線部分はそれぞれ「緑塊陰合シテ」（第二句）、「風ノ竹ニ生ズル夜」（第七句）「月ノ松ヲ照ラス時」（第八句）に拠っている。この詩は、白居易が江州左降から返り咲き中書舎人に達した長慶二年の作であり、この時期以降「官位に満足したことによって、白居易生来の閑適への志向が、前面に出てきた」[*3]という。確かに原詩からは、宿直明け、初夏の爽やかな景のなかを軽やかに家へ馳せ帰る心楽しさ、我が家でひとり寝ころび、月明かりに散策し、酒を舐め暁に琴を爪弾いて夏の一夜を過ごすやすらぎ、「幽懐、静境」の満足感が、生き生きと伝わってくる。原詩の「幽懐、静境」は、充実した宮中での執務後の私的なひとときであり、竹と月と琴と酒を愛し、兼済独善を揺れ動く男性官人ならではの心境であるから、結句で「幽懐」を分かつ相手に同僚の「老駕兄」を求めるのも領けるのである。つまるところ養女への邪な恋情に苦しむ源氏とは全く異なる感懐なのであるが、この詩を明確に下敷きにした初夏の景のなかに玉鬘への告白場面が仕組まれることで、生々しい恋情の奥の、光源氏という男の深奥、原質までもが照らされているのではないか。すなわち、須磨流離に耐え、桐壺聖代を継承深化させた冷泉聖代を領導者した男の、功成り名を遂げた「幽懐静境」への傾きが、玉鬘への恋の底流に潜んでいる。幽懐を朋友でなく女性と分かつのは、原詩の世界観との決定的な相違であるが、なるほど源氏には志を分かつ朋友はいなかろう。内大臣は権力闘争の相手に過ぎず、光源氏の領導のもとで冷泉聖代を支える有職の一人にはなっても、摂関体制に相反する「聖代」の理想を共に追う同志ではない。源氏が追う聖代の責務は源氏一人のものであり、かわりに藤壺への止みがたい恋情を始め、六条御息所や秋好に対する思いを昇華することによって、冷泉聖代は構築されてきた。太政大臣となった光源氏の幽懐を分かつべきは、女性なのである。

玉鬘物語では、禍々しい情念が余すところなく描出されるが、同時に詠歌へと連なる自然表現を通して、光源氏の情念の原質が抒情的に浮かび上がっている。当該告白場面でいえば、あえて兼済独善を基とする白居易の漢詩を下敷く初夏の景を構成することで、肉感的な玉鬘への恋情の基底が照らし出されている。ただし、それゆえに詠歌の前に小さな飛躍が生じている。すなわち、「若楓」「柏木」「若葉」は、「竹」と同じく恋歌を構成する歌語としては熟していないため、眼前の景ではなく、「くだもの」（間食、酒の肴）の橘の実からかの「五月待つ花橘の香をかげば昔の人の袖の香ぞする」（古今）を思い、恋歌が詠まれるという迂遠な展開になっている。そもそも古今集の当該歌のように橘の花の香はよく和歌に歌われるが、橘の実の香を歌うものはない。「……ほととぎす　鳴く五月には　初花を　枝に手折りて　娘子《をとめ》らに　土産《つと》にも遣りみ　白妙の　袖にも扱入《こき》れ　かぐはしみ　置きて枯らしみ　落《あ》ゆる実は　玉に貫きつつ　手に巻きて　見れども飽かず……」（万葉・巻十八・四一一一）のように、香り高い花に比して橘の実はその美しさを視覚的に愛で、玉に貫くものであり、夏に実り、秋冬の霜にも堪え、香味の変わらぬ特性から、「非時香菓《ときじくのかくのこのみ》」とも言う。つまり実を見て花の香を歌う古歌を想起し詠まれた源氏の和歌は、視・聴・嗅覚で体感しているその場の情景に誘われた感慨ではなく、古歌という観念を媒介に言語化された思いを歌う歌である。

ところで人口に膾炙した「五月待つ花橘」詠は、古今集のほか新撰和歌・古今六帖・和漢朗詠集に再録されたが、『伊勢物語』六十段では胡蝶巻と同様に、「さかななりける橘」の実を手に詠んだ業平歌とする。「宮仕へいそがしく、心もまめならざりけるほど」の男を恨み、「まめに思はむといふ人につきて」地方官人の妻になった女と再会した昔男が、詠んだ歌というのである。いかにも既存の古今詠をもとに創作された話らしいが、橘の花でなく実を契機に詠む歌となったことで、「非時香菓《ときじくのかくのこのみ》」のイメージも投映される歌となったように思う。すなわち、情に惑わされ移り変わった「人」への慨嘆や「むかし」への複雑な眼差しが、「昔の人の袖の香と同じ」懐旧の念に絡まりつつ、「非時香菓」の永遠性と対比され、際やかに浮かび上がる。だからこそ女はこの詠歌にわが身を省みて、「尼になりて山に入る」のだろう。非時香菓を目にしながら歌う伊勢物語では、「五月待つ」懐旧の念に加え、時の変化を生きる他ない人間への慨嘆が重なって見える。それは実を見て詠う胡蝶巻でも同様ではなかろうか。

この告白の段では、会話や行動が象る生々しい情動の深奥を照らす自然として、和歌の普遍的な初夏の景「花橘」「ほととぎす」ではなく、白居易の詩と重なる「竹」「若楓柏木」の景が広がっており、肴の「非時香菓」の橘の実を見て観念的に古歌（「五月待つ花橘」詠）が想起され、恋歌が詠まれる。最後の歌のみに源氏の心情が集約されるならば、花橘香る自然描写からの展開でよさそうなものだが、若葉茂り合う初夏の景から迂路をとって展開することで、花橘に想起する懐旧の情に加えて、謫居を経て聖代を領導するに至った太政大臣光源氏の原質を透かし見ることができる。また、不変ではあり得ない人の姿が浮かびあがる。会話や具体的行動がえぐる情念の生臭さと、若楓柏木の景に揺曳する白居易詩の主想「兼済独善」には大きな開きがあるが、こうした奔放と秩序、情動と理念の交錯する所に、光源氏の「みやび」があるのだろう。生々しい情動の奥を抉る情感的自然描写は、輻輳するみやびを描くための、計算された抒情表現なのである。

詠歌までの散文が深読みさせる陰影に富んだ心情に比して、源氏の詠歌は普遍的である。

光源氏　橘のかをりし袖によそふればかはれる身ともおもほえぬかな
玉鬘　袖の香をよそふるからに橘のみさへはかなくなりもこそすれ　（胡蝶一八六頁）

昔を思わせる香りに包まれて、目の前にいるあなたも私も、昔のあの日と寸分違わぬように思えるのです、と歌う源氏に対し、玉鬘は、私は母ではありませんという鋭い拒絶をはかないわが身の不安に溶かし込み、たおやかな女歌の風情を保っている。これまで見た三首を含め、ほぼ全ての玉鬘詠は、贈歌の歌ことばを共有し切り返すという贈答歌の約束に忠実なのは無論のことだが、これに加え疑念や反駁を仄めかしつつも、はかなく憂き身への慨嘆を前面に出して一首を纏めるという特徴を有している。無礼にならぬ程度の拒絶にとどめ、しらべはあくまでたおやかな女歌を紡ぎ続ける玉鬘詠からは、六条院の姫君に相応しい教養才知ばかりでなく、六条院の姫君として遇される幸運を理解し、源氏の機嫌を損ねるまいとするしたたかな計算を読み取ることができる。『無名草子』はこうした玉鬘の現実的な利口さを薄幸な母夕顔に比し不快と評するが、賢くて小狡くもある玉鬘を相手に、これまた純粋な真情を秘めつつも権勢欲や回春の念にまみれる源氏が展開していく恋物語には、一筋縄ではいかない面白さがある。こののちも玉鬘は、たおやかに拒絶する歌を詠み続ける賢さを維持しつつ、その賢さゆえに猥雑の奥の源氏の真情にほだされていく。和歌の方は一貫して優美に拒絶する体でありながら、琴を枕に共寝し（篝火二五六頁）、背を向けつつも引き寄せられると厭いながらなごやかに寄り添う（野分二七九頁）ほどに、接近を許すようになるのである。しかしながら、二人に通う猥雑のなかの真情は、日常に引き据えると消えてしまう微かな純情に過ぎない。結局玉鬘が浚われるようにして鬚黒の妻になり、現実には成就し得ない関係に留まったことで、玉鬘の恋物語は、猥雑に繋がるゆえに瑞々しい煌めきを秘め、豊かに大きい「六条院のみやび」の恋となった。

ずっと拒絶を歌い続けてきた玉鬘の歌は、鬚黒の妻となったのち、一転して源氏に心を寄り添わせるものとなる。「和歌の贈答は、語りが描き得なかった二人の恋をかたどることで、物語のかけがえのない表現の一端を担うとともに、物語の道理にはみだしてもなお詠まずにいられないのが和歌なのだという和歌のありようを示」[*4]すのである。

五　螢宮の和歌の示すもの——まとめにかえて

玉鬘十帖は、壮年期の光源氏の集大成である六条院の栄華を語る巻々であり、玉鬘をめぐる恋模様も六条院の「みやび」の一環として描かれるものである。一方で和歌は王朝貴族文化の根幹であり、歌を詠む行為自体が「みやび」と深く関わる。ゆえに六条院の住人の資格は和歌によって問われるのだが、そこで贈答された和歌は、一見典雅端正な「みやび」の調べを奏でながら、それに留まらぬ思惑や打算をも含むものであった。「六条院のみやび」は、優美な和歌や和歌的な抒情的自然のなかだけにあるのではなく、むしろそれらを逸脱するものを内包し、秩序と奔放を往還する「両義的なみやび」である。玉鬘十帖の和歌や自然描写は、こうした両義的な「六条院のみやび」像を端的に象徴するものであった。

ところで「六条院のみやび」は光源氏を中心とする世界であり、玉鬘はその相手役に過ぎない。とはいえ、一見たおやかで嗜み深い典型的女歌でありながら、憂き身の慨嘆の底に巧みに拒絶や反発を滑り込ませる玉鬘の詠歌は、六条院に相応しい才気や知性のほか、したたかな計算を抱き懸命に生きる彼女の個性を生き生きとかいま見せている。一方で螢宮との間に交わされる和歌は、いかにも常套的な雅びにとどまっている。

①螢宮　むらさきのゆゑに心をしめたればふちに身なげん名やはをしけき　（胡蝶一七〇頁）

②螢宮　なく声もきこえぬ虫の思ひだに人の消つにはきゆるものかは

　玉鬘　声はせで身をのみこがす螢こそいふよりまさる思ひなるらめ　（螢二〇一頁）

③螢宮　今日さへやひく人もなき水隠れに生ふるあやめのねのみなかれん

玉鬘あらはれていとど浅くも見ゆるかなあやめもわかずなかれけるねの　（螢二〇四頁）

①は源氏に玉鬘への思いを訴えた螢宮の歌であるが、晩春の景「藤」に紫のゆかりの女性、源氏の娘である玉鬘への止みがたい「ふちに身を投ずる」思いを重ねる。男性（源氏）の縁者ゆえに女性に「ゆかりの恋」を抱くのはいささか捻れているが、これは光源氏自身の口からは歌われなかった夕顔の「ゆかりの恋」のモチーフが、螢宮によって言語化された点が重要なのであろう。また「ふち」（藤、水辺）に身を滅ぼす烈しい恋のモチーフは、源氏・朧月夜の恋愛に揺曳するもので（花宴・須磨）、若菜上（④八四頁）にて言語化されることになる。ところで、源氏を思わせる奔放な恋情を喚起する語を含む①歌であるが、それらの語は螢宮自身の固有の心情としてのことばというよりも、むしろ光源氏のそれの代償という印象がある。螢宮自身の詠歌の意図としては、あくまでもいま手にしている「藤」を核の歌ことばとし、「折」を巧みに踏まえたものに留まるのではないか。②にしても、夏虫それも螢の、声も出せぬ「思ひ」に焦がれる烈しい恋情というモチーフが使用されるが、このモチーフはこの場を演出せずにはいられなかった光源氏の屈折した恋情をこそ抉るものであり、螢宮自身の詠歌としては、螢の光に女を見たという「折」をふまえ、巧みに夏の恋の常套表現を引き寄せたに過ぎないだろう。さらに③は端午の節の贈答歌であるが、七夕や重陽と同様に男女が歌を交わすべき常套的な折「端午節」に、これまた常套的に「あやめ」「ね」「引く」「なかれ」と続けるありふれた歌である。ちなみに端午節をとらえた求愛の歌は、光源氏には存在しない。螢宮の歌は、螢宮をつきぬけてむしろ光源氏につながる烈しい恋のことばを有する一方で、詠歌のきっかけやことばの続き方から考えると、ごく真っ当な、歌うべき「折」をふまえた常套的なみやびの歌に終止している。対する玉鬘の答歌にしても、源氏への答歌にはなかった高姿勢の拒絶で一貫しており、それは六条院の姫君にふさわしい誇り高い歌、権勢家のみやびな姫君としての常套的な歌といえる。

つまりは六条院の宴席を彩るのと同様に、六条院の姫君を彩る常套的恋愛物語として螢宮と玉鬘の恋があり、贈答歌があるのである。時に光源氏をも思わせるような語句がありつつも、あくまで典雅な贈答歌の体に留まっているのが、螢宮と玉鬘の物語である。そして螢宮の恋愛における典型的なみやびや常套的な贈答歌に比することで、あるいは螢宮自身のなかでは空虚な響きにとどまる烈しい恋情のモチーフを内包している語句を、光源氏という存在に照らし合わせることで、六条院のみやびの豊さや光源氏の真情の特異性が浮かび上がる仕組みとなっているのであろう。

注

＊1　秋山虔「みやびの構造」（『講座日本思想　美』東京大学出版会、昭五九）

＊2　「竹」をモチーフとする恋歌には「逢ふ事の世世をへだつるくれ竹のふしの数なき恋もするかな」（後撰）、「いかなりし時くれ竹のひと夜だにいたづら臥しを苦しといふらん」「いかならん折節にかはくれ竹のよるは恋しき人にあひ見む」（拾遺）があるが、いずれも人口に膾炙する詠歌とは言えず、表現としても逢瀬を生々しく訴えるもので、いきなり養女に歌いかけるには相応しくない。

＊3　下定雅弘『白氏文集を読む』（勉誠出版、平八）

＊4　白石佳和「別れと和歌―玉鬘物語の結末をめぐって」（『ことばが拓く　古代文学史』笠間書院、平七）

※『源氏物語』の引用・頁数は小学館新編日本古典文学全集による。和歌の引用は新編国歌大観によるが、一部私に表記を改めたところがある。

近江の君・末摘花の物語と和歌

青木賜鶴子

はじめに

近江の君と末摘花は、『源氏物語』のなかでは批判的に語られる。それを最もよくあらわすのが二人の和歌である。無関係な歌枕を取り合わせた近江の君の和歌、「からころも」一辺倒の末摘花の和歌は、その性格から出自、教育のされ方をも露呈し、失笑をかう結果となっている。とはいえ、近江の君は少なくとも歌枕についての知識は得ていたのであり、末摘花の場合も、父常陸宮譲りの髄脳に従い、「ころも」を贈るのだから「からころも」と詠むべきと判断した結果でもあろう。この二人についてはすでにいろいろな観点から言及されているが、ここでは、物語の表現に即しつつ、あらためて二人の和歌及び引歌表現について考えてみたいと思う。

末摘花の登場

末摘花巻は、「思へどもなほあかざりし夕顔の露に後れし心地を、年月経れど思し忘れず…」（末摘花①二六五頁）[*1]と語られはじめる。常陸宮の忘れ形見の姫君の噂を大輔の命婦から聞くのは、その直後である。末摘花との恋愛は、はかなかった夕顔の面影を求めるも得られない光源氏の、ほとんど勝手な思い込みからはじまった。

故常陸の親王の愛娘で、琴を弾くと聞けば、父親王もひとかどの人であったから「おしなべての手づかひにはあらじ」と思い込み、春、十六夜の月が美しい晩、ほのかにかき鳴らす姫君の琴の音を「をかしう」聞き、「なにばかり深き手ならねど」と思いながらも、「物の音がらの筋」がことにすぐれていると感じ入り、「聞きにくくも」思わないし、このような荒れたさびしい家に、宮の姫君として大事に育てられた人というのは昔物語にもよくあることだ、きっと素晴らしい女性にちがいない、と思い込む（①二六九頁）。度々手紙を出しても一向に返事がないのに、「負けてはやまじの御心さへ添ひて」（①二七七頁）もう意地である。そして、秋八月二十余日の逢瀬。「人の御ほど」ゆえ、相手の身分ゆえに、今ふうのしゃれた女性よりも、「こよなう奥ゆかし」と思い、女房たちに「とかうそそのかされて、ゐざり寄りたまへるけはひ」が「おほどか」であるのを、やはり思った通りであったと合点する（①二八二頁）が、「心得ずなまいとほしとおぼゆる御さま」の姫君に心をとめることはなく、「うちうめかれて、夜深う出で」（①二八四頁）るばかりか、すぐに出すべき後朝の文を夕刻に遣わす。「夜深う出で」るのは気に入らない証拠である（『伊勢物語』第十四段）。後朝の文、

「　夕霧のはるる気色もまだ見ぬにいぶせさそふる宵の雨かな　（①二八六頁）

雲間待ち出でむほど、いかに心もとなう」に対しては、乳母子の侍従が代作する。「例の教へきこゆる」とあるように、いつものことである。

晴れぬ夜の月まつ里をおもひやれおなじ心にながめせずとも

女房たちに口々に責められ、末摘花はやっと自分で歌を書くが、その紙と書き方がまずかった。

紫の紙の、年経にければ灰おくれ古めいたるに、手はさすがに文字強う、中さだの筋にて、上下ひとしく書いたまへり。（①二八七頁）

「文字強し」は『源氏物語』ではこの例のみだが、「草の文字はえ見知らねばにやあらむ、本末なくも見ゆるかな」（常夏③二五〇頁）、「真字のすすみたるほどに、仮名はしどけなき文字こそまじるめれ」（梅枝③四一七頁）、「またいといまめかしうひきかへて、文字様、石などのたたずまひ、好み書きたまへる枚もあめり。」（梅枝③四二一頁）など、仮名の字形をさす「文字」の例があり、一文字一文字はっきりと力強く書いてあるのだろう。「中さだの筋」もこの例のみだが、「さだ」が時宜の意とすれば、「中さだの筋」は中ごろの時代、やや古い時代の手筋の意であろう。「さすがに」とあるから、手筋はよく力強い（のは良い）が、古めかしい書風で「上下ひとしく」天地をそろえて書いてあるのが時代遅れの印象を与えるのだろう。光源氏は「見るかひなううち置きたまふ」のである。

和歌の良し悪しもさることながら、紙の選び方や書風、書き方などの趣向も重要なのである。この手紙は、末摘花がしっかりした教育を受けていること、しかしそれは故常陸宮時代のものであって古めかしく時代遅れであり、また現在の暮らし向きはあまり豊かではないことを象徴する。

冬の朝、明るい雪景色の中で末摘花の姿を見て仰天し（①二九二頁）、後に二条の院で幼い紫上を相手に、鼻に朱をつけた女性の顔を描いて見せて戯れてもいて（①三〇六頁）、末摘花は、夕顔とも若紫とも対比される、笑われる姫君としての役目を負っていることがわかる。しかし光源氏は、「我ならぬ人はまして見忍びてむや」（①二九五頁）と、今後も姫君の世話をする決意をもしているのであって、結局のところ末摘花の人物像は、光源氏の美質を強調するためのものと見ることもできよう。

「からころも」詠と末摘花の人物像

末摘花自身が詠む和歌は次の六首である。

①からころも君が心のつらければたもとはかくぞそぼちつつのみ　（末摘花①二九九頁）
②たゆまじき筋を頼みし玉かづら思ひのほかにかけ離れぬる　（蓬生②三四二頁）
③亡き人を恋ふる袂のひまなきに荒れたる軒のしづくさへ添ふ　（蓬生②三四五頁）
④年をへてまつしるしなきわが宿を花のたよりにすぎぬばかりか　（蓬生②三五一頁）
⑤きてみればうらみられけり唐衣かへしやりてん袖をぬらして　（玉鬘③一三七頁）
⑥わが身こそうらみられけれ唐衣君がたもとになれずと思へば　（行幸③三一五頁）

蓬生巻の三首をのぞいて、①⑤⑥の三首が「からころも」詠であり、源氏物語中に見える「からころも」詠はこの三首と光源氏の返歌のみであるから、作者が意図的に「からころも」と詠ませているのは明らかである。

①は、年の暮れ、古めかしい衣箱とともに末摘花から届いた和歌。今度も紙がよくない。「陸奥国紙の厚肥えたるに、匂ひばかりは深う染めたまへり」。香を薫きしめたのはよいが、女性の恋文としては「薄様」を用いるのが普通であり「陸奥国紙の厚肥えたる」では興ざめである。

しかし、『うつほ物語』中に五例見える「陸奥紙」は、贈答品に用いられるほどの上質紙とされ（藤原の君①一九四頁、あて宮②一三六頁）、恋文ではないものの、女一の宮から仲忠への消息「陸奥紙のいと清らなる」（蔵開中②四七一頁）など、消息の料紙として用いられた例が三例ある（蔵開上②三九一頁、国譲下③二八〇頁）。おそらく古びて厚くなってしまったのだろうが、末摘花としては、立派な料紙を用いたつもりなのではあるまいか。

⑤は、正月用の晴着をそれぞれの女性たちに配った時の謝礼である。衣だけで光源氏本人の訪問がないのは恨まれるというのだが、謝礼の歌にしてはなんとも失礼である。料紙は先の末摘花巻と同じく「いとかうばしき陸奥国紙の、少し年経、厚きが黄ばみたる」、手筋も「ことに奥よりにたり」とあって、ここでも古風さが強調されている。女房たちはひそひそ笑いあうし、源氏も「かやうにわりなう古めかしう、かたはらいたきところのつきたまへる、さかしらにもてわづらひぬべう思す」と持て余してしまい、思わず、「古代の歌詠みは、唐衣、袂濡るるかごとこそ離れねな」と紫の上に語る、という展開になる（玉鬘③一三八～一三九頁）。末摘花の歌は、和歌について源氏に語らせるための仕掛けなのである。

⑥は、玉鬘の裳着の祝いの衣に添えて贈ってきた歌である。

常陸の宮の御方、あやしうものうるはしう、さるべきことのをり過ぐさぬ古代の御心にて、いかでかこの御いそぎをよそのこととは聞き過ぐさむと思して、型のごとなむし出でたまうける。あはれなる御心ざしなりかし。青鈍の細長一襲、落栗とかや、何とかや、昔の人のめでたうしける袷の袴一具、紫のしらきり見ゆる霰地の御小袿と、よき衣箱に入れて、つつみいとうるはしうて奉れたまへり。…（中略）…殿御覧じつけて、いとあさましう、例のと思すに、御顔赤みぬ。「あやしき古人にこそあれ。かくものづつみしたる人は、ひき入り沈み入りたるこそよけれ。さすがに恥ぢがましや」とて、「返り事は遣はせ。はしたなく思ひなむ。父親王のいとかなしうしたまひける思ひ出づれば、人におとさむはいと心苦しき人なり」と聞こえたまふ。御小袿の袂に、例の同じ筋の歌ありけり。

わが身こそうらみられけれ唐衣君がたもとになれずと思へば

御手は、昔だにありしを、いとわりなうしじかみ、彫り深う、強う、固う書きたまへり。大臣、憎きものの、をかしさをばえ念じたまはで、「この歌よみつらむほどこそ。まして今は力なくて、ところせかりけむ」といとほしがりたまふ。「いで、この返り事、騒がしうとも我せん」とのたまひて、「あやしう。人の思ひよるまじき御心ばへこそ、あらでもありぬべけれ」と、憎さに書きたまうて、

唐衣またからころもからころもかへすがへすもからころもなる

とて、「いとまめやかに、かの人の立てて好む筋なれば、ものしてはべるなり」とて見せたてまつりたまへば、君いとにほひやかに笑ひたまひて、「あないとほし。弄じたるやうにもはべるかな」と苦しがりたまふ。

（行幸③三一三〜三一六頁）

「例の同じ筋の歌」とあって、末摘花は「からころも」しか詠めない人物にされてしまっているのだが、この時贈ってきた「細長一襲」の「青鈍」については、たとえば小学館新編日本古典文学全集の頭注に「祝儀なのに凶事用の色である「青鈍」を贈る無神経ぶり」とあるように、一般に喪服など凶事用の色とされている。たしかに、『源氏物語』中の「青鈍」は、多く喪服や尼の衣装あるいは禄として用いられているが、用例を広く探ってみると、一概に凶事用のみとは言えないことがわかる。

たとえば延喜二十一年（九二一）の京極御息所歌合は、宇多法皇とともに春日神社に参詣した大和守藤原忠房が献じた二十首に対する返歌を御幸の後に女房たちに詠ませて左右に分かち、二十番の歌合としたものだが、左右の

服色を赤と青に分け、風流な趣向を尽くしたことが仮名日記によって知られる。この右方の青色系の衣装に、青鈍が使われている。

左は赤、二藍襲の唐衣、右は青色に朽葉襲の唐衣、青鈍の裾濃《すそご》の裳に雌黄《しわう》して葦手かけり。親王たち上達部みな左右赤色青色、左赤色右青色、…（中略）…右方、童青色の袍《うへのきぬ》、蘇芳《すはう》かさねて桜色の袙《あこめ》、織物の表袴《うへのはかま》、員《かず》指《さし》の童青朽葉の羅《うすもの》の汗衫、山吹色の綾の袙、青鈍の綾の表袴にてゐかきたり。*2

また、『うつほ物語』にも、

かかる程に、四の宮、赤らかなる綾掻練一襲、青鈍の指貫、同じ直衣、唐綾の柳襲奉りて、かはらけ取りて、兵部卿の宮に参りたまふ。（蔵開上②三六三頁）*3

かくて、巳の時、うち下りてのほどに、青鈍の綾《れう》の袴、柳襲などいと清らにて、今日の移しは、麝香、薫物、薫衣香、ものごとにし変へたり。（蔵開中②四七四頁）

などと見えている。蔵開上の例は女一の宮が出産したいぬ宮の産養の祝宴での四の宮の衣装、蔵開中の例は朱雀帝に講書する仲忠の衣装である。『源氏物語』中にも、式部卿宮家を訪れる鬚黒の描写に、

よき表の御衣、柳の下襲、青鈍の綺の指貫着たまひてひきつくろひたまへる、いとものものし。（真木柱③三七七頁）

とある。北の方が式部卿宮家に戻ってしまい、玉鬘のもとで美麗な衣装に着替えての訪問の衣装である。鬚黒は式部卿宮に会うことを意識して、地味目のフォーマルな色を選んだのではあるまいか。

したがって、末摘花としては、改まった衣装という認識のもとに選んだのだが、『源氏物語』の世界においては、既に喪服または尼の衣装というイメージが強く、昔ならよい色とされたかもしれないが今の時代には通用しない、

といったニュアンスをここからは読み取るべきではなかろうか。このあたり、「さるべきことのをり過ぐさぬ古代の御心」「あやしき古人にこそあれ」と、ことさらに古めかしさが強調されていること、「殿御覧じつけて、いとあさましう、例のと思す」という光源氏の感想からも、この青鈍の衣装は、末摘花の「無神経さ」ではなく、「古めかしさ」を象徴すると見るべきであると思う。

末摘花に「からころも」の歌ばかり詠ませたのは、まことにうまい設定である。しかも、すべてが衣を贈る際あるいは贈られた際の歌なのだ。「ものづつみしたる人」であって歌もめったに詠まないという末摘花の人物設定が、ここで生きてくる。衣を贈ったり贈られたりする時の歌として、最高の衣である「からころも」を詠むのがよいと思い込んでいるのだ。そしてそれは、末摘花が贈った衣箱に色とりどりの衣装を入れて光源氏から返しが届いた時、差し上げた衣装の色合いが良くなかったのかと思う末摘花に対して、「かれ、はた、紅のおもおもしかりしをや。さりとも消えじ」「御歌も、これよりのは、ことわり聞こえてしたたかにこそあれ、御返りは、ただをかしき方にこそ」（末摘花①三〇二頁）などと口々に言う時代遅れの老女房たちに教育された結果なのである。

末摘花の手元には、父常陸宮が残した和歌の髄脳もあった。これは光源氏からすれば「いとところせう、病避るべきところ多かりし」もので、かえって身動きがとれなくなると思って「むつかしくて」返してしまった、と言い、末摘花の歌を「よく案内知りたまへる人の口つきにては、目馴れてこそあれ」（玉鬘③一三八〜一三九頁）と評する。よく勉強している人の歌にしてはありふれていると皮肉をこめて言っているのだが、そのような古い理論だけに頼って詠むところが非難されているのである。さらに言えば、光源氏の和歌論が玉鬘巻で展開されているのは、読者への教育という意味合いもあったかもしれない。玉鬘巻ですでに論じられているからこそ、行幸巻で光源氏が詠む「からころもかへすがへすもからころもなる」という常識外れな歌が読者に受け入れられたのではなかろうか。

伊井春樹氏は、「からころも」詠の時代的変遷を調査し、ここでいう「古代」の詠みぶりとは、『源氏物語』が時代設定しているはずの『後撰集』時代であることを指摘されている。[*4] もっとも、『源氏物語』が書かれた時代にも、「からころも」を詠む和歌はある。たとえば『和泉式部集』を検索すると、次のような歌が見出せる。

やまとよりのぼりたりときく人の、おとづれぬる

やまとより来りと聞けどから衣ただもろこしの心ちこそすれ

（和泉式部集・五二〇）

中中になぐさめかねつからころもかへしてきるにめのみさめつつ

（和泉式部続集・一四八「夜中の寝覚」）

袖のぬるる事など云ひたる男に

ぬれたらばぬぎも捨ててよから衣みなるてふなはたたじとぞ思ふ

（和泉式部続集・四五七）

「からころも」の語そのものが古めかしいわけではなく、「からころも」といえば必ず「袖濡るるかごと」を詠む末摘花が批判されているのである。和泉式部は、相手が大和からやってきた人であるから、「しきしまややまとにはあらぬ唐衣ころもへずしてあふよしもがな」（古今集・恋四・六九七・紀貫之）をふまえて詠むなど、いずれも状況に応じて詠んでいて、つねに「袖濡るるかこと」を詠む末摘花とは異なるのである。

光源氏は「古代の歌詠み」として、「からころも」とともに、「御前などのわざとある歌詠みの中」では「円居」を、「昔の懸想のをかしきいどみ」には「あだ人」を、古代の決まりきった詠み方と批判している（玉鬘③一三八〜一三九頁）。「円居」については、『古今集』の読み人知らず歌や、『拾遺集』に載る神楽歌、

思ふどちまとゐせる夜は唐錦たたまくをしき物にぞありける

（古今集・雑上・八六四）

さか木葉の香をかぐはしみとめくればやそうぢ人ぞまとゐせりける

（拾遺集・神楽歌・五七七、うつほ物語・菊の宴）

などが有名だが、『後撰集』に載る、出家した宇多法皇や七条后藤原温子達が出家の翌々年に亭子院に集まった時の歌、

事のはにたえせぬつゆはおくらんや昔おぼゆるまとゐしたれば　（後撰集・雑一・一〇九七・七条の后）

海とのみまとゐの中はなりぬめりそながらあらぬかげのみゆれば　（同・一〇九八・伊勢）

のほか、『村上天皇御集』や、貞元二年（九七七）中秋に藤原頼忠邸で行われた三条左大臣殿前栽歌合に見える。

まとゐして見れどもあかぬ藤の花たたまくをしきけふにも有るかな　（村上天皇御集・五、八二に重出）

物思ひもなき秋の夜のまとゐかないるにはるけき月をながめて　（三条左大臣殿前栽歌合・九六・さぬきのごのかみ）

さらに、引用は省略するが、『うつほ物語』中には十数例見られ、時代的には、おおよそ『後撰集』の時代、村上天皇の時代の歌語と言えようか。

「あだ人」については、『万葉集』『古今集』などにも見えるが、やはり『後撰集』や『うつほ物語』に特に多く、『後撰集』雑四・一二七二・よみ人しらず歌の詞書に

女ともだちの、つねにいひかはしけるを、ひさしくおとづれざりければ、十月ばかりに、「あだ人の思ふといひし事のはは[*5]」といふふることをいひかはしたりければ、竹のはにかきつけてつかはしける

とあることによってもうかがえるように、耳慣れた歌語であり、こちらも『後撰集』の時代に流行したと言えるだろう。

蓬生巻の末摘花

このように「からころも」一辺倒の末摘花なのだが、蓬生巻の歌②③④だけは違う。②は伯母に従って筑紫に下る侍従との贈答、④は光源氏との贈答であるが、特に③は、「例ならず世づきたまひて」末摘花が自分から和歌を詠む設定になっている。花散里のもとを訪れる途中、常陸の宮邸を思いだし、惟光に案内させる場面である。

ここには、いとどながめまさるころにて、つくづくとおはしけるに、昼寝の夢に故宮の見えたまひければ、覚めていとなごり悲しく思して、漏り濡れたる廂の端つ方おし拭はせて、ここかしこの御座ひきつくろはせなどしつつ、例ならず世づきたまひて、

亡き人を恋ふる袂のひまなきに荒れたる軒のしづくさへ添ふ

も心苦しきほどになむありける。（蓬生②三四五頁）

ここだけがまともな歌であることについては、すでに、

おりから末摘花が亡き父宮を思い「例ならず世づきたまひて」いろいろと取り繕わせなどしている有様のいたわしさ、孝心こそ、より以上にこの源氏の不意の訪問を読者に共感をもって受け入れさせるものであった。父宮の霊の助けとして読者は受け取ったであろう。それほどにこの姫君の父宮を思う心情のいたわしさは、侍従も去って孤独の人となったおりから、きわだって印象的である。昼寝の夢に故宮があらわれる、ということ、古代の物語としてウェイトの大きい事件といわねばならぬ。父宮の霊の助けを読者は思う。作者の計算どおりである。（玉上琢彌氏『源氏物語評釈』第三巻四一八頁）

との指摘があり、呪術性を読み取る藤井貞和氏の論[*6]を受けて、長谷川政春氏は「光源氏との不釣り合いな男女関係をたくらんだのが故父宮の亡霊であったことの背後には、歌の呪的なもの神秘的なものの作用が働いていた」「末摘花巻の末摘花像との矛盾を読み取るのではなくて、むしろ、この蓬生巻で彼女の背後にひそんで衝き動かしているものによる変貌と読み取るべきであろう。」とされる。[*7]

「父宮の霊の助け」「彼女の背後にひそんで衝き動かしているものによる変貌」であるにしても、ここだけ「からころも」ではなく、まともな歌を詠む設定にした理由こそが注目されねばならない。作者は末摘花の性格を変えるのではなく、父宮を背後に感じさせることによって、末摘花の（まともな）和歌を不自然でないものとし、古物語にあるような、荒れた邸で恋人を待ち続ける女性の理想像―たとえば『伊勢物語』第二十三段の筒井筒の女、第二十四段梓弓の女のような「待つ女」の美徳を現出したかったにちがいない。

このように蓬生巻においてはまともな歌を詠む末摘花も、玉鬘巻以降はふたたび「からころも」一辺倒の「古代の歌詠み」に仕立て上げられていること前述のごとくである。

近江の君の物語と和歌

近江の君の物語は、玉鬘物語に嵌めこまれるようにして、語られる。その存在は、光源氏の「大臣の外腹《ほか》のむすめ尋ね出でてかしづきたまふなるとまねぶ人ありしは、まことにや」（常夏③二二四頁）という言葉によって、噂を弁の少将に確認する形ではじめて示されるが、直前の螢巻で、「かの撫子を忘れたまはず」（螢③二一八頁）、「とてもかくても聞こえ出で来ば、とあはれに思しわたる」（螢③二一九頁）と語られ、夢合せをして「もし年ごろ御心に知られたまはぬ御子を、人のものになして、聞こしめし出づることや」（螢③二二〇頁）とまさに玉鬘の存在が暗示されているのに気付かない内大臣が描かれるなど、近江の君が玉鬘と対比され玉鬘の引き立て役としての役割を担わされていることは、登場の前から明らかである。

その後も具体的な人物像は描かれないままに物語は進行してゆくが、「殿の人もゆるさず軽《かろ》み言ひ、世にもほきたることと譏《そし》りきこゆ」（常夏③二三六頁）と内大臣が聞き、扱いに苦慮した内大臣が弘徽殿の女御に預けて「さるをこの者にしないてむ」（常夏③二四一頁）と考えるなど、どうも尋常ではない、玉鬘とは大違いのようだと思わせておいて、具体的な行動が語られるのは、双六に興じる姿を内大臣が垣間見する場面で、「いと舌疾《したど》き」声を聞いて、「あなうたて」と思い、髪も美しく容貌は悪くはないが、額が狭いのと「声のあはつけさとに損はれたるなめり」と評している（常夏③二四三頁）。

また鄙びた「あやしき下人《しもびと》」（常夏③二四七頁）のもとで育ったため、ものの言い方を知らないばかりか、「あはつけき声《こわ》ざまにのたまひ出づる言葉こはごはしく、言葉たみて」（常夏③二四七頁）、うわずった声で口に出す言葉はごつごつして訛りがあり、しぐさが賤しく品がないのだが、歌についても、語り手によって「本末あはぬ歌、口疾くうちつづけなどしたまふ」（常夏③二四八頁）と評されている。その例が、出仕することになった近江の君が弘徽殿の女御に書いた手紙である。『源氏釈』をはじめ、古来、引歌が多く指摘されている。

葦垣のま近きほどにはさぶらひながら、今まで影ふむばかりのしるしもはべらぬは、勿来の関をや据ゑさせたまへらむとなん。知らねども、武蔵野と言へばかしこけれども。あなかしこや、あなかしこや。

と点がちにて、裏には、「まことや、暮にも参りこむと思うたまへ立つは、厭ふにはゆるにや。いでや、いでや、あやしきはみなせ川にを」とて、また端にかくぞ、

草わかみひたちの浦のいかが崎いかであひ見んたごの浦波
大川水の」　（常夏③二四九頁）

引歌が指摘されている部分に傍線を施した。順にあげる。

人しれぬ思ひや何ぞと葦垣のまぢかけれども逢ふよしのなき　（古今集・恋一・五〇六・よみ人しらず）
立ち寄らば影踏むばかり近けれど誰かなこその関をすゑけん　（後撰集・恋二・六八二・小八条御息所）
あひ見てはおもてぶせにや思ふらんなこその関におひよ帚木　（未詳。源氏釈・奥入等が引用）
知らねども武蔵野といへばかこたれぬよしやさこそは紫のゆゑ　（古今六帖・第五・三五〇七「むらさき」）
あやしくも厭ふにはゆる心かないかにしてかは思ひやむべき　（後撰集・恋二・六〇八・よみ人しらず　拾遺・恋五・九九六に重出）
にくさのみ益田の池のねぬなははいとふにはゆるものにぞありける　（未詳。源氏釈・奥入等が引用）

近江の君の和歌や引歌の用法について、そのおかしさを論じるのは滑稽ではあるが、ともかくも指摘しておくならば、まず引歌が意味をなしていない。引歌とは、歌句の一部を引くことで元の歌を想起させ、その情感そのものを余韻として引用するところに眼目があるはずであるが、この手紙の場合は、その余韻がほとんどない。「葦垣のま近き」は、古今集歌の「逢ふよしのなき（お会いする手立てがありません）」を含ませるとも思えるが、次の「影ふむばかりのしるし」の場合は、元歌の第三句「近けれど」が言いたいのであろうか。また「勿来の関」は「な来そ（来るな）」と掛けているが、これから出仕しようとする主人に向かって「勿来の関をや据ゑさせたまへらむとなん」はいかにも失礼なもの言いである。『源氏釈』が指摘する歌をふまえるとすれば、「あひ見てはおもてぶせにや思ふらん」を含むことになるが、さらにそれを「知らねども」と続け、「武蔵野と言へばかしこけれども、あなかしこや、あなかしこや」の続け方はよろしくない。「厭ふにはゆる」（嫌がられるとかえって燃え上ってしまう）もどうかと思われるなど、凝りすぎていてよくわからない。

また、近江の君が詠む「草わかみひたちの浦のいかが崎いかであひ見んたごの浦波」は、「遠隔の各地の地名をなんの関連もなく、むやみに詠みこんでいる」（小学館新全集頭注）歌であり、まさに「本末あはぬ歌」である。「いかが崎」は河内国[*8]、「ひたちの浦」はもちろん常陸国だが、国名を冠した歌枕は、たとえば「こしの山」などあるにはあるがきわめて少数であり、「浦」の名についてはまず見当たらない[*9]。「たご（たこ）の浦」は、『万葉集』には駿河国の「田子浦」と越中国の「多祜《たこ》の浦」の両方が見えるが、平安時代には、ほとんどが駿河国の歌枕として詠まれている。たとえば、「村上の御時に、国々の名高きところどころを御屏風の絵にかかせ給ひて」と詞書して「田子浦」題で詠んだ信明歌「わが恋はなぐさめかねつするがなるたごのうら波やむ時もなく」（信明集・一〇）のごとくであり、平安時代に「たごの浦」といえば駿河国の歌枕と認識されていたと見られるが、近江の君にとってはどこでもよかったのだろう。そもそも無関係な地名を取り合わせること自体がおかしく、近江の君がきちんとした和歌の知識を持ち合わせていないことを露呈している。

歌だけでなく、その書きようもよくない。

青き色紙一重ねに、いと草《さう》がちに、怒れる手の、その筋とも見えず漂ひたる書きざまも、下長《しもなが》に、わりなくゆゑばめり。行《くだり》のほど、端ざまに筋かひて、倒《たふ》れぬべく見ゆるを、うち笑みつつ見て、…　（常夏③二四九頁）

「草がち」な書きようは『源氏物語』に三例見られる。ひとつは五節の君から光源氏への返事で、

青摺の紙よくとりあへて、紛らはし書いたる濃墨、薄墨、草がちにうちまぜ乱れたるも、人のほどにつけてはをかしと御覧ず。　（少女③六三頁）

青摺の紙をうまくとり合わせて、墨の濃淡をつけ、「草がち」に散らし書きにしてあるのも、その人を思うと「をかし」とごらんになる、というのである。また明石の御方の手習い文について

手習どもの乱れうちとけたるも、筋変り、ゆゑある書きざまなり。ことごとしう草がちなどにもざえかかず、めやすく書きすましたり
（初音③一四九～一五〇頁）

とあり、「ざえかかず」の部分は異文が多いが、「草がち」な書きようは大仰にすぎ、「草がち」でないのが好ましいとされたことがわかる。近江の君のは「いと草がち」であり、ほとんど草仮名なのであろう。

「怒れる手」はこの一例のみであるが、角ばったごつごつした筆跡をいうのだろう。ほとんど草仮名ばかりの角ばった筆蹟、誰の手筋とも見えず、安定しない書きよう、わけもなく気取った感じで、行は斜めに走って倒れそう、悪い手紙の見本のようであるが、当の本人はそれをながめて会心の笑みをうかべているのである。

和歌を受け取った弘徽殿の女御方では、朧化してはいるものの「本末なく」「ゆゑゆゑしく」「をかしきことの筋にのみまつはれ」という評価が見え、若い女房たちからはくすくす笑われる始末。女御の代わりに返歌した中納言の君は、近江の君に合わせて、わざと関係のない歌枕を取り交ぜる。

ひたちなるするがの海のすまの浦に波立ち出でよ箱崎の松
（常夏③二五〇頁）

受け取った近江の君は、「をかしの御口つきや。まつとのたまへるを」と喜んで、香をたきしめたり紅をつけたりと、出仕の準備をしていて、からかわれていることにすら気付いていない。

近江の君は、玉鬘物語が終わる真木柱巻の最後でも言及されている。父内大臣からも「今はなまじらひそ」と止められているのに、弘徽殿の御前で夕霧に歌を詠みかけたというのである。

おきつ舟よるべなみ路にただよはば棹さしよらむとまり教へよ

棚無し小舟漕ぎかへり、同じ人をや。あなわるや」

（真木柱③三九九頁）

「舟」「寄る」「波路」「棹さす」「とまり」と縁語だらけの詠みぶり、「この御方には、かう用意なきこと聞こえぬものを」と夕霧が不審がったように、不躾な言い方はいかにも近江の君らしい。物語は、夕霧の返歌とともに、

よるべなみ風のさわがす舟人もおもはぬかたに磯づたひせず

とて、はしたなかめりとや。

と結ばれ、近江の君のきまり悪さを推測して終わるが、近江の君の和歌はいかにも不用意であり、ここでも、しっかりした教養を身につけていないくせに気取りたがる性格を端的にあらわしているのである。

末摘花は夕顔の、近江の君はその娘玉鬘の、いわば引き立て役として登場した。蓬生巻で「待つ女」の美徳が語られた末摘花であるが、以降はふたたび「古代の歌詠み」に戻り、和歌のみならず、料紙の「陸奥紙」にも、贈ってきた「青鈍」の衣にも、古めかしさが読み取れた。その詠みぶりは彼女個人の資質もさることながら、故父常陸宮の教えを素直に守る所に由来する。しかしともかくも末摘花は、その古めかしさゆえに、その後も光源氏の世話を受ける。いっぽう、近江の君は、最後まで笑われる存在である。この物語は、どのような女君であってもその人間性を深く理解するという光源氏の素晴らしさを語る物語なのであることがあらためて思われる。

注

＊1　『源氏物語』の引用は小学館新編日本古典文学全集により、巻名・新編全集巻数（丸数字）・頁を示す。

＊2　勅撰集・私撰集・私家集等の引用は角川書店『新編国歌大観』によるが、適宜漢字をあてた場合がある。万葉集の歌番号は旧番号による。

＊3　『うつほ物語』の引用は小学館新編日本古典文学全集により、巻名・新編全集巻数（丸数字）・頁を示す。
＊4　伊井春樹氏「うたことば「からころも」考―『源氏物語』末摘花詠歌の史的背景―」（伊井春樹氏編『源氏物語論とその研究世界』風間書房、二〇〇二。初出『大阪大学文学部共同研究論集』一九八六・一）
＊5　下句は未詳。なお、詞書に「十月許に」とあることから、兼輔集「いで人の思ふと言ひし言の葉は時雨とともに散りにけらしも」の初句を「あだ人の」とする異伝があったかとされる（岩波書店新日本古典文学大系）。
＊6　藤井貞和氏「末摘花巻の方法」（『講座源氏物語の世界』二、有斐閣、一九八〇）、同氏「蓬生」（『国文学』一九七四・九月号）、同氏「源氏物語を読む」（『国文学』一九八〇・五）。
＊7　長谷川政春氏「〈唐衣〉の女君」（『人物で読む源氏物語　末摘花』勉誠出版、二〇〇五）。長谷川氏は注＊6の藤井氏の解釈に尽きる、とされる。
＊8　『八雲御抄』名所部「埼」の項に河内国として「いかゞ（埼）　源氏」とある。以下の歌枕についての考察はおもに同書による。なお八雲御抄の引用は、八雲御抄研究会編『八雲御抄　伝伏見院筆本』（和泉書院、二〇〇五）により、適宜他本によって校訂し、濁点等を付す。
＊9　「ひたちの浦」の例は『源氏物語』が初出で、それ以前では、『古今六帖』一二六四に「ひたちなるあさかの浦のたまもこそひけばねたゆれわれはたえせじ」と「ひたちなる～の浦」の例があるにすぎない。また『八雲御抄』名所部に載る常陸国の「浦」は、「かすみの（浦）」「あふせの（浦）」「うきしまの（浦）」などであるが、いずれも『源氏物語』以前の例は見当たらない。

女三の宮の「ひぐらし」の歌——刻み付けられた柏木の歌の言葉——

井野葉子

はじめに

柏木と女三の宮の物語における和歌の問題と言えば、柏木の造型に関わる歌物語や和歌や引歌の問題など、もっぱら柏木の側ばかりが俎上にのせられてきた。詳しくは高田祐彦や光安誠司郎による研究史のまとめ[*1]を参照されたい。

一方、女三の宮の和歌についての論考はきわめて少ない。一九八〇年代、女三の宮の和歌は決して幼稚ではないという論考が出た。佐竹彌生[*2]、武原弘[*3]、榎本正純[*4]である。榎本は、女三の宮の歌は風格があると言い、武原は、新婚当初の歌「はかなくてうはの空にぞ消えぬべき風にただよふ春のあは雪」(若菜上七二頁)の、内面心情の豊かさと詠歌技法の確かさを説く。佐竹は、柏木への最後の返歌「立ちそひて消えやしなまし憂きことを思ひ乱るる煙くらべに　おくるべうやは」(柏木二九六頁)を柏木への愛の表白と見る。その後、女三の宮の和歌は注目されることなく時が経ったが、二〇〇〇年代前後から少しずつ取り上げられるようになる。高田祐彦は、女三の宮は歌の中で自らの存在を「消ゆ」と規定すると言う。[*5] 吉見健夫は、新婚当初の歌について、正妻という安泰な立場を考慮せずに過度に我が身のはかなさを強調していると論じ、[*6] さらに、柏木への最後の返歌は、柏木の「あはれ」の希求に応じるかのごとく恋愛感情を連想させると見る。[*7] 松井健児は、浮舟の歌「降りみだれみぎはにこほる雪よりも中空にてぞわれは消ぬべき」（浮舟一五四頁）と女三の宮の新婚当初の歌との共通点を見出だす。[*8] 木谷眞理子は、鈴虫巻の女三の宮の歌「おほかたの秋をば憂しと知りにしをふり棄てがたき鈴虫の声」（鈴虫三八二頁）の「秋」と「飽き」との掛詞から、光源氏に飽きられた恨めしさを読み取る。[*9] 西原志保は、和歌をも含めた女三の宮の言葉が春という季節を排除すると論じる。[*10]

女三の宮の和歌は全部で七首ある。まだまだ分析されてない和歌も多いし、女三の宮物語における和歌の役割の問題も論じ尽くされたとは言い難い。そこで本稿は、次に挙げる場面の女三の宮の「ひぐらし」の和歌を取り上げて検討する。

若菜下巻、一時は危篤かと思われた紫の上の病が小康状態になる一方、柏木との密通によって懐妊した女三の宮は体調がすぐれない。二条院の紫の上に付き添っていた光源氏は、六条院の女三の宮を見舞って二三日滞在するが、紫の上のことが気がかりでたまらず、夕暮れの蜩《ひぐらし》の鳴き声に促されるように、紫の上のもとに帰ろうとする。

> 昼の御座にうち臥したまひて、御物語など聞こえたまふほどに暮れにけり。すこし大殿籠り入りにけるに、蜩のはなやかに鳴くにおどろきたまひて、「さらば、①道たどたどしからぬほどに」とて、御衣など奉りなほす。「②月待ちて、とも言ふなるものを」と、いと若やかなるさましてのたまふは憎からずかし。「③その間にも」とや思すと、心苦しげに思して立ちとまりたまふ。

夕露に袖濡らせとやひぐらしの鳴くを聞く聞くおきてゆくらん

片なりなる御心にまかせて言ひ出でたまへるもらうたければ、ついゐて、「あな苦しや」とうち嘆きたまふ。

待つ里もいかが聞くらむかたがたに心さわがすひぐらしの声

など思しやすらひて、なほ情なからむも心苦しければとまりたまひぬ。

（若菜下二四八〜二四九頁）

傍線①②③の部分は、「夕闇は道たどたどし月待ちて帰れわが背子その間にも見む」（古今六帖・第一帖・夕闇・三七一）を踏まえた会話及び心内話である。①で『古今六帖』の「道たどたどし」という言葉だけを使って「道が暗くならないうちに」と二条院へ帰ろうとする光源氏に対して、女三の宮は②で『古今六帖』全体を引用しながら「月が出るまでの時間でいいから一緒にいてほしい」と取りすがる。女三の宮の機知ある言葉に心惹かれ、③で女三の宮の訴えを理解した光源氏は、立ち去ることを躊躇する。さらに女三の宮は畳み掛けるように光源氏を引き止める「ひぐらし」の歌を詠み、心苦しく思った光源氏はもう一晩、女三の宮のもとに泊まる決心をする。

この女三の宮の「ひぐらし」の歌は、これまで、「異例の女からの贈歌」（新編日本古典文学全集など）と指摘され、その根底に「せっぱつまった感情の高潮」[*11]が読み取られ、「救いを求める絶叫」[*12]と論じられ、また、帰ろうとする男に帰る自由を与えるような大人の余裕のない歌[*13]だとも言われてきた。その通り、女三の宮の側から詠みかけたのは余程の感情の昂りゆえのことであろうし、「泣けというおつもりであなたは出て行くのか」という語調は強く、激しく、容赦ない。そのことに異論はない。しかし、この歌の表現の細部に立ち入って詳しく分析した論は未見である。そこで本稿は、和歌の用例を調査した上でこの歌の特徴を浮かび上がらせ、さらに、なぜそのような表現がなされたのかを考え、ひいては、女三の宮物語における、歌の言葉を使った物語の手法について論じていきたい。

一　平安和歌あるいは『源氏物語』における「ひぐらし」の用例

さて、この女三の宮の歌の特徴を探るために、まずは、平安和歌における「ひぐらし」の歌がどのように詠まれていたのかを押さえておきたい。

蜩《ひぐらし》は、梅雨の時期から初秋にかけて、朝あるいは夕方に「カナカナカナ」と鳴く蟬であるが、平安和歌においては「秋の夕暮れに鳴くもの」というのが定番である。三代集の四季の部立ての中では、『古今集』の秋上に二首、『後撰集』の秋上に四首、秋下に一首、『拾遺集』の雑秋に二首あるので、蜩は秋の景物である。ただし、数は少ないが夏の景物として詠まれることもある。[*14] 時間帯がわかるものについては夕暮れであるものがほとんどである。[*15]

平安和歌における「ひぐらし」の典型的な詠まれ方については、『古今集』の五首を見ればおおよそを把握することができる。

ⓐひぐらしの鳴きつるなへに日は暮れぬと思ふは山の蔭にぞありける　（古今集・秋上・二〇四）

ⓑひぐらしの鳴く山里の夕暮れは風よりほかにとふ人もなし　（古今集・秋上・二〇五）

ⓒ今来むと言ひて別れし朝より思ひくらしの音をのみぞなく　（古今集・恋五・僧正遍昭・七七一）

ⓓ来めやとは思ふものからひぐらしの鳴く夕暮れは立ち待たれつつ　（古今集・恋五・七七二）

ⓔそま人は宮木ひくらしあしひきの山の山彦呼びとよむなり　（古今集・墨滅歌・物名・ひぐらし・貫之・一一〇一）

ⓐは、『古今六帖』四〇〇七番、『猿丸集』二八番、公任撰『三十六人撰』六〇番に類歌があり、後述するように『源氏物語』においてもこの歌を踏まえた表現が三カ所もある。「ひぐらし」に「蜩」と「日暗し」を掛け、「蜩が

鳴くと同時に日が暮れて日が暗くなったと思ったら実は山の蔭であったなあ」という意味で、「蜩の鳴き声⇅暗い山の蔭」という連想のパターンを作り上げた歌である。

ⓑは、『新撰和歌』三四番にも採られ、『小町集』四三番にも類歌がある。風以外は誰も訪れない山里の夕暮れのわびしさを歌う。ⓒは、「思ひくらし」の「ひ」の部分に「思ひ」の「ひ」と「ひぐらし」の「ひ」を掛け、さらに「ひぐらし」には「蜩」と「日暮し（朝から夕暮までの一日中の意味）」を掛ける。「すぐ逢いに来るからと約束して別れた朝から男を恋しく思い続けて一日中、蜩が声を立てて鳴くように私は声を立てて泣く」という意味で、男を待ちわびる女の悲しさを歌う。ⓓは、「恋しい人は来ないだろうと思いつつも蜩の鳴く夕暮れにはそわそわと待ってしまう」という意味で、来ないとわかっている男を待つ女の苦しみを歌う。ⓑⓒⓓともに、来ない男の訪問を待つ女の風情が滲み出ている。ⓒのように、「ひぐらし」は「蜩」と「日暮らし」（一日中）を掛詞とし、一日の終わる夕刻の蜩の鳴き声が、恋しい男を待ち暮らした時間が一日中であったことを表わす。[*16] また、ⓑⓓのように、男が訪れるはずの夕暮れの時間帯に鳴く蜩の声は、男が訪れてくれない女の悲しさを抉り出し、女の泣き声と共鳴する。ⓑⓒⓓが「蜩の鳴き声→来ない男を待つ女の悲しみ」という連想のパターンを作り上げていると言えよう。

物名の題材となるのも「ひぐらし」の歌の特徴の一つである。ⓔは、「ひく（切り出すの意味）」に助動詞「らし」が付いた「ひくらし」の部分に、歌の意味に関わることなく「ひぐらし」の語が織り込まれている物名の歌である。『拾遺集』では、ⓒ、ⓔ、さらにもう一首の合計三首の「ひぐらし」の歌を物名の部立てに入れている。

『新編国歌大観』によれば、平安和歌における「ひぐらし」の歌は、『古今集』の五首以外では、『後撰集』に六首、『拾遺集』に六首、『古今六帖』に十首、そのほか私家集や歌合、物語や日記などを含めると多数あり、『源氏物語』成立以前と思われる平安中期までのものを数えると全部で六十首ほど見られる。[*17] それらの歌の詠みぶりは、多少のバリエーションはあるものの、基本的には『古今集』が作り上げた典型に則ったものとなっているようである。

次に、『源氏物語』における「ひぐらし」の用例を押さえておきたい。和歌だけでなく散文部分をも含めた「ひぐらし」の用例は、女三の宮の場面以外には次の四場面にある。

A…日入り方になりゆくに、空のけしきもあはれに霧りわたりて、山の蔭は小暗き心地するに、蜩鳴きしきりて、垣ほに生ふる撫子のうちなびきける色もをかしう見ゆ。（夕霧四〇一～四〇二頁）

B…しばし臥したまへるほどに、暮れにけり。蜩の声におどろきて、山の蔭いかに霧りふたがりぬらむ。（夕霧四三二頁）

C…日も暮れにけり。蜩の声はなやかなるに、御前の撫子の夕映えを独りのみ見たまふは、げにぞかひなかりける。

　つれづれとわが泣きくらす夏の日をかごとがましき虫の声かな（幻五四二頁）

D…もの思はしき人の御心の中は、よろづに忍びがたきことのみぞ多かりける。蜩の鳴く声に、山の蔭のみ恋しくて、

　おほかたに聞かましものをひぐらしの声うらめしき秋の暮れかな（宿木四一二～四一三頁）

Aは夕霧巻、夕霧が落葉の宮会いたさに訪れた小野の山里の風景描写、Bも夕霧巻、一条御息所からの手紙を雲居雁に取り上げられて仕方なく昼寝をしていた夕霧が蜩の声に目を覚ます場面、Dは宿木巻、匂宮が六の君のもとへ向かい、取り残された中の君が蜩の声を聞いて宇治を恋しく思う場面。いずれも秋の夕暮れ時で、「山の蔭」の語が隣接していて、『古今集』二〇四番歌を踏まえた表現になっている。

Cは幻巻、夏の夕暮れ、光源氏が亡き紫の上を偲ぶ場面である。『源氏釈』『紫明抄』『河海抄』などは「我のみぞあはれとは見るひぐらしの鳴く夕かげの大和撫子」（『源氏釈』は初句「秋のみぞ」、『紫明抄』は第四句「鳴く夕ぐれの」）を挙げている。新潮日本古典集成、新日本古典文学大系、新編日本古典文学全集などは、「ひぐらし」の部分が「きりぎりす」となっている「我のみやあはれと思はむきりぎりす鳴く夕かげの大和撫子」（古今集・秋上・素性法師・二四四）を挙げている。もとの歌が「ひぐらし」なのか「きりぎりす」なのか、引歌の特定については本稿では立ち入らないが、光源氏が撫子の夕映えを独りで見ているだけだというCの情景描写は、いずれにしてもどちらかの歌を踏まえた表現になっている。

A〜Dまで『源氏物語』の「ひぐらし」を含む描写は、平安和歌の典型的な発想を基盤としていると言ってよいであろう。

二　女三の宮の「ひぐらし」の歌の特徴

では、一章で述べたような平安の典型的な「ひぐらし」の歌あるいは『源氏物語』における「ひぐらし」の用例と比べて、女三の宮の「ひぐらし」の歌にはどのような特徴があるのだろうか。

まず、季節は、女三の宮の場面より少し前に、紫の上が頭をもたげるまでに回復したのが「六月」（二四三頁）と語られ、女三の宮の場面の翌朝、光源氏が「朝涼み」（二五〇頁）に起きて夏の扇である「かはほり」（二五〇頁）を探していることから、まだ秋にはならない六月つまり晩夏であることがわかる。和歌において蜩は秋の景物であるのが主流なので、夏の景物というのは珍しいことである。しかし、注＊14で挙げたように、数は少ないが私家集などには夏の歌が見られるし、一章のCに挙げた幻巻の光源氏の蜩の場面も夏なので、女三の宮だけが異例というわけではない。

時間帯については、女三の宮の歌の「夕」も、夕暮れ時の蜩の声に目覚める光源氏という場面設定も、「蜩は夕暮れに鳴くもの」という和歌の典型的な発想を踏まえたものとなっている。

次に歌の趣向についてであるが、典型的な「ひぐらし」の歌が「男を待つ女の悲しみ」を象るのに対して、女三の宮は「目の前にいる男が出て行く悲しみ」を詠んでいるところが新鮮である。ただし、この趣向も例が全くないわけではない。管見によれば、平安和歌において、男が出て行く時の女の悲しみを詠んだ「ひぐらし」の歌は、女三の宮より前に一例、後に一例ある。次に挙げる『蜻蛉日記』の歌と、一章で挙げたDの宿木巻の中の君の歌である。

春うち過ぎて夏ごろ、宿直がちになるここちするに、つとめて、一日ありて、暮るればまゐりなどするをあやしう、と思ふに、ひぐらしの初声聞こえたり。いとあはれと驚かれて、

あやしくも夜のゆくへを知らぬかな今日ひぐらしの声は聞けども

といふに、出でがたかりけむかし、かくて、なでふことなければ、人の心もなほたゆみなく見えたり。

（上巻一二八頁）

『蜻蛉日記』康保元年、朝から「日暮し」（一日中）作者のもとにいた夫が蜩の初声の聞こえる夕暮れに出て行こうとするのを、別の女のもとに行くのかと怪しんだ作者が「ひぐらし」の歌を詠んで引き止めると、夫は出かけにくくなってとどまったという場面である。蜩の鳴く夕暮れに出て行こうとする夫を恨む歌であり、しかもその歌が夫を引き止めることに成功したという状況までもが、女三の宮の場合と共通する。宿木巻の中の君の場合は、朝か

ら一緒にいた匂宮が夕暮れになって六の君のもとを訪れるために立ち去って行った後、一人取り残されて蜩の声を恨めしく聞く独詠歌である。

『蜻蛉日記』も女三の宮も中の君も、朝から一緒にいる男が夕暮れに別の女のもとへ出かけようとする時の女の悲しみという点が共通している。典型的な「待つ女の悲しみ」という趣向ではなく、「男に置き去りにされようとする女の悲しみ」「男を別の女のもとに送り出す女の悲しみ」という斬新な趣向を切り拓いた『蜻蛉日記』、そして、その趣向を受け継いだのが女三の宮であり、中の君であったと言えよう。

以上述べてきたように、典型的な秋ではなく夏、そして、典型的な「待つ女の悲しみ」ではなく「置き去りにされる女の悲しみ」の趣向、この二点は女三の宮の歌の特徴である。だが、この二点は、数は少ないものの例がないわけではないので、女三の宮だけにしかない独自の特徴であるというわけではない。

では、女三の宮の歌にだけある特徴とは何か。――それは、「夕露―袖濡らす―置く」という一連の縁語群を「ひぐらし」の歌に取り混ぜたことである。

女三の宮は、自然の景物として「ひぐらし」だけでなく「夕露」を加えた。もちろん「露」は「涙」の比喩で、それを「袖」で拭うことから「袖濡らせ」という言葉が導き出される。そして「おきてゆく」の「おき」は「起き」と「置き」との掛詞で、「置き」は「露」の縁語である。つまり、「夕露―袖濡らせ―置き」が「夕露」を中心とした縁語群になっている。一方、「ひぐらし―鳴く―聞く」も「ひぐらし」を中心とした縁語群である。女三の宮の歌は、二つの系統の縁語群が一首の中に同居しているのである。

では、一般に平安和歌において、「ひぐらし」の歌の中に「夕露」を中心とした縁語群をも加えて詠む例はあったのか否か。そこで、『新編国歌大観』によって平安和歌における「ひぐらし」の全用例を調査してみたところ、

「ひぐらし」と「夕露」とが取り合わせられている歌は一例もなかった。いや「夕露」はおろか「露」が取り合わせられている歌も皆無であった。これが中世以降になるとちらほら用例が出てくるのであるが、平安期において「ひぐらし」と「露」とを一首の中に同居させたのは、後にも先にも女三の宮だけなのであった。[*18] また、かろうじてみつけた一例[*19]を除いて、「ひぐらし」の歌の中に「袖」が詠まれることもない。

ちなみに、「ひぐらし」ではなく「蟬」や「空蟬」ならば「露」や「袖」とともに詠まれることがある。

常もなき夏の草葉に置く露を命と頼む蟬のはかなさ　（後撰集・夏・一九三）

空蟬の羽に置く露の木隠れてしのびしのびに濡るる袖かな　（伊勢集西本願寺本・四四二、『源氏物語』空蟬巻末の歌）

「蟬」や「空蟬」は、声だけが歌に詠まれるのではなく、羽の薄さから「薄い夏の衣」の喩えとなり、「衣」から「袖」、「袖」から「涙」「露」「濡る」へと連想が繋がっていく素地があるからである。しかし、「ひぐらし」は、その羽が詠まれることはなく、もっぱら鳴き声だけが詠まれたり、「日暮し」や「日暗し」との掛詞の技巧が凝らされたりする景物なので、「衣―袖―涙―露―濡る」系統の言葉へと連想が繋がっていかないのである。

管見によれば、平安期において、「ひぐらし」が「露」を中心とする縁語群と一緒に詠まれた例はない。にも拘らず、女三の宮は、「ひぐらし」の歌の中に「夕露―袖濡らせ―置き」の語をあえて織り込んだ。これを、多くの景物を入れ過ぎた稚拙な表現と捉えるのか、多くの景物を凝縮させた巧みな表現と捉えるのか、歌の善し悪しの判断は軽々しくできないのでやめておこう。ただ言えるのは、伝統的、典型的な「ひぐらし」の和歌の類型から逸脱した特異な表現であるということだ。

この場面の語りの地の文には「露」や「袖」の描写がない。地の文で描写された景物が歌に詠まれるというのが基本的な場面の構造であるとするならば、地の文で描写されない景物が歌に詠まれるのはいかにも唐突である。しかも、光源氏の返歌はどうだろう。返歌は贈歌の言葉を使うのが礼儀であるが、光源氏は女三の宮の「露」系統の言葉については応じることがなく、もっぱら「ひぐらし」系統の言葉だけを使って返してきた。光源氏の「待つ里もいかが聞くらむ」という表現は、『古今集』の二〇五、七七一、七七二番歌を始めとする「蜩の声を聞いて男を待ちわびる女」という、まことに典型的な発想を基盤としている。ここで『古今集』七七二番歌を引歌と見る注釈書も多い。光源氏の歌は、待つ女と置き去りにされる女の両者の気持ちを推し量るという趣向に目新しさがあるが、基本的には伝統的な「ひぐらし」の歌の発想とスタイルに則っている。源氏は、女三の宮の歌に表われた「悲しみの涙で袖を濡らせと言うのか」という訴えを確かに汲み取ったのであるが、返歌の中で「ひぐらし」と「露」とを取り合わせることはなかった。和歌の伝統に習熟した光源氏であるから、「ひぐらし」と「露」とを合わせて詠むことへの違和感があったのかもしれない。ともかく、その結果、「露—袖濡らせ—置き」の言葉は、地の文の描写にも返歌にもなく、女三の宮の和歌の中にだけ、ぽっかりと浮かび上がるように存在しているのであった。

では、なぜ、地の文にも描写されず、返歌でも応じてもらえない「夕露—袖濡らせ—置き」系統の言葉を、女三の宮は「ひぐらし」の歌の伝統の型を破ってまでも取り入れたのであろうか。——それは、「男が起きて行き、自分は露（涙）で袖を濡らしている」という状況を、どうしても詠みたかったからである。いや、女三の宮自身にそのような意識はなかったかもしれない。しかし、無意識のうちに「露—置く—袖—濡らす」という言葉が口をついて出てしまったのである。なぜなら、「涙の露で袖を濡らしている自分を置いて男が起きて行く」という状況は、忘れようとしても忘れられない強烈な体験として、女三の宮の心と体に刻み込まれていたからである。——その強烈な体験とは、柏木との密通の夜が明けた朝の別れの体験である。

三　柏木と女三の宮の密通の場面

それは忘れもしない、葵祭の御禊の前日のこと、かねてからの恋心を抑えきれなくなった柏木が女三の宮の寝室に強引に侵入して契りを交わした後、起きて別れて行く場面である。

④院にも、今は、いかでかは見えたてまつらんと悲しく心細くていと幼げに泣きたまふを、いとかたじけなく、あはれと見たてまつりて、⑤人の御涙をさへ拭ふ袖は、いとど露けさのみまさる。…（中略）…ただ明けに明けゆくに、いと心あわたたしくて、「あはれなる夢語も聞こえさすべきを、かく憎ませたまへばこそ。さりとも、いま、思しあはすることもはべりなむ」とて、のどかならず立ち出づる明けぐれ、秋の空よりも心づくしなり。

⑥おきてゆく空も知られぬあけぐれに⑦いづくの露のかかる袖なり

と、⑧引き出でて愁へきこゆれば、出でなむとするにすこし慰めたまひて、

あけぐれの空にうき身は消えななむ夢なりけりと見てもやむべく

とはかなげにのたまふ声の、若くをかしげなるを、聞きさすやうにて出でぬる魂は、まことに身を離れてとまりぬる心地す。　（若菜下二二六〜二二九頁）

「涙」「露」「袖」はこの場面の重要なモチーフである。契りを交わしてまどろんだ後、傍線④、女三の宮は光源氏に会わせる顔がないと泣いた。傍線⑤のように、柏木は自分の涙を袖で拭い、その上女三の宮の涙までも拭ったため、その袖はますますぐっしょりと濡れまさるばかりであった。そして、別れ際の柏木の歌の下の句⑦「いづくの露のかかる袖なり」は「一体どこの露がかかってこんなに袖が濡れているのだろう」という意味で、二人分の涙

に濡れた柏木の袖のことを歌っている。歌い出しの傍線⑥「おきてゆく」の「おき」には「起き」と「置き」が掛けられていて、柏木の歌は「置き―露―袖」の縁語仕立てとなっている。歌いながら柏木は、傍線⑧のように、自分の濡れた袖を女三の宮の眼前に引き出して訴えかける。

「ひぐらし」の歌に本来なら一緒に詠まれることのない「夕露―袖濡らせ―置き」の語を入れてしまった女三の宮は、この密通の場面の重要なモチーフである「涙の露が置いてぐっしょり濡れた袖」、そして、柏木の歌の言葉「置き―露―袖」をそのまま使ってしまったのではないか。

さらに、注目したいのは、柏木の和歌の歌い出しの傍線⑥「おきてゆく」という言葉と、女三の宮の「ひぐらし」の歌の第五句の「おきてゆく」という言葉がぴったり一致することである。この「おきてゆく」という表現、実は意外にも『源氏物語』の全本文においてたったの二例しかない。『源氏物語』五十四帖の、和歌だけでなく散文をも含めた全ての本文の中で、柏木と女三の宮の歌の中にだけ「おきてゆく」という言葉が存在するのである。『新編国歌大観』によれば、この「おきてゆく」という言葉、平安和歌における用例はあまり多くなく、平安中期までに絞ると十首ほどしかない。いくつか例を見てみよう。

女と別れて「おきてゆく」男の歌としては次のようなものがある。

おきてゆく方も知られず惑ふかな涙も袖も目にさはりつつ　（陽成院親王二人歌合・三七）

『大和物語』などで有名な色好みの元良親王とその弟の親王が二人で詠み合った歌合で、「暁の別れ」という題のもとに詠まれた、女と別れて朝起きて行く男の悲しみの歌である。歌い出しの「おきてゆく方も知られず」は、柏木の同じく歌い出しの「おきてゆく空も知られぬ」と表現が酷似しているし、「涙」や「袖」をモチーフにしているので、『河海抄』がこの歌（『河海抄』は第三句「まよふかな」）を柏木の歌のところで挙げているのもうなづける。

「おきてゆく」男に取り残される女の悲しみの歌は、平安前〜中期に絞ると四首ほどある。そのうち三首が和泉式部の歌である。和泉式部の歌の中で「露」や「袖」をも詠み込んだ歌を挙げておこう。

世の中はかなきことなど、夜一夜言ひ明かして、帰りぬるつとめて
おきてゆく人は露にはあらねども今朝は名残の袖も乾かず　（和泉式部集・四二三）

世の無常を一晩中語り明かした男が起きて行った後の名残の涙に濡れた袖を詠んでいる。和泉式部は、このほかに『金葉集三奏本』二〇九番歌（『和泉式部集』一六六）、『和泉式部集』七五一番歌にも「おきてゆく」の語を使った歌を残しているが、いずれも、男が起きて帰って行った後で物思いに沈んだり、男に置き去りにされた不安を詠んだりしている。源氏が起きて行ってしまった後の、涙で袖を濡らすだろう心細さを歌う女三の宮も、和泉式部に通じるような、男に取り残される孤独な哀愁の感覚を生きていたのだろう。

さて、これらの「おきてゆく」の「おき」が「起き」と「（露が）置き」との掛詞であることは言うまでもない。しかし、それだけでなくもう一つ、「置き」には、男が女を置き去りにするという意味の「（女を）置き」も掛けられているのではないだろうか。先ほど挙げた『陽成院親王二人歌合』の、同じく「暁の別れ」の題のもとに、次のような歌がある。

君をわれおきてしゆけば朝露の消えかへりてもあはむとぞ思ふ　（陽成院親王二人歌合・二八）

第二句の「おきてしゆけ」は、間に強意の副助詞「し」を入れた「おきてゆく」の強調表現である。もちろん「おき」は「起き」と「置き」の掛詞で、「男が起きて行く」の意味と「朝露が置く」の意味が掛かっていて、「置き―朝露―消え」が縁語となっているのだが、注目したいのは「置き」には「君を…置き」（君を置き去りにする）の意味もあるということである。

そこから類推すると、『陽成院親王二人歌合』三七番歌も、柏木の歌も、和泉式部の歌も、女三の宮の歌も、「露が置き」だけでなく「女を置き」の意味があると考えることができる。[20] つまり、柏木は「女を置き去りにして起きて行く時の、置く露に濡れる袖」を歌い、女三の宮も「男が起きて行って置き去りにされる時の、置く露に濡れる袖」を詠んでいるのである。

さて、柏木と女三の宮の両者の歌を並べてみよう。両者は全く別の場面なのだが、こうして並べてみると、両者の言葉の響き合いは一目瞭然である。

（柏木）おきてゆく空も知られぬあけぐれにいづくの露のかかる袖なり
（女三の宮）夕露に袖濡らせとやひぐらしの鳴くを聞く聞くおきてゆくらん

「おきてゆく」という、『源氏物語』全本文中二例しかない言葉の一致。柏木の「置き—いづくの露のかかる袖なり」に対する女三の宮の「露に袖濡らせ—置き」。柏木の詠む「初夏のあけぐれの空」と女三の宮の詠む「晩夏の蜩の鳴く夕」とは対照的で全く違うのであるが、その部分に目をつぶると、まるでこの二首は贈答歌であるかのごとく、言葉と言葉が呼応し、共鳴し合っている。この一致は、単なる偶然ではあり得まい。

密通の場面と「ひぐらし」の場面とは、新編日本古典文学全集にしてわずか二十頁しか離れていない。読者の記憶にも新しいはずだ。しかも、密通の場面で女三の宮は源氏に会わせる顔がないと泣いている。とすると、密通後、彼女はどんな顔で源氏に逢い、どんな歌を源氏に詠みかけるのか、読者は注目しているはずだ。その密通後初めて源氏に向かって詠みかけた歌の中で、女三の宮は、密通の場面の重要なモチーフであり、しかも柏木の使った歌の言葉を使ってしまったのである。

女三の宮にとってこの密通は不本意な出来事であった。しかし、たとえ疎ましい男であったとしても、涙を流す程の激情に身を震わせる男を見たのは初めてであったに違いない。また、女三の宮の涙は、柏木が自分を置き去りにして行くことの悲しみの涙ではない。彼女が泣いたのは、今後、源氏にどう会ったらよいのか途方に暮れたからである。しかし、たとえ涙の中身が何であったとしても、女三の宮の人生の中で、涙を流す程の強い感情を抱いたのは初めてであったに違いない。これまで何年にも渡って繰り返された源氏との夜々に、男が泣いたり、女が泣いたりするような感情の昂りはついぞ無かったのだから。女三の宮にとって、涙を流している男が、涙を流している自分を置き去りにして起きて出て行く――それは強烈な体験であったのだ。二人の涙の中身は違えど、二人は同じ「泣く」という行為をし、その「露」の「涙」が柏木の「袖」の上で合わさり、溶け合った。その事実だけでいい。柏木の「袖」を「濡らし」た背徳と共犯の「涙」と、それを詠んだ柏木の歌の言葉は、女三の宮の心に強烈な印象を残したのである。これまで女三の宮は、貴族の教養として「露―袖―濡る」が縁語関係であることを頭の中では知っていたであろう。しかし、本当に、悲しい時には涙の露が袖を文字通りぐっしょり濡らすのだということを、柏木との体験から身をもって知ったのである。体験に裏付けられた言葉は、心の中に力強く根を張り続ける。

だからこそ、源氏が女三の宮を置き去りにして起きて行こうとする時、心の奥底に焼き付けられていた柏木の歌の言葉を、自らの歌の言葉として使ってしまったのである。柏木の愛の言葉が記された恋文を褥の下に差し挟んだまま、女三の宮は、よりによって源氏を引き止める言葉として、何食わぬ顔で柏木の言葉を投げかけてしまったのである。女三の宮、それを意識的にやってのけたのならば小悪魔的な悪女か。はたまた、無意識のうちにやってしまったとすればそれもまた天性の悪女か。いや、それは女三の宮の混乱した精神状態を表わすものであろう。源氏の妻でありながら柏木との強烈な体験を経て柏木の子を宿してしまった心身の混乱が、歌の言葉に如実に表われたということなのだろう。何も知らぬ源氏は、女三の宮の歌に心を動かされてもう一晩とどまることにする。自分が感動した女三の宮の歌の言葉が、まさか、柏木との密通の体験に裏付けられた言葉で、しかも柏木の歌の言葉そのものだったとは知る由もなく。

地の文や会話や心内語などの散文部分においては、柏木を嫌い、柏木の言葉を拒絶しようとする女三の宮ばかりが語られている。しかし、本人ですら把握できない心の闇の隈々に、彼女が好むと好まざるとに拘らず、柏木の歌の言葉が深く深く刻み付けられていたのである。散文では決して語られることのない女三の宮の心の一面を暴き出すのが歌の言葉なのである。

歌の言葉は、地の文には語られない作中人物の深層心理を浮かび上がらせる。男Aの言葉を深く心に刻み込んだ女が、その言葉を男Bに対して使ってしまう——これは、二人の男の狭間で揺れている女の複雑な心理を浮かび上がらせるための、物語の手法なのである。そして、男Aの言葉とも知らずに女の歌に感動してしまう男Bという状況設定をも形作る手法なのである。

四　初めての試み、そして浮舟物語の先駆

さて、一人の女が二人の男と関係している場合に、男の歌の言葉をほかの男への歌の中で使ってしまうという物語の手法は、『源氏物語』において、女三の宮物語以前にはあったのだろうか。

二人の男と関係する女君と言えば、まず藤壺が挙げられるが、藤壺の歌の贈答相手は源氏だけであって、桐壺院に対する歌はない。朧月夜も、贈答相手は源氏だけで、朱雀帝に対して歌は詠まない。空蟬の贈答相手も源氏のみで、夫との贈答歌はない。源内侍も、源氏との贈答歌はあるが、頭中将との贈答はない。二人の男と関係する時期

が重なることのない落葉の宮も、夕霧との贈答はあるが、柏木との贈答はない。夕顔は、二人の男と関係する時期が重ならないが、頭中将との贈答歌もあり、源氏との贈答歌もある。しかし、頭中将が使った歌の言葉を夕顔が使うということはない。二人の男と通じる女が男の歌の言葉をほかの男への歌に使ってしまうという手法は、女三の宮物語において初めて試みられたのである。

女三の宮より以前の女君たちは、たとえ二人の男と肉体的に関係していようとも心の中には一人の男しか住んでいないということなのであろう。それに対して女三の宮の場合は、散文部分では柏木を嫌っていることが繰り返し語られるにも拘らず、和歌の中では柏木に寄り添うような表現が多々見受けられ（特に柏木への最後の歌など）、思いのほかに柏木の存在が彼女の心の中に大きく生息しているのであった。疎ましいと激しく思うこと自体が柏木に執着している証拠である。女三の宮の心の中で、光源氏と柏木、二人の男の存在が葛藤しているのであり、そのことが歌の言葉に表われたのであった。

では、女三の宮物語以降ではどうかと言うと、既に宗雪修三が指摘している[*21]ことであるが、浮舟物語においてその手法が見受けられる。

浮舟巻、長雨の続くある日、薫の妻でありながら匂宮と密通している浮舟が、二人の男から同時に手紙が届いて混乱し、独詠歌を詠んだ後、二人に宛てて歌を返すという場面である。物語の語られる順に歌だけ挙げておく。

(1)匂宮の浮舟への贈歌

ながめやるそなたの雲も見えぬまで空さへくるるころのわびしさ　（一五七頁）

(2)薫の浮舟への贈歌

水まさるをちの里人いかならむ晴れぬながめにかきくらすころ　（一五九頁）

(3)浮舟の手習の独詠歌

里の名をわが身に知れば山城の宇治のわたりぞいとど住みうき（一六〇頁）

(4)浮舟の匂宮への返歌

かきくらし晴れせぬ峰の雨雲にうきて世をふる身をもなさばや（一六〇頁）

(5)浮舟の薫への返歌

つれづれと身を知る雨のをやまねば袖さへいとどみかさまさりて（一六一頁）

二人の男からの手紙(1)(2)が相次いで届けられた後、浮舟は匂宮の手紙(1)を見て臥して、かつて匂宮が描いてくれた絵を見て泣くのであるが、(3)の独詠歌では、意外にも(2)の薫の歌の言葉に反応している。薫の「をちの里人」という言葉から触発されて、「里の名」、「山城の宇治のわたり」、そして「宇治」の掛詞「憂し」の連体形「うき」へと言葉を紡いで行くあたり、浮舟の歌は明らかに薫の歌の言葉に反応している。恋しい匂宮にすっかり心を奪われているかに見える浮舟であるが、意外にも薫の言葉のほうが浮舟の心に響いているのであった。匂宮(1)が「僕はわびしい」と自分の心を訴えるだけなのに対して、薫(2)は「あなたの気持ちはどうですか」と浮舟の気持ちを問うていることに素直に反応したのだろう。そして、(4)の匂宮への返歌であるが、贈答歌であるのに、匂宮(1)と共通する言葉は「雲」しかない。それよりむしろ、薫の歌(2)と重なる言葉のほうが多く、薫の「晴れぬ」に対して浮舟の「晴れせぬ」、薫の「かきくらす」に対して浮舟の「かきくらし」がぴったり一致している。つまり、浮舟は、薫の歌の言葉に触発されて独詠歌を詠み、さらに薫の歌の言葉を使って匂宮へ返歌してしまったということになる。これは、二人の男から同時に歌を贈られて同時に返歌をしなければならなかった浮舟の、二人の男に引き裂かれる心の混乱を表わしていよう。もらった匂宮は、まさか浮舟の言葉がもとは薫の言葉であったとは知る由もなく、感激して「よよ」と泣いている。一方、浮舟の薫への返歌(5)は、薫(2)の「水まさる」に対して「みかさまさりて」と応じながら、『伊勢物語』一〇七段を踏まえた典型的な女歌となっている。もらった薫は、浮舟の返歌を下にも置かず見続けている。まさか自分の言葉がほかの男への歌に使われたとは知る由もなく。

二人の男と通じる女が男から贈られた歌の言葉をほかの男へ贈ってしまうという物語の手法は、浮舟巻においても、女の心の乱れを描くと同時に、何も知らないで女の歌に感動している男という設定を作り出していると言えよう。

女三の宮物語では、男Aと女の贈答の場面があり、その後、女と男Bの贈答の場面があるという単純な手法であったが、浮舟物語では、男ABから同時に歌を贈られた女が、男Bの言葉に触発されて独詠した後に、男Bの言葉を男Aへの返歌に使ってしまうという、複雑な様相になっている。女三の宮物語において初めて試みられた手法が、浮舟物語において確実に引き継がれて、さらに深化を遂げたということなのであろう。その意味で、『源氏物語』においてその手法を初めて切り拓いた女三の宮物語は、浮舟物語の先駆として位置付けられるのである。

おわりに

柏木との後朝の別れの場面（三章で挙げた場面）で、女三の宮は「あけぐれの空」という言葉を歌に使った。それは柏木の歌の言葉「空」「あけぐれ」に応じてのことであり、二人の贈答歌は「空」「あけぐれ」という共通の言葉によって寄り添い、一対の男女の歌模様を作り上げていた。

しかし、「あけぐれの空」のもとで男が自分を置き去りにして起きて行くという体験は、実は女三の宮にとって初めてではなかった。新婚三日目、夢に紫の上を見て胸騒ぎを覚えた光源氏がそそくさと帰って行く場面に「あけぐれの空」（若菜上六九頁）という風景描写がある。あの時、女三の宮はきっと、部屋の奥から源氏を見送り、妻戸の開いたところから「あけぐれの空」を見ていたに違いない。女三の宮にとって「あけぐれの空」は、一晩一緒に過ごした夫光源氏が、自分を置き去りにして紫の上のもとへ帰って行く、夜深い時間帯の風景なのである。

第二部の物語における「あけぐれの空」という言葉は、右に述べた、光源氏が帰って行く風景の「あけぐれの空」と、女三の宮が柏木に向かって詠んだ「あけぐれの空」の二例のみである。この共通の言葉で繋がる両場面は、源氏と女三の宮との（物語に語られた）初めての後朝の場面、柏木と女三の宮の初めての後朝の場面という、対構造になっている。

男に置き去りにされる「あけぐれの空」の不安な感覚を、女三の宮は、まず源氏によって心身に植え付けられた。だからこそ、柏木の歌の言葉と折からの「あけぐれ」（若菜下二二八頁）の風景に触発されて、女三の宮は、源氏が帰って行く時の風景である「あけぐれの空」という言葉を、柏木への歌の中に織り込んでしまったのである。それは柏木の言葉に反応したと同時に、源氏との積年の朝の別れの感覚を詠んでしまったのである。女三の宮が詠んだ「あけぐれの空」は、柏木が帰って行く「あけぐれの空」であると同時に、源氏が帰って行く「あけぐれの空」だったのである。

柏木は、女三の宮の歌を聞いて、魂が体からさまよい出んばかりに惑乱する。まさか、女三の宮の言葉が源氏との体験によって裏付けられた言葉だったとは知る由もなく。

注

＊1　高田祐彦「柏木物語の主題」（『源氏物語研究集成　第二巻　源氏物語の主題下』風間書房、一九九九）、光安誠司郎「研究史」（『人物で読む『源氏物語』第十六巻―内大臣・柏木・夕霧』勉誠出版、二〇〇六）

＊2　佐竹彌生「女三の宮と柏木の贈答歌について―おくるべうやは―」（『平安文学研究』第六十四輯、一九八〇・十二）

＊3　武原弘「女三の宮の世界について―「若菜」巻における贈答歌場面を中心に―」（『日本文学研究』第二十二号、一九八六・十一）

＊4　榎本正純「女三宮攷―物語と作者（下）―」（『武庫川国文』第三十二号、一九八八・十一）

＊5　高田祐彦「柏木の離魂と和歌」（『日本文学』一九九七・二）

＊6　吉見健夫「若菜上巻の方法と和歌―女三の宮と紫の上の形象をめぐって」（『平安文学の想像力』論集平安文学第五号、勉誠出版、二〇〇〇・五）

＊7　吉見健夫「柏木物語の「あはれ」と救済―『源氏物語』作中和歌における認識の形成―」（『中古文学』第七十一号、二〇〇三・五）

＊8　松井健児「水と光の情景」（『源氏研究』第十号、翰林書房、二〇〇五）

＊9　木谷眞理子「鈴虫巻の女三の宮」（『人物で読む『源氏物語』第十五巻―女三の宮』勉誠出版、二〇〇六）

＊10　西原志保「女三宮と季節―六条院の空間と時間―」（『古代文学研究第二次』第十七号、二〇〇八・十）

＊11　注＊3で挙げた武原論文。

＊12　秋貞淑「「いはけなき」皇女の歌―救いを求める歌」（『人物で読む『源氏物語』第十五巻―女三の宮』勉誠出版、二〇〇六）

＊13　藤井貞和「歌と別れと」（新日本古典文学大系『源氏物語』岩波書店、一九九五）

＊14　夏の蜩を詠んだ歌には、『能宣集』二一八番歌、『好忠集』一八一、一八三番歌、『中務集』（書陵部蔵五一〇・一

二）一三七番歌などがある。『蜻蛉日記』では、二章で挙げる一二八頁の歌、一九六頁の歌、二三五頁の自然描写、その全てが夏である。

＊15 『拾遺集』四六七番歌や『重之女集』二二番歌は暁や夜明け前の鳴き声を詠んでいるが、夕暮れに鳴くはずの蜩の声が聞こえた驚きの歌となっていて、その前提には「蜩は夕暮れに鳴くもの」という発想がある。

＊16 「ひぐらし」という歌語の醸し出す時間の感覚については、亀田夕佳「『大和物語』の〈歌ことば〉―二十四段、六十段の表現から―」（『日本文学』二〇〇八・九）を参照されたい。

＊17 複数の集に入っている歌は一首と見なし、わずかな語句の違いしかない類歌も一首と見なして数えている。

＊18 『宇津保物語』菊の宴巻一〇一～一〇二頁、実忠の北の方と袖君と乳母が『古今集』の上の句を朗誦する場面がある。三人はそれぞれ『古今集』五五五番歌、二九七番歌、二〇五番歌の上の句を詠じるのであるが、前田家本と流布本系の本文では『古今集』の上の句だけで下の句がなく、九大本系の本文では『古今集』の上の句の後に『古今集』とは違った下の句が付いている。本稿と関わる乳母の歌について具体的に本文を挙げると、前田家本と流布本系では「ひぐらしの鳴く山里の夕暮れは」とあるところが、九大本系では「ひぐらしの鳴く山里の夕暮れは物思ふ袖に露ぞ置き添ふ」となっている（九大本系の本文は日本古典文学大系に拠る）。この九大本系の本文の歌は「ひぐらし」と「露―袖―置き」の語が一緒に詠まれた例ということになるが、しかし、ここは、『古今集』の二〇五番歌「ひぐらしの鳴く山里の夕暮れは風よりほかにとふ人もなし」を歌ったが下の句は省略されたと考えるのが妥当と思われるので、九大本系の下の句は後世の書き入れと私は見る。よって、平安期において「ひぐらし」の歌に「露―袖―置き」の語を取り合わせたのは女三の宮だけだと考える。

＊19 「ひぐらし」と「袖」を取り合わせた歌は管見によれば次の一例のみである。「袖ひちていとど物思ふ我が宿に鳴くひぐらしも心あるかも」（大弐高遠集・同じ御忌みのほど・二九九）

＊20 注＊2で挙げた佐竹論では、柏木の歌の「おき」の三種の意味を汲み取って「露のおいているまだ暗いうちに、床から起きてあなたを置いてゆく」と訳している。賛同したい。

＊21　宗雪修三「浮舟巻の歌の構造」（『源氏物語歌織物』世界思想社、二〇〇二。初出一九八五）

※『源氏物語』『蜻蛉日記』『宇津保物語』の本文は新編日本古典文学全集、その他の和歌は『新編国歌大観』の本文に拠り、私に表記を改めた所がある。『源氏釈』は源氏物語古注集成第十六巻（渋谷栄一編、おうふう、二〇〇〇）、『紫明抄』『河海抄』は『紫明抄　河海抄』（玉上琢彌編、角川書店、一九六八）に拠る。

八の宮と匂宮の和歌

針本正行

八の宮は、唱和歌一首（大君・中の君）、独詠歌一首、贈答歌三首（冷泉院一首、薫二首）の計五首の和歌を詠じている。本章では、大君、中の君との唱和歌の分析を通して、八の宮の和歌表現の特徴について述べてみたい。

一　八の宮の唱和歌

本節では、八の宮が、大君、中の君たちへ贈った和歌中の歌言葉「水鳥」及び八の宮自身の独詠歌の分析を通して、八の宮の和歌表現の特徴について明らかにしたい。

春のうららかなる日影に、池の水鳥どもの翼うちかはしつつおのがじし囀る声などを、常ははかなきことと見たまひしかども、つがひ離れぬをうらやましくながめたまひて、君たちに御琴ども教へきこえたまふ。いとをかしげに、小さき御ほどに、とりどり掻き鳴らしたまふ物の音どもあはれにをかしく聞こゆれば、涙を浮けたまひて、

「うち棄ててつがひさりにし水鳥のかりのこの世にたちおくれけん心づくしなりや」と目おし拭ひたまふ。容貌いときよげにおはします宮なり、年ごろの御行ひに痩せ細りたまひにたれど、さてしもあてになまめきて、君たちをかしづきたまふ御心ばへに、直衣の萎えばめるを着たまひて、しどけなき御さまいと恥づかしげなり。（橋姫一二二〜一二三頁）[*1]

春のうららかな日ざしのもと、八の宮は、かつては、「水鳥」を、水の上に「浮く」「憂く」と、はかないものと見ていた。この「水鳥」は、情景描写である「池の水鳥どもの翼うちかはし」からすると、鴛鴦と解してよいだろう。もともと、鴛鴦は、

夜を寒み寝覚めて聞けば鴛鴦の浦山しくもみなるなる哉（『拾遺集』・冬・二二六）[*2]

かた身にやうは毛の霜をはらふらんとも寝のおしのもろ声に鳴く（『千載集』・冬・四二九）

と、冬の景物であり、一人、寝覚めた朝、鴛鴦の仲むつまじいもろ声を聞き、孤独に襲われる当該人物の心情を表現している。『源氏物語』「朝顔」巻でも、冬の雪景色を前にして、光源氏が、五人の女君について紫の上に語った後に、

鴛鴦のうち鳴きたるに、

かきつめてむかし恋しき雪もよにあはれを添ふる鴛鴦のうきねか（四九四頁）

と、独り寝の朝の孤独を詠じていた。光源氏は、藤壺を失い、紫の上に藤壺との、「ひと年、中宮の御前に雪の山作られたりし」出来事を、「世に古りたることなれど、なほめづらしくもはかなきことをしなしたまへりしかな」（朝顔四九一頁）と、思い出していた。物語は、あえて、冬の景物を称揚している。[*3]始発場面の「常は」とは、北の方生前中を前提としているが、同時に既存の季節感をもふまえたものであり、物語が八の宮の心象にことよせなが

ら、北の方の不在からくる八の宮の孤愁感と冬の鴛鴦の「めづらし」き風景とが響いた表現ともいえる。北の方の生きていた時には、「はかなきこと」と見ていたけれども、北の方を亡くした現在は、「つがひ離れぬをうらやましく」と、八の宮は感じているのである。そこで、母を失った姫君たちに、八の宮は、親として、御琴の伝授をはかる。琴の音と、水鳥の鳴き声とが響き合い、興趣を覚えた八の宮は、「うち棄ててつがひさりにし水鳥のかりのこの世にたちおくれけん」と、詠みかけたわけである。この歌は、一条兼良が「この歌はひめ君たちの事をよみ給へり」[*4]と指摘するように、姫君たちが、「水鳥のかりのこの世」に取り残されてしまったことを示している。本場面の季節は、春であるので、八の宮の和歌世界では、「水鳥」が鴛鴦から「雁」へと通じる歌言葉にもなっている。

歌言葉としての「雁」には、死者と現世とを繋ぐ意味もあった

昔、みやづかへしける男、すずろなるけがらひにてあひて、家にこもりていたりけり。時はみな月のつごもりなり。ゆふぐれに、風すずしく吹き、螢など、とびちがふを、まぼりふせりて、

ゆくほたる雲のうゑまでいぬべくは秋かぜふくとかりにつげこせ

（『伊勢物語』四三段[*5]）

久しくわづらひけるころ、雁の鳴きけるを聞きてよめる

起きもゐぬわがとこよこそ悲しけれ春かへりにし雁も鳴くなり

（『後拾遺集』二七五・赤染衛門）

『伊勢物語』の「昔男」は、「すずろなるけがらひ」に遭遇して、思う女性を亡くしたのであろう。「昔男」は、その女を追想して、自己の思いを雁に託そうとした。[*6] 赤染衛門も、春になって北方に帰る「雁」の鳴き声に、「常世」を思い死を予感して悲しみをかみしめていた。[*7]『源氏物語』においても、紫の上を失った光源氏が、明石の君と贈答歌を交わす中で、「かりのこの世」、「常世」を歌っている。

さてもまた例の御行ひに、夜半になりてぞ、昼の御座にいとかりそめに寄り臥したまふ。つとめて、御文奉

りたまふに、

なくなくも帰りにしかな仮の世はいづこもつひの常世ならぬに

昨夜の御ありさまは恨めしげなりしかど、いとかくあらぬさまに思しほれたる御気色の心苦しさに、身の上はさしおかれて、涙ぐまれたまふ。

雁がゐし苗代水の絶えしよりうつりし花のかげをだに見ず　（幻五三六頁）

前年の八月に紫の上を失なった光源氏は、新年の春、「春の光を見たまふにつけても、いとどくれまどひたるやうにのみ、御心ひとつ」（幻五二一頁）に彼女を追想する。遺愛の紅梅や桜が咲き、亡き紫の上への思いは募るばかりである。春が深くなる中、光源氏は、女三の宮、明石の君を訪問した。右は、光源氏が、明石の君に、藤壺崩御、紫の上の死去などを語るも、慰められずに自室に戻った後、いつものように、仏前で勤行をした翌朝、明石の君と交わした手紙である。光源氏は、今、生きている「仮の世」は、永遠に続く「常世」ではないのに、春になって帰る雁のように、自邸に戻ってしまった、と紫の上がいない孤独な思いをしたためた。明石の君は、昨夜、自分のもとに泊まらなかった光源氏を恨みながらも、光源氏の心情に寄りそいながら、紫の上の死んだ後、いっこうに来訪がないことを光源氏に訴えていた。光源氏にとって、「仮の世」は、妻のいない世であった。

八の宮が歌う「水鳥のかりのこの世にたちおくれけん」は、母を亡くした姫君たちがこの世に取り残されたことを意味すると同時に、この世に残された八の宮自身が、亡き北の方を追想している、〈孤悲〉[*8]の歌でもあったのである。

二　大君と中の君の唱和歌

それでは、八の宮の歌に、大君と中の君はどのように唱和したのであろうか。

姫君、御硯をやをら引き寄せて、手習のやうに書きまぜたまふを、「これに書きたまへ。硯には書きつけざなり」とて紙奉りたまへば、恥ぢらひて書きたまふ。

いかでかく巣立ちけるぞと思ふにもうき水鳥のちぎりをぞ知る

よからねど、そのをりはいとあはれなりけり。手は、生ひ先見えて、まだよくもつづけたまはぬほどなり。「若君も書きたまへ」とあれば、いますこし幼げに、久しく書き出でたまへり。

泣く泣くもはねうち着する君なくはわれぞ巣守りになるべかりける

御衣どもなど萎えばみて、御前にまた人もなく、いとさびしくつれづれげなるに、さまざまいとらうたげにてものしたまふをあはれに心苦しう、いかが思さざらん、経を片手に持たまうて、かつ読みつつ唱歌もしたまふ。姫君に琵琶、若君に箏の御琴を。まだ幼けれど、常に合はせつつ習ひたまへば、聞きにくくもあらで、いとをかしく聞こゆ。（橋姫一二三〜一二四頁）

硯に手習のように返歌を書いていた大君は、八の宮から紙を与えられて、母不在の中で、「いかでかく巣立ちける」と自己を振り返り、自身の「契り」を、「うき水鳥」と歌う。大君の歌には、亡き母を慕う言葉はない。あるのは、母を失った身の不運である。八の宮が、宇治の姫君を「つがひさりにし水鳥」とたとえた表現は、言葉の上では、父八の宮の歌に唱和しているけれども、亡き母を慕い、死者の魂を鎮めようとする八の宮の心情とは唱和していない。また、中の君は、大君よりも「いますこし幼げ」に、時間をかけて、もしも、八の宮がいなかったなら、「巣守り」のまま、成長することがないと歌う。中の君も、母亡き後の自身の将来の不安を歌うだけで、亡き母を追想する八の宮の歌には唱和していない。しかし、八の宮は、父として二人の姫君を「あはれに心苦し」く感じて、大君には琵琶を、中の君には箏の琴の演奏を伝授していくのである。

北の方の死後にものされた、八の宮と、大君と中の君との唱和歌は、八の宮の歌言葉と大君と中の君のそれとの間に齟齬があることを露呈しているのである。

三　八の宮の独詠歌

本節では、八の宮自身の独詠歌の分析を通して、八の宮の和歌表現の特徴について明らかにしたい。独詠歌は、詠者と自己との対話のたまものである。[*9]『源氏物語』では、光源氏の五二首以下、薫一九首、浮舟一一首と、物語の登場人物が、それぞれの人生の節目節目に、独詠歌を詠んでいる。そこで、八の宮が歌う独詠歌一首には、母を亡くした子を思う父親の愛情だけではなく、亡き北の方の魂を鎮め、追想する八の宮の心の奥が垣間見られるのではないか。

八の宮の過去については、八の宮と、大君と中の君との唱和歌が描かれた後に、次のように明かされていた。

源氏の大殿の御弟、八の宮とぞ聞こえしを、冷泉院の春宮におはしましし時、朱雀院の大后の横さまに思しかまへて、この宮を世の中に立ち継ぎたまふべく、わが御時、もてかしづきたてまつりたまひける騒ぎに、あいなく、あなたざまの御仲らひにはさし放たれたまひにければ、いよいよかの御次々になりはてぬる世にて、

えまじらひたまはず、また、この年ごろ、かかる聖になりはてて、今は限りとよろづを思し棄てたり。（橋姫一二五頁）

八の宮は、光源氏の弟であり、弘徽殿大后が、まだ冷泉院が春宮の在位中に、「横さまに思しかまへ」た結果、光源氏と疎遠になり、現在は、「聖」となり、俗世間との縁を棄てていた。そのような状況にあって、都の邸が焼亡し、住むところを失った八の宮は、所領していた宇治の山里に移ることとなった。

網代のけはひ近く、耳かしがましき川のわたりにて、静かなる思ひにかなはぬ方もあれど、いかがはせん。花紅葉、水の流れにも、心をやるたよりに寄せて、いとどしくながめたまふより外のことなし。かく絶え籠りぬる野山の末にも、昔の人ものしたまはましかばと思ひきこえたまはぬをりなかりけり。

見し人も宿も煙になりにしをなにとてわが身消え残りけん

生けるかひなくぞ思しこがらるるや。（橋姫一二六頁）

八の宮の邸は、「網代のけはひ近く」、「絶え籠りぬる野山の末」と語られる。歌言葉「網代」の詠出例が、

・宇治川は淀瀬なからし網代人舟呼ばふ声をちこち聞こゆ（『万葉集』一一三五）[*10]

・宇治人の喩ひの網代我ならば今は王良ましこつみ来ずとも（『同』一一三七）

・宇治河の浪にみなれし君ませば我も網代に寄りぬべき哉（『後撰集』一一三六・大江興俊）

などとあるように、宇治川の景物として詠まれ、「憂き」世界を象徴するものでもあった。また、「野山の末」も、「いづくにか世をば厭はむ心こそ野にも山にも迷べらなれ」（『古今集』九四七・素性）を引いていた。[*11] この引歌の主旨は、この世には隠れ住む所はどこにもなく、心だけが野にも山にも彷徨いでていくようだけれども、であり、厭世の雰囲気を醸成する。これらの情景を前にして、八の宮は、「昔の人ものしたまはましかば」と、亡き北の方がも

しも生きていたならばと、仮想している。北の方が不在であるがゆえに、八の宮は、惑乱し、「見し人も宿も煙になりにし」と、北の方の死と、邸の焼亡事件を重ね合わせて、「なにとてわが身消え残りけん」と、自己の生を否定し、生きる意味を自己に問いただしているのである。

八の宮は、自身の独詠歌である「見し人も宿も煙になりにしをなにとてわが身消え残りけん」を通して、一人この世に取り残された〈孤悲〉をかみしめて、亡き北の方の魂を鎮めようとしていたのである。

八の宮は、大君及び中の君と交わした唱和歌である「うち棄ててつがひさりにし水鳥のかりのこの世にたちおくれけん」と、自身の独詠歌である「見し人も宿も煙になりにしをなにとてわが身消え残りけん」を通して、一人この世に取り残された〈孤悲〉をかみしめて、亡き北の方の魂を鎮めようとしていたのである。しかし、大君は「いかでかく巣立ちけるぞと思ふにもうき水鳥のちぎりをぞ知る」と、自身の憂き「契り」を感じ、中の君は、「泣く泣くもはねうち着する君なくはわれぞ巣守りになるべかりける」と、母だけではなく、父を失う懸念を歌に記していたのである。八の宮と、大君、中の君との唱和歌は、言葉の行き違いを、また、宇治の姫君たちの将来の不安をも指示しているのである。

＊

匂宮は、唱和歌一首（薫・蔵人少将・衛門の督・中宮大夫）、贈答歌二三首（紅梅二首、八の宮一首・薫三首・大君二首・中の君八首・浮舟六首・女一の宮一首）の計二四首の和歌を詠じている。本章では、薫との贈答歌を通して、匂宮の和歌表現の特徴、匂宮の人物造型との関わりについて述べてみたい。

一　薫との贈答歌（1）

八の宮の一周忌が過ぎて喪も明けた頃、薫は、八の宮の遺言を受けて、大君の部屋まで忍び込んだ。しかし、大君は、自分ではなく中の君との結婚をすすめ、薫の望みが叶わなかった。そこで、匂宮へ中の君を譲れば大君が自分を迎え入れるものと思った薫は、一計を案じて、匂宮を宇治へと誘う。本節では、薫が中の君を訪れる手だてを匂宮に教える際に交わされた匂宮と薫との贈答歌の中の「女郎花」の表現の分析を通して、匂宮の和歌表現の特徴について明らかにしたい。

明けぐれのほど、あやにくに霧りわたりて、空のけはひ冷やかなるに、月は霧に隔てられて、木の下も暗くなまめきたり。山里のあはれなるありさま思ひ出でたまふにや、「このごろのほどに、かならず。後らかしたまふな」と語らひたまふを、なほわづらはしがれば、

女郎花さける大野をふせぎつつ心せばくやしめを結ふらむ

と戯れたまふ。

「霧ふかきあしたの原の女郎花心をよせて見る人ぞ見る

なべてやは」など、ねたましきこゆれば、「あなかしがまし」と、はてはては腹立ちたまひぬ。（総角二六〇頁）

三条の宮邸が焼亡した後に六条院の曹司に移り住んでいた匂宮は、[*12]薫の来訪を心よく受け入れていた。そこで、薫は、前々から匂宮から相談のあった、宇治の中の君との仲立ちの話を持ち出した。匂宮は、「木の下も暗くなまめきたり。山里のあはれなるありさま」と、宇治の中の君を思い出し、薫に自分を都に残して宇治に一人で出かけ

るなと言う。それに対して、薫が「わづらはし」き態度をとったので、あらためて匂宮は、「女郎花さける大野をふせぎつつ心せばくやしめを結ふらむ」と、薫に詠みかけたわけである。物語が、「戯れたまふ」と語るように、匂宮は、宇治の姫君を「女郎花」と比喩的に表現し、宇治の姫君への薫の懸想を冗談ごととしている。薫の返歌も、「女郎花心をよせて見る人ぞ見る」と、私以外には、宇治の姫君との逢瀬はかなわないと切り返し、匂宮をして「ねたまし」くさせようとしている。匂宮も、『古今集』の誹諧歌である、「秋の野になまめき立てる女郎花あなかしがまし花もひと時」（一〇一六・僧正遍昭）をふまえて、「あなかしがまし」と、腹を立てるのである。庭の木立が「木の下も暗くなまめきたり」とあったのも、遍昭歌の「なまめきたてる女郎花」によるものであろう。ここで、『古今集』の誹諧歌における「女郎花」歌群を確認すると、

秋くれば野辺にたはるゝ女郎花いづれの人か摘まで見るべき　（同・一〇一七・よみ人しらず）
秋霧の晴れて曇れば女郎花花のすがたぞ見え隠れする　（同・一〇一八）
花と見ておらむとすればをみなへしうたたある様の名にこそありけれ　（同・一〇一九）

とあった。宇治の姫君も姿が「見え隠れ」するけれども、もしも、その方を「折らむとすれ」ば、きっと「うたたあるさま」の評判が立つことになる。それでも、やはり、「女郎花いづれの人か摘まで見るべき」と、男は女に懸想を仕掛けたいのである。もちろん、「女郎花」は、若く美しい宇治の姫君をたとえた表現であるが、『古今集』誹諧歌の「女郎花」歌群に展開する歌言葉としてみると、「女郎花」は、男君の「戯れ」の対象としてあるのである。*13

匂宮は、宇治の姫君への執着心を内に秘めながら、「心をよせて見る人ぞ見る」と、宇治の姫君を隠している薫をからかっていたのである。匂宮の姫君への懸想は、『古今集』の誹諧歌を背景とする、「戯れ」であったのである。

　匂宮と薫の「戯れ」は、右の場面だけではなく、大君が死去した翌年の春、大君を失った悲しみにくれる薫が匂

宮に苦衷を訴える際にも、用いられていた。

内宴など、もの騒がしきころ過ぐして、中納言の君、心にあまることをも、また、誰にかは語らはむと思しわびて、兵部卿宮の御方に参りたまへり。しめやかなる夕暮なれば、宮、うちながめたまひて、端近くぞおはしましける。箏の御琴掻き鳴らしつつ、例の、御心寄せなる梅の香をめでおはする、下枝を押し折りて参りたまへる、匂ひのいと艶にめでたきを、をりをかしう思して、

折る人の心に通ふ花なれや色には出でずしたに匂へる

とのたまへば、

「見る人にかごとよせける花の枝を心してこそ折るべかりけれ

わづらはしく」と戯れかはしたまへる、いとよき御あはひなり。

(早蕨三四八〜三四九頁)

ここでも、季節は春で、「花」は梅であるが、やはり、『古今集』の誹諧歌「花と見ておらむとすれば女郎花うたたある様の名にこそありけれ」(一〇一九)をふまえていると思量される。匂宮は、梅の花に比喩された中の君を後見しながらも、恋心を棄てきれない薫を、「折る人の心に通ふ花なれや色には出でずしたに匂へる」と揶揄したのである。それに対して、薫も、「心してこそ折る」と反駁し、このように自身の内奥をついた匂宮を「わづらはし」と評するのである。この薫の「わづらはし」という反応も、先に述べたように、匂宮が、宇治の姫君を独り占めするなと薫に発言した際に示した感情表現でもあった。匂宮により、「色には出でずしたに匂へる」と本心を言い当てたられた薫が、「わづらはし」と、匂宮に答えたのである。事実、この後、薫は、大君の形見として中の君の存在を想い、煩悶しながらも中の君をあきらめていた。

心の中には、かく慰めがたき形見にも、げにさてこそ、かやうにもあつかひきこゆべかりけれと、悔しきこと

やうやうまさりゆけど、今はかひなきものゆゑ、常にかうのみ思はば、あるまじき心もこそ出でくれ、誰がためにもあぢきなくをこがましからむと思ひ離る。（早蕨三五一頁）

物語は、匂宮と薫たちの、宇治の姫君―中の君への懸想心のありようを、「戯れかは」すと、語ったわけである。大君の死による嘆きを解消するために薫は匂宮のもとを訪れた。しかし、その際に詠まれた匂宮から薫へ贈られた、「女郎花さける大野をふせぎつつ心せばくやしめを結ふらむ」・「折る人の心に通ふ花なれや色には出でずしたに匂へる」の二首の歌によって、中の君への思いに苦悩する薫の精神が紡ぎ出されていくのである。

二　薫との贈答歌（2）

前節では、匂宮から薫への贈歌が、『古今集』の誹諧歌を背景として、匂宮と薫との「戯れ」の関係を醸成し、同時に、薫の宇治の姫君への懊悩を導いていると述べた。本節では、薫から匂宮へ贈られた歌言葉「死出の田長」、匂宮から薫へ答えた歌の中の言葉「心してこそ」の表現の分析を通して、匂宮の和歌表現の特徴について明らかにしたい。

次の場面は、浮舟が失踪し、浮舟が残した手紙により、浮舟入水の噂がたったことで、母の中将君が、亡骸のないままに浮舟の葬儀を行った後の条である。

月たちて、今日ぞ渡らましと思ひ出でたまふ日の夕暮、いとものあはれなり。御前近き橘の香のなつかしきに、ほととぎすの二声ばかり鳴きてわたる。「宿に通はば」と独りごちたまふも飽かねば、北の宮に、ここに渡りたまふ日なりければ、橘を折らせて聞こえたまふ。

忍び音や君もなくらむかひもなき死出の田長に心かよはば

宮は、女君の御さまのいとよく似たるを、いとあはれに思して、二ところながめたまふをりなりけり。気色ある文かなと見たまひて、

「橘のかをるあたりはほととぎす心してこそなくべかりけれ

わづらはし」と書きたまふ。

（蜻蛉二二三頁）

女三の宮の病気平癒祈願のために石山寺に参籠していた薫は、浮舟を放置していたことを後悔し、仏道修行に専念しようとしながらも、我が身の「宿世」をかみしめていた。そのような折、匂宮が病床にあると聞いた薫は、やはり匂宮と浮舟とは密通していたのだと看取し、橘の花の香りに酔いながら、「宿に通はば」と、古今集歌「なき人の宿に通はば郭公かけてねにのみなくと告げなむ」（哀傷・八五五）をふまえて、独り言を言う。しかし、それでも飽き足らないので、二条院にいる匂宮のもとへ、橘をつけて、「忍び音や君もなくらむかひもなき死出の田長に心かよはば」と、私、薫は、匂宮と浮舟との関係を知っているのだとほのめかす歌を贈ったのである。古今集歌の「亡き人の宿」には、亡くなった方の住居と解する説と、来世の意味と解する説があるようだが、薫の歌においても、亡き浮舟の宇治の邸とも、死後の世界とも、それぞれの意味に蓋然性があり、ここでは確定できない。ただ、いずれにしても、薫は、亡き浮舟への嘆きを共有することのできる唯一の人間として匂宮へ歌を贈ったわけである。もちろん、「たちばな」、「ほととぎす」は、初夏の景物であるとともに、歌言葉としても機能していた。『古今集』の夏の部には、一三七番から一六四番歌まで「ほととぎす」歌群が配列され、とくに、

さ月待つ山ほととぎすうち羽ぶき今もなかなむ去年のふる声　（一三七）

五月こば鳴きも古りなむ郭公まだしき程のこゑをきかばや　（一三八）

さつきまつ花たちばなの香をかげば昔の人の袖の香ぞする　（一三九）

の三首は、五月の到来を待つ意味から、かつての恋人との再会を願う意味も示している。[14] しかし、ここでは、「死出の田長に心かよはば」の「死出の田長」が、『伊勢物語』四十一段「名のみたつしでのたをさはけさぞなく庵あまたにうとまれぬれば[15]」及び『古今集』の誹諧歌、「いくばくの田を作ればか郭公死出のたをさを朝な〳〵よぶ」（一〇一三）を背景としていることに注目したい。

昔、かやのみことまうすみこおはしましけり。そのみこ、をむなをいとかしこうめしつかひ給ひけり。いとなまめきてありけるを、若き人は、ゆるさざりけり。われのみとおもひけるを、また人、ききつけて、ふみやる。ほととぎすのかたをつくりて、

ほととぎすながなくさとのあまたあればなほうとまれぬおもふものから

といへりけり。このをむな、けしきをとりて、

名のみたつしでの田長はけさぞなくいほりあまたにうとまれぬれば

時は五月なむありければ、男、またかへし、

いほりおほきしでのたをさはなほたのむわがすむさとにこゑし絶えずは[16]

賀陽の皇子が「かしこうめしつかひ」とする優雅な女がいた。「若き」男が、自身だけが通っていると思い、また別な男が懸想していることを聞いて、「ほととぎす」の絵を描いて、多くの男＝ほととぎす、があなたに言い寄っているので、慕っているけれども、やはり、忌み嫌うことですよ、と歌った。女は、男の「けしきとりて」と、男の本心を見抜いて、自身を「死出の田長」として、「あまたにうとまれぬれば」と、巧みに切り返している。「死出の田長」の語義は、「ほととぎす」が冥土から来る使者とも、また五月の田植えの時に鳴くところから、「死出」

（＝「賤（しづ）」の転か）と呼ばれたともいう。『伊勢物語』では、「女」が自身を「死出の田長」と、誹諧的な言葉を用いて、「男」の本心を揶揄し、皮肉っているのである。『源氏物語』「蜻蛉」巻の薫も、亡き浮舟のことを「死出の田長」と歌ったのであろうが、薫は、浮舟の死後に、彼女の魂の鎮魂をはかろうとしているのではない。薫は、「忍び音や君もなくらむ」と、浮舟との関係を匂宮に問いただし、匂宮の好色心を「戯れ」ているのである。だからこそ、匂宮は、「気色ある文」と薫の意図を察知して、返歌したのである。『伊勢物語』で「男」が「女」を懸想する中で用いた「死出の田長」が、『源氏物語』では、薫が匂宮に、匂宮と関係を持った相手の女を比喩的に表した表現となっているのである。疑われた「女」が「男」の「けしきをとる」ように、匂宮も「気色ある文」と薫の本心に気がついて、「橘のかをるあたりはほととぎす心してこそなくべかりけれ」と答えたのである。「橘のかをるあたり」とは薫のことであり、「ほととぎす」は匂宮自身である。薫が、「死出の田長」＝浮舟に心を通わしていたならば、「忍び音や君もなくらむ」と、匂宮と浮舟との関係を疑うので、それではと、匂宮は、「心してこそなくべかりけれ」と、薫の歌に切り返したのである。さらに、浮舟への想いを問われた匂宮は、「わづらはし」と書き付けて、薫の疑いに反駁したのである。しかも、この匂宮の手紙の中の「わづらはし」は、前節で触れたように、かつて、薫が発した、「見る人にかごとよせける花の枝を心してこそ折るべかりけれ　わづらはしく」（早蕨三四八頁）と、まったく同じ表現であったことが想起される。「わづらはし」は、大君の死後、匂宮が薫の中の君への懸想心を揶揄した際に、薫の返事にしたためられていた嫌悪の意味を示す心情表現であったのである。梅の枝＝中の君、を「心してこそ折るべかりけれ」と歌っていた薫、「心してこそなくべかりけれ」と、今あたらめて歌う匂宮、二人の男君は、互いの懸想心を揶揄し、「戯れ」ているのである。

匂宮が歌った「橘のかをるあたりはほととぎす心してこそなくべかりけれ」は、薫から匂宮へ贈られた「死出の田長」、「ほととぎす」の持つ誹諧の歌言葉と響き合い、浮舟との過去の逢瀬を諧謔の対象としていく、匂宮の精神を醸成しているのである。

さて、ここで、『源氏物語』の「ほととぎす」の初出例を確認しておきたい。

ただ、一目見たまひし宿なりと見たまふ。ただならず、ほど経にける、おぼめかしくや、とつつましけれど、過ぎがてにやすらひたまふ、をりしもほとぎす鳴きて渡る。催しきこえ顔なれば、御車おし返させて、例の惟光入れたまふ。

をち返りえぞ忍ばれぬほとぎすほの語らひし宿の垣根に

寝殿とおぼしき屋の西のつまに人々ゐたり。さきざきも聞きし声なれば、声づくり気色とりて御消息聞こゆ。若やかなるけしきどもしておぼめくなるべし。

ほととぎす言問ふ声はそれなれどあなおぼつかな五月雨の空

（花散里一五四～一五五頁）

右は、光源氏が、須磨退去の前に、麗景殿女御のもとを訪れる途次、中川のあたりでかつて逢瀬をした女と、和歌の贈答をした場面である。光源氏は、相手の女が、「おぼめかしくや」と、そらとぼけて私を忘れているのかもしれないと、ためらうものの、ほととぎすの鳴き声におされるように、惟光を介して「えぞ忍ばれぬほととぎす」と訴えたのである。それに対して、女も、若い女房たちの態度から察知して、「おぼめくなるべし」と思い、「あなおぼつかな」と返歌するのである。「ほととぎす」の鳴き声は、かつての恋人を思い出させる景物であり、歌言葉としても、過去の懸想心を喚起する表現ともなっていることは首肯される。しかし、光源氏と中川の女との再会は、光源氏にとって「おぼめかしくや」と、また中川の女にとっても「おぼめくなるべし」といぶかしく思うものであった。光源氏は、「えぞ忍ばれぬ」と「ほととぎす」を女にたとえ、女は、「あなおぼつかな」に鳴く「ほととぎす」と光源氏をうけとめていたのである。歌言葉「ほととぎす」は、「ほととぎす」にこと寄せて語り合う男女にとって、二人の過去の関係をごまかし、そらとぼける表現でもあった。すなわち、「ほととぎす」は、過去の男女の関係を想起させ、あらたな恋物語の展開をうながすものであるが、また、かつての男女の関係を持ちだしながら、互いに「おぼめ」き、懸想心をはぐらかしあう、誹諧精神を内在する歌言葉でもあったのである。

匂宮の歌う「橘のかをるあたりはほととぎす心してこそなくべかりけれ」は、薫から匂宮へ贈られた「死出の田長」、「ほととぎす」の持つ誹諧の歌言葉と響き合い、浮舟との過去の逢瀬を諧謔の対象としていく、匂宮の精神を醸成しているのである。

注

＊1　『源氏物語』の本文は、新編日本古典文学全集（小学館）によった。

＊2　八代集の本文は、新日本古典文学大系（岩波書店）によった。

＊3　光源氏が、過去の女性を表する中で、紫の上に、「時々につけても、人の心をうつすめる花紅葉の盛りよりも、冬の夜の澄める月に雪の光りあひたる空こそ、あやしう色なきものの身にしみて、この世の外のことまで思ひ流され、おもしろさもあはれさも残らぬをりなれ」（朝顔四九〇頁）と、語っていた。

＊4　二八七頁（『松永本　花鳥余情　源氏物語古注集成　第一巻』桜楓社、昭五三）。

＊5　塗籠本『伊勢物語』四三段（日本古典全書『竹取物語　伊勢物語』朝日新聞社　三〇〇〜三〇一頁）による。

＊6　天福本『伊勢物語』四五段（新編日本古典文学全集一五二〜一五三頁）では、
「むかし、男ありけり。人のむすめのかしづく、いかでこの男にものいはむと思ひけり。うちいでむことかたくやありけむ、もの病みになりて、死ぬべき時に、『かくこそ思ひしか』といひけるを、親、聞きつけて、泣く泣く

つげたりければ、まどひ来たりけれど、死にければ、つれづれとこもりをりけり」と、女は死んでいた。

＊7　『赤染衛門集』（六一〇の詞書）（『赤染衛門集全釈』五五〇～五五一頁　私家集全釈叢書1　風間書房、昭六一）によれば、赤染衛門は、この年の春から秋にかけて長患いをしていた。

＊8　『万葉集』の「恋」の用字法に「孤悲」がある。たとえば、「孤悲死牟　時者何為牟　生日之　為社妹乎　欲見為礼」（五六〇）の「孤悲」を念頭に置いて使用した。

＊9　小町谷照彦氏は、独詠歌の定義として「愛情の齟齬など表現伝達の困難な状況や死別や離別など感懐の横溢した場面などに詠まれ」と述べられている（「作品形成方法としての和歌」『源氏物語の歌ことば表現』東京大学出版会昭五九）。

＊10　『万葉集』の本文は、新編日本古典文学全集（小学館）によった。

＊11　新編日本文学全集（小学館）は、『弄花抄』の「さして野山ならねとかく書る心幽玄也」（二五一頁（『弄花抄源氏物語古注集成　第8巻』桜楓社、昭五八）。をふまえて、素性の古今集歌を引歌として指摘する。

＊12　総角巻で、匂宮が、「三条宮焼けにし後は、六条院にぞ移ろひたまへれば、近くては常に参りたまふ」（二五九頁）と語られている。しかし、匂宮は、二条院に住んでいるので、理解しがたい。新編日本古典文学全集の頭注では、「匂宮の曹司が六条院にある」（二五八頁頭注一〇）との説を示す。

＊13　宇治十帖における歌言葉「女郎花」の使用例として次の五例が注目される。

①かたへは几帳のあるにすべり隠れ、あるはうち背き、押し開けたる戸の方に、紛らはしつつゐたる、頭つきどももをかしと見わたしたまひて、硯ひき寄せて、

「女郎花みだるる野辺にまじるともつゆのあだ名をわれにかけめや

心やすくは思さで」と、ただこの障子にうしろしたる人に見せたまへば、うちみじろきなどもせず、のどやかに、いととく、

花といへば名こそあだなれ女郎花なべての露に乱れやはする

と書きたる手、ただかたそばなれどよしづきて、おほかためやすければ、誰ならむと見たまふ。今参のぼりける道に、ふたげられてとどこほりゐたるなるべしと見ゆ。弁のおもとは、「いとけざやかなる翁言、憎くはべり」とて、

「旅寝してなほこころみよ女郎花さかりの色にうつりうつらず

さて後さだめきこえさせん」と言へば、

宿かさばひと夜は寝なんおほかたの花にうつらぬ心なりとも

とあれば、「何か、辱めさせたまふ。おほかたの野辺のさかしらをこそ聞こえさすれ」と言ふ。

（蜻蛉二六七〜九頁）

②出でたまふとて、畳紙に、

あだし野の風になびくな女郎花われしめ結はん道とほくとも

と書きて、少将の尼して入れたり。尼君も見たまひて、「この御返り書かせたまへ。いと心にくきけつきたまへる人なれば、うしろめたくもあらじ」とそのかせば、「いとあやしき手をば、いかでか」とて、さらに聞きたまはねば、「はしたなきことなり」とて、尼君、「聞こえさせつるやうに、世づかず、人に似ぬ人にてなむ。

うつし植ゑて思ひみだれぬ女郎花うき世をそむく草の庵に」

とあり。こたみはさもありぬべしと思ひゆるして帰りぬ。

（手習三一三頁）

①は、浮舟の四十九日の法要を終えた薫が、六条院に里下がりをしていた明石の中宮のもとで、中宮の侍女と戯れている場面である。薫は、並み居る侍女を「女郎花」に擬して歌った。この薫に対して、侍女の一人である「弁のおもと」が、「いとけざやかなる翁言、憎くはべり」と、薫の態度を「翁言」と揶揄し、それならば、ここに泊まって、「女郎花さかりの色」が移るかどうか試してみなさい、とからかったのである。「女郎花」は、美しい女性の比喩表現であるだけではなく、男女の戯れの場で用いられる言葉でもあったのである。もちろん、ここでは、薫の戯れが「翁言」と非難されてもいるのである。②は、小野の妹尼の娘の婿が、横川からの帰り道に、浮舟に歌を贈った場面である。歌言葉「女郎花」は、浮舟を擬しているが、浮舟は、中将の筆跡を「いとあやしき手」と否

定し、返歌をしない。浮舟に代わって、尼君が、浮舟＝「女郎花」は俗世間を棄てているので惑乱していると答えている。歌言葉「女郎花」は、浮舟にとって、自身に対する賞賛の言葉ではなく、からかいの表現なのである。①、②の場面の「女郎花」は女性を擬す表現でありながら、女性側からすると、からかいの歌言葉として意味付けされているのである。

＊14　『和泉式部日記』の冒頭で、敦道親王が女（＝和泉式部）へ、兄為尊親王との思い出話を持ちかけた際に、敦道親王は橘の花を小童に託して、女のもとに贈っていた。女は、「薫る香によそふるよりはほととぎす聞かばやおなじ声やしたると」（一八頁　新編日本古典文学全集）と、「さつきまつ花たちばなの香をかげば昔の人の袖の香ぞする」（『古今集』夏・一三九・よみ人しらず）を引いて返歌している。

＊15　塗籠本『伊勢物語』四一段（日本古典全書『竹取物語　伊勢物語』二九九頁）による。

＊16　天福本『伊勢物語』四十三段（新編日本古典文学全集一五一〜一五三頁）では、

むかし、賀陽の親王と申すみこおはしましけり。その親王、女を思し召して、いとかしこう恵みつかうたまひけるを、人なまめきてありけるを、われのみと思ひけるを、また、人聞きつけて、文やる。ほととぎすの形をかきて、

ほととぎす汝が鳴く里のあまたあればなほうとまれぬ思ふものから

といへり。この女、けしきをとりて、

名のみ立つしでの田をさはけさぞ鳴くいほりあまたとうとまれぬれば

時は五月になむありける。男、返し、

いほり多きしでの田をさはなほ頼むわがすむ里に声し絶えずは

とあり、女の「けしきをとりて」についての本文異同はない。

薫と和歌――宇治の中の君との贈答から――

久保朝孝

薫の歌の場面において、そこで詠まれた和歌並びに広い意味での韻文的表現が、薫の人物造型にどのように寄与しているのかを具体的に明らかにする、というのが本稿に与えられた課題であろうと思われる。ところで、薫は物語中で五十七首の和歌を詠んでいるが、その内訳は次の通りである。

独詠歌　十八首
贈　歌　二十五首
答　歌　十二首
唱和歌　二首

このうち贈答については、大君とのそれが九組（うち一組は大君からの贈答）、中の君とのものが四組（うち一組は中の君からの贈答）、そして浮舟とが二組となっている。このほかに薫からの贈歌のみで、返歌のないものが中の君に三首、浮舟に二首認められる。

前述の目的を満たすためには、これら全ての和歌の検討が必要なのであろうが、紙幅の都合により限定的な範囲での作業とならざるを得ない。また、薫の和歌についての検討はこれまでに十二分な蓄積もあることとて、それらと重複することもできれば避けたいと思う。そこで本稿では、一見これと言った取り得もなさそうな、それゆえ取り上げられることの少ない、いわば地味な歌の場面をあえて材料としてみたい。

右のような理由により、まずは薫と中の君との初めての和歌の贈答を取りあげることとする。「総角」巻の、大君臨終に先立つ場面である。


二十四歳の十一月上旬、薫は重篤の大君（二十六歳）を宇治に見舞い、枕頭に座して二人だけの対話の時を持つが、その看護も空しく大君の病状は悪化するばかりであった。そんなある朝、不断経の交替斉唱の声に、夜居を務めていた阿闍梨が目覚めて暁の陀羅尼を読む。そして、次のようなことを大君に伝えるのだった。

先夜の夢に、宇治の姉妹の父である亡き八の宮があらわれ、「いささかうち思ひしこと」（この世に残した二人の娘の生活への不安と考えられる）に心が乱れて、未だに宿願の極楽往生ができずにいる。どうか追善供養を欠かさず行なうように、ということであった。そこで自分は、修業中の法師五、六人に命じて、称名念仏を奉仕させているのだ、と。さらには、そのほかに思い当たるところがあって、常不軽菩薩の礼拝もさせているというのである。


……さては思ひたまへ得たることはべりて、常不軽をなむつかせはべる」など申すに、君もいみじう泣きたまふ。かの世にさへ妨げきこゆらん罪のほどを、苦しき心地にも、いとど消え入りぬばかりおぼえたまふ。いか

で、かのまだ定まりたまはざらむさきに参でて、同じ所にもと聞き臥したまへり。（総角⑤三二〇～三二一頁）[*1]

ここで、阿闍梨がなぜ常不軽行をさせたのか、ほかの行法ではなくなぜ常不軽行でなければならなかったのかという点について、これまで少なからぬ見解が示されながら、必ずしも十全な説得力を有し得ない状態が続いていたが、最近佐藤勢紀子により、従前の諸説が整理批判された上で明快な試案が提示されているので、本稿はこの佐藤説に依拠することとしたい。[*2]

佐藤は、後の本文引用にあらわれる「回向の末つ方」について、これを『法華経』巻第七「常不軽菩薩品第二十」の「我深敬汝等。不敢輕慢。所以者何。汝等皆行菩薩道。當得作佛」[*3]という讃偈の句「二十四字の経文の後半の二句を指して」いると認定し、次のように説く。

このように見てくると、なぜ二十四文字の経文の後半部分が「あはれなり」と評せられ、薫に深い感動をもたらしたかが見えてくる。「汝等皆行菩薩道。当得作仏」という文言は、とりわけ在家菩薩の成仏を保証するものである。そして、八宮はたんに「優婆塞」（橋姫⑤一三三頁）であったのみならず、「俗聖」（同一二八頁）という綽名が示すとおり、在家菩薩の典型とも言うべき人物であった。十一字の文言が薫に忍びがたい「あはれ」の念を催したのは、これがあたかも故八宮のために誂えられたかのような文言だったからではないだろうか。もとより、宇治阿闍梨が八宮の追善のために不軽行を行なわせたのも、在家菩薩の成仏を保証する文言を唱えるこの行の特質に着目してのことと考えられる。深く仏道を志しながら在俗のまま死を迎え、臨終の一念の乱れによって成仏できずにいる八宮を救うには、通常の念仏行に加えて、在家菩薩のための特別の行法が必要だったのである。

いま八の宮は極楽往生願も空しく、中有に迷う存在である。その彼の「成仏」の「保証」を求め、阿闍梨の指示によって行なわれているのが、『法華経』に根拠を置く常不軽行なのであった。

法の師たる八の宮が極楽往生はおろか、六道のいずれにも行く先を見出せないまま中有に迷うという亡き後の魂のあり方に触れて、薫もひどく泣くと語られる（「君もいみじう泣きたまふ」）。

ここで、薫のほかに泣いているのは誰であろうか。前引用本文に先行する記述に、阿闍梨が「故宮の御事など聞こえ出でて、鼻しばしばうちかみて」とあることにより、それを阿闍梨と考えることに無理はないが、しかし文脈的にはむしろ薫の傍らに臥して、同様に阿闍梨の言葉を聞いている大君とすべきであろう。「君もいみじう泣きたまふ。」に続く二文（傍線部）の主語が大君であることからも、それは裏付けられるに違いない。

成仏を妨げているのが、娘を思うあまりの父親としての心の乱れゆえという。しかしその娘は、立場こそ違え、薫も同様に最も執着するその女人であるという皮肉と不条理。あるいは、愛する者への執着という人間感情の素直な発露と、その愛執からの脱却を説く仏の教えとの相克の中で、なす術のない彼はただ泣くよりほかない。

一方、大君は父宮の極楽往生の妨げになっているのが、ほかならぬ自分たち姉妹であるということに深い罪業意識を覚え、消え入るばかりである。この罪から逃れるためには、何としても父宮のもとに赴きたいと願うのであるが、それはとりもなおさず彼女自身の死を意味することになる。大君はこのようにしても、この世の死を希求し続ける人物なのであった。

しかし、この二人の間に、八の宮からの夢告という阿闍梨の話を媒介とした共感は成立していないと見るべきであろう。八の宮の愛執の罪の原因についての認識は共有しても、大君はその原因としての我が存在の罪を深く自覚しているが、薫にそのような罪の意識はまったくないのだから。

阿闍梨は言少なにて立ちぬ。この常不軽、そのわたりの里々、京まで歩きけるを、暁の嵐にわびて、阿闍梨のさぶらふあたりを尋ねて、中門のもとにゐて、いと尊くつく。回向の末つ方の心ばへいとあはれなり。客人もこなたにすすみたる御心にて、あはれ忍ばれたまはず。

（総角⑤三二一頁）

前引用に続く本文。佐藤は「回向の末つ方の心ばへいとあはれなり。」とある心情について、次文冒頭の「客人も」との対比に着目し、「『阿闍梨は』という主語の提示がまだ生きていると見て、退席したがなお邸内にあって不軽の声を聞いている阿闍梨の感慨を示していると考えた方がよいかもしれない」とする。これに従っておきたい。それはともかく、ここで繰り返し確認しておきたいのは、右引用本文の中に繰り返される「あはれ」が同質・同意義のものであるということである。一念の乱れによって実現から遠ざけられた八の宮の願い、すなわち在家菩薩の極楽往生願を保証する経文に対する、仏道に心を寄せる者としての深い感慨、それが「あはれ」の内実なのであった。薫も、「こなたにすすみたる御心」を有する人物として認知されていた。そして、「こなたにすすみたる御心」を持てばこそ、次の発言及び詠歌が可能となるのである。経文も広い意味における韻文表現の範疇に含まれるであろう。薫の人物造型に些かの寄与なしとしない。

さて、それでは前引用本文に続く、薫と中の君との和歌の贈答場面の検討に入ることとする。*4

中の宮、切におぼつかなくて、奥の方なる几帳の背後に寄りたまへるけはひを聞きたまひて、あざやかにゐなほりたまひて、「不軽の声はいかが聞かせたまひつらむ。重々しき道には行はぬことなれど、尊くこそはべりけれ」とて、

霜さゆる汀の千鳥うちわびてなく音かなしき朝ぼらけかな

言葉のやうに聞こえたまふ。つれなき人の御けはひにも通ひて、思ひよそへらるれど、答へにくくて、弁してぞ聞こえたまふ。

あかつきの霜うちはらひなく千鳥もの思ふ人の心をや知る

似つかはしからぬ御かはりなれど、ゆゑなからず聞こえなす。かやうのはかなしごとも、つつましげなるものから、なつかしうかひあるさまにとりなしたまふものを、今はとて別れなば、いかなる心地せむと思ひまどひたまふ。（総角⑤三二一〜三二二頁）

阿闍梨が立ち去り、薫と大君が占めていた空間に、二人だけの会話に遠慮してやや退いていた中の君（三一九頁）が、大君の容態を案じる行動によってあらためて登場させられる歌の場面である。「不軽の声はいかが聞かせたまひつらむ」は、薫が中の君に語りかけた言葉として疑いはないが、「聞かせたまひつ」の主語は誰であろうか。一般にこれを中の君としているので、今はしばらくそれに従うことにする。[*5]

薫の贈歌は、まず「暁の嵐にわびて」、常不軽菩薩への礼拝を「いと尊く」行なひつつ故宮邸の中門に集っている僧たちを千鳥に、その経文誦唱の声々を千鳥の鳴き声になぞらえて、〈霜さゆる汀の千鳥うちわびてなく音〉と

表現する。これは八の宮極楽往生願を叶えるために行なわれている常不軽行という聴覚的「現実」（A）を、視覚的〈仮想風景〉（B）に転化させたものと見なし得るであろう。

次に、〈うちわびてなく音〉に導かれて、おのずと〈かなしき〉が呼び込まれて一句をなすことになる。ここで〈うちわびてなく音かなしき〉は、視覚的〈仮想風景〉の中での千鳥の鳴き声のせつなさという文脈からさらに転化して、詠者薫の個別心情的「現実」（C）の表現へと回帰するのである。初句「霜さゆる」と結句「朝ぼらけかな」との連続的照応は、この「現実」（A）から発してもう一方の「現実」（C）に帰着する、和歌的発想の重層的転化を骨組みとして支える。

ここで、「現実」（C）の実質について確認をしておく必要があろう。薫の「うちわびてなく音かなしき」心情とはどのようなものであったか。それは、臨終さえ意識される大君の重篤な病状に直面しての悲嘆などではない。常不軽行は、大君の病状好転を祈願してなされているわけではないのだから、これはいかにも当たり前のこととして認められなければなるまい。言うまでもなく、それは「重々しき道には行なわぬ」常不軽行をも追善しなければならないほどの、法の師八の宮の極楽往生のなり難さに対する悲嘆の情なのである。そうでなければ、「不軽の声はいかが聞かせたまひつらむ」という問いかけが意味をなさない。そしてまた、そうであればこそ、姉妹にとっては差し障りのある内容であることを憚って、朗唱せずに「言葉のように聞こえ」ざるを得ないのである。

では、薫の贈歌に対する中の君の答歌は、どのようなものであっただろうか。

まず、上三句は薫が提示した〈仮想風景〉（B）をそのまま受け入れる形をとる。和歌の贈答は、言葉の交わし合いによる虚構世界の構築という一面があり、丁々発止のやり取りの中で仮想現実が生動し出す場合があり得る。

しかし、この場合は一首ずつのやり取りで終わっているので、そのような状態は望むべくもないが、まずは送り手の作り出した世界をそのまま受け入れるという、穏やかな応答となっている。しかしながら、それに続く下二句については、解釈が分かれざるを得ない。

一般に「もの思ふ人」を中の君とするので、やはり今はそれに従うとして、その場合においても結句に含まれる「や」を〈疑問〉とするか、〈反語〉とするかによって意味するところが変わってしまう。一般には疑問とするのであるが、そうすると次のような解釈が得られることとなる。

・明け方の、羽に置く霜を払って鳴く千鳥は、悲しみに沈む私の心を知っていて、あんなにあわれな声で鳴くのでしょうか（新潮日本古典集成）

・夜明け前の露を払い落としながら鳴く千鳥は、物思いに沈む私の恋しい心を知っているのでしょうか（新編日本古典文学全集）

・明け方に羽の霜を払いながら鳴く千鳥は、物思う私の心を知っていてあんなに鳴くのだろうか（新日本古典文学大系）

まったくの横一線で、これは疑う余地のない〈疑問〉とすべきなのだろうが、そうすると次のような疑問が生じてくる。中の君の「物思ひ」の内容は何なのか、ということである。

中の君の答歌は、先に見たように薫の贈歌の（B）を受けていて、そこにはすでに薫の発想の始発にあった（A）の痕跡が見出せない。そうである以上、この「物思ひ」は父八の宮の極楽往生のなり難さに対する悲嘆の情などではない、ということになる。それでは、〈風景〉(自然)としての千鳥に対比されるものは何か。おのずから人事としての中の君の最も切迫した心情ということにならざるを得ない。そうすると中の君の「物思ひ」は、姉の病状を気づかう妹の苦悩としか考えられまい。自然の景としての鳴く千鳥に対する、悲しみの共感が一首の主題となる。

これでは贈答としての内実が成立しない。歌の構成とそこで用いられた歌ことばとは、十分に贈答成立の要件を満たしていながら、その内実はきわめて空疎なものでしかなかった。であればこそ、姉大君とおのずと比較されて、「かやうのはかなしごとも……とりなしたまふものを」(前引用本文傍線部)と、薫の落胆を誘ってしまうのである。

「や」を〈疑問〉と取れば、以上のような読み取りが可能なのだが、では〈反語〉と取った場合はどうであろうか。その場合、千鳥は中の君の「物思ひ」を知り得ない存在となり、贈歌に反発する答歌ということになる。千鳥に私の悲しみが分かるわけがない、という歌い方は、しかし考えてみればいわゆる「女歌」の伝統・作法に則ったものでもある。その場合、千鳥に薫がなぞらえられることになり、一首は薫には知り得ない中の君の悲嘆の深さが主題となる。一首の解釈としては、むしろこちらを採用すべきではないか。

しかし、その場合においても、両者に心情の交流は果たされていないのである。「ゆゑなからず聞こえなす」は、あくまでも返歌の伝達作法について言ったものであり、内実に踏み込んだ論評ではない。また、だからこそ「聞こえなす」のでもある。

いずれにしろ、薫と中の君との間に交わされた初めての和歌贈答の共通主題は、大君の死を目前にした悲しみの共有などではないのである。恋人及び同腹の姉という、それぞれにとって最も大切な存在の死を目前にしながら、本来なら最も共感し得る相手との贈答において、薫はついに慰められることがなかった。しかし、それは中の君の未熟に原因を求めるべきではない。相互慰藉を求めるのであれば、中の君の現在の心情に即した内容又は詠み方の和歌を贈ればよいのである。薫は仏道に深く心を寄せているがために、*6常不軽行の声に意識を奪われてしまってそれができない。ここでは、心情交流という機能が最も期待される和歌贈答において、なおそれを果たし得ない薫という人物像が形成されているのである。空転する薫は、さらに「思ひまどひ」続けるほかない。

中の君との他の三組の贈答についても触れるつもりだったが、紙幅と時間の事情により省略に従わざるを得ないことをお詫び申し上げたい。

注

＊1　本稿における『源氏物語』本文引用は、新編日本古典文学全集『源氏物語⑤』（阿部秋生・秋山虔・今井源衛・鈴木日出男校注・訳／小学館／一九九七・七）による。

＊2　「不軽行はなぜ行なわれたのか―宇治十帖に見る在家菩薩の思想」（『日本文学』二〇〇八・五／No.六五九）

＊3　『法華経（下）』（坂本幸男・岩本裕訳注／岩波文庫／一九六七・一二）

＊4　この薫と中の君とに交わされた歌の場面について詳細に論じたものに、磯部一美「『源氏物語』総角巻における千鳥の贈答歌―常不軽という方法」（『愛知淑徳大学論集―文学部・文学研究科篇―』第二九号／二〇〇四・三）がある。本稿はこれに大きく啓発されたものである。

「この贈歌も本来は大君に詠みかけるべきものであった。」、「一方中の君は、薫の様子に思わず匂宮を意識してしまう。弁に代詠させたのは、そうした動揺を押し隠すためなのであり、中の君の答歌は、それを反映してか、この場にそぐわない、恋の情緒を感じさせるものとなっている。」、「しかし一方で中の君の歌は、薫だけでなく大君に向けられてもいた。」等々、傾聴すべき見解が随所に見られて刺激的である。

しかし、「八の宮を成仏せしめるこの経に、同様に罪障深い（と考える）大君もまた死して救われようとするのである。常不軽は、父宮と共に成仏したいと願う大君の声ならぬ声を代弁しているということができるであろう。」とするのは如何。「いかで、かのまだ定まりたまはざらむさきに参でて、同じ所にもと聞き臥したまへり。」・「罪深かなる底にはよも沈みたまはじ、いづくにもいづくにも、おはすらむ方に迎へたまひてよ…。」（総角⑤三一一頁）とあるように、大君は三悪道を含む六道の一つでの父宮との再会を願っているのであって、極楽往生願（成仏）はその念頭にないと考えるべきである。

＊5　ほかに「弁」、「老人ども二三人（弁も含むか）」が同室。

＊6　「重々しき道には行はぬことなれど」の発言に見られるように、薫はその所属階級の仏事として一般的ではないにもかかわらず、常不軽行について十分な知識を有している。

「隔てなき」男女の贈答歌——宇治の大君の歌——

吉野瑞恵

一

宇治十帖に登場する女君たちの中でも、特に和歌との結びつきが深いのは浮舟であろう。死を選ばざるをえないところまで追いつめられ、出家したのち、誰ともわかちあえない思いを手習の歌として書き記し続ける浮舟にとって、歌を詠むことは自らと語り合い、自らを救う行為でもあった。それに対して、宇治の大君は、薫と心を通わせながらも彼を受け入れないまま死んでいくという特異な人物造型が注目されてきたものの、歌に思いを託す姫君という印象は薄い。中の君の歌も注目を集めてきたとは言えないだろう。しかし、大君と中の君の歌数を見てみると、中の君は一九首、大君は一三首となっていて、『源氏物語』の女性登場人物のなかでは、浮舟、紫の上、明石の君、玉鬘につぐ歌数であり、決して少なくはないのである。

それでは、この宇治の姉妹の歌にはどのような特色があるのだろうか。中の君の歌のうち、独詠歌は三首、その他は贈答歌・唱和歌であるが、贈答歌の相手は、匂宮（七首）・薫（四首）・大君（二首）・宇治の阿闍梨（一首）・弁の尼（一首）とさまざまである。匂宮との贈答歌は、恋の贈答の定型にそって詠まれている。独詠歌は、匂宮によって宇治から二条院に迎えられる道中や、匂宮が夕霧の六の君に婿どられた際に、我が身の上を思い悩むなかで詠まれている。中の君の場合は、高貴な男性と結ばれ、思い悩みつつも妻としての地位を固めていく彼女の生き方をかたどるような歌の詠みぶりといえよう。

中の君と比較すると、独自な生き方を選んだといえる大君の歌の場合はどうだろうか。大君の歌は、一三首中、九首が薫との贈答歌であり、残りは、中の君との贈答（二首）、匂宮との贈答（一首）、八の宮・中の君との唱和（一首）となっている。数の上で突出している薫との贈答歌は、中の君と匂宮の場合とは違って、典型的な恋の贈答歌にはなっていない。さらに、中の君には三首の独詠歌があるにもかかわらず、大君には独詠歌が一首もない。内省的な性格に造型されている大君に独詠歌がないのは、意外でもある。この点については既に指摘がなされており[*1]、その中で井野葉子は、結婚拒否に至る大君の思念は伝統的な歌ことばで表現しえないものだったと論じている。

結ばれることがないまま終わってしまった薫と大君であるが、二人の間では和歌だけではなく、多くの会話が交わされている。武者小路辰子の指摘にもあるように[*2]、『源氏物語』では歌のやりとりが男女の交流の基底とされていることから考えると、大君と薫のように「語り合う」男女の関係は他に例をみないものと言えよう。二人は会話を重ねることによって、「薫的」ないしは「大君的」としか言いようのないような類例をみない関係を作り上げていくのである。薫と距離を保ちながら「隔てなき」心の交流を願うという大君は、『源氏物語』に限らず、それ以前の作品には見られなかった女性像といえようが、そのような新しい女性像を作り上げるにあたって、歌はどのような役割を果たしているのだろうか。

橋姫巻で大君と薫は、物越しではあってもはじめて対座して言葉を交わす。このあと、二人は九回にわたって和歌を詠み交わすが、総角巻で匂宮と中の君の三日目の婚儀の折、薫が衣の袖につけて贈った歌に大君が返歌したものが、二人の最後の贈答となり、大君の最後の歌となる。このあと大君は死への傾斜を強めていくが、みずからの中で増殖させていった疑念や苦しみや決意を歌として表出することはなかった。大君の歌の表現については、小町谷照彦が詳細に分析しているので、[*3]そちらに譲り、本稿では、それらの歌が果たしている機能について、焦点をしぼって考察していきたい。

二

橋姫巻で薫と大君がはじめて対座する場面は、八の宮が不在の折に薫が宇治を訪問し、月明かりのもとで姫君たちの姿を垣間見する場面に引き続いて描かれている。

「この御簾の前にははしたなくはべりけり。うちつけに浅き心ばかりにては、かくも尋ね参るまじき山のかけ路に思うたまふるを、さま異にてこそ。かく露けき旅を重ねては、さりとも、御覧じ知るらんとなん頼もしうはべる」といとまめやかにのたまふ。

若き人々の、なだらかにもの聞こゆべきもなく、消えかへりかかやかしげなるもかたはらいたければ、女ばらの奥深きを起こしいづるほど久しくなりて、わざとめいたるも苦しうて、「何ごとも思ひ知らぬありさまにて、知り顔にもいかがは聞こゆべく」と、いとよしあり、あてなる声して、ひき入りながらほのかにのたまふ。

ふつうなら、和歌の贈答から男女の交流は始まるはずであるが、この二人の場合には、直接ことばを交わすことから交流が始まる。しかるべき応対ができる女房もいないという八の宮家の窮状が、そのような展開を招いたともいえよう。薫の語りかけに対して、大君がみずから応対をすることになるが、大君は「ほのかにのたまふ」だけで、あくまで礼儀上の返答をしているにすぎない。それに対して、薫は世間の男と自分は違うと語った上で、「つれづれとのみ過ぐしはべる世の物語も、聞こえさせどころに頼みきこえさせ、また、かく世離れてながめさせたまふらん御心の紛らはしには、さしもおどろかさせたまふばかり聞こえ馴れはべらば、いかに思ふさまにはべらむ」と、大君との交誼を願う。薫の言葉について、語り手も「多くのたまへば」とわざわざことわっており、はじめての対話では薫の饒舌ぶりが際立っている。（橋姫⑤一四一〜二頁）[*4]

この対話の場面の前には、絶え絶え聞こえてくる琵琶と箏の琴の音を耳にし、月の光のもとで薫が宇治の姉妹をかいま見するという、国宝源氏物語絵巻でもよく知られている場面が描かれている。典型的な恋物語の展開では、次にくるのは和歌の贈答の場面であろう。しかし、実際には読者の期待の地平を裏切って、和歌の贈答の場面ではなく対座して語り合う場面が描かれる。楽の音に続くのは、大君の声だった。薫にとって大君の「声」が重要であったことが指摘されているが、[*5]和歌よりも先に薫に届いたのは、大君の「あてなる声」だったのである。二人の対話の内容は、男女の性を越えたものであるにしても、初めての対座の場面から大君の身体を感じさせる「声」が登場させられていることには注目してもよいだろう。

薫と大君が最初に歌を贈答するのは、薫が大君と初めて語り合ったあと、薫の応対を引き継いだ老女房の弁が薫に出生の秘密に関わる話を打ち明けた直後のことである。

峰の八重雲思ひやる隔て多くあはれなるに、なほこの姫君たちの御心の中ども心苦しう、何ごとを思し残すらん、かくいと奥まりたまへるもことわりぞかしなどおぼゆ。

「あさぼらけ家路も見えずたづねこし槙の尾山は霧こめてけり

心細くもはべるかな」とたち返りやすらひたまへるさまを、都の人の目馴れたるだになほいとことに思ひきこえたるを、まいていかがはめづらしう見ざらん。御返り聞こえ伝へにくげに思ひたれば、例のいとつつましげにて、

雲のゐる峰のかけ路を秋霧のいとど隔つるころにもあるかな

すこしうち嘆いたまへる気色浅からずあはれなり。（橋姫⑤一四八頁）

この贈答歌は男女が初めて交わす贈答としては、恋の情緒を全く漂わせていないという点で異例である。霧を理由に宇治を離れるのをためらう薫のふるまいは、いかにも恋物語の主人公にふさわしいが、この霧は薫の心の惑いを象徴するものでもあっただろう。弁からより詳しい話を聞くために再会を約束した薫の耳に、八の宮が滞在している寺の鐘の音が聞こえ、あたりに霧が深くたちこめる。かつて匂宮巻で「はじめもはても知らぬわが身ぞ」と嘆いた薫の不安は、弁の昔語りによってかきたてられ、それを象徴するかのように、にわかに霧がたちこめるのである。薫の歌は霧に託して、自らの生の不安を嘆くものであり、大君は、父八の宮と自分を隔てるものとして霧を歌う。高橋亨はこの二首の歌を「独詠歌というべきである」と述べているが、*6 二人はそれぞれの憂いを歌にしつつ、憂いを嘆きあうという一点でつながっている。

このあと薫は大君のそばを去り、柴を積んだ舟が宇治川を行き来する様子を見て、川に浮かぶ舟のよるべなさからこの世の無常を思い、我が身もまた浮き漂う舟と同じであることを痛感する。大君に贈った次の歌は、宇治川の

ほとりで寂しく過ごす姉妹への同情であるだけではなく、自身の嘆きでもあった。この歌も最初の歌と同様、求愛の要素を持たないために、大君も躊躇なく返歌をする。

硯召して、あなたに聞こえたまふ。

「橋姫の心を汲みて高瀬さす棹のしづくに袖ぞ濡れぬる

ながめたまふらむかし」とて、宿直人に持たせたまへり。いと寒げに、いららぎたる顔して持てまゐる。御返り、紙の香などおぼろけならむは恥づかしげなるを、ときをこそかかるをりはとて、

「さしかへる宇治の川長朝夕のしづくや袖をくたしはつらん

身さへ浮きて」と、いとをかしげに書きたまへり。（橋姫⑤一四九〜一五〇頁）

大君を宇治で孤独をかこつ橋姫に喩えて、その寂しさに同情する薫の和歌に対して、大君の歌は、自身を恋のイメージを喚起する橋姫ではなく、宇治川の渡し守に喩えて、朝夕涙に袖を濡らしているさま、つまり嘆きが日常になっているありさまを訴えている。最初の贈答歌もこの贈答歌も、その表現からは男女の間の贈答歌であることが明らかではない。「かく世離れてながめさせたまふらん御心の紛らはしには」と大君に交誼を求める薫の態度、男女の性を排除したところで、それぞれの憂いを歌にする二人の贈答歌のあり方は、以後の二人の関係を規定していく。世間によくある男女のあり方から離れたところで二人の交流が始まったことに、薫も大君もこの後しばられ続けたという方がよいかもしれない。

これらの贈答歌とは異なって、椎本巻に入ってから交わされる匂宮と中君の最初の贈答歌は、軽妙な中にも恋の情緒を漂わせた贈答になっており、両者を比較すると薫と大君の贈答歌の特異な性格が際立ってくる。初瀬詣での帰途に宇治に立ち寄った匂宮は、八の宮邸に歌を届けさせる。それが次の場面である。

かの宮は、まいて、かやすきほどならぬ御身をさへところせく思さるるを、かかるをりにだにと忍びかねたまひて、おもしろき花の枝を折らせたまひて、御供にさぶらふ上童のをかしきして奉りたまふ。

「山桜にほふあたりにたづねきておなじかざしを折りてけるかな

野をむつましみ」とやありけん、御返りは、いかでかはなど、聞こえにくく思しわづらふ。「かかるをりのこと、わざとがましくもてなし、ほどの経るも、なかなか憎きことになむしはべりし」など、古人ども聞こゆれば、中の君にぞ書かせたてまつりたまふ。

「かざしをる花のたよりに山がつの垣根を過ぎぬ春の旅人

野をわきてしも」といとをかしげにらうらうじく書きたまへり。（椎本⑤一七四〜五頁）

「おなじかざし」は、紫の上が女三の宮と対面する場面で「おなじかざしを尋ねきこゆれば、かたじけなけれど、分かぬさまに聞こえさすれど」（若菜上④九一頁）と言っている例があり、同じ家系を意味する。したがって匂宮の歌は表向きには、祖父・光源氏と八の宮が兄弟であるという、血のつながりによる親交を求める歌になっている。しかし、「野をむつましみ」は、「春の野にすみれ摘みにと来し我ぞ野をなつかしみ一夜寝にける」（『古今六帖』六）の「野をなつかしみ」を「野をむつましみ」に変えたもので、「山桜＝姫君」「（桜を）折る」「一夜寝る」という言葉の連鎖が、恋の情緒を醸し出している。これに対する中の君の返歌は、自分たちを「山がつ」と卑下し、単に花見のついでに立ち寄ったにすぎないのでしょう、と匂宮の心寄せをはぐらかしてみせる。「野をわきてしも」は、『源氏釈』では「わきてしもなに匂ふらん秋の野にいづれともなくなびく尾花に」を引歌として指摘するが、季節が合っていないので不審である。いずれにしても、「ことさらここを目指してきた訳ではないのでしょう」という意味の歌が引かれていると考えられる。匂宮と中の君の親交は、当時の社交の作法にのっとったこのような機知的な贈答歌によって始まったのである。そしてそれは、物語の中にしばしば登場する典型的な男女の贈答歌であった。

大君と薫が再び歌を詠み交わすのは、八の宮の死後のことである。

黒き几帳の透影のいと心苦しげなるに、ましておはすらんさま、ほの見し明けぐれなど思ひ出でられて、

色かはる浅茅を見ても墨染にやつるる袖を思ひこそやれ

と、独り言のやうにのたまへば、

「色かはる袖をばつゆのやどりにてわが身ぞさらにおきどころなき

はつるる糸は」と末は言ひ消ちて、いといみじく忍びがたきけはひにて入りたまひぬなり。

（椎本⑤一九八〜九頁）

薫は、几帳を通して透けて見える大君の輪郭から、かつて垣間見した時の大君の姿を連想しつつも、悲しみに沈む大君に同情する歌を詠む。大君は、それに対して、父を失って身のおきどころがなくなった悲しみを訴える。「はつるる糸は」は、「藤衣はつるる糸はわび人の涙の玉の緒とぞなりける」（『古今集』哀傷・忠岑）を引用したものである。薫の様子は、大君によって「思すらんさま、またのたまひ契りしことなど、いとこまやかになつかしう言ひて、うたて男々しきけはひなど見えたまはぬ人なれば、け疎くすずろはしくなどはあらねど」ととらえられている。薫は、大君にとって男性性をあまり意識させることがない相手であり、それゆえに二人の贈答はかろうじて成り立っているのである。

三

八の宮が亡くなった年の暮れ、宇治を訪れた薫は、「かうやうにてのみは、え過ぐしはつまじと思ひなりたまふも、いとうちつけなる心かな、なほ移りぬべき世なりけりと思ひゐたまへり」（椎本⑤二〇六頁）と、大君に対する思いを「恋」と自覚するようになる。「いとうちつけなる心かな」という薫自身の内省が、この自覚が突然に訪れたものであることを物語っている。この時から、二人の贈答歌も変化し始める。

「……かの御心寄せは、またことにぞはべべかめる。ほのかにのたまふさまもはべめりしを、いさや、それも人の分ききこえがたきことなり。御返りなどは、いづ方にかは聞こえたまふ」と問ひ申したまふに、ようぞ戯れにも聞こえざりける、何となけれど、かうのたまふにも、いかに恥づかしう胸つぶれまし、と思ふに、え答へやりたまはず。

　雪ふかき山のかけ橋きみならでまたふみかよふあとを見ぬかな

と書きて、さし出でたまへれば、「御ものあらがひこそ、なかなか心おかれはべりぬべけれ」とて、

　つららとぢ駒ふみしだく山川をしるべしがてらまづやわたらむ

さらばしも、影さへ見ゆるしるしも、浅うははべらじ」と聞こえたまへば、思はずに、ものしうなりて、ことに答へたまはず。（椎本⑤二〇九～二一〇頁）

薫はこの歌の贈答の前に、匂宮が思いを寄せていることを長々と語り、自らが取り次ぎ役になるつもりであることを表明する。その上で、引用箇所にあるように、匂宮の思いが中の君にあることを語り、匂宮の歌の返歌を姉妹

のどちらがしたのかを尋ねるのである。こうして薫は大君の反応を確かめようとするのだが、口に出して答えるのを恥ずかしく思った大君は、歌を書いて薫に差し出した。

大君の歌の「山のかけ橋」は、この場面の前に、大君が中の君と詠み交わした歌「君なくて岩のかけ道絶えしより松の雪をもなにとかは見る」の「岩のかけ道」を想起させる。八の宮を亡くして心細い毎日を送る姉妹の心持ちは、「雪、霰降りしくころは、いづくもかくこそはある風の音なれど、今はじめて思ひ入りたらむ山住みの心地したまふ。」と語られていた。そのような折に、かつて八の宮が籠っていた宇治山の山寺の阿闍梨が毎年恒例のこととして、炭などを贈ってくる。姫君たちはその返礼として、僧たちに綿入れの着物を贈り、使者が山道を上っていくのを見て、「御髪などおろいたまうてける、さる方にておはしまさましかば、かやうに通ひ参る人も、おのづからしげからまし。いかにあはれに心細くとも、あひ見たてまつること絶えてややましやは」と感慨にふけり、歌を詠み交わすのである。

「岩のかけ道」は、父と娘をつなぐ道であり、また外界と宇治の姉妹を結ぶかすかな手がかりでもあった。「岩のかけ道」という表現は、さらにさかのぼって、大君が薫と最初に詠み交わした歌「雲のゐる峰のかけ路を秋霧のいとど隔つるころにもあるかな」の「峰のかけ路」とも響き合う。大君の歌の「山のかけ橋」は、亡き父の思い出を想起させつつ、今や薫が八の宮になりかわって「山住み」の大君と外界を結ぶ唯一の存在になっていることを感じさせる。大君の歌は、薫を頼りにせざるをえない孤独をはからずもあらわにし、薫につけいる隙を与えることになる。

「つららとぢ駒ふみしだく山川をしるべしがてらまづやわたらむ」は、これまでの薫にはなかった直接的な求愛の歌であるが、「しるべしがてら」と、匂宮の恋の取り持ちをするためだと言い訳をするところに、薫らしい屈折がみてとれる。つづく「影さへ見ゆるしるしも、浅うははべらじ」は、「安積山影さへ見ゆる山の井の浅くは人を思ふものかは」(『古今六帖』二)を引用したもので、みずからの思いの深さを訴えている。このように「男」として歌を詠む薫に対して、大君は態度を硬化させ、返歌を拒むしかなかった。

一方、匂宮が八の宮の死後に中の君に贈った歌も、「牡鹿鳴く秋の山里いかならむ小萩が露のかかる夕暮」という弔問の歌で、悲嘆に暮れて返歌ができない中の君の代わりに、大君が「涙のみ霧りふたがれる山里はまがきにしかぞもろ声になく」という返歌をする。しかし、翌年の桜の季節の匂宮の歌は、次のように一変する。

花盛りのころ、宮、かざしを思し出でて、そのをり見聞きたまひし君たちなども、「いとゆゑありし親王の御住まひを、またも見ずなりにしこと」など、おほかたのあはれを口々聞こゆるに、いとゆかしう思されけり。

つてに見し宿の桜をこの春はかすみへだてず折りてかざさむ

と、心をやりてのたまへりけり。あるまじきことかなと見たまひながら、いとつれづれなるほどに、見どころある御文の、うはべばかりをもて消たじとて、

いづくとかたづねて折らむ墨染にかすみこめたる宿の桜を

なほかくさし放ち、つれなき御気色のみ見ゆれば、まことに心憂しと思しわたる。(椎本⑤二一四頁)

匂宮の歌は、先に引用した八の宮在世中に中の君に贈った歌を想起させながら、「折る」に「中の君を手折る」の意味をこめ、積極的な求愛の歌になっている。中の君は、「あるまじきことかな」と思いながらも、返歌をしないのは失礼なので、「墨染めの霞に閉ざされている宿の桜は手折りようがない」と、そっけない歌を返す。匂宮と中の君のこの贈答は、情熱的に思いを訴える男の歌と、それをはぐらかす女の歌という典型的な恋の贈答とも言えるだろう。

これと同じように、八の宮の一周忌が近くなってくると、薫の歌でもよりあからさまな求愛の表現が用いられるようになる。

御願文つくり、経、仏供養せらるべき心ばへなど書き出でたまへる硯のついでに、客人、

あげまきに長き契りをむすびこめおなじ所によりもあはなむ

と書きて、見せたてまつりたまへれば、例の、とうるさけれど、

ぬきもあへずもろき涙の玉の緒に長き契りをいかがむすばん

とあれば、「あはずは何を」と、恨めしげにながめたまふ。（総角⑤二二四頁）

宇治では八の宮の一周忌の準備が進んでおり、薫も自ら願文を書いている。願文を書く場が、求愛の歌を書く場にすり替わり、薫は願文を書いていたその筆で歌を書きつけ、大君に見せる。

薫の歌の「あげまき」は、姉妹が仏に奉る名香を飾る糸を縒りあわせて作っているのを目にしたことから、詠みこまれた言葉だった。しかし、「おなじ所によりもあはなむ」には、催馬楽の「総角」（「総角や　とうとう　尋ばかりや　とうとう　離りて寝たれども　まろびあひけり　とうとう　か寄りあひけり　とうとう」）の「か寄りあひけり」が重ねられており、これまでにない大胆な求愛の歌になっている。しかし、その一方で、これまでの大君と薫の歌がそうであったように、仏道志向と共存してもいる。次に引用する小町谷照彦の分析は、このような薫の歌の特殊性を明らかにしている。

「総角」は、神楽歌にも、「総角を　早稲田に遣りて　や　そを思ふと」「そを思ふと　何もせずして　や　春日すら」という例があり、『和歌初学抄』・『八雲御抄』や夫木抄などには歌語として収められているが、和歌の用例は少なく、むしろ日常性の濃い語である。薫はいわば俗なる語である「総角」に聖なる外形を与えたの

であって、願文と求愛の歌を同時に執筆するという薫の態度に聖と俗の二面性が端的に表されており、「総角」は複雑な相貌を呈する薫に即応した語であって、「糸」の風景は「総角」に聖なる外形を付与するために不可欠な設定であった。大君は薫の贈歌が聖なる衣裳をまとっているかぎり、薫への返歌を拒むことができず、返歌をすれば、「総角」の俗なる内実にかかずらわっていかざるをえないのである。[*7]

大君の返歌は、薫の歌の「長き契り」をそのまま使い、「玉の緒」にみずからの命を喩え、長く生きられそうにないので、薫が望むような「長き契り」を結ぶこともできないだろうと切り返すものだった。愛の永続を誓う薫の言葉は空しく宙に浮いてしまう。とりつくしまもない大君を前にして、薫は中の君に対する匂宮の思いを伝えることで終わる。そのあと、弁を呼びだして、薫は大君への思いを語るが、内心では大君が薫と結ばれることを望んでいる弁も、積極的に二人の仲を取り持とうとはしない。

この夜に大君と対座して「おほかたの世の中のことども、あはれにもをかしくも」語り合っていた薫は、御簾と屏風という隔てを無視して、大君の部屋に入り込む。「隔てなきとはかかるをや言ふらむ。めづらかなるわざかな」という印象的な大君の言葉から始まるこの場面には、思いを訴える薫の声だけではなく、それにあらがう大君の声も響いている。結局薫は「わりなきやうなるも心苦しくて」、それ以上の行動に出ようとはせず、「常なき世の御物語」という最初の和歌の贈答以来二人を結びつけているおきまりの話題に落ち着いていく。

薫が障子を押しあけて、夜明けの光景を二人で見る場面では、「女もすこしゐざり出でたまへるに」とあるように、大君は「女」と呼ばれ、恋の情緒を漂わせているにもかかわらず、薫が大君に語りかけるのは「何とはなくて、ただかやうに月をも花をも、同じ心にもて遊び、はかなき世のありさまを聞こえあはせてなむ過ぐさまほしき」という言葉である。薫は、「男」という立場と、「男」という性を越えて大君と共感しあう「人間」という立場の間で揺れている。大君も、「かういとはしたなからで、物隔てなど聞こえば、まことに心の隔てはさらにあるまじくなむ」と、物の隔てがあるがゆえの心の隔てなさという、矛盾したありようを再び繰り返すのみで、歌が詠み交わされることはない。別れ際にようやく交わされたのは、次のような贈答だった。

鶏も、いづ方にかあらむ、ほのかに音なふに、京思ひ出でらる。

山里のあはれ知らるる声々にとりあつめたる朝ぼらけかな

女君、

鳥の音もきこえぬ山と思ひしを世のうきことは訪ね来にけり

（総角⑤二三九頁）

薫の歌の「山里のあはれ知らるる声々」とは、新編日本古典文学全集の頭注で指摘されているように、「峰の嵐」「籬の虫」「水の音」「馬のいななく声」「鳥が飛びかう羽風」、「鐘の音」、「鶏の声」など、大君とともに過ごすなかで薫の耳がとらえたさまざまな音を表していよう。初めて大君とじかに対面し、非日常的な感覚の中で鋭敏になった薫の耳に、山里である宇治を象徴するような音が次々ととらえられていく。最後の鶏の声で薫は京を思いだすのであるが、鶏の声は、恋人たちの時間の終わりを告げるものにすぎず、京でも耳にするなじみ深い音である。薫にとって鶏の声に至るまでの「山里のあはれ知らるる声々」は非日常的な体験を象徴するものであり、この宇治にあって薫が旅人にすぎないことを表してもいる。

宇治の地を「鳥の音もきこえぬ山」とする大君の歌については、引歌として『古今集』恋一の「飛ぶ鳥の声も聞こえぬ奥山の深き心を人は知らなむ」や、同じく雑下の「いかならむ巌の中に住まばかは世の憂きことの聞こえ来ざらむ」などが指摘されている。大君にとって宇治は「世の憂きこと」から逃れるための隠遁の地であったにもかかわらず、薫が「世の憂きこと」を運んできてしまったというのである。一方では都と山里を結ぶ唯一のよすがとして薫を頼りながらも、拒否せざるをえない大君のありようが表現された歌といえよう。異郷を訪れた旅人である薫と、孤絶した山里で、それを日常として生きるしかない大君の心はすれ違っている。相変わらず、二人の贈答はそれぞれの憂いを表明することによってしか成り立たないのである。

ふたたび、薫が姉妹の部屋に忍び入った時、大君は一緒に寝ていた中の君を残して部屋から脱け出し、中の君と薫が結ばれることを望む。一夜が明けて薫は次のような歌を大君に贈った。

秋のけしきも知らず顔に、青き枝の、片枝いと濃くもみぢたるを、

おなじ枝を分きてそめける山姫にいづれか深き色ととはばや

（中略）かしがましく、「御返り」と言へば、「聞こえたまへ」と譲らむもうたておぼえて、さすがに書きにくく思ひ乱れたまふ。

山姫の染むる心は分かねどもうつろふ方や深きなるらん

ことなしびに書きたまへるが、をかしく見えければ、なほえ怨じはつまじくおぼゆ。（総角⑤二五七～八頁）

このあと薫のお膳立てによって匂宮が中の君のもとに導き入れられた晩、薫は大君と対面し、大君の袖をとらえて積もる思いを訴える。「ことわりをいとよくのたまふ」大君に対して、薫は「さらば、隔てながらも聞こえさせむ。ひたぶるになうち棄てさせたまひそ」と、大君に譲歩して袖を離し、対話を続けることを選ぶ。鐘の音が夜明けを告げ、薫が大君のもとを去らなければならなくなったころ、二人は次のような和歌を詠み交わす。二人の対話が続いて、別れ際に和歌を詠み交わすという点では、薫が最初に大君の部屋に侵入した場面と類似している。

「しるべせしわれやかへりてまどふべき心もゆかぬ明けぐれの道

かかる例、世にありけむや」とのたまへば、

かたがたにくらす心を思ひやれ人やりならぬ道にまどはば
とほのかにのたまふを、いと飽かぬ心地すれば、（以下略）
（総角⑤二六七～八頁）

大君の歌の「かたがたにくらす心を思ひやれ」とは、大君と中の君のどちらもが心を曇らせているさまを思いやってほしいという意で、自ら「まどふ」道を選び取った薫に対して、薫のそのまどいが大君と中の君をまきこんで窮地に追いやっていることを考えてほしいと訴えているのである。思いを訴える薫の歌に対して、それを拒否するという切り返し方ではなく、みずからの窮地を「思ひやれ」と訴え、「ほのかにのたまふ」大君の声が、より一層薫の思いをかきたてることになる。大君の歌は、男女の恋の贈答歌によくあるように相手の誠意を疑ったり、はぐらかしたりするものではなく、あくまで自分のつらさを訴え、嘆きを共有することによって贈答を成り立たせようとするものだった。

四

二人の最後の贈答は、匂宮と中の君の三日目の婚儀のために薫が贈った衣装に付けられた歌に、大君が返歌したものであり、これ以降、大君の歌は姿を消す。

単衣の御衣の袖に、古代のことなれど、

小夜衣きてなれきとはいはずともかごとばかりはかけずしもあらじ

と、おどしきこえたまへり。

こなたかなたゆかしげなき御事を、恥づかしういとど見たまひて、御返りもいかがは聞こえんと思しわづらふほど、御使、かたへは、逃げ隠れにけり。あやしき下人をひかへてぞ御返り賜ふ。

へだてなき心ばかりは通ふともなれし袖とはかけじとぞ思ふ

心あわたたしく思ひ乱れたまへるなごりにいとどなほなほしきを、思しけるままと待ち見たまふ人は、ただあはれにぞ思ひなされたまふ。（総角⑤二七五頁）

薫の歌は、大君のそばに添い臥した体験をふまえて、本当の意味で結ばれたわけではないが、形だけはそれに等しいのだから、文句を言わないわけではない、とおどすようなものだった。それに対して、大君は、心は通いあっていても、袖を重ねた深い仲だとは口にすまいと思っていますと、切り返す。この歌を、薫は大君が「思しけるまま」に詠んだものだと受け止め、拒否的な内容にもかかわらず「あはれ」と感じるのである。大君の歌の「へだてなき心ばかりは通ふとも」は、薫が大君の部屋に押し入った時の、大君の「隔てなきとはかかるをや言ふらむ。」や、「かういとはしたなからで、物隔ててなど聞こえば、まことに心の隔てはさらにあるまじくなむ」という発言を想起させる。大君の薫に対する「身体は隔てながら、心は通わせる」というありかたを象徴する語であり、薫はそこに大君らしさを感じるとともに、大君が心の底から自分を拒否しようとしているわけではないことを思い、愛しくも思っているということだろう。

こののち、匂宮の中の君のもとへの訪れが絶え、「みづからだに、なほかかること思ひ加へじ」と考える大君は、一方では匂宮と薫を比較して「心ばへののどかにもの深くものしたまふを、げに人はかくはおはせざりけりと見あはせたまふに、ありがたしと思ひ知らる」と薫の誠実な態度をあらためて評価してもいる。そして、ようやく宇治を訪れた匂宮に同行した薫と対座する大君の心中は、次のように語られている。

なほひたぶるに、いかでかくうちとけじ、あはれと思ふ人の御心も、かならずつらしと思ひぬべきわざにこそ

あめれ、我も人も見おとさず、心違はでやみにしがな、と思ふ心づかひ深くしたまへり。（総角⑤二八八頁）

世間一般の男性のありかたについて知識のない大君は、男性としての薫をうまく位置づけることができない。大君大君は薫が男性性を表に出さなければ、嘆きを共有し、語り合える好ましい人として心を許すことができたのであり、薫自身も、自らの男性性を大君に意識させないようにふるまっていた。

八の宮の死後に薫が弔問にやってきた時にも、大君は「昔ざまにても、かうまで遥けき野辺をわけ入りたまへる心ざしなども思ひ知りたまふべし」と、京からはるばると訪ねてくる薫への感謝の思いを持つようになるが、これは、世間から忘れ去られた一家に気を配ってくれることに対する一家の主人代わりの立場での感謝の念にすぎないだろう。

大君は、匂宮という比較対象ができて初めて、薫を好ましい人ではなく、好ましい男性と位置づけることができるようになるのである。しかし、男性としての薫に好ましさを感じることは、同時に、「かならずつらしと思ひぬべきわざにこそあめれ」と結婚生活から生まれる苦しみを想像させ、「いかでかくうちとけじ」と薫への思いを断念せざるをえないことを意味していた。こうして薫を「あはれ」と思う大君の心は封印される。大君の心の変化は、「例よりは心うつくしく語らひて」、「『常よりもわが面影に恥づるころなれば、疎ましと見たまひてむもさすがに苦しきは、いかなるにか』と、ほのかにうち笑ひたまへるけはひなど、あやしうなつかしくおぼゆ」（総角⑤二八九頁）と表現されている。大君の様子には、薫に対する思いがかすかに現われており、薫はそれを敏感に感じ取っているものの、大君の内心の葛藤に気づくことはない。

薫を「あはれ」と思う大君の心は、病の床に臥す大君を薫が見舞う場面で繰り返される。

直面にはあらねど、這ひよりつつ見たてまつりたまへば、いと苦しく恥づかしけれど、かかるべき契りこそはありけめと思して、こよなうのどかにうしろやすき御心を、かの片つ方の人に見くらべたてまつりたまへば、あはれとも思ひ知られにたり。むなしくなりなむ後の思ひ出にも、心ごはく、思ひ隈なからじとつつみたまひて、はしたなくもえおし放ちたまはず。（総角⑤三一九頁）

それぞれの意識において、ともに「男」となり「女」となった二人には、これまでのような贈答歌を詠み交わすことはできない。男女の枠組みを強く作りだす贈答歌においては、身体を隔てながら心を隔てないという男女の性を越えた関係を表現しえないからである。

匂宮と中の君の贈答歌と比較すると、薫と大君の贈答歌は、通常の恋の贈答からははずれており、他には例をみない二人の結びつきのありようを示していた。大君が目指した身体を隔てながら心は隔てない、男女の性を越えた関係を象徴するのが二人の贈答歌だったと言ってもよかろう。大君にとっての和歌とは、薫という存在をぬきにしては成り立たないものだった。これは言い換えれば、大君という登場人物の「内面」が薫との関係によって規定されるものであったことを意味する。

最初の二人の贈答歌が、嘆きを共有し、「常なき世の物語」を語り合うという二人のありかたを規定し、以後の大君の薫に対する返歌も、自身の嘆きを訴えるという点で一貫している。しかし、そのような微妙なバランスを保った男女関係は、大君が薫の男性としての側面をあえて見ないようにしているからこそ成り立っていたのであって、匂宮との対比の中で、薫が男性であることを意識されると、微妙なバランスの上に成り立っていたこの関係は崩れ去ってしまう。

薫は、生身の大君を愛する男性としてのありかたと、大君と嘆きを共有する性を越えたありかたとの間で揺れていた。大君もまた、悩める人間である薫に対する共感と、男性である薫に対するほのかな思慕の間を揺れていたのではないだろうか。

注

＊1　小町谷照彦「作品形成の方法としての和歌」(『源氏物語の歌ことば表現』東京大学出版会、一九八四)。井野葉子「大君─歌ことばとのわかれ─」(『源氏物語の思惟と表現』新典社、一九九七)。

＊2　武者小路辰子「大君　歌ならぬ会話」(『源氏物語と日記文学』武蔵野書院、一九九二)。

＊3　小町谷照彦「大君物語の始発─「橋姫」「椎本」の展開」「風景の解読─『総角』巻の表現構造」(前掲書)。

＊4　『源氏物語』の引用は、新編日本古典文学全集による。漢数字は巻数、アラビア数字はページ数を表す。

＊5　中川正美「宇治大君─対話する女君の創造」(『論集・源氏物語とその前後4』新典社、一九九三)。吉井美弥子「物語の『声』と『身体』─薫と宇治の女たち」(『王朝の性と身体』森話社、一九九六)など。

＊6　高橋亨「大君の結婚拒否」(『講座源氏物語の世界　第八集』有斐閣、一九八三)。

＊7　小町谷照彦「風景の解読─『総角』巻の表現構造」(前掲書)、二六〇～一頁。

浮舟の和歌——伊勢物語の喚起するもの——

久富木原玲

一　四段をめぐって

手習巻の浮舟の独詠歌に、

袖ふれし人こそ見えね花の香のそれかとにほふ春のあけぼの

というたいへん印象深い歌がある。そして、この歌のすぐ前には次のような文章が置かれている。

閨のつま近き紅梅の色も香も変らぬを、春や昔のと、こと花よりもこれに心寄せあるは、飽かざりし匂ひのしみにけるにや。後夜に閼伽奉らせたまふ。下臈の尼のすこし若きがある召し出でて花折らすれば、かごとがましく散るに、いとど匂ひ来れば、（手習三五六頁）

「春や昔の」という表現は『伊勢物語』四段を踏まえたものであるが、鈴木裕子はこの四段をめぐる問題について、興味深くまた清新な説を展開している。即ち、

浮舟を「昔男」になぞらえてみるとして問題なのは、『源氏物語』では浮舟は恋人の前から姿を隠したのは浮舟自身であることだろう。しかも浮舟は「我が身ひとつはもとの身」であるどころか、一年前には想像もしなかった尼姿に変わり果てた身となっている。そうすると、別のメッセージをも探りたくなる。

として、

姿を隠した女を男が忍んで独詠するという『伊勢物語』四段の歌の引用行為自体に、浮舟の惑いの基底をほの見ることはできないだろうか。つまり、浮舟は四段の物語に具体的には書かれていないが、姿を隠して「昔男」を嘆かせている女に、無意識のうちに自身を置き換えているのだと語り手は示唆している。—中略— 匂宮の記憶の中に、今も私が忘れられずにいるとしたら、どんなに嬉しいことだろうか。[*1]

鈴木は「別のメッセージ」をこのように提示する。確かに浮舟は尼姿になっていて、「我が身ひとつはもとの身にして」というのとは逆の状況になっている。尼姿へと大きく変化した浮舟にはそぐわないという鈴木説は説得力がある。

だが、果たして浮舟は四段の「女」の立場に立っているだろうか。ここで想起したいのは、「袖ふれし」の歌にはなんとも言えぬエロスの香りが漂っており、浮舟はそれを全身で感じているということである。尼姿になっているのに、いや、尼姿になってもなお、浮舟の身体はエロスに反応するのである。この紅梅の花の香は、薫であるとも匂宮だとも、あるいはまた両者が渾然一体となったものだともいわれ、[*2] 未だ定説を見ないが、いずれにしても、浮舟がかつて交情のあった男性の香りを感じている点ではどの説も一致している。

さらに浮舟が自ら、エロスの香りを放つ存在であることは、中将がかいま見する場面に描かれている。

薄鈍色の綾、中には萱草など澄みたる色を着て、いとささやかに様態をかしく、いまめきたる容貌に、髪は五重の扇を広げたるやうにこちたき末つきなり。こまかにうつくしき面様の、化粧をいみじくしたらむやうに、赤くにほひたり。（手習三五一頁）

小野の妹尼のかつての娘聟である中将が、妹尼にせがんで「障子の掛金のもとにあきたる穴」からかいま見た時の様子である。浮舟は髪も頬も身体の内側からほとばしり出るような生気に溢れている。しかし、この場面は単なる生気ではない。浮舟にはこの外にも三例、顔を赤らめる場面がある。最初は浮舟が匂宮と通じていることを知った薫が浮舟を詰問する手紙を届けた時、浮舟は宛先が違うととぼけて返したが、右近はそれを途中で開けて見てしまい、浮舟に密通が露見したのですねと告げる、浮舟はその時、顔を赤らめるのである。薫に知られたことを右近に指摘され、さらに周りの女房たちが皆、このことを知っているのだと思うと、浮舟の顔は上気する。

また、手習巻の出家の少し前にも、浮舟の「はかなくて世にふる川のうき瀬にはたづねもゆかじ二本の杉」という手習歌を見て、妹尼が恋しいひとがいるのでしょうと言い当てたので、浮舟は「胸つぶれて面赤らめ」ている。さらに「二本」という語は浮舟に恋人がふたりいたことを示すから、ますます恥ずかしく当惑するのである。三例目は夢浮橋巻で「なにがしの僧都」からの手紙で妹尼が薫との関係を知る場面であり、やはり男君との関係を知られて顔を赤くしている。

顔を赤らめるのは、浮舟以外にも朧月夜に二例見え、右大臣邸での密会場面で顔を赤くしている。もう一例は朱雀帝が源氏と自分を比較しながら、朧月夜に対する執着心について話すのを聞いている場面がある。朧月夜は源氏との交情あるいはそれが問題にされる条において顔を赤らめているのであり、浮舟の場合と同様で、異性関係が原因なのである。浮舟も朧月夜も異性との交情が話題になっている時、身体がそれに反応して「顔が赤くなる」[*3]状態を引き起こすのである。前掲の「赤くにほふ」顔も、これに準じて考えてよいのではなかろうか。浮舟は男との逢瀬の記憶の中で頬を赤く染めているのではないか。エロスを発し、感じる身体として。

浮舟は以前とは変わり果てた尼姿だから、「我が身ひとつはもとの身にして」というのは、当たらないとするのが鈴木説である。さらに小野里で尼になった浮舟が『伊勢物語』四段の、姿を隠して昔男を嘆かせる女に自分を置き換えているのだとする。だが、尼姿になってもなお、「袖ふれし人」のことを身に感じ、逢瀬の記憶で頬を染める浮舟は、「もとの身」と本質的には全く変わっていない。外見ではなく、衣の下の身体そのものが「もとの身」のままだということを証しだてているのがこの場面ではなかろうか。だとすれば「我が身ひとつはもとの身にして」とはまさしく浮舟自身の感懐であり、浮舟は身を隠した女ではなく、逆に昔男の思考と身振りを奪っていることになる。

二　六五段をめぐって

浮舟には四段の「昔男」だけでなく、六五段の「昔男」の心情も重ねられていると思われる。浮舟巻には次のようにみえる。

① あやにくにのたまふ人、はた、八重たつ山に籠るともかならずたづねて、我も人もいたづらになりぬべし、なほ、心やすく隠れなむことを思へと、今日ものたまへるを、いかにせむ、と心地あしくて臥したまへり。（一六四頁）

② なやましげにて痩せたまへるを、乳母にも言ひて、さるべき御祈禱などせさせたまへ、禊、祓などもすべきやうなど言ふ。御手洗川に禊せまほしげなるをかくも知らでよろづに言ひ騒ぐ。（一六八頁）

①における「我も人もいたづらになりぬべし」という条は、『伊勢物語』六五段の昔男の心情「身もいたづらになりぬべければつひに亡びぬべし」を意識したものであり、さらに、②の「禊、祓」、「御手洗川に禊せまほしげなるを」という箇所もまた、『伊勢物語』の同じ段の、「陰陽師、神巫よびて、恋せじといふ祓の具してなむいきける」という本文、さらに「恋せじとみたらし河にせしみそぎ神はうけずもなりにけるかな」という歌との関連性が認められる。いずれの場合も昔男の感懐なのだが、それが浮舟の心情に移し替えられているのである。恋の達人、昔男のやむにやまれぬ恋が浮舟という人物に嵌め込まれている。

②の場面では浮舟の具合が悪そうなので、周囲が心配して「禊、祓などもすべき」と騒いでいるのだが、浮舟は「恋せじ」と御手洗川に禊をしたいほどだと思っている。この禊は浮舟その人の願望としてある。六五段では昔男自身が禊をした。そしてここでは浮舟自身が禊をしたいと強く思っていることに注目したい。浮舟は六五段のふたりの男に愛されている女になぞらえられながら、もう一歩踏み込んで昔男の位置に立っているのである。

前述のように、鈴木裕子は浮舟が『伊勢物語』四段の、姿を隠して昔男を嘆かせている女に自身を置き換えていると説いた。さらに「我が身ひとつはもとの身にして」という歌の下の句についても、尼姿へと大きく変化した浮舟にはそぐわないとするのであった。

だが、浮舟は恋する心を止めるために禊をしたいという昔男の行動を襲っている。愛されるだけでなく、自ら恋する女、行動の主体としての浮舟の姿がここには描き出されている。[*4]

ここで、六五段と浮舟の人物造型についてふれておきたい。

六五段では女は帝と昔男のふたりから愛されているので、その意味では浮舟も同様である。また初めは情熱的な昔男に惹かれたものの、後には帝の素晴らしさに気づく女の心も、浮舟の心情と一致する。

宮をすこしもあはれと思ひきこえけん心ぞいとけしからぬ。ただ、アこの人の御ゆかりにさすらへぬるぞと思へば、小島の色を例に契りたまひしを、などてをかしと思ひきこえけん、とこよなく飽きたる心地す。はじめよりイ薄きながらものどやかにものしたまひし人は、このをりかのをりなど、思ひ出づるぞこよなかりける。

（手習三三一頁）

傍線アが匂宮、イが薫についての感慨である。そして六五段がその人物造型に影響を与えている女君が、外にもうひとりいる。朧月夜である。この女君は朱雀帝の寵愛を受けながら、源氏を慕い続け、密会を続けたことによって源氏が須磨流離することになる。だが、帝から変わることのない愛情を訴えられ女君は次のように思い返す。

（帝の）御容貌などなまめかしうきよらにて、限りなき御心ざしの年月にそふやうにもてなさせたまふに、めでたき人なれど、さしも思ひたまへらざりし気色心ばへなど、もの思ひ知られたまふままに、などてわが心の若くいはけなきにまかせて、さる騒ぎをさへひき出でて、わが名をばさらにも言はず、人の御ためさへ、など思し出づるにいとうき御身なり。

（澪標二八一頁）

帝は年月と共に深まっていくかのように情愛深く扱って下さるのに対して、源氏はすばらしいお方であるけれども、自分に対してそれほどにも思ってはくれなかったと思い直すのである。これも六五段の女が情熱的な昔男からいつも変わらぬ愛を注いでくれる帝に応えるのと軌を一にしている。

浮舟と朧月夜との共通点はさらに「涙川」（或いは「涙の川」）という歌語においても認められる。『源氏物語』における「涙川」の用例は次の五首である。

1逢ふ瀬なき涙の川に沈みしや流るるみをのはじめなりけむ　（須磨　源氏）

2涙川うかぶみなわも消えぬべし流れてのちの瀬をば待たずて　（須磨　朧月夜）

3さきにたつ涙の川に身を投げば人におくれぬ命ならまし　（早蕨　弁）
4身を投げむ涙の川に沈みても恋しき瀬々に忘れしもせじ　（早蕨　薫）
5身を投げし涙の川のはやき瀬をしがらみかけて誰かとどめし　（手習　浮舟）

5の浮舟歌を除いて、1から4は贈答歌である。1・2は須磨流離の折の歌、3・4は大君の死を嘆く歌である。大君の死が浮舟という最後のヒロインを登場させる契機になったことを想起すれば、3・4は1・2の流離・密通と5を繋ぐ位置にあるといえよう。「涙川」は源氏・朧月夜と浮舟という密通の当事者と、弁・薫という密通の関係者のみに限って詠まれていることがわかる。

さらに3・4と5に詠まれている「身を投ぐ」について見てみよう。玉鬘求婚譚における源氏と螢宮の兄弟によるいわば戯れの贈答があるが、これを除くと、源氏と朧月夜が二十年ぶりに逢い、須磨退去時を思い出した歌を詠んでいる。

沈みしも忘れぬものをこりずまに身も投げつべき宿のふぢ波　（若菜　源氏）
身をなげむふちもまことのふちならでかけじやさらにこりずまの波　（若菜　朧月夜）

この源氏・朧月夜の二首は、密通のテーマを浮かびあがらせ3・4を媒介項として5の浮舟歌に収斂していく。3・4の弁・薫は柏木・女三の宮の密通を薫に伝える者とその密通による不義の子という組み合わせであり、さらに薫は浮舟紹介を弁に迫る人物である。

これらはいずれも密通する女君たちと密接にかかわっている。3・4は大君に先立たれた弁と薫によって詠まれているのだが、大君の死こそがその形代としての浮舟を物語に呼び込んでいく作用を果たした。

こうしてみると、浮舟はふたりの男に思われて、初めは情熱的な男に惹かれるが、のちにいつも自分を思ってくれる帝への愛に目覚めるという点で、朧月夜と同様に六五段の枠組みを持っている。さらに浮舟は「涙川」の語も朧月夜と共有しており、また前述したように男性とのことが話題になったとき、顔を赤らめるという点でも共通する。

だが、朧月夜との根本的な相違は前掲①の如く「身もいたづらになりぬべければ」という六五段の男の感懐が浮舟に与えられているということである。六五段では、女も男も「身も亡びなむ」「つひに亡ぶべし」というように、「亡ぶ」の語は共通するが、「身もいたづらに」というのは、男だけに認められる語であった。朧月夜はふたりの男性に思われて帝の方が変わらぬ愛を注いでくれたのに対して、源氏はそれほどにも思ってくれなかったことを以て最終的には帝を選んだ。これは六五段の女の造型をそのまま受け継ぐのに対して、浮舟は「女」の造型を襲うとともに「昔男」の言葉と行動をも引き継いでいるのである。

三　「袖ふれし人」の歌をめぐって

初めに挙げた手習巻の、

袖ふれし人こそ見えね花の香のそれかとにほふ春のあけぼの　（手習三五六頁）

の歌は、同じ初句を持つ、

袖ふれし梅はかはらぬにほひにて根ごめうつろふ宿やことなる

という歌を想起させる。

御前近き紅梅の色も香もなつかしきに、鶯だに見過ぐしがたげにうち鳴きて渡るめれば、まして「春や昔の」

と心をまどはしたまふどちの御物語に、をりあはれなりかし。風のさと吹き入るるに、花の香も客人の御匂ひも、橘ならねど昔思ひ出でらるるつまなり。（中略）

袖ふれし梅はかはらぬにほひにて根ごめうつろふ宿やことなる

（早蕨三五六―三五七頁）

これは薫が中の君との別れを詠んだ歌である。そしてここでも「春や昔の」という『伊勢物語』四段の世界が薫の心情の枠組みになっている。さらにこのふたつの場面は歌も地の文も状況設定が酷似する。[*5] 薫は中の君との別れを哀惜し、死別した大君を思い出しており、浮舟は生き別れとなった男君との過去の逢瀬を思い出しているのである。

さて、「袖ふれし」であるが、薫の場合は当然、薫が袖にふれたのであるが、浮舟の方はどうであろうか。参考までに新日本古典文学全集の訳を紹介したい。

かつて私が袖を触れたことのあるこの梅は、今も変らぬ香りににおっておりますのに、

とある。この例に従うと、手習巻の浮舟の歌は、

かつて私が袖を触れて匂いを移したお方の姿は見えないけれど、

となるのではなかろうか。ところが、新全集の訳は次のようになっている。

袖を触れて私においを移したお方の姿は見えないけれど、そのお方のそれかと思わせるように花の香りがにおってくる春の明け方よ

薫の歌の場合は薫が行為の主体だが、浮舟の場合は行為の対象として扱われているのである。いずれも初句は「袖ふれし」なのだが、訳は異なっている。「し」（き）という助動詞は詠者の直接体験をあらわすから、浮舟の「袖ふれし」も浮舟自身の動作を示しているという解釈が成り立つと思われるのにも拘らず、である。新全集の訳は、男性は行為の主体となるが、女性は主体とはなり得ず客体になるという予断に基づいているのではあるまいか。

飯塚ひろみの最近の発表によれば、浮舟の「袖」の歌五首は、すべて能動的に詠まれているという。[*6] さらに飯塚は「閨のつま近き紅梅の色も香も変らぬ」は、浮舟巻で浮舟が身につけた紅梅の色目と匂宮の香りとが交じり合った逢瀬の艶めかしさを表すと説く。そして、「春や昔の」は、『伊勢物語』第四段の「月やあらぬ春や昔の春ならぬわが身ひとつはもとの身にして」の下の句を誘導し、みずからを「もとの身」と思う浮舟の心理を表すとして、彼女の衣装は尼衣へと変わり外部の視線は彼女を尼と見るのだが、浮舟自身の想う「わが身」は「紅梅」の衣装をとったあの日のままなのだ、と結論づける。姿は尼衣に変わっても、その身は出家前と変わらないとする飯塚説に、賛意を表したい。

なお近藤みゆきによれば、浮舟の出家後の三首は次に傍線で示したように、すべて男性語を含んでおり、

かきくらす野山の雪をながめてもふりにしことぞ今日もかなしき

袖ふれし人こそ見えね花の香のそれかとにほふ春のあけぼの

尼衣かはれる身にやありし世のかたみに袖をかけてしのばん)

特に「袖ふれし」などは『伊勢物語』の昔男を連想させるような、まるで男性の歌の趣であると述べている。[*7]

ちなみに入水を決意した時、浮舟は、

むつかしき反故など破りて、おどろおどろしく一たびにもしたためず灯台の火に焼き、水に投げ入れさせなどやうやう失ふ。

という行動を取っている。これは幻巻で光源氏が紫上との形見の手紙を処分する場面と呼応しており、さらにそれは、『竹取物語』で帝が富士山の山頂で不死の薬と手紙を焼かせる場面とも対応している。[*8] また浮舟には匂宮の夢を見る場面もあった。『源氏物語』では、女は男の夢を見ない。見る場合には、末摘花や中の君のように、父親の

夢であった。このように、浮舟の行動には、本来男性が主体となってするものが多く見受けられる。[*9]「袖ふれし」の歌は、官能的な雰囲気に満ちた歌であると共に、このように能動的な浮舟造型を象徴する一首なのである。

四　一〇段をめぐって

ひたぶるにうれしからまし世の中にあらぬところと思はましかば　（東屋八四頁）

浮舟が物語に登場して初めて詠む歌である。ここに『伊勢物語』がかかわっており、彼女の現在と未来とが暗示されていると考えられることについて見ておきたい。

左近少将との結婚が破談になり、浮舟の母中将君は浮舟を中の君に託すことにした。だが、そこで浮舟が匂宮に迫られるという事件があったため、中将の君はやむなく三条の小家に浮舟を移す。三条の仮の住まいは所在なくて、庭の草も手入れもされずに生い茂っている上に、下品な東国訛りの者たちが出入りしている。浮舟は中の君の優雅な生活を思い出して恋しくてならないが、それと同時に匂宮に迫られた時の移り香や恐ろしかった気持ちも思い出されてくる。そんな時、中将君は浮舟がどうしているかと案じて手紙を書くのであった。その返事に詠まれたのが「ひたぶるに」の歌である。

この歌に関しても、すでに鈴木裕子に卓論があり浮舟の心情に寄り添った的確な分析がなされている。[*10]即ち、浮舟は匂宮との触れあいによって官能的な身体感覚としての「恋」に目覚めつつあるのであり、母の思うままではない意思を持って未成熟から成熟へと向かっている。そのような母と娘の食い違いの構造が最初の贈答歌に語られている。そしてそれは最後まで不変で、入水を選び取るところまで貫かれているのだとする。

たしかに鈴木の説く通りなのだが、「ひたぶるに」という語は、後掲の歌を呼び起こす。この時、浮舟は三条の小家にいたが、浮舟を取り巻く環境は、

旅の宿はつれづれにて、庭の草もいぶせき心地するに、賤しき東声したる者どもばかりのみ出で入り、慰めに見る前栽の花もなし。

といったものであった。右の「東声」という表現および母親が強くかかわっていることからすぐに連想されるのは、『伊勢物語』一〇段である。

前半部分を引用する。

むかし、男、武蔵の国までまどひ歩きけり。さてその国にある女をよばひけり。父はこと人にあはせむといひけるを、母なむ藤原なりける。さてなむあてなる人にと思ひける。このむこがねによみておこせたりける。すむ所なむ入間の郡、みよしのの里なりける。

みよしののたのむの雁もひたぶるに君が方にぞよると鳴くなる

（以下略）

傍線を付したように、「ひたぶるに」の歌は、東国と結びついているのである。[*11]

東国とは浮舟の育った場所であり、三条の小家に移った浮舟を取り巻くのは、「東声」であった。それだけではない。この『伊勢物語』十段は、「母なむ藤原なりける」人物で、娘を「あてなる人」と結婚させたいと思っているという話であった。浮舟の物語は母親との歌の贈答で始まり『伊勢物語』一〇段の東国の物語が重ね合わされたものであった。浮舟の母中将は「あてなる人」としての薫をかいま見て感嘆し、次のような感想を抱いた。

天の川を渡りても、かかる彦星の光をこそ待ちつけさせめ、わがむすめは、なのめならん人に見せんは惜しげなるさまを、夷めきたる人をのみ見ならひて、少将をもかしこきものに思ひけるを、悔しきまで思ひなりにけ

り。　　　　　　　　　　　　　　　　　　　　　　　　　　　　　　（東屋五四頁）

ここにも『伊勢物語』一〇段に見られたような「あてなる人（東屋巻では「なのめならん人」）」と結婚させたい、「夷めきたる人」すなわち東国の田舎じみた人ばかりを見ていたために、少将風情の者をたいした者と思っていたという中将君の感懐が描かれている。浮舟の物語は薫によって大君の形代として位置づけられて出発したが、この浮舟の歌は東国で育った娘を都人と結婚させるという母親の願いが失敗するという物語を先取りするものでもあった。

だが小野の浮舟は、都にいた時と東国のとらえ方に変化が生じている。三条の小家にいたときは、「賤しき東声したる者どもばかりのみ出で入り」と東国を蔑み、中の君のいる二条院を恋しがっているが、入水後、命をとりとめて小野里で過ごす彼女は、次のように感じている。

秋になりゆけば、空のけしきもあはれなるを、門田の稲苅るとて、所につけたるものまねびしつつ、若き女どもは歌うたひ興じあへり。引田ひき鳴らす音もをかし。見し東国路のことなども思ひ出でられて。（手習三〇一頁）

門田の稲を刈り取るというので、下働きの若い女たちが田夫のまねをして歌を歌い興じている。引田を引き鳴らす音も面白く聞こえてくる。幼少の頃暮らしていた常陸の国のことがなつかしく思い出されて浮舟の心を和ませるのであった。東国の田園風景に心惹かれるというのは、浮舟が都や都の人々を相対化し、そのことがそのまま自らの存在証明になっていることを示す。そして、最初の歌で、

ひたぶるにうれしからまし世の中にあらぬところと思はましかば　　　　（東屋八四頁）

と詠んだ、その「あらぬところ」とはこの常陸の国の雰囲気にも似た小野の里であったとおぼしい。

浮舟の最初の歌は憂き世を離れた別世界である「あらぬところ」があればと願っている。この表現は朱雀院が出家後の女三の宮に宛てた歌、

世をわかれ入りなむ道はおくるとも同じところを君もたづねよ

に対して、

うき世にはあらぬところのゆかしくてそむく山路に思ひこそ入れ　（横笛三四八頁）

と応えた歌に見えるものであった。女三の宮が父院のいる山路に入ってしまいたいとするので、源氏は「うしろめたげなる御気色なるに、このあらぬ所もとめたまへる、いとうたて心憂し」と不満気である。新全集頭注は、

世の中にあらぬ所もえてしかな年ふりにたるかたちかくさむ　（拾遺集五〇六）

を挙げるが、外に好忠集五三三にも、

こひわびてへじとぞ思ふよのなかにあらぬところやいづこなるらむ

とある。だが、これら「年ふりにたる」も「こひわびて」もいずれも女三の宮の状況とは一致しない。それよりも、浮舟と女三の宮が同じ表現を共有することに着目したい。

女三の宮はすでに出家しているが、浮舟はまだ物語に登場したばかりである。それなのに、最初の歌から憂き世とは別の「あらぬところ」を求めている。そして女三の宮は密通後に出家しているが、浮舟は物語に登場して最初から「あらぬところ」を求めているのである。「あらぬところ」という表現は用例が少なく、それゆえにインパクトの大きい語だといえよう。女三の宮の場合には父娘の間で交わされた歌であり父娘の心は通じあっているが、これを傍らで聞いている源氏は前掲のごとく「このあらぬ所もとめたまへる、いとうたて心憂し」と思っている。源氏は女三の宮の出家の時もそうだったが、この時も父娘から疎外されている。さらに女三の宮歌は父娘の間、浮舟

の場合は母娘の間で交わされた点で類似しており、女三の宮と共通するということは、のちの出家を先取りするものだと考えられる。母中将の君は、

うき世にはあらぬところをもとめても君がさかりを見るよしもがな　（東屋八四頁）

とやはり浮舟の「あらぬところ」を受け止めて応じている。だが、母にとっては浮舟のありかたとしてはあくまでも「盛り」の姿なのであって、浮舟の言う「あらぬところ」とは何かということには全く理解が及んでいない。もちろん浮舟自身も、出家を意味するなどとわかっていたわけではないが、少なくとも浮舟にとって「あらぬところ」とはどこか、浮舟が最終的にたどりつく場所はどこかという謎を読者に投げかけたものであろう。物語が浮舟にこのような歌を詠ませたのは、女三の宮同様、密通して出家するという物語の展開を暗示するものだったのではあるまいか。

注

＊1　鈴木裕子「浮舟の独詠歌―物語世界終焉へ向けて」『東京女子大学　日本文学』95号　室伏信助教授記念号二〇〇一・三。

＊2　「飽かざりし匂ひ」および「袖ふれし人」は匂宮か薫、あるいは両者かで従来見解が分かれ、定説を見ていない。『玉上評釈』『全集』『集成』『新大系』『新全集』はいずれも匂宮説、新しい論では、金秀姫「浮舟における嗅覚表現―「袖ふれし人」をめぐって」『国語と国文学』二〇〇一・一がある。薫説には『湖月抄』、小林正明「最後の浮舟」『物語研究』新時代社、一九八六、吉野瑞恵「浮舟と手習―存在とことば」『むらさき』二四、一九八七・七、藤原克己「源氏物語の文体・表現と漢詩文」『源氏物語研究集成第三巻　源氏物語の表現と文体』風間書房、一九九八などがある。なお高田裕彦は「梅の香に喩えられるのは圧倒的に薫が多く、匂宮は―中略―むしろ梅を賞美す

る人」（「浮舟物語と和歌」『源氏物語の文学史』東京大学出版会、二〇〇三・九）として薫説をとる。両者説としては、『細流抄』『岷江入楚』、池田和臣「手習巻物怪こう—浮舟物語の主題と構造」『源氏物語　表現構造と水脈』武蔵野書院、二〇〇一、三田村雅子「方法としての「香」」『源氏物語　感覚の論理』有精堂、一九九六、などがある。なお最新の論考に藤原克己「袖ふれし人」薫か匂宮か—手習巻の浮舟の歌をめぐって—」（『国際学術シンポジウム　源氏物語と和歌世界』新典社選書19　二〇〇六・九）は、諸説を整理し精緻な読みを展開した上で、「誰の匂いなのかが曖昧にされていることが、むしろ重要」なのだと説く。というのは、「限定視点の語り手が作中人物を不透明化することで、作中人物の現前性が高まる」からだと説く。

＊3　久富木原玲「尼姿とエロス—源氏物語における女人出家の位相」『古代文学』二〇〇五・三。

＊4　鈴木裕子も浮舟が詠む二首目の歌が、「またぶりに、山橘作りて貫きそへたる枝に」添えてあることについて、「またぶり」という表現には「つれづれのエネルギーを増大しつつある浮舟の「恋」の欲望のありようが暗示されるとして、浮舟の、無意識かも知れないものの能動的な姿勢を読み取っている。（「浮舟の和歌について—初期の贈答歌二首の再検討」『中古文学』五七、一九九六・五）。

＊5　三田村雅子（「方法としての香」『源氏物語感覚の論理』有精堂、一九九六・三　共通して梅の香によって過去を呼び起こし、取り戻す文脈を語って酷似している）と説く。

＊6　飯塚ひろみ「重なる衣—浮舟最終詠が再現する色目」古代文学研究会例会発表、二〇〇八・四・一三（のち同年五月一一日中古文学会春季大会において「浮舟の袖—「きぬぎぬ」の「記憶」—」と題して発表）。なお「袖」の歌は、次の五首である。

①涙をもほどなき袖にせきかねていかに別れをとどむべき身ぞ　（匂宮への返歌、浮舟一三六頁）
②つれづれと身を知る雨のをやまねば袖さへいとどみかさまさりて　（薫への返歌、浮舟一六一頁）
③心には秋の夕をわかねどもながむる袖に露ぞみだるる　（独詠、手習三二七頁）
④袖ふれし人こそ見えね花の香のそれかとにほふ春のあけぼの　（独詠、手習三五六頁）

⑤尼衣かはれる身にやありし世のかたみに袖をかけてしのばん　（独詠、手習三六一頁）

＊7　近藤みゆき「男と女の『ことば』の行方」『源氏研究』第九号、二〇〇四。

＊8　久富木原玲「天界を恋うる姫君たち―大君・浮舟物語と竹取物語」『源氏物語歌と呪性』（中古文学研究叢書5）若草書房、一九九七・一〇。

＊9　久富木原玲「浮舟―女の物語へ―」『浮舟　人物で読む源氏物語』勉誠出版、二〇〇六・一一。

＊10　鈴木裕子注＊4参照。

＊11　「ひたぶるに」には次のような歌も見られる。少々、長くなるが、浮舟の歌とかかわると思われるので、以下に記しておく。

1ひたぶるに思ひなわびそふるさるる人の心はそれぞよのつね　（後撰集八三〇）

2うけれども悲しきものをひたぶるに我をや人の思ひすつらん　（後撰集一二〇三）

3ひたぶるにしなばなにかはさもあらばあれいきてかひなき物思ふ身は　（拾遺集九三四）

4ひたぶるにきえばきえなむ露の身のたまともならずおきまがふらん　（伊勢集三三八）

5うしとおもふよをひたぶるにそむきなばなにいまさらにときもとむらむ　（大斎院前御集二八六）

3は、下句に「いきてかひなき物思ふ身は」とあり、入水に至る浮舟の心情と重なるものがある。4もまた、「露の身の玉ともならずおきまがふらん」とあり、「ひたぶるに」という語が身の置き所のない状態と繋がっていることが知られる。「うしとおもふよをひたぶるにそむきなば」とある5は、出家する浮舟の姿を連想させる。

こうして「ひたぶるに」は先行する和歌の世界では、生死にかかわる歌や出家の歌に関連しているが、1と2もまた、「人の心」「人の思ひ」が詠まれている点で注目される。「人の心」は移り変わっていくものだから嘆かないように、あるいは人が自分を忘れ去ってしまうことがつらく悲しいというのであるが、これは浮舟がもう一首詠む反実仮想の歌と一脈通ずるものがある。

心をばなげかざらまし命のみさだめなき世と思はましかば　（浮舟一三三頁）

これは匂宮と浮舟が春のひと日を酔いしれる場面での匂宮の、

　長き世を頼めてもなほかなしきはただ明日知らぬ命なりけり

という歌に和したものである。行く末長くと願っても人の命は明日のことさえわからないとするのに対して、浮舟は人の心の定め難さを嘆かないではいられません、この世で不定なのは命だけだと思っていいのだとしましたら、と応じている。浮舟は匂宮との恋の最中に、不定なのは命だけでなく、人の心もまたかわりやすく、あなたもいつか私を忘れるのではないかと訴えているのである。

『源氏物語』における歌わない人々――二つの観点から――

陣野英則

一　はじめに

『源氏物語』に登場する主要な人物は、そのほとんどが作中で和歌を詠んでいる。また、端役であっても、後述するように和歌を詠んでいるケースはみられる。『源氏物語』における和歌について検討するという場合、至極当たり前のことだが、それら作中人物の詠んでいる和歌が対象となろう。しかし、本稿では「歌わない人々」について考えようとする。したがって、そもそも検討の対象となる和歌がない。

まずは、歌わない人々のことを考察しようとする理由について説明しておく必要があろう。迂遠であるとおもわれるかも知れないが、「歌わない」というネガティヴなありように着目することが、かえって『源氏物語』における和歌なるものの領域、もしくはその臨界点を見きわめてゆく上で有効ではないかとおもうのである。たとえば、歌わない人物を列挙して、それらの人物と和歌との折りあいの悪さについて考えてみるとき、人物側の問題ばかりでなく、和歌そのもののもつ特性、さらにはその限界などがみえてくるのではないか。[*1]

さらに、大多数の歌わない人々である端役たちに注目することで、物語の生成という問題と関わらせてゆくことをも想定している。これまでは「歌語り」「歌物語」から『源氏物語』のような「つくり物語」へ、というような文学史の展開が大筋ではみとめられてきたようであるが、物語の基層に歌（及びその詠者）の存在が確認されるとしても、それはどのようにして物語となりうるのか。おそらくは、媒介する者の存在があってはじめて物語が物語として流通する。そうした認識にもとづいて考えてみたい。媒介する者のほとんどは、歌わない。歌わないけれども、歌を引用・紹介し、他者に伝えてゆくという意味では、積極的に歌に関与しているのではないかという予感もある。

以上の二つの観点から『源氏物語』における歌わない人々に注目してみよう。

二　二種の歌わない人々

さて、「歌わない人々」とひと口にいっても、その身分・立場・属性等々はきわめて多様である。ここでは、前節で示した二つの観点にあわせる形で、歌わない人々を、便宜的に主要人物及びそれに準ずる位置にある人物と、端役たちという二種に分けておきたい。

もとより、その人物が「主要」といいうるか否かについての明確な基準はたてにくい。たとえば、当該の人物が登場している場面の数と、その人物の物語世界内における存在意義の大きさとは比例関係にあるとは限らない。物語世界を動かしてゆく上での作中人物の機能などを考慮すると、いよいよ「主要」であるか否かの線引きは困難になってこよう。ここでは、あくまでも便宜的に、主要人物、及びそれに準ずる人物たちについて、次のようにゆるやかにとらえておこう。

・身分・階層としては、主人公（格）の人物たちと系図上のつながりをもつような人物。

・登場する巻などが限られているとしても、その登場場面ではそれなりの存在感を示している人物。

これらの人物は、前節に示したひとつめの観点に対応する考察の対象となるだろう。なお、作中で歌を一首も詠んでいないというわけではないのだが、ある箇所を除外すると一貫して歌っていないという主要人物も見いだされる。そうした例も、あわせて考察の対象に加えることとしたい。

もう一種は、前項で除外した人々、すなわち端役たちであって、たとえば多数の女房たちと従者たちなどである。ただし、主人公の近くで活躍したり、主人公の代理的な役割をになったりしている女房、従者も存在する。そうした人物を単なる端役と位置づけるのはやや無理があるかとおもうが、便宜上、ここではそのように活躍の目立つ女房、従者たちなども含めておく。活躍の目立つ女房たちの中には、作中で歌を詠んでいる者もいる。またごく一部で無名の女房たちの和歌が記されていることもあるが、ほとんどの人々は歌を詠まない。

歌わない端役たちは、前節に示した二つめの観点に関係してくる。その点を少し補足しておく。すなわち、『源氏物語』を語り伝える存在としての女房たち、という問題である。いわゆる草子地に記された文言をみてゆくと、単に〈語る〉だけでなく〈書く〉女房も析出されてくる（玉上［一九五五］、陣野［一九九九］など）[*2]。そうした物語の言葉（音声と書かれたものの両方）の生成そのものを、「歌わない人々」の問題と斬りむすばせるとすれば、おそらくは次のようなことが問題となろう。物語を語る人たち、また書き記す人たちが自分の歌を詠むことは（基本的に）ないが、他人が詠んだ歌を引用する人たちではある——それはどういうことを意味するのか。物語内の和歌の問題、さらには「歌語り」「歌物語」との関わりといった問題を、こうした視座から新たにとらえなおすことはできないだろうか。

三　歌わない主要人物たち

まずは、前節で示したようなゆるやかなラインの中に入る主要人物、及びそれに準ずる位置にある人物たちの中で、歌わない人々を列挙してみよう。以下に掲出するのは、いずれも一首の和歌も詠んでいない人たちである。

弘徽殿女御〔のち大后、朱雀帝の母〕
兵部卿宮〔のち式部卿宮、藤壺の宮の兄、紫の上の父〕
葵の上
小君〔空蟬の弟〕
伊予介〔空蟬の夫、のち常陸介〕
弘徽殿女御〔父は頭中将、母は右大臣の四の君、冷泉帝の女御〕
女一の宮〔冷泉院の皇女、母は弘徽殿女御〕
宮の御方〔父は螢宮、母は真木柱、紅梅大納言の継子〕
女一の宮〔今上帝の皇女、母は明石の中宮〕
女二の宮〔今上帝の皇女、母は麗景殿女御〕

六の君〔父は夕霧、母は藤典侍〕
常陸介〔浮舟の継父〕
宮の君〔「蜻蛉」巻に登場、式部卿宮の娘〕
横川僧都
小君〔浮舟の弟、父は常陸介〕
小野の母尼

※以上の掲出は、基本的に登場順とする。
※一般に用いられる呼称を使用するが、その呼称のみではまぎらわしい場合も少なくないので、適宜〔　〕内で補足説明をしている。

右のように十六名の人物があげられる。まず正篇、「幻」巻までの物語の場合は、巻ごとに物語の内容も登場人物もかなりばらつくわけだが、主要人物に準ずる人たちを含めてみても、歌わない人はきわめて限られるようである（右の十六名中では六名のみ）。一方、続篇の物語、殊に「宇治十帖」の場合は、光源氏のような突出した主人公は存在しないものの、語られている世界の中心に位置していると思しき人物たち（薫、匂宮、宇治の大君、中の君、浮舟など）はほぼ一貫している。それら中心人物は当然歌を詠むわけだが、その近くにいる（いわば主要人物に準ずる）人たちについては、意外と歌を詠んでいない場合が多いようである。

これらの人々の出自、属性、さらには物語内での立場などに注意してみると、二、三のタイプに分けてみることができそうである。あくまでも便宜的な分類に過ぎないが、以下のように二つに整理してみた。

（1）主人公（格）の人物と敵対する、もしくは心理的に距離のある人物

これは、たとえば正篇では弘徽殿女御〔のち大后〕、兵部卿宮〔のち式部卿宮〕、葵の上などがその典型といえよう。なお、これらの人物は正篇の初めの方の巻々から登場している。光源氏方にとって、文字通りの「敵役」といえるのは弘徽殿女御である。なお、この女御の父右大臣については、詠歌が一首あるためここには名まえがあがらないのだが、ほぼ歌わない人といえる。弘徽殿女御に準じたとらえ方が可能であろう。

兵部卿宮〔のち式部卿宮〕は、光源氏が密かに通じた藤壺の宮〔のち中宮〕の兄宮であり、また光源氏の永年にわたる伴侶であった紫の上の父宮でもあった。単なる政敵とはいえないが、周知のとおり、光源氏にとっての苦難の季節に、この宮は明らかに光源氏と距離をとろうとしていた。また、のちには光源氏の養女・玉鬘が――光源氏が望んだわけではないものの――鬚黒と結ばれることによって、この宮の娘（鬚黒の北の方）に苦しみをもたらすこととなる。要は、光源氏との関係がしばしば対立的であったことは容易にみとめられよう。

『源氏物語』の時代の和歌はすべて抒情詩であったが、主人公に敵対するような人物が、主人公を憎悪するような感情を和歌という一種のうつわに盛るようなことは、この物語の中ではいっさいみられない。たとえば恋の歌では、よく知られているように、女が相手の男の不実をなじるような詠み方がスタンダードであったが、和歌は、政治的対立にもとづくような悪感情を容れるうつわではなかった。

次に、葵の上の詠歌がないということは、これまでもたびたび注目されてきた。この女君が歌を詠まないということは、一個人の性格に還元して済ませられることではなくて、おそらく光源氏としっくりしなかった夫婦関係に照応する面があろう。主人公の正妻でありながら詠歌がみられないということは、そもそも、この男女の間では

歌の贈答がなされる機会もきわめて乏しかったということが示唆されよう。先にも言及したように、女性の側から男性の不実をなじるというタイプの和歌がスタンダードであった時代、葵の上の光源氏に対するある種の感情を和歌という表現形式にあわせてゆくことは容易であったはずだが、この女君の場合は、そうした不満を伝えようとする気もちさえ欠如していたとみてよいか。

続篇の物語では、薫の結婚相手である今上帝の女二の宮が歌を詠んでいない。しかしこの場合は、光源氏と葵の上のように、夫婦間の気まずさが常に確認されるような間柄ではない。また、そもそも正篇の葵の上に比べても、女二の宮は登場の機会が非常に限られている。詠歌がないといっても、そうした面も勘案すべきであろう。ただし、女二の宮は、薫にとって——特に姉の女一の宮と比較すると——満足を与えてくれる宮とはいいがたかった。薫の好意の度合いは無視しえないとおもわれる。女二の宮当人の心のありようについては、具体的に語られることがほとんどないため、葵の上に比べてもよりいっそう不明確である。いずれにしても、薫との心の交流の密度が薄いこと、心理的な距離があることは間違いあるまい。

一方、同じく内親王である冷泉院の女一の宮、及び今上帝の女一の宮も、歌わない人々のリストにあがっていた。この両人の場合も登場する場面がきわめて限られているので、詠歌がないのは当然という見方もできるであろう。ただし、特に今上帝の女一の宮については、薫にとって特別なあこがれの存在であり、注意を要する。先述の、女二の宮という結婚相手との心理的距離とは異なる次元で、薫と女一の宮との間にも越えがたい境がある。そうした二者の関係ゆえ、詠歌が物語にあらわれてこないといってもよかろう。薫と女一の宮との間で贈答歌をかわすというような可能性は、物語内において想像しにくい。

さらに、匂宮に関わる人物として、宮の御方と夕霧の六の君にも注意しておきたい。宮の御方は真木柱の娘で、紅梅大納言の継子となっていた。登場する箇所は「紅梅」巻にほぼ限られる。物語の中で匂宮との関係が深まることはなかった。この人物も、ひとまず主人公格の人物との間に越えがたい境を有していたとみることができるだろう。さらに、匂宮の結婚相手である夕霧の六の君も歌を詠むことがないのだが――薫の場合とはやや異なる面があるとはいえ――やはり物語の中での心の交流の密度が薄かったということが示唆されよう。

右のようにおさえてみると、ここで名まえのあがった人物たちは、作中の主人公、もしくは主人公格の人物との間に、ある種の距離があって、それゆえに物語世界内で「歌わない」ということが理解されよう。逆からとらえるならば、主人公もしくは主人公格の人物との間に何らかの心の通いあう事態があったときに歌が詠まれるということが、おおよその原則なのであろう。

なお、先の歌わない人々のリストの中には、冷泉帝の女御である弘徽殿女御、また「蜻蛉」巻でようやく登場する宮の君の名まえもあがっていた。これらの人々は、主人公（格）の人物と心理的に距離があるというわけではなく、そもそも直接関わってゆく機会が乏しかった人物といえよう。

（2）　一部の巻々にのみ登場する脇役

先の「歌わない人々」のリストの中では、ほんの一部の巻々にしか登場しない人物が散見されるのだが、実はそうした人物たちが、特定の箇所にかたまって存在しているように見うけられる。

まず、空蟬をめぐる物語に登場する人物として、小君〔空蟬の弟〕と伊予介〔空蟬の夫、のち常陸介〕の名まえが並ぶ。これらの人物は、登場の機会が少ないとはいえ、「帚木三帖」ではかなり印象にのこる存在であった。特に小君の活躍ぶり、光源氏との親密な関係などは注目に値しよう。

一方、「宇治十帖」の「歌わない」脇役としては、常陸介〔浮舟の継父〕、横川僧都、小君〔浮舟の弟〕、そして小野の母尼といったように、浮舟に関わる人々の名まえばかりがあがってくる。ここで二人の小君の名まえがあがることは注目してよいかも知れない。吉井〔一九九七〕でも論じられているように、二人の小君には明らかに照応がみとめられよう。また、空蟬の夫伊予介〔のち常陸介〕と、浮舟物語に登場する常陸介との官職の重なりを含めて、「帚木三帖」と「宇治十帖」——特に浮舟の物語——は奇妙なまでに照応しあっているということにも想到すべきであるようだ。

さらに、浮舟物語の終盤において注意すべきは、横川僧都と小野の母尼の詠歌がない点である。ちなみに横川僧都の妹にあたる尼は、浮舟に関心を寄せる中将との間で歌の贈答を五回も繰り返していて、なおかつ浮舟に対しても二首の歌を詠んでいる。登場箇所の限られる母尼はともかくとして、横川僧都は、女主人公に取り憑いた物の怪の調伏、及びその出家に直接関与するという、きわめて重要な人物であった。なお、『源氏物語』では北山の僧都、北山の聖、宇治の阿闍梨などにも詠歌があるので、僧であることが歌わない理由にはならないとおもわれる。

以上、ごく一部の巻々に登場する脇役として括った上で検討してみたが、要は「帚木三帖」と、「宇治十帖」の浮舟物語に集中していることが確認された。これらの物語は、歌わない人々を脇役に配しているという共通性をもっているとみることもできそうである。なぜそのような案配になったのか。これらの物語のうち、特に浮舟物語の終盤は、「「あはれ」の世界の相対化」が顕著である〔鴨野〔一九七五〕〕。それと、歌わない人々が女主人公の近辺に配されているということとの相関関係を考えてみるべきかとおもわれる（その検討に立ち入る準備ができていないので、いずれあらためて考えてみたい）。

四　歌わない帝

前節では、まったく歌を詠まない作中人物に限ってとりあげてみたわけだが、少し見方を変えることで、さらに違ったタイプの歌わない人々を摘出することができないだろうか。

ここでは、帝または上皇（以下、基本的にはあわせて「帝」と略記する）に注目してみよう。『源氏物語』に登場する四人の帝は、それぞれ何首の歌を詠んでいるか。

・桐壺帝〔のち院〕……四首　　・朱雀帝〔のち院〕……八首
・冷泉帝〔のち院〕……八首　　・今上帝……二首

右の数字だけをみると、全般に少なめであるとはいえ、いずれの帝も作中で歌を詠んでいること、しかも登場する場面の多寡にほぼ対応するような詠歌数になっていることなどがみとめられよう。最上のポジションにあるがゆえに物語の中で歌わない、などということはない。

ただし、これらの数字だけでなく、どのように分布しているのかということまであわせて注意してみると、特に桐壺帝（院）の場合は、より興味深い問題がみえてくるようである。

この帝の詠歌四首は、いずれも「桐壺」巻にある。さらにいえば、うち三首は桐壺更衣を喪ったことに関わる歌である。光源氏が成人したのちの物語において、桐壺帝（院）は――登場する機会が多いとはいえないものの――藤壺の宮が産んだ男皇子との対面、宮中における光源氏の対女性関係に関する観察（以上、「紅葉賀」巻）、六条御息所との仲に関する光源氏への諫言（「葵」巻）、死を覚悟した時点での遺言（「賢木」巻）といったように、きわめて重要ないくつかの場面でその存在感は充分に発揮されていた。さらには、その死後も光源氏と朱雀帝の夢に現れている（「明石」巻）。「桐壺」巻以外で詠歌がないことについては、もう少し丁寧に検討してみる必要があるようにおもわれるのである。

桐壺帝（院）が物語に登場するのは、「若紫」「紅葉賀」「葵」「賢木」といった巻々であるが、とりわけ「若紫」「紅葉賀」「賢木」の各巻は、光源氏と藤壺の宮（中宮）との交渉、あるいは歌の贈答などが印象深く語られる巻々でもある。『源氏物語』においてこの二人の極秘の交渉が語られるとき、当然のことながら、桐壺帝はいつも蚊帳の外におかれる。物語の中で、桐壺帝は光源氏の対女性関係のあれこれを心配し、時にそのことで苦言を呈したりしながら、肝心の藤壺の宮との関係については（ひとまず）感づいていないように見うけられる。そのあたりの真相については措くとして、注目に値するとおもわれるのは、「若紫」巻以降「賢木」巻までの桐壺帝（院）が、藤壺の宮のことも、また光源氏のこともたいそう気にかけているのに、それぞれに向けて歌を詠むことがついになかった点である。それは何を意味しているのだろうか。

前節においても検討したように、歌を詠むということは、主人公、もしくは主人公に近い人物との心の交流の深さを反映した営為である場合が多い。独詠歌の場合は、一見すると事情が大きく異なるようにもみえるが、一方通行とはいえ、実は目の前に居ない誰かに向けての深い感情が込められた言葉とうけとめることもできよう。とすれば、桐壺帝（院）の場合は、光源氏との間でも、藤壺の宮との間でも、真に心の通いあうという事態がなかった——少なくとも物語内ではそうした通いあいが語られなかった——ということではないか。また、作中の誰かに向けて感情を込めるような独詠歌を詠むことも、「桐壺」巻のあとはまったくみられない。死が迫りつつあった「賢木」巻の桐壺院の場合も、朱雀帝に対して、さらには東宮と光源氏に対して遺言を伝えているものの、桐壺院の感情が歌にのせて示されることはついになかった。

結局のところ、桐壺帝（院）には、桐壺更衣以外の他者にむけられる抒情というのが欠落しているようである。それは、帝としての特殊性ということとも無縁ではないのかも知れないが、より重要なのは、光源氏と藤壺の宮の密通という事態になにがしか関わるのではないかと想像される点であろう。もちろん、桐壺院はすべての秘密を知っていたのだ、などとあっさりいいきることは難しい。だが、とにかくこの院が、謎めいたものを遺したまま物語世界から退場していることはたしかであろう。桐壺帝（院）の側からみえてくる「光源氏の物語」の世界というものを、もう少し掘り下げて考えてみる必要がありそうだ。

以上のように、「桐壺」巻以外の桐壺帝（院）に焦点をしぼり、物語世界内で歌を詠まないこと、あるいは抒情の欠落がもつ意味について検討してみた。

五　歌に関与する女房たちと物語の生成

つづいて、一・二節でふれたように、端役というカテゴリーに入る人たちについて検討してゆきたい。ただし、端役といっても、三田村［一九八六］が夙に指摘しているように、ある種の女房たちは、主要人物と目される女君の代理的な機能を果たしていることが少なくない。たとえば、「夕顔」巻で六条御息所の邸宅を辞去する光源氏を見送った中将のおもと、「真木柱」巻で鬚黒の召人として登場する木工の君と中将のおもと、「若菜上」巻の巻末で女三の宮に代わって柏木に歌を返した小侍従、「幻」巻で六条の院（光源氏）と歌を交わしあった中将の君などが、非常に印象的な和歌を詠んでいることは周知のとおりである。

また、代理的な機能を発揮するような女房たちは、物語世界のいわば中心に位置している男女の媒介として機能することもしばしばである。先の小侍従など、その典型である。また、藤壺の宮付きの女房として光源氏に応対する機会が多かったのは王命婦であるが、この人は、作中で三首の和歌を詠んでいる（「紅葉賀」「賢木」「須磨」の各巻）。

右のように、作中においてそれなりの重要な役割があたえられている女房たちは、代理もしくは媒介としての関わりにおいて、という条件付きではあるが、歌を詠んでいる（こうした人物は、もはや端役というべきではないかも知れない）。

一方、『源氏物語』では、あくまでも不特定多数の女房として、作中の世界で歌を詠んでいるケースもみられる。それは、特に「唱和」の世界として示される。浅田［二〇〇二］で確認されているように、唱和では「全員が同じ心情を共有し、述べ合うことに主眼があ」るとともに、日常的な言葉のやりとりとは次元の異なる、「真実の心」が述べられる。その典型的な例として、浅田論文でもとりあげられているのが、『源氏物語』「胡蝶」巻で、六条の院の東南の町に招かれた秋好中宮付きの女房たちが舟に乗ってその見事な景観をめでるという場面である。そこでは、四首の歌が連続して「驚きの表情と身振りをした女房の口から、感嘆符つきの和歌が漏れ出しているような」状況が語られている。この女房たちは、紫の上が居住する東南の町の超越的な美の世界を仙界のイメージに重ねてゆくわけだが、ここでの唱和は、そうした美の世界をとらえるための方法として理解することもできるだろう。

このように、作中の有名・無名の女房たちが自分の歌を詠むという場合はたしかにあるのだが、それら以外ではまったく歌は詠まれないのかというと、事はさほど単純ではない。たとえば、近時、高木［二〇〇三］及び高木［二〇〇六］で詳しくとりあげられている代作ということがある。女君が懸想文に応じる際、信頼のおける女房が女君に代わって返歌を詠む場合などが、典型的な例といえる。

そもそも『源氏物語』の作中和歌の主体というのは、本文において常々明示されているわけではない。土方［一九九六］、高田［一九九七］などの論によって問題のありかが明確化されたように、むしろ、その主体には語り手、さらに作者、また心情的に一体化しうる読者の存在さえもが重なりうる。近時のそうした議論を受けるならば、大勢の女房たちなどを単に「歌わない人々」とひと括りにすることはできなくなってこよう。

さらに、そうした代作という行為にも連動する事態であるのだが、物語内では、多くの場合、歌のやりとりが手紙のやりとりでもあるということに注意しておく必要があろう。主人格の人物から特に信任をえている女房などは、和歌の書き記された手紙の受け渡しに携わるだけではなく、相手の文章及び和歌そのものを主人と一緒に受けとめ、――代作まではしない場合であっても――さまざまなかたちで返書・返歌の作成などに関与する。

たとえば、先に言及した小侍従（女三の宮付き）の場合、「若菜上」巻で柏木に対して自ら歌を返していることが明示されているわけだが、この女三の宮付きの乳母子は、「若菜上」巻の歌以外にも、おそらく作中の多くの女三の宮の歌、及び柏木の歌にじかにふれている。この二人を媒介する者として、柏木からの手紙を主人とともに見るのが当たり前であったろうし、また女三の宮が返す手紙の内容も、そこに書かれた和歌も、おそらくはすべて承知していたのではないか。和歌の抒情は、贈答の当事者だけが共有するとは限らない。主人格の人物の成熟度などが関わってこようが、とにかく近侍する女房たちと共有されることは特殊な事態ではなかった。

右にみてきたように、『源氏物語』の世界においては、女房のような媒介役が「歌わない」人のようでいて、実は歌そのものに深く関与している場合が少なくないのである。ここからさらに踏み込んで考えるべきは、既に陣野［二〇〇六a］及び陣野［二〇〇六b］で論じたように、歌が書き記されている手紙（消息文）と、物語なる〈書かれたもの〉との相関関係ではないかとおもわれる。

物語本文は、仮名文字を用いた〈書かれたもの〉としてある。小松［一九九七］などの成果をふまえて池田［二〇〇二］が論じているように、仮名の手紙と仮名を用いたさまざまな文学との照応関係、もしくは連続性というのは看過しえないとおもわれる。[*3] さらに、『源氏物語』では、先述のとおり、主要人物に近侍する女房たちが届いた手紙を見ているという事態が殊更に記されている場合がある。そうした叙述は、女房たちが見た手紙の文言（の一部）が記憶され、さらに漏れ伝わるという物語形成の過程を示唆していると理解しうるのではないだろうか（陣野［二〇〇六ａ］）。その場合、〈書かれたもの〉としての手紙（及びそこに記されている和歌）と、物語本文との連続性はいよいよ無視しえないものとなる。

歌わない女房たちであっても、物語の生成に関わるような立場にありうる場合には、このような形で他者の歌にふれ、それを引用し、さらには伝える、というような営為の重なりの中で、歌と積極的なつながりを有しているとみてよかろう。あるいは、それを「擬似的に歌う人々」といえばいい過ぎになろうか。さらにまた、物語の言葉がさまざまなレヴェルの人々——すなわち作中の主要人物、それに近侍して見聞したことを語る女房たち、その語られた内容を書き記す人たち、さらにその書かれたものを読む人、またそれを書き写す人、……というようにつらなる人たち——の「話声《わせい》 narrative voice」の重なりあいとみることができるのであれば（陣野［一九九九］）、物語中の和歌も、それを詠んだ一個人のものというより、物語の伝承に関与するすべての人々の言葉として受けとめることもできなくはないのである。

要は、歌わない人々も、物語の歌に関わってくるということである。そして、読者もまた、作中の歌わない人々と同じようにして、歌に重なってゆくことが期待される。

六　むすびにかえて

以上、本稿では『源氏物語』の和歌について考えるにあたり、あえて歌わない人々に注目し、二つの観点にもとづいて考察した。検討の対象となった人物の詠んだ和歌が本文中に存在しないため、本稿では『源氏物語』の本文をまったく引用せずに論述をすすめてきた。歌う人々を対比させるというような、異なるアプローチもありえたのだろうが、ここではあくまでも歌わない人々の方に焦点をあわせたことになる。

まず、主要人物、もしくはそれに準ずる人物が歌をいっさい詠んでいない場合について検討してみたわけだが、主人公（格）の人物との敵対関係、あるいはまた心理的距離、精神的な交流の稀薄さなどが確認された。また、脇役クラスで歌を詠まない人物は意外と少数であったが、そうした人物が「帚木三帖」と「宇治十帖」の浮舟の物語にかたまって登場していることがわかった。このあたりの問題は、物語そのもののありようとからめてさらに検討すべき余地がある。さらに特殊なケースとして、「桐壺」巻以外でいっさい歌わない桐壺帝（院）に注目した。光源氏と藤壺の宮との密通が、この帝の認識しうることであったのかどうかは物語本文から確定しにくいが、桐壺帝が歌わないということから、当人と光源氏、及び藤壺の宮との間で真に心を通いあわせることがなかったことが示唆されるのではないかということを論じた。以上のように、『源氏物語』では、主要人物たちが歌を歌わないという事態がつづくことがやや異常であり、またそのことが物語内における当人のありようと密接に関わってもいるのである。

つづいて、二つめの観点として、物語中で歌うことのない端役たち（特に女房たち）に注目することで、歌わない人々と、物語そのものの生成の問題とを関わらせてみた。歌わない女房たちが作中にみえる和歌と積極的に関わっている可能性についておさえ、あわせてそうした人々こそが物語の生成にも関わりうるということを述べた。このようにみたとき、物語というものの性質として、歌わない人々の関与した言葉の重層性が感得されてよいのではないかとおもわれる。

注

＊1　本稿では詳しく検討することができないが、近時、小森［二〇〇七］が汲みとろうとした「〈散文への意志〉」を『源氏物語』から析出しようとする際の視座としても、歌わない人々に着目してゆくことが有効ではないかと期待される。

＊2　玉上［一九五五］の「三人の作者」説は、物語の正当な享受が音読であったことを主張するものであった。玉上説を踏襲するのであれば、ここに「読み聞かせる女房」をあげなくてはならないところだが、その説には限界があると考える。この件についての私見は、陣野［二〇〇八ａ］及び陣野［二〇〇八ｂ］で述べている。

＊3　仮名文字を用いて書かれた物語が、音声の〈語り〉に照応する面をもつことはもちろんみとめられるだろうが、物語文学に関するこれまでの議論全般としては、〈語り〉ということに拘泥しすぎた嫌いがあるのではないか。この点、陣野［二〇〇八ｂ］でより詳細に論じている。

《引用文献》

浅田　徹［二〇〇一］「和歌と制度――抒情ということ――」　河添房江・神田龍身・小嶋菜温子・小林正明・深沢徹・吉井美弥子（編）『叢書 想像する平安文学 第3巻 言説の制度』勉誠出版

池田和臣［二〇〇二］「源氏物語の文体形成――仮名消息と仮名文の表記――」『國語と國文學』七九―二　東京大

学国語国文学会
鴨野文子［一九七五］「「あはれ」の世界の相対化と浮舟の物語」『國語と國文學』五二―三　東京大学国語国文学会（→原岡［二〇〇三］に収録）
小松英雄［一九九七］『仮名文の構文原理』『仮名文の構文原理』笠間書院
小森　潔［二〇〇七］「枕草子と和歌――枕草子と源氏物語の〈散文への意志〉」　加藤睦・小嶋菜温子（編）『源氏物語と和歌を学ぶ人のために』世界思想社
陣野英則［一九九九］「物語作家と書写行為――『紫式部日記』の示唆する『源氏物語』の〈書く〉こと――」『国文学研究』一二九　早稲田大学国文学会（→陣野［二〇〇四］に収録）
陣野英則［二〇〇四］『源氏物語の話声と表現世界』勉誠出版
陣野英則［二〇〇六a］「『源氏物語』の言葉と手紙」『文学』隔月刊七―五　岩波書店
陣野英則［二〇〇六b］「手紙から『源氏物語』へ――「朝顔」巻の〈草子地〉より――」『日本文学』五五―一一　日本文学協会
陣野英則［二〇〇八a］「解説」〈玉上琢彌「源氏物語の読者――物語音読論――」〉　今西祐一郎・室伏信助（監修）上原作和・陣野英則（編）『テーマで読む源氏物語論　第3巻　歴史・文化との交差／語り手・書き手・作者』勉誠出版
陣野英則［二〇〇八b］「総括と展望　〈語り〉論からの離脱」　今西祐一郎・室伏信助（監修）　上原作和・陣野英則（編）『テーマで読む源氏物語論　第3巻　歴史・文化との交差／語り手・書き手・作者』勉誠出版
高木和子［二〇〇三］「光源氏の女君たちの最初の歌――代作される女君たち、自ら歌う女君たち――」『日本文藝研究』五四―四　関西学院大学日本文学会（→高木［二〇〇八］に収録）
高木和子［二〇〇六］「『源氏物語』における代作の方法」　青山学院大学文学部日本文学科（編）『国際学術シンポジウム　源氏物語と和歌世界』新典社（→高木［二〇〇八］に収録）

高木和子［二〇〇八］『女から詠む歌　源氏物語の贈答歌』青簡舎
高田祐彦［一九九七］「語りの虚構性と和歌」　後藤祥子・鈴木日出男・田中隆昭・中野幸一・増田繁夫（編）『源氏物語試論集　論集平安文学4』勉誠社（→高田［二〇〇三］に収録）
高田祐彦［二〇〇三］『源氏物語の文学史』東京大学出版会
玉上琢彌［一九五五］「源氏物語の読者――物語音読論――」『女子大文学　国文篇』七　大阪女子大学国文学研究室（→玉上［一九六六］に収録）
玉上琢彌［一九六六］『源氏物語研究　源氏物語評釈　別巻一』角川書店
原岡文子［二〇〇三］『源氏物語の人物と表現　その両義的展開』翰林書房
土方洋一［一九九六］「源氏物語における画賛的和歌」『むらさき』三三　紫式部学会（→土方［二〇〇〇］に収録）
土方洋一［二〇〇〇］『源氏物語のテクスト生成論』笠間書院
三田村雅子［一九八六］「源氏物語の視線と構造――召人の眼差しから――」　今井卓爾博士喜寿記念論集編集委員会（編）『源氏物語とその前後』桜楓社（→三田村［一九九六］に収録）
三田村雅子［一九九六］『源氏物語　感覚の論理』有精堂
吉井美弥子［一九九七］「源氏物語のふたりの小君」　上坂信男（編）『源氏物語の思惟と表現』新典社（→吉井［二〇〇八］に収録）
吉井美弥子［二〇〇八］『読む源氏物語　読まれる源氏物語』森話社

第二部

地位・役柄からみた作中歌

帝の歌――桐壺帝・朱雀帝・冷泉帝――

室城秀之

一

『源氏物語』の三人の帝の歌を考えるために、今回、直接、論の対象にするわけではないが、『うつほ物語』の帝の歌と比較してみたい。『うつほ物語』には、嵯峨帝、朱雀帝、今上帝（新帝）の三人の帝が、『源氏物語』には、桐壺帝、朱雀帝、冷泉帝、今上帝の四人の帝が登場する。これらの帝の歌を、春宮時代、帝時代、上皇時代に分け、さらに、その歌を、贈歌・答歌・唱和歌・独詠歌の別に分類してみよう。

『うつほ物語』で帝位に即《つ》いた三人の帝が95首の歌を詠んでいるのに対して、『源氏物語』で帝位に即いた四人の帝は22首の歌しか詠んでいない。そのなかで突出しているのは、『うつほ物語』の今上帝（新帝）が、春宮時代にあて宮求婚譚のなかで詠んだ45首だが、帝位に即いている時の歌は、『うつほ物語』が朱雀帝の24首と今上帝（新帝）の7首の31首に対して、『源氏物語』では、桐壺帝の4首、朱雀帝の1首、冷泉帝の4首、今上帝の2首の11首である。『源氏物語』のこの11首を中心に、「帝の歌」を、以下、考察してゆこう。

物語	帝	立場	贈歌	答歌	唱和歌	独詠歌	計
うつほ物語	嵯峨帝13首	帝					0首
		上皇	5	1	7		13首
	朱雀帝30首	春宮					0首
		帝	11	5	8		24首
		上皇	4		2		6首
	今上帝52首	春宮	40	1	4		45首
		帝	4		3		7首
源氏物語	桐壺帝4首	帝	2			2	4首
		上皇					0首
	朱雀帝8首	春宮					0首
		帝		1			1首
		上皇	5	1	1		7首
	冷泉帝8首	春宮					0首
		帝	4	1	1		6首
		上皇	2				2首
	今上帝2首	春宮					0首
		帝		1	1		2首

※『うつほ物語』の朱雀帝の唱和歌8首の中には、答歌でありながら、次の歌への贈歌となっている歌2首を含めた。

二

『源氏物語』の「帝の歌」で、最も特徴的なのは、桐壺帝の二首の独詠歌であろう。桐壺帝は、『うつほ物語』『源氏物語』の二つの物語の七人の帝なかで、唯一独詠歌を詠んだ帝であった。

桐壺帝の二首の独詠歌は、亡き桐壺の更衣の屋敷を弔問させた靫負《ゆげい》の命婦《みょうぶ》が帰ってきて、帝に報告した後の場面に見える。

　かの贈り物御覧ぜさす。亡き人の住みか尋ね出でたりけむしるしの釵《かんざし》ならましかばと思ほすも、いと効《かひ》なし。

　　尋ね行く幻もがな伝《つ》てにても魂《たま》のありかをそこと知るべく

　絵に描ける楊貴妃《やうきひ》の容貌《かたち》は、いみじき絵師といへども、筆限りありければ、いと匂ひ少なし。太液《たいえき》の芙蓉《ふよう》、未《び》央《やう》の柳も、げに、通ひたりし容貌《かたち》を、唐《から》めいたる装《よそ》ひはうるはしうこそありけめ、なつかしうらうたげなりしを思し出づるに、花鳥の色にも音にもよそふべき方ぞなき。朝夕の言《こと》くさに、「翼《はね》を並べ、枝を交《か》はさむ」と契らせ給ひしに、かなはざりける命のほどぞ、尽きせず恨めしき。*1（桐壺①一六頁）

「かの贈り物」とは、更衣の母君から贈られたもので、「をかしき御贈り物などあるべき折にもあらねば、ただ、かの御形見にとて、かかる用もやと残し給へりける御装束一領《さうぞくひとくだり》、御髪《みぐし》上げの調度めく物添へ給ふ」（桐壺①一五頁）と語られていた「御髪上げの調度めく物」のことである。帝は、これを見て、「長恨歌」のなかで方士（道教の幻術士）が持ち帰った「金釵《きんさい》」を思い起こし、「尋ね行く幻もがな」と歌った。「幻」は、この方士のことである。このような発想の歌は、『拾遺集』にも見える。

対馬守《つしまのかみ》小野《の》あきみちが妻隠岐《めおき》が下《くだ》り侍りける時に、共政《ともまさ》の朝臣の妻肥前《ひぜん》が詠みて遣はしける

沖つ島雲居の岸を行き帰り文《ふみ》通はさむ幻もがな

（拾遺集・雑上・四八七）*2

この歌を詠んだ肥前は、村上天皇の乳母で、寛弘四年（一〇〇七）に没している。物語は、対馬に旅立つ隠岐への思いを詠んだ歌を、亡き桐壺の更衣の「魂のありか」を知りたいと願う気持ちを詠んだ歌に転じて、桐壺帝の深い悲しみの歌にしたものか。

桐壺帝は、続けて、入る月を見て、歌を詠む。

月も入りぬ。

雲の上も涙にくるる秋の月いかですむらむ浅茅生《あさぢふ》の宿

思し召しやりつつ、灯火《ともしび》をかかげ尽くして、起きおはします。

（桐壺①一七頁）

この帝の歌に先立って、靫負の命婦が去る際に交わされた命婦と更衣の母君の贈答があった。

月は入り方に、空清う澄みわたれるに、風いと涼しくなりて、叢《くさむら》の虫の声々催し顔なるも、いと立ち離れにくき草のもとなり。

鈴虫の声の限りを尽くしても長き夜飽かずふる涙かな

えも乗りやらず。

「いとどしく虫の音繁き浅茅生《あさぢふ》に露置き添ふる雲の上人《うへびと》

かことも聞こえつべくなむ」と言はせ給ふ。

（桐壺①一四頁）

この贈答が帝に報告されたかどうかは、物語には語られていない。この歌の「雲の上人」は、命婦のことをいうと解されるが、桐壺帝の「雲の上も……」の独詠歌は、あたかも、この更衣の母君への答歌のような体裁になってい

る。「浅茅生の宿」は、更衣の屋敷で、この歌は、更衣の亡き後、遺された母君や光源氏を思う心情を詠む。

この二首の独詠歌と前後して、桐壺帝の更衣の母君と左大臣への贈歌がある。更衣の母君への贈歌は、靫負の命婦に託したものである。

宮城野の露吹き結ぶ風の音に小萩がもとを思ひこそやれ　（桐壺①一二頁）

「宮城野」は宮中、「小萩」は光源氏をたとえて、宮中にいながら、離れて暮らしている光源氏のことを思いやったものである。左大臣への贈歌は、光源氏の元服の儀の際に、「引き入れの大臣《だいじん》」である左大臣に、葵の上との結婚後の後見を託した歌である。

いときなき初元結《はつもとゆひ》に長き世を契る心は結び込めつや　（桐壺①二五頁）

桐壺帝の歌は、「桐壺」の巻のこの四首以外には、物語には見えない。桐壺帝は、この後も、藤壺を入内させ、「葵」の巻の冒頭で譲位したことが語られるまで、物語のなかで生きている。しかし、その間に詠まれた歌は語られることがなかった。歌に関しては、桐壺帝は、亡き妻を偲び、遺された子を案ずる父としての姿しか描かれることのなかった帝であった。

三

朱雀帝が在位中に詠んだ歌は、たった一首しかない。譲位した後の七首に比して、あらためて、その数の少なさに驚く。朱雀帝の在位中の歌は、光源氏との贈答歌であった。

光源氏が明石から召還されて帰京した後に初めて参内した八月十五夜の夜のことである。

召しありて、内裏《うち》に参り給ふ。……十五夜の月おもしろう静かなるに、昔のことかき尽くし思し出でられて、しほたれさせ給ふ。もの心細く思さるるなるべし。朱雀帝「遊びなどもせず、昔聞きし物の音《ね》なども聞かで、久しうなりにけるかな」とのたまはするに、

わたつ海にしなえうらぶれ蛭《ひる》の子の足立たざりし年は経にけり

と聞こえ給へり。いとあはれに心恥づかしう思されて、

宮柱巡り逢ひける時しあれば別れし春の恨み残すな

いとなまめかしき御ありさまなり。

（明石②八八〜八九頁）

二年前の三月の二十日過ぎに須磨に退去した光源氏は、前々年の八月十五夜の夜は須磨の地で都を思い、前年の八月十二、三日には明石の姫君のもとに通い始めている。足かけ三年須磨・明石で過ごした光源氏が詠んだ「わたつ海に……」の歌は、諸注が指摘するように、大江朝綱の「かぞいろはあはれと見ずや蛭の子は三年になりぬ足立たずして」（日本紀竟宴和歌）によったもので、わが身を、イザナキ・イザナミの二神が生んだ子であるにもかかわらず流された蛭児《ひるこ》にたとえたものである。ただ、この歌は、それを恨む気持ちだけを詠んだものではないだろう。「しなえうらぶれ」の表現は、『古今六帖』に、「夜一人をり」の題で詠まれた、

君恋ふとしなえうらぶれわがをれば秋風吹きて月傾《かたぶ》くを

（古今六帖・五・二六九二）*3

の歌をふまえているのではないだろうか。この歌は、『万葉集』に、「月に寄する」として、初句「君に恋ひ」五句「月傾きぬ」とある歌を原歌としている。光源氏の歌は、この歌の「君」を朱雀帝にたとえたものではないか。季節は、秋の月の頃で、前々年の八月十五夜の記事に、

「夜更《よ》け侍りぬ」と聞こゆれど、なほ入り給はず。

　見るほどぞしばし慰む巡り逢はむ月の都は遥かなれども

　その夜、上のいとなつかしう昔物語などし給ひし御さまの、院に似奉り給へりしも恋しく思ひ出で聞こえ給ひて、光源氏「恩賜《おんし》の御衣《ぎょい》は今此《ここ》に在《あ》り」と誦しつつ入り給ひぬ。御衣は、まことに身を放たず、傍らに置き給へり。（須磨②三四頁）

とあるように、須磨の地で、光源氏は朱雀帝を「恋しく思ひ出」している。この時の光源氏が、月を見ながら、「巡り逢はむ月の都は遥かなれども」と詠んだ言葉と、朱雀帝が詠んだ「巡り逢ひける時しあれば」の言葉が、物語の文脈を超えて響き合う。

それはそれとして、朱雀帝の歌は、二年前に光源氏が須磨に退去した春を、「別れし春の恨み残すな」と詠んで、結果的に光源氏の須磨退去をとどめることのできなかった思いを訴えている。

朱雀帝の在位は、「葵」の巻から「澪標」の巻まで八年に及ぶが、「帝の歌」として詠まれたのは、この一首だけだった。朱雀帝は、在位中には、物語のなかで、光源氏への忸怩《じくじ》たる贖罪《しょくざい》の思いしか詠むことができなかった帝だった。

朱雀帝は、譲位後に、六首の贈答歌を詠んでいる。そのうちの三首は、前斎宮（秋好中宮）とのものである。前斎宮は、朱雀院のもとに入内する可能性があった。院も、それを望んでいたが、光源氏は藤壺の中宮とともに阻止した。

朱雀院は、前斎宮が冷泉帝に入内する際に、さまざまな贈り物を贈って、そのなかの「挿櫛《さしぐし》の箱の心葉《こころば》」に、

　別れ路《ぢ》に添へし小櫛《をぐし》をかことにて遥けき仲と神や諫《いさ》めし　（絵合②一六九頁）

の歌を書きつけた。朱雀帝は、在位中、前斎宮が伊勢に下向する時に、「別れの櫛」を贈っている。

斎宮は、十四にぞなり給ひける。いとうつくしうおはするさまを、うるはしう仕立て奉り給へるぞ、いとゆゆしきまで見え給ふを、帝、御心動きて、別れの櫛《くし》奉り給ふほど、いとあはれにて、しほたれさせ給ひぬ。（賢木②三五〇頁）

斎宮が都に戻るのは御代替わりの時なので、そうならないように、帝は、伊勢に下向する斎宮に黄楊《つげ》の小櫛《おぐし》を挿《さ》して、「京の方におもむき給ふな」と言うという。物語はこの言葉を語らせずに、ただ涙を流す帝を描くだけだった。思いを寄せながらも、斎宮を伊勢に送り出した帝は、在位中に斎宮と歌を詠み交わすことを許されなかった。また、朧月夜との歌の贈答も、物語は語らなかった。光源氏は、朱雀帝の在位中に、朧月夜と四首の贈答を交わしているのに、朱雀帝は、生涯を通じて、一首の贈答歌も描かれていない。

三

冷泉帝は、在位中に、一番多く、六首の歌を詠んでいる。冷泉帝の贈歌四首の相手は、玉鬘と光源氏の二人である。ここでは、この四首の贈歌について考えてみたい。

朱雀帝が在位中に前斎宮（秋好中宮）と歌を詠み交わすことがなかったのに対して、冷泉帝が玉鬘に贈った二首の贈歌は目立つ。冷泉帝は、尚侍《ないしのかみ》として参内した玉鬘の局を訪れて、鬚黒と結婚したために入内することのかなわなかった玉鬘に恨み言を言い、歌を詠み交わす。

いとなつかしげに、思ひしことの違《たが》ひにたる恨みをのたまはするに、面《おも》置かむ方なくぞおぼえ給ふや。顔をもて隠して、御いらへもえ聞こえ給はねば、冷泉帝「あやしうおぼつかなきわざかな。喜びなども、思ひ知

り給はむと思ふことあるを、聞き入れ給はぬさまにのみあるは、かかる御癖なりけり」とのたまはせて、
「などてかくはひあひがたき紫を心に深く思ひそめけむ
濃くなり果つまじきにや」と仰せらるるさま、いと若く清らに恥づかしきを、違ひ給へる所やあると思ひ慰め
て聞こえ給ふ。　（真木柱③一三六頁）

「はひあひがたき」に「合ひがたし」と「逢ひがたし」、「思ひそめ」の「そめ」に「染め」と「初め」を掛けている。「紫（薄紫）」は、三位の服の色だから、玉鬘が尚侍として従三位に叙せられたことを前提に詠まれた歌だが、この歌は、『古今六帖』に、「紫」の題で詠まれた、

唐人《からひと》の衣《ころも》染むてふ紫草《むらさき》の心にしみて思《おも》ほゆるかも　（古今六帖・五・三五〇三）

の歌をふまえたものだろう。この歌は、『万葉集』の巻四で、大宰帥であった大伴旅人《おほとものたびと》が大納言（正三位相当）になって帰京する際に、大典麻田連《だいてんあさだのむらじ》陽春《やす》が詠んだ歌（二句「衣染むといふ」）を原歌としている。この旅人との別れを惜しむ歌を、冷泉帝は、鬚黒と結婚してしまった玉鬘に贈った。物語は、これに先立って、冷泉帝のことを、「月の明かきに、御容貌《かたち》は言ふよしなく清らにて、ただかの大臣《おとど》（光源氏）の御けはひに違《たが》ふ所なくおはします」と語っているように、光源氏の実子である冷泉帝らしい歌である。

冷泉帝は、さらに、鬚黒によって強引に退出させられる玉鬘に、輦車《てぐるま》の宣旨を賜り、歌を詠みかける。

御輦車寄せて、こなたかなたの御かしづき人ども心もとながり、大将も、いとものむつかしう立ち添ひ騒ぎ
給ふまで、えおはしまし離れず、冷泉帝「かういと厳しき近き衛《まも》りこそむつかしけれ」と憎ませ給ふ。
九重《ここのへ》に霞隔てば梅の花ただかばかりも匂ひ来《こ》じとや
ことなることなき言《こと》なれども、御ありさま、けはひを見奉るほどは、をかしくもやありけむ。

この歌は、「九重」に「宮中」の意を、「かばかり」の「か」に「香」を掛けて、このまま退出したらふたたび会うことができないのかと訴えかけた歌である。玉鬘への思いが実ることはないものの、冷泉帝は、こうして玉鬘に歌を詠むことを許された。（真木柱③一三六頁）

光源氏が、大堰《おおい》の山荘に移り住んだ明石の君のもとを訪れて三日めの日、桂の院で、迎えに来た人々と宴を催している際、この日の宮中の管絃の宴に光源氏が参加しないことを不審に思った冷泉帝は、蔵人の弁を使にして、歌を贈った。

御遊びありけるついでに、帝「今日は、六日の御物忌み開《あ》く日にて、必ず参り給ふべきを、いかなれば」と仰せられければ、ここにかうとまらせ給ひにけるよし聞こし召して、御消息あるなりけり。御使は蔵人《くらひと》の弁なりけり。

「月のすむ川のをちなる里なれば桂の影はのどけかるらむ

うらやましう」

とあり。かしこまり聞こえさせ給ふ。（松風②二〇六頁）

この歌は、「月のすむ」の「すむ」に、「澄む」と「住む」を掛けた歌で、月の光が美しく照る桂の院でくつろぐ光源氏をうらやましく思う気持ちを詠んでいる。

光源氏は、帰参する蔵人の弁に女の装束を被けて歌を返す。

ひさかたの光に近き名のみして朝夕霧も晴れぬ山里

行幸待ち聞こえ給ふ心ばへなるべし。（松風②二〇七頁）

この歌は、すでに指摘されているように、

ひさかたの中に生ひたる里なれば光をのみぞ頼むべらなる

（古今集・雑下・九六八・伊勢）*4

の歌をふまえた歌である。「行幸待ち聞こえ給ふ心ばへなるべし」は、語り手の評言で、前の帝の「うらやましう」という言葉に対して、「朝夕霧も晴れぬ山里」と詠んだ光源氏の思いを、帝の訪れがないために心が晴れないと解したものか。冷泉帝の桂の院への行幸は果たされることがなかった。

冷泉帝の大原野行幸の際には、今度は光源氏が物忌みを理由に参加しなかったために、帝は鷹狩りで捕った雉とともに歌を贈っている。

今日仕うまつり給ふべく、かねて御気色ありけれど、御物忌みのよしを奏せさせ給へりけるなりけり。蔵人《くらひと》の左衛門尉《ぜう》を御使にて、雉一枝奉らせ給ふ。仰せ言には何とかや、さやうの折のことまねぶに、わづらはしくなむ。

雪深き小塩の山に立つ雉の古き跡をも今日は尋ねよ

太政大臣《だいじやうだいじん》の、かかる野の行幸《ぎやうがう》に仕うまつり給へるためしなどやありけむ。

（行幸③六一頁）

「雪深き小塩の山に立つ雉の」は「古き跡」を導く序詞で、太政大臣が野行幸に供奉した例がないのか調べてみてほしいと詠んで、光源氏が供奉しなかったことを残念に思う気持ちを訴えている。

「松風」の巻に続く「薄雲」の巻で、帝は出生の秘密を知った。その翌年、「少女」の巻で、光源氏は、一旦は固辞した太政大臣に就任する。さらに、その翌年、冷泉帝の朱雀院行幸の際には、光源氏も召しによって参加した。冷泉帝の唱和歌が詠まれたのは、この時である。朱雀院・冷泉帝・光源氏に蛍の宮も交えて交わされた唱和歌だが、光源氏→朱雀院→蛍の宮→冷泉帝と、順に土器《かわらけ》を巡らせながらの唱和歌では、帝の光源氏への思いを詠むことは許されない。また、冷泉帝と光源氏が親しく語る場面も描かれなかった。それゆえに、帝は、大原野行幸の際に、都を離れて、光源氏と一時を過ごすことを切望していたのだろう。しかし、物語は、それを、光源氏を行幸に参加させないことによって実現させなかった。「松風」の巻と「行幸」の巻の冷泉帝と光源氏の贈答歌を、対照的に描くことで、実父光源氏との心の交流を願いながらもそれを果たせなかった冷泉帝の姿が、「帝の歌」から浮かび上がってくるように思う。

冷泉帝は、譲位後、一度、光源氏に歌を贈っている。「鈴虫」の巻で、八月十五夜の日、光源氏を冷泉院に招く歌である。この時は、光源氏は、夕霧たちとともに冷泉院を訪れて、夜通し月の宴に興じた。国宝源氏物語絵巻「鈴虫（二）」に描かれた場面である。冷泉院と光源氏がうつむきながら対座している姿が、もの言わぬ二人の思いを象徴している。

注

＊1　『源氏物語』の本文の引用は、新日本古典文学大系によって、表記などを適宜改めた。

＊2　『拾遺集』の本文の引用は、新日本古典文学大系によって、表記などを適宜改めた。

＊3　『古今六帖』の本文の引用は、宮内庁書陵部蔵桂宮旧蔵本の写真によって、本文を定めた。

＊4　『古今集』の本文の引用は、新日本古典文学大系によって、表記などを適宜改めた。

后妃の歌

室城秀之

一

『源氏物語』の后妃として、誰を対象にしたらいいかを確認することから、まず始めよう。「后妃」とは、一般的に、天皇の妻、つまり、后（中宮）・女御・更衣と考えていいのだろうが、『源氏物語』において、冷泉帝の尚侍《ないしのかみ》となった玉鬘はともかく、朱雀帝の尚侍である朧月夜《おぼろづきよ》をそのなかに含めることに異論はないだろう。結局、『源氏物語』の后妃として対象とする人を、桐壺帝から今上帝への四代の帝の后（中宮）・女御・更衣に、朱雀帝の尚侍である朧月夜と考えた。[*1]

四代の帝の后妃をあげようとすると、実際にはなかなか難しい。「桐壺」の巻の冒頭で、「女御、更衣あまた候ひ給ひける」とありながら、式部卿の宮（蜻蛉の宮）・帥《そち》の親王・螢の宮などの母が誰なのかわからない。また、更衣は、桐壺の更衣以外に特定できない。冷泉帝の六人の后妃は、「真木柱」の巻で、玉鬘が尚侍として初めて参内した夜の男踏歌の際に、「中宮、弘徽殿の女御、この宮の女御、左の大殿の女御など候ひ給ふ。さては、中納言、宰相の御娘、二人ばかりぞ候ひ給ひける」と紹介されているが、鬚黒《ひげくろ》の次女（玉鬘の大君）は、冷泉帝の譲位後に、「竹河」の巻で参院したので、后妃としては除いた。『源氏物語』において、「后妃」と言えるのは、次の人々か。

桐壺帝
藤壺の中宮　弘徽殿の女御（朱雀帝の母、弘徽殿の大后）　承香殿の女御（四の御子の母）　麗景殿の女御　八の宮の母女御　桐壺の更衣（光源氏の母）

朱雀帝
藤壺の女御（女三の宮の母）　承香殿の女御（今上帝の母）　麗景殿の女御　一条の御息所（更衣　落葉の宮の母）　朧月夜（尚侍）

冷泉帝
秋好中宮　弘徽殿の女御（女一の宮の母）　王女御（式部卿の中の君）　左大臣の女御　中納言の娘の更衣　宰相の娘の更衣

今上帝
明石の中宮（春宮・二の宮・三の宮（匂宮）・五の宮（中務の宮?）・女一の宮の母）　藤壺の女御（麗景殿の女御、左大臣の娘、女二の宮の母）　某更衣（四の宮（常陸の宮）の母）

この后妃たちが、物語のなかで全員歌を詠んでいるわけではない。歌を詠んでいるのは、桐壺帝の藤壺の中宮、麗景殿の女御、桐壺の更衣、朱雀帝の一条の御息所、朧月夜、冷泉帝の秋好中宮、今上帝の明石の中宮たちに限られる。この七人の后妃たちの歌を、「帝の歌」と同じように、贈歌・答歌・唱和歌・独詠歌の別に分類してみよう。

帝	后妃	贈歌	答歌	唱和歌	独詠歌	計
桐壺帝	藤壺の中宮	2	8	1	1	12首
	麗景殿の女御		1			1首
	桐壺の更衣	1				1首
朱雀帝	一条の御息所	1	2			3首
	朧月夜	3	6			9首
令泉帝	秋好中宮	3	4			7首
今上帝	明石の中宮		1	3		4首

これらの七人の「后妃」たちの歌は、合計37首のなかから、それぞれの帝が帝位に即いていた時の歌を中心にして考察してゆくことにする。

二

桐壺帝の后妃のうち、藤壺の中宮の歌は、贈答歌が10首、唱和歌と独詠歌が1首ずつある。この贈答歌10首は、すべて光源氏との間に詠み交わされたものである。桐壺帝の在位中に限れば、答歌3首と独詠歌1首が詠まれている。

物語に見える藤壺の最初の歌は、病のために三条の宮に退出した際に、光源氏と逢瀬をもった時に見える。立后前のことである。光源氏と藤壺は、この時が最初の逢瀬ではなかった。もう二度と逢うまいと心を決めていた藤壺であったが、こうして逢ってしまったことを情けなく思う。しかし、光源氏は、そんな藤壺の心をよそに、藤壺の完璧ともいえる人柄・美しさに心を動かされる。夏の短夜も明ける頃、光源氏は、歌を詠む。

見てもまたあふよまれなる夢の内にやがて紛るるわが身ともがな
とむせ返り給ふさまも、さすがにいみじければ、
世語りに人や伝へむたぐひなく憂き身を覚めぬ夢になしても
思し乱れたるさまも、いとことわりに、かたじけなし。（若紫①一七六頁）

光源氏が、「あふよ」に「逢ふ夜」と「合ふ世（夢が実現する時）」を掛けて、この夢のような逢瀬のなかにこのまま紛れてしまいたいと詠むのに対し、藤壺は、光源氏に心惹かれながらも、光源氏との逢瀬が「世語り」（世間の噂）になることを恐れる。藤壺にとっては、光源氏との逢瀬をもった身は「たぐひなく憂き身」でしかない。

同じ年の冬十月、桐壺帝は、朱雀院行幸に先立って、清涼殿の前庭で試楽を行った。光源氏は、頭の中将とともに青海波を舞った。七月に参内した藤壺も、この舞を見た。この時、藤壺は、光源氏の子を身籠っていた。翌朝、光源氏は、藤壺に歌を贈る。

つとめて、中将の君、
「いかに御覧じけむ。世に知らぬ乱り心地ながらこそ。
もの思ふに立ち舞ふべくもあらぬ身の袖うち振りし心知りきや
あなかしこ」

とある御返り、目もあやなりし御様容貌《さまかたち》に、見給ひ忍ばれずやありけむ、

「唐人《からひと》の袖ふることは遠けれど立ち居につけてあはれとは見き

おほかたには」

とあるを、限りなうめづらしう、かやうの方さへたどたどしからず、人の朝廷《みかど》まで思ほしやれる、御后《きさき》言葉のかねてもとほほ笑まれて、持経《ぢきやう》のやうに引き広げて見居給へり。（紅葉賀①二四一〜二四二頁）

光源氏は、青海波の舞での袖を振る所作を、藤壺への思いのために振ったものだと詠む。袖を振るのは、相手の魂を招き寄せる行為という。『万葉集』の額田王の歌を思い浮かべてもいいか。この歌に藤壺が答歌で答えたことに、語り手は、挿入句で、「目もあやなりし御様容貌に、見給ひ忍ばれずやありけむ」と語る。このような語り手の言葉が必要とされるのは、この答歌が異例なものだということでもある。唐人が袖を振ったという古事には疎いにしても、「立ち居につけてあはれとは見き」。光源氏の所作の意味はわからない、でも、舞の一手一手をすばらしいとだけ見た。「あはれとは」の「は」に、光源氏の思いを拒絶する意志が感じられる。歌の後の「おほかたには」は、「おほかたにはあらず」（並々の思いではない）の意に解する説と、歌の言葉に続けて、「おほかたには（あはれとは見き）」の意に解する説があるが、後者だと考えたい。この「おほかたに」は、特別な関係（男女関係）なしにの意だろう。

藤壺は、翌年の二月に御子（冷泉帝）を出産した。四月には、藤壺とともに参内している。光源氏が参内して飛香舎（藤壺）で管絃の遊びをしている際に、桐壺帝が御子を抱いて現れ、御子は光源氏に似ていてかわいいと言う。その場に居合わせた光源氏も藤壺も、複雑な思いだった。光源氏は、二条の院に戻って、藤壺に歌を贈る。

御前《おまへ》の前栽の、何となく青みわたれる中に、常夏《とこなつ》のはなやかに咲き出でたるを折らせ給ひて、命婦の君のも

とに書き給ふこと、多かるべし。

「よそへつつ見るに心は慰まで露けさまさる撫子《なでしこ》の花

花に咲かなむと思ひ給へしも、効《かひ》なき世に侍りければ」

とあり。さりぬべき隙《ひま》にやありけむ、御覧ぜさせて、王命婦「ただ塵ばかり、この花びらに」と聞こゆるを、わが御心にも、物いとあはれに思し知らるるほどにて、

袖濡るる露のゆかりと思ふにもなほ疎《うと》まれぬ大和撫子《やまとなでしこ》

とばかり、ほのかに書きさしたるやうなるを、喜びながら奉れる、例のことなれば、しるしあらじかしと、くづほれて眺め臥し給へるに、胸うち騒ぎて、いみじくうれしきにも、涙落ちぬ。（紅葉賀①二五四頁）

光源氏の歌の「よそへつつ」は、二条の院の常夏（撫子）を御子になぞらえての意。御子をわが子であると主張する歌である。それに対して、藤壺は、そのような思いで涙を流す光源氏の子だと思うと「なほ疎まれぬ大和撫子」と答える。「疎まれぬ」の「ぬ」は、打消の助動詞「ず」の連体形か、完了の助動詞「ぬ」の終止形と解するかでまったく違う意味になるが、「思ふにも」の係助詞「も」の結びとして、「ぬ」を完了の助動詞とすべきだろう。わが子でありながら、疎ましく思わざるをえない。もちろん、藤壺が御子に対して愛情を感じていないのではない。光源氏をあえて拒絶するもの言いである。この後七月に、藤壺は立后した。

翌年の二月二十日過ぎに、紫宸殿で桜の宴が催された。光源氏は、探韻で「春」の文字を得て詩を作り、春鶯囀を舞う。そんな光源氏を見て、藤壺は独詠歌を詠む。

おほかたに花の姿を見ましかば露も心の置かれましやは　（花宴①二七五頁）

この「おほかたに」も、男女関係という特別な関係ではなくにの意である。「花の姿」は、光源氏のことをたとえ

ている。

麗景殿の女御は、桐壺院の崩御後、「花散里」の巻で初めて登場し、光源氏との贈答が語られている。だから、厳密に言えば、后妃としての歌ではない。

桐壺の更衣の歌は、1首。死を前に、桐壺帝に詠んだ歌である。更衣が病にかかっても退出を許さなかった帝も、更衣の母の要請によって、ようやく退出を認める。退出に際して、帝が、「限りあらむ道にも後れ先立たじ」と言って契ったことを思い出してかける言葉に、更衣は、歌で返す。

「さりとも、うち捨てては、え行きやらじ」とのたまはするを、女も、いといみじと見奉りて、

「限りとて別るる道の悲しきにいかまほしきは命なりけり

いとかく思ひ給へましかば」と息も絶えつつ、聞こえまほしげなることはありげなれど、いと苦しげに弛《たゆ》げなれば、かくながら、ともかくもならむを御覧じ果てむと思し召すに、「今日始むべき祈りども、さるべき人々承れる、今宵より」と聞こえ急がせば、わりなく思ほしながら、まかでさせ給うつ。（桐壺①八頁）

更衣の歌は、「いかまほしき」に、「行かまほしき」と「生かまほしき」を掛けて、死を前しても死にきれない思いを歌いあげている。この歌にどんな思いがこめられているにせよ、后妃の歌としては、やはり異例と言わざるをえないだろう。帝と更衣の間にはあまたの歌が詠み交わされたはずだが、物語が残したのは、この、死を前にした歌だけだった。だが、この歌が、物語の后妃たちの歌のなかで、唯一、当の帝との歌である。

三

朱雀帝の一条の御息所の物語への登場は、「若菜上」の巻で、朱雀帝の出家後に自邸一条の宮に退出し、落葉の宮の母として描かれる。だから、后妃としての歌はない。御息所の贈答歌3首は、すべて、夕霧との間に交わされた、落葉の宮の母としての歌である。

朧月夜の歌はどうか。朧月夜は、尚侍として朱雀帝に出仕する前に2首、朱雀帝の在位中に4首、朱雀帝の譲位後に3首歌を詠んでいるが、この9首は、すべて光源氏との贈答歌である。朱雀帝の在位中の4首を見てみよう。

朱雀帝の御代になって四年目の春、朧月夜も御匣殿《みくしげどの》から尚侍《ないしのかみ》となったが、光源氏との関係は続いていた。五壇の御修法の隙に、弘徽殿の細殿の局に光源氏を招き入れて密会する。夜明け近く、宿直《とのい》申しの者が、「寅《とら》一つ」と言う声を聞いて、朧月夜は歌を詠みかける。

女君、

心からかたがた袖を濡らすかなあくと教ふる声につけても

とのたまふさま、はかなだちて、いとをかし。

嘆きつつわがよはかくて過ぐせとや胸のあくべき時ぞともなく

静心なくて出で給ひぬ。(賢木①三五八頁)

後朝の歌を女から歌を詠みかけるのは異例である。朧月夜は、「心からかたがた袖を濡らすかな」と詠む。光源氏との関係を継続させたのはみずから求めたものだと言う。それどころか、「あく」に「明く」と「飽く」を掛けて、光源氏から飽きられることを恐れる。后妃としての立場にありながら、積極的に光源氏の愛を求める歌である。
この年の秋、光源氏が朧月夜に便りもせずにいた頃、朧月夜から、歌が届く（光源氏の答歌は省略した）。
初時雨《はつしぐれ》いつしかと気色だつに、いかが思しけむ、かれより、
木枯らしの吹くにつけつつ待ち し間《ま》におぼつかなさの頃も経にけり
と聞こえ給へり。（賢木①三七四頁）
光源氏からの便りを求める歌である。朱雀帝の御代になって、光源氏も不穏な状況に置かれていたが、朧月夜には関係がないようである。
この二年後、光源氏は須磨に退去する。右大臣邸での朧月夜との密会が露見したからであった。退去を前に、光源氏は、朧月夜に手紙を贈った。
尚 侍《ないしのかみ》の御もとに、わりなくして聞こえ給ふ。
「訪《と》はせ給はぬもことわりに思ひ給へながら、今はと世を思ひ果つるほどの憂さもつらさも、たぐひなきことにこそ侍りけれ。
逢ふ瀬なき涙の川に沈みしやながるるみをの初めなりけむ
と思ひ給へ出づるのみなむ、罪のがれがたう侍りける」。
道のほども危ふければ、細《こま》かには聞こえ給はず。女、いといみじうおぼえ給ひて、忍び給へど、御袖よりあまるも所狭《せ》うなむ。
涙川浮かぶ水泡《みなわ》も消えぬべし流れて後の瀬をも待たずて
泣く泣く乱れ書き給へる御手、いとをかしげなり。（須磨②一六頁）

光源氏の手紙は、右大臣方に見つかることを恐れて、朧月夜との関係がなかったかのようによそおう。それに対して、朧月夜は、みずからをはかない「水泡」にたとえて、光源氏の帰還を待たずに死でしまうだろうと、激しい嘆きを詠んでいる。

須磨から朧月夜に贈られた歌は、侍女の中納言の君に宛てた手紙の中に入れられた。

尚侍《ないしのかみ》の御もとに、例の中納言の君の私事《わたくしごと》のやうにて、中なるに、

「つれづれと、過ぎにし方の思ひ給へ出でらるるにつけても、

懲《こ》りずまの浦のみるめのゆかしきを塩焼くあまやいかが思はむ」

（須磨②二四頁）

朧月夜も、同じように、中納言の君の手紙の中に入れて返事をする。

尚侍《かん》の君の御返りには、

「浦に焚《た》くあまだに慎《つつ》む恋なればくゆる煙《けぶり》よ行《ゆ》く方ぞなき

さらなることどもは、えなむ」

とばかり、いささか書きて、中納言の君の中にあり。

（須磨②二六頁）

朧月夜の歌の「あまだに慎《つつ》む恋なれば」の「あまだに」は、「海人だに」と「あまたに」を掛けている。朧月夜も、自分の恋が誰にも理解されずに忍ばざるをえない恋だとの認識はもっている。でも、その思いのなかで、行くえなき恋に身をまかせるしかない。朧月夜と光源氏との関係は、帰京後も続くことになる。

四

冷泉帝の秋好中宮は、7首のうち4首が冷泉帝の在位中の贈答歌で、朱雀院と2首、紫の上と2首歌を詠み交わしている。やはり、冷泉帝との贈答歌はない。

朱雀帝の譲位によって、斎宮（秋好中宮）が帰京した。以前から斎宮に思いを寄せていた朱雀院は、前斎宮の参院を望み、その旨を六条の御息所にも伝えていた。それを知りながらも、光源氏は藤壺と謀《はか》って、冷泉帝のもとに入内させた。入内の当日、朱雀院は前斎宮に御櫛の箱などとともに歌を贈り、前斎宮も歌を返している（絵合②一六八～一七〇頁）。

藤壺の御前の絵合の後に催された帝の御前での絵合に際し、院は、梅壺の女御（秋好中宮）に絵を贈る。そのなかには、女御が斎宮として伊勢に下向した際の、大極殿での別れの櫛の儀式を描いた絵もあり、絵には歌が書き添えられていた。

　かの大極殿の御輿《こし》寄せたる所の神《かう》々しきに、

　　身こそかく標《しめ》のほかなれそのかみの心の内を忘れしもせず

　とのみあり。聞こえ給はざらむもいとかたじけなければ、苦しう思しながら、昔の御髪《かん》ざしの端をいささか折りて、

　　標《しめ》の内は昔にあらぬ心地して神代のことも今ぞ恋しき

　とて、縹《はなだ》の唐《から》の紙に包みて参らせ給ふ。（絵合②一七九頁）

院の歌の「そのかみの心」とは女御に対する変わらぬ思いをいう。女御も、「神代のことも今ぞ恋しき」と応じて、賜った櫛の端を折って贈った。

女御は、入内して二年後の秋、立后した。六条の院が完成した際には、秋の町を里邸とした。この地が、亡き六条の御息所の故地だったからである。九月になって、秋のけはいが深まると、退出した中宮は、春の町に住む紫の上のもとに歌を贈る。

長月になれば、紅葉むらむら色づきて、宮の御前《おまへ》、えも言はずおもしろし。風うち吹きたる夕暮れに、御箱の蓋《ふた》に、色々の花紅葉をこき交ぜて、こなたに奉らせ給へり。……御消息《せうそこ》には、

心から春待つ園はわが宿の紅葉を風の伝《つ》てにだに見よ

若き人々、御使もてはやすさまどもをかし。御返りは、この御箱の蓋《ふた》に苔敷き、巌《いはほ》などの心ばへして、五葉《ごえふ》の枝に、

風に散る紅葉は軽《かろ》し春の色を岩根の松にかけてこそ見め

この岩根の松も、細《こま》かに見れば、えならぬ作りごとどもなりけり。取りあへず思ひ寄り給へるゆゑゆゑしさなどを、をかしく御覧ず。御前《まへ》なる人々も愛《め》で合へり。　（少女②三二五頁）

翌年の春、今度は、紫の上が歌を贈る。

御消息、殿の中将の君して聞こえ給へり。

花園の胡蝶をさへや下草に秋まつ虫は疎《うと》く見るらむ

宮、かの紅葉の御返りなりけりと、ほほ笑みて御覧ず。……御返り、

「昨日は、音《ね》に泣きぬべくこそは。

こてふにも誘はれなまし心ありて八重山吹を隔てざりせば」とぞありける。すぐれたる御労どもに、かやうのことは堪へぬにやありけむ、思ふやうにこそ見えぬ御口つきどもなめれ。　（胡蝶②四〇五～四〇六頁）

いわゆる春秋優劣論争の歌である。春秋優劣論争とはいっても、六条の院に集った女君たちの心の交流を語るエピソードである。

朱雀院の女三の宮が裳着《もぎ》を行った際には、櫛などを贈っている。髪上げの具は、かつて院から贈られたものであった。櫛の箱には、中宮からの歌が入れられていた。院の目にふれることを予想しての歌である。

中宮よりも、御装束、櫛の箱、心ことに調ぜさせ給ひて、かの昔の御髪上げの具、ゆゑあるさまに改め加へて、さすがにもとの心ばへも失はず、それと見せて、その日の夕つ方奉れさせ給ふ。宮の権亮、院の殿上にも候ふを御使にて、姫宮の御方に参らすべくのたまはせつれど、かかる言《こと》ぞ中にありける。

さしながら昔を今に伝ふれば玉の小櫛《をぐし》ぞ神さびにける

院御覧じつけて、あはれに思し出でらるることもありけり。肖物《あえもの》けしうもあらじと譲り聞こえ給へるほど、げに面立《おもだ》たしき釵《かんざし》なれば、御返りも、昔のあはれをばさし措《お》きて、

さし次ぎに見るものにもがよろづ代をつげの小櫛の神さぶるまで

とぞ祝ひ聞こえ給へる。　（若菜上③二二五頁）

中宮の「さしながら」の歌は、朱雀帝の昔の思いをそのまま心に受けとめながら今までこの櫛を挿してきたという思いを伝える歌で、朱雀帝のもとに入内することはかなわかったが、中宮が朱雀院の思いを重く受けとめた歌になっている。

五

今上帝の明石の女御は、春宮（今上帝）入内以前に1首、母明石の君との贈答が見える（「初音」の巻）ほかは、すべて唱和歌で、后妃としては、唱和歌しか詠んでいない。

冷泉帝が譲位し、今上帝が帝位に即《つ》いた年の冬、光源氏は願果たしに、紫の上や明石の女御を伴って住吉神社に参詣した。このような都の外への旅を経験したことのない紫の上は住吉の景色を見て歌を詠み、中宮もそれに和す。

対の上（紫の上）、常の垣根の内ながら、時々につけてこそ、興《けう》ある朝夕の遊びに耳古《ふ》り目馴れ給ひけれ、御門《みかど》より外《と》の物見をさをさし給はず、まして、かく都のほかの歩きはまだ馴らひ給はねば、めづらしくをかしく思さる。

住の江の松に夜深く置く霜は神の掛けたる木綿鬘《ゆふかづら》かも

篁《たかむら》の朝臣の、「比良《ひら》の山さへ」と言ひける雪の朝《あした》を思しやれば、祭の心受け給ふしるしにやと、いよいよ頼もしくなむ。女御の君、

神人の手に取り持たる榊葉《さかきば》に木綿《ゆふ》掛け添ふる深き夜《よ》の霜

中務《なかつかさ》の君、

祝《はふ》り子が木綿うち紛《まが》ひ置く霜はげにいちしるき神のしるしか

（若菜下③三二五〜三二六頁）

この後、次々に歌が詠まれたというが、「次々、数知らず多かりけるを、何せむにかは聞き置かむ」の草子地によって省略されている。

立后した明石の中宮は、病に臥せった紫の上を見舞うために二条の院に退出した。

風すごく吹き出でたる夕暮れに、前栽見給ふとて、脇息《けふそく》に寄り居給へるを、院、渡りて、見奉り給ひて、光源氏「今日は、いとよく起き居給ふめるは。この御前《おまへ》にては、こよなく御心も晴れ晴れしげなめりかし」と聞こえ給ふ。かばかりの隙あるをも、いとうれしと思ひ聞こえ給へる御気色を見給ふも、心苦しく、つひにいかに思し騒がむと思ふに、あはれなれば、

　おくと見るほどぞはかなきともすれば風に乱るる萩の上露《うはつゆ》

げにぞ、折れ返りとまるべうもあらぬ、よそへられたる折さへ忍びがたきを、見出だし給ひても、

　ややもせば消えを争ふ露の世に後れ先立つほど経ずもがな

とて、御涙を払ひあへ給はず。宮、

　秋風にしばしとまらぬ露の世を誰か草葉の上とのみ見む

と聞こえ交《か》はし給ふ御容貌《かたち》ども、あらまほしく、見る効《かひ》あるにつけても、かくて千歳を過ぐすわざもがなと思さるれど、心にかなはぬことなれば、懸けとめむ方なきぞ悲しかりける。（御法④一七〇～一七一頁）

死を前にしての紫の上と光源氏との贈答に、紫の上の歌の「風」、光源氏の「露の世」の語を受けながら、歌を和す。明石の中宮は、歌による限り、ほかの后妃たちとは違って、義母紫の上と同じ場にいて歌を和する存在としてしか描かれることのない后妃だった。

注
＊1　桐壺帝の藤壺の中宮の母后は、先帝の后だから、当然考察の対象になるが、除いた。
＊2　『源氏物語』の本文の引用は、新日本古典文学大系によって、表記などを適宜改めた。

内侍の歌——朧月夜・源典侍・玉鬘——

高野晴代

一　はじめに

内侍という職掌が、物語中の詠歌にどう作用しているか、それを探る対象として挙げられたのが朧月夜、源典侍、玉鬘である。

前提として「尚侍」とはどのようなものかを押さえておこう。「尚侍」が、皇妃と変わらないもの、という認識に対して歴史上の尚侍を調査し、「時代により場合によってやや見方を変えなくてはなるまい」[*1]とするのは、後藤祥子氏であった。朧月夜の場合は、尚侍から皇妃への可能性を残した「歴史における一つの実験」であり、玉鬘の場合は、尚侍から皇妃への道が予定されないまま尚侍になること、これは、また作者により「鬚黒大将北の方という位置と、尚侍の重みがはかりにかけられる」ことだったと後藤氏は指摘する。

その実験は、朧月夜では、夫というべき人、朱雀帝がいながら、女官であるという立場の彼女は光源氏と契り、玉鬘では夫の鬚黒大将がいながら、女官、尚侍として出仕を続け、光源氏は養女である玉鬘に想いを寄せていたというそれぞれの尚侍の姿を具現させている。

では、源典侍の職掌、典侍はどうか。内侍司の長官、尚侍が天皇から寵愛を受けると、次官である典侍が実質的にもっとも高い位となる。しかも、帝の乳母がなる例があることから「名誉職的なイメージ[*2]」を典侍は持つ。その「内廷の最も重い女官と関係することは、男性官人にとっても有益である」(同)と捉えることができれば、典侍の置かれた立場が類推される。

尚侍であった朧月夜と玉鬘、典侍であった源典侍には内侍司に属していたという共通項がある。本稿では、詠歌の特徴を職掌から探るため、内侍司に属していた時期の詠に限って、共通するものを考えたい。

二　『源氏物語』中の詠歌の実態

対象とする三人の詠歌の『源氏物語』における実態を見てみよう。

朧月夜は九首を詠む。すべて光源氏との贈答である。「花宴」巻、弘徽殿の細殿の有名な出会いでは、そのことが原因での尚侍としての出仕であるから、当然「花宴」巻では、尚侍ではない。「賢木」巻以降朧月夜は尚侍として歌を詠むことになる。

源典侍は、六首を詠むが、朧月夜と同様、全贈答が光源氏とのものである。しかも一首を除いて、源典侍からの贈歌である。この場面も実は源典侍から詠みかけ、それに応じた光源氏の歌に答えた体であるため、全くの答歌というべきものは、源典侍にはない。当初より『源氏物語』に登場する源典侍の詠は、皆典侍としての詠であるのは言うまでもない。

玉鬘は、二〇首を詠む。これは、浮舟の二六首は別として、紫上二三首、明石の君二二首についで多い詠歌を残しており、なかでも光源氏とは一一回の贈答を交わしている。また兵部の君、右近以外は玉鬘を巡る蛍兵部卿宮をはじめとする男達からの贈歌であるが、夫となった鬚黒大将との贈答は記されていない。ここには、玉鬘がになわされた役回り―求婚対象として六条院に輝きを与える女としての独特の存在意義が示されているとも言える。突然の鬚黒との結婚は、冷泉帝へ入内という形態での尚侍出仕を壊し、新たな展開をもたらした。玉鬘の尚侍としての詠は、その時、「真木柱」巻から始まっている。

三　贈歌を詠む女たち

贈答歌は多くの場合、男から詠む。女の贈歌は特別な意味があり、そこには特別な感情、意志、要求が働いているとする論[*3]は、『源氏物語』の和歌を考える時、重要な視点である。また、返歌を作り続ける女の詠歌方法は、贈歌であっても切り返しの特徴を有する。「異例の女からの贈歌」として、「もともと男の懸想を否定的に受けて立つのが通例である女歌なればこそ、このような「挑発」が可能」との指摘[*4]も贈歌の本質を突く。

前節に挙げたように、源典侍はほとんど贈歌を詠む。それはなぜか。次の歌は源典侍の『源氏物語』登場の歌であるが、確かに特別な意志でもあり、挑発である。が、また源典侍から詠みかけなければ、光源氏が読みかけることは無く、贈答歌が成り立たない立場であった。

（源典侍）君し来ば手なれの駒に刈り飼はむさかり過ぎたる下葉なりとも

と言ふさま、こよなく色めきたり　　（以下本文は『新編日本古典文学全集』に拠る。紅葉賀三三八頁）

朧月夜は、尚侍になってからの始めての贈答では、男を待つ心を訴えて、自分から詠んでいる。

（朧月夜）心からかたがた袖をぬらすかなあくとをしふる声につけても

とのたまふさま、はかなだちていとをかし。　　（賢木一〇六頁）

朧月夜は、「心から」、自らの想いです、と初句を詠み始める。別れの朝の後朝の歌は、当然男から詠むにもかかわらず、「明く」に「飽く」を掛けて、自分が飽かれてしまう懸念を訴えているのである。そこには女に詠ませてしまう光源氏の姿勢があり、流謫の場所で出会い、妻として遇され、后がねの母として歌を贈られ続けた明石の君の詠歌の在り方とは相違する。*5「賢木」巻収載のもう一つの朧月夜詠も贈歌であるが、尚侍になった朧月夜はもはや光源氏の妻にはなれず、彼女から歌を詠んでいる。

それに比して、尚侍の職にあって光源氏に対する唯一の贈歌、それは『源氏物語』で玉鬘が詠んだ最後の詠歌であるが、その「若菜上」の贈歌は、むしろ光源氏に対する恋人としての決別の歌であると言ってよい。

尚侍の君も、いとよくねびまさり、ものものしき気さへ添ひて、見るかひあるさましたまへり。

（玉鬘）若葉さす野辺の小松をひきつれてもとの岩根をいのる今日かな

と、せめておとなび聞こえたまふ。沈の折敷四つして、御若菜さまばかりまゐれり。御土器とりたまひて、

（源氏）小松原末のよはひに引かれてや野辺の若菜も年をつむべき　　（若菜上五七頁）

尚侍の職にあるが、鬚黒の妻として、子どもたちの母としての立場を堅持しつつ、光源氏の長命を祈る新しい玉鬘を表出させているのである。

贈歌を詠む内侍司の女たちの歌には、それぞれの強い意志が働いている。

四　内侍の「女」の歌

贈歌を詠む女たちも、源典侍の一首を入れると皆光源氏に答歌している。それらを次に並べた。ここでは、彼女たちはいずれも「女」（傍線部）と称されている。

I朧月夜

昔に変りておとなおとなしくは聞こえたまふものから、これをかくてやと引き動かしたまふ。

（源氏）年月をなかにへだてて逢坂のさもせきがたく落つる涙か

女、

（朧月夜）涙のみせきとめがたきに清水にて行き逢ふ道ははやく絶えにき

などかけ離れ聞こえたまへど、いにしへを思し出づるも、誰により多うはさるいみじきこともありし世の騒ぎぞはと思ひ出でたまふに……　（若菜上八一頁）

II源典侍

「いかで得たまへる所ぞとねたさになん」とのたまへば、よしある扇の端を折りて、

（源典侍）「はかなしや人のかざせるあふひゆゑ神のゆるしの今日を待ちける

注連の内には」とある手を思し出づれば、かの典侍なりけり。あさましう、古りがたくもいまめくかな、と憎さに、はしたなう、

（源氏）かざしける心ぞあだに思ほゆる八十氏人になべてあふひを

女はつらしと思ひきこえけり。

（源典侍）くやしくもかざしけるかな名のみして人だのめなる草葉ばかりを

と聞こゆ。人とあひ乗りて簾をだに上げたまはぬを、心やましう思ふ人多かり。（葵二九頁〜三〇頁）

III玉鬘

よそに見放つもあまりなる心のすさびぞかしと口惜し。

（源氏）「おりたちて汲みはみねども渡り川人のせとはた契らざりしを

思ひのほかなりや」とて、鼻うちかみたまふけはひ、なつかしうあはれなり。女は顔を隠して、

（玉鬘）みつせ川わたらぬさきにいかでなほ涙のみをのあわと消えなん

（真木柱三五四頁〜三五五頁）

『源氏物語』とは限らないが、特にこの作品においては、作中人物が、高揚した恋の場面にさしかかると、その人物たちは各呼称を捨てて、「男」「女」と記されることがある。呼称は、身分や社会的立場を示しているが、それらの消去は、一組の「男」と「女」が、向き合った姿を描き出してくる。作品はその詠者を、むしろ職掌から解き放って、「女」と規定しているのである。

まずI朧月夜詠の場面、出家も考えている朧月夜に密かに訪れた源氏は、「昔に変りて」と記されるように、朧月夜とのかつての逢瀬を思い起こして歌を詠み出す。朧月夜との贈答の後に、ここでは朧月夜が「いにしへを思し出づるも」と過去を思い出していく構図になっている。なぜ思い出すのか、それを考えるには、答歌の表現に注目しなければならない。贈歌の下句「逢坂のさもせきがたく落つる涙か」のすべてを受けて、「関」「清水」「近江路」と答え、「涙」はあふれ、しかし、逢ふ道は「絶えにき」と切り返す。この切り返し方は、贈歌に寄り添いながら、

答えた詠歌であり、詠者は歌を詠む、ここでは想い出を言葉として形象化したことによって、過去の逢瀬を呼び起こすのに充分な契機であったと考えられるからである。

次に、II源典侍詠の場面、ここは葵祭の当日、光源氏が乗った車に近づいた女車、それは源典侍の車であったが、先に歌を詠みかけ、光源氏が返歌し、さらに源典侍が返した箇所で、「葵」巻の巻名にもなった贈答である。

三首の共通語句は、「かざす」。源典侍は、「あふひ」を用いて、「人のかざせるあふひ」を今日まで待っていたなんて、と簾を垂らしたままの車の中の光源氏に問うが、「かざし」は浮いたものであり、「八十氏人」に逢える日なのでは、と切り返すのである。それを「つらし」と思う「女」は再度アプローチを試み、はじめの歌の初句「はかなしや」と詠み出した歌に合わせるように「くやしくもかざしけるかな」と切り返して、場面を終息させるのである。源典侍の歌で、囲い込まれた光源氏の歌であるが、二番目の切り返し詠（初句、くやしくも）をさそう力を持った源氏詠であった。この場面の詠を、『新全集』の頭注は「大勢の女たちの関心を強めずにはいられぬ源氏の秀麗な魅力を逆に相対化している」と指摘しているが、さらにその部分を大勢の女たちの代弁者と捉える説がある。「光源氏の愛情に恵まれない愛妾たちの代表として、彼女らの〈喩〉として登場してきている」*6と見るのである。源典侍が課せられた役割は、他の女性たちがなし得ない積極的な問いかけをすることであった。「人とあひ乗りて簾をだに上げたまはぬを、心やましふ思ふ人多かり」はそれを明らかにしているといえよう。

III玉鬘の例では、「真木柱」巻、思いもよらないことで、鬚黒大将の手に落ちた玉鬘に、光源氏はここで初めて「女」として向き合う。それまでの光源氏の贈歌は、玉鬘の母、夕顔に因んだものだった。たとえば、

（光源氏）なでしこのとこなつかしき色を見ばもとの垣根を人やたづねむ

このことのわづらはしさにこそ、繭ごもりも心苦しう思ひきこゆれ」とのたまふ。君うち泣きて、

（玉鬘）山がつの垣ほに生ひしなでしこのもとの根ざしをたれかたづねん
はかなげに聞こえないたまへるさま、げにいとなつかしく若やかなり。
（常夏二三三頁）

とあり、「なでしこ」は玉鬘で「もとの垣根（根ざし）」は、夕顔なのである。それに対して、当該のⅢは、「汲みはみねども」としながら、この世では結ばれることのなかった未練を詠み上げる。玉鬘は、そうした執着を訴えられようとも、贈歌の「渡り川」を受け、「みつせ川」で応え、三途の川を渡る前に、涙の川の水脈のあわになって消えると切り返すのである。そこには、あなたの恋情に応えることはできないときっぱりと拒絶する玉鬘と見られるが、「女は顔を隠して」の表現がある。鬚黒の妻となり、尚侍としての出仕を前に、「女」と記され、その人が顔を隠して詠んだという。これは何を示すのか。「顔を隠す」仕草は『源氏物語』では、「夕顔」巻、「賢木」巻で、光源氏が本人であることを隠す例、また「横笛」巻で匂宮のかわいさを表す時、さらに「幻」巻で、中将の君の髪が魅力的に顔にかかる様子で、実質的に顔を隠す表現なのだが、「総角」巻には、大君が死の直前に薫に病でやつれた顔を隠す場面に使用されている。これは、今の姿を相手に見られまいとする場合であろう。当該の場面は、真木柱の次の箇所を想起させる。

月の明きに、御容貌はいふよしなくきよらにて、ただかの大臣の御けはひに違ふところなくおはします。かかる人はまたもおはしけりと見たてまつりたまふ。かの御心ばへは浅からぬも、うたてもの思ひ加はりしを、これはなどかはさしもおぼえさせたまはん、いとなつかしげに、思ひしことの違ひにたる恨みをのたまはするに、面おかん方なくぞおぼえたまふや。顔をもて隠して、御答へも聞こえたまはねば、……
（真木柱三八五頁）

ここでは、顔を隠して、相手、冷泉帝に見られないようにしているのである。破線部のように、冷泉帝は光源氏とそっくりだと記す。冷泉帝からの強いこころざしに、尚侍玉鬘は顔を隠し、返事もできないという。ここには玉鬘の揺れ動く心情が描かれていよう。玉鬘の本心は奈辺にあるのか、鬚黒大将との後朝の贈答も記されないで、突然の鬚黒との結婚から語られる「真木柱」巻では、「顔を隠す」ことが、玉鬘の奥底にある光源氏への想いの隠蔽を示していると考えられる。

三場面は、「女」と記されている。それは、職掌である「内侍司の女官」であることを背景に、それを解いた場合、どのように詠歌できるか試されている箇所と思われる。こうした解き放された「女」として詠歌した彼女たちによぎるものは、様々な形で表された光源氏への想いであったことが歌を通して読み取れよう。

五　おわりに

朧月夜、源典侍、玉鬘の『源氏物語』最終の詠を見てみよう。朧月夜は、溢れる愛を光源氏に与えながら、光源氏から愛され続けたとは思えず出家し、源典侍は、前節のように典侍らしく多くの女たちの代弁者となったかに見えたものの、最終では、光源氏がどう思うかとは裏腹に、光源氏の「親の親」であると詠歌した。そして玉鬘は三節で取り上げたように、堂々とした妻ぶり、尚侍ぶりを発揮した歌を詠んだのである。

尚侍にしろ、典侍にしろ、『源氏物語』が誕生する時期にその職のあり方が変容しつつあったことは前提として確認した。作品は、それらの職掌の人物を設定し、贈答させ、最後に彼女たちの人生の結末を示し得たことによって、その時代、特殊な職にあった女たちの種々の生きる姿を浮き彫りに出来たと、まず言えよう。

では、その三人に共通する詠歌のありようはどうであったか。彼女たちの周りに、それぞれ他の男の存在を感じさせつつも、光源氏を想う歌を『源氏物語』は詠ませている。『源氏物語』の中では、そうした状況が、多くの場合、非難される対象として見られるのに対し、その職掌が、ある種の公的な三角関係の上に、危うさを含んだ恋愛の形態を描けるものとして機能していたと考えられる。三人の和歌表現が時に見せる強靭さは、そこから派生するものであろう。

注

＊1　後藤祥子「尚侍攷　朧月夜と玉鬘」（『源氏物語の史的空間』東京大学出版会、一九八六）

＊2　倉田実「源典侍物語の意味—「典侍」の職掌から—」（『源氏物語の鑑賞と基礎知識』22　紅葉賀・花宴　至文堂、二〇〇二）

＊3　鈴木一雄「源氏物語の和歌—贈答歌における一問題—」（『解釈と鑑賞』一九六八）

＊4　鈴木日出男「源氏物語の和歌」（『古代和歌史論』東京大学出版会、一九九〇）

＊5　拙稿「花散里・明石の君—六条院に迎えられた妾妻—」（『女たちの光源氏』新典社、二〇〇九・六刊行予定）

＊6　東原伸明「車争い前後・六条御息所の〈語り〉・〈言説〉・〈喩〉—忍び所の愛妾たちの〈喩〉＝擬きとしての源典侍物語—」（『源氏物語の語り・言説・テクスト』おうふう、二〇〇四）

官人たちの歌——頭中将（一）・紅梅親子の歌を中心に——

池田節子

一　はじめに

私たちは、会話や文章などで、相手の性別・年齢・社会的地位・性格などを無意識のうちに判断している。『源氏物語』の登場人物の発することばや歌にも、それぞれの人物の身分や立場にふさわしい言葉が使われているはずである。吉見健夫氏は、「和歌のあり方に詠者の個性が反映されるとするのはこの物語に通底する和歌の方法でもある」[*1]と述べる。また、歌に用いられる言葉には性別によって差があることが、近藤みゆき氏によって明らかにされた。近藤氏は、nグラム統計処理によって『古今和歌集』の男性語を抽出したが[*2]、それらは、現代人から見て明らかに男性語と感じられるものばかりではなかった。近藤氏は『源氏物語』の歌についても調査し、『源氏物語』の和歌は、「厳格に勅撰集的ジェンダー規範を遵守する一方で、（中略）あえて脱規範していく挑戦などが、時に構えられている」[*3]ことを指摘した。本稿では、近藤氏の分析結果を参照しつつ、官人たちの歌を検討していくことにしたい。

二　検討する官人たちの範囲と特色

光源氏・柏木・夕霧・薫も官人には違いないが、それぞれ本書の第一部において取り上げられている。また、第二部には「従者の和歌」という論もある。そこで、第一部では取り上げられていない官人たちで、おおむね殿上人クラス以上の人たちの歌を見ていくことにしたい。左大臣・右大臣・頭中将（一）・紅梅のほか、蔵人少将（三）（夕霧の息子）・藤侍従（鬚黒の息子）、その場限りの登場人物である殿上人・頭中将（二）・左大弁・左兵衛督・衛門督（二）・中宮大夫（三）が対象となる。[*4] 鬚黒や夕霧についても適宜参照しつつ、恋歌以外の歌を中心に検討していきたい。彼らの身分や立場の特色はどのように現れているのであろうか。

先ず、検討の対象となる歌を掲出したい。■を付す人物は、その場限りの人物である。網掛けした語は近藤氏が、「nグラム統計処理」論の中で、男性語と指摘した語である。

左大臣

1　結びつる心も深きもとゆひに濃きむらさきの色しあせずは　（桐壺①四七）

右大臣

2　わが宿の花しなべての色ならば何かはさらに君を待たまし　（花宴①三六三）

頭中将（一）

3　咲きまじる色はいづれと分かねどもなほとこなつにしくものぞなき　（帚木①八二）

4 もろともに大内山は出でつれど入る方見せぬいさよひの月　（対源氏）　（末摘花①二七二）

5 つつむめる名やもり出でん引きかはしかくほころぶる中の衣に　（対源氏）　（紅葉賀①三四三）

6 君にかくひき取られぬる帯なればかくて絶えぬる中とかこたむ　（対源氏）　（同①三四五）

7 雨となりしぐるる空の浮雲をいづれの方とわきてながめむ　（対源氏）　（葵②五五）

8 それもがとけさひらけたる初花におとらぬ君がにほひをぞ見る　（対源氏）　（賢木②一四二）

9 あかなくに雁の常世を立ち別れ花のみやこに道やまどはむ　（対源氏）　（須磨②二一五）

10 たづがなき雲居にひとりねをぞ泣くつばさ並べし友を恋ひつつ　（対源氏）　（同②二一六）

11 うらめしやおきつ玉をかづくまで磯がくれける海人の心よ　（対源氏）　（行幸③三一七）

12 わが宿の藤の色こきたそかれに尋ねやはこぬ春のなごりを　（藤裏葉③四三四）

13 紫にかごとはかけむ藤の花まつよりすぎてうれたけれども　（同③四三八）

14 そのかみの老木はむべも朽ちぬらむ植ゑし小松も苔生ひにけり　（同③四五八）

15 むらさきの雲にまがへる菊の花にごりなき世の星かとぞ見る　（対源氏）　（同③四六一）

16 木の下のしづくにぬれてさかさまにかすみの衣着たる春かな　（柏木④三三五）

17 契りあれや君を心にとどめおきてあはれと思ふうらめしと聞く　（夕霧④四八六）

18 いにしへの秋さへ今の心地してぬれにし袖に露ぞおきそふ　（対源氏）　（御法④五一五）

■殿上人

19 琴の音も月もえならぬ宿ながらつれなき人をひきやとめける　（帚木①七九）

■頭中将（二）

20　うき雲にしばしまがひし月影のすみはつるよそのどけかるべき　（松風②四二〇）

■左大弁

21　雲の上のすみかをすててよはの月いづれの谷にかげ隠しけむ　（同②四二一）

■左兵衛督

22　忘れなむと思ふもものの悲しきをいかさまにしていかさまにせむ　（藤袴③三四五）

紅梅

23　かすみだに月と花とをへだてずはねぐらの鳥もほころびなまし　（梅枝③四一一）

24　うらめしやかすみの衣たれ着よと春よりさきに花の散りけむ　（柏木④三三六）

25　心ありて風のにほはす園の梅にまづ鶯のとはずやあるべき　（紅梅⑤四九）

26　本つ香のにほへる君が袖ふれば花もえならぬ名をや散らさむ　（同⑤五三）

27　世のつねの色とも見えず雲居までたちのぼりたる藤波の花　（宿木⑤四八五）

藤侍従（鬚黒の息子）

28　竹河に夜を更かさじといそぎしもいかなるふしを思ひおかまし　（竹河⑤七四）

29　むらさきの色はかよへど藤の花心にえこそかからざりけれ　（同⑤九三）

蔵人少将（三）（夕霧の息子、竹河巻の恋の歌五首は省略）

30　いつぞやも花のさかりにひとめ見し木の本さへや秋はさびしき　（総角⑤二九六）

■衛門督（二）（夕霧の息子）

31　いづこより秋はゆきけむ山里の紅葉のかげは過ぎうきものを　（同⑤二九七）

■中宮大夫（三）

32　見し人もなき山里の岩垣に心ながくも這へる葛かな　（同⑤二九七）

一見して気づくことは、左右大臣の歌が各一首で少ないことである。特に、左大臣は光源氏の舅であり、葵の上の死に際しての歌がないことは注意されよう。母大宮は四首詠んでいる。一方、歌を残しているその場限りの登場人物が六人を数える。うち四人は宴席で歌を詠む人物である。蔵人少将（三）も、竹河巻でこそ男主人公めくが、それ以外の巻々では、30の歌を詠むだけの存在で、その場限りの人物のようなものである。20・21の歌は、松風巻における桂の院での唱和歌、30・31・32は、匂宮の宇治行楽の折の歌である。頭中将（一）の15、および、紅梅の23・27もそれぞれ同様の歌である。これらの歌には、21を除いて、近藤氏の指摘する男性語が含まれていることも注意される。

恋の男主人公ではない、歌を詠む官人を切り出すと、盃酒・盃酌の場面で、光源氏などの主要人物とともに唱和する人物たちが多い。つまり、『源氏物語』の時代の貴族社会を構成している人々でありながら物語内では活躍の場を持たない人々が、盃酒・盃酌の場面において、男性性を帯びて登場しているといえよう。

三　紅梅の歌

紅梅は、頭中将（一）の息子で、柏木の弟である。彼は、その場限りの人物ではないものの、宴席などで歌を詠み、その場面に現実感と彩りを添える人物といえよう。紅梅の歌には、何か特徴が見られるであろうか。

紅梅のすべての歌に「花」が詠み込まれており、近藤氏の指摘する男性語が頻出する。23の歌の傍線の語「へだつ」・「ほころぶ」も、「nグラム統計処理」論の一覧表のなかに二例の男性語としてあげられており、「花」は梅である。「うめのはな」は一一例の男性語である。また、25の歌の「あるべき」(波線部)は、『古今和歌集』では、素性と読み人しらずに各一首であるが、よく似た表現の「ありけれ」が七例の男性語、「あるかな」が六例の男性語、「かるべき」が三例の男性語として、「nグラム統計処理」論の一覧表にあげられている。「あるべき」もやはり男性語なのではなかろうか。なお、『後撰和歌集』では、藤原敦忠の歌に「あるべき」が一例ある。

以上のことから、紅梅の歌には男性語が多く見られることを指摘できる。このような歌の言葉の特徴には、紅梅の、一般的な男性貴族という設定が如実に表れているといえよう。紅梅の父・頭中将(一)の歌には、8・9・10の歌以外では、男性語がそれほどは見られないので(網掛け参照)、紅梅の描かれ方の特徴といえよう。

四　頭中将(一)の歌

頭中将(一)は、光源氏のライバルという役割を与えられている。若き日には、恋の鞘当てをし、光源氏が須磨に退去した際には訪問している。光源氏との贈答が多いが(対源氏と記した)、注目したいのは8の歌である。改めて前後を引用する。頭中将(一)が韻塞の負態をする場面である。

例よりはうち乱れたまへる御顔のにほひ、似るものなく見ゆ。羅の直衣、単衣を着たまへるに、透きたまへる肌つき、ましていみじう見ゆるを、年老いたる博士どもなど、遠く見たてまつりて涙落としつつゐたり。「あはましものをさゆりはの」とうたふとぢめに、中将御土器まゐりたまふ。

それもがとけさひらけたる初花におとらぬ君がにほひをぞ見る

ほほ笑みて取りたまふ。

「時ならでけさ咲く花は夏の雨にしをれにけらしにほふほどなくおとろへにたるものを」と、うちさうどきて、らうがはしく聞こしめしなすを、咎め出でつつ強ひきこえたまふ。多かめりし言どもも、かうやうなるをりのまほならぬこと数々に書きつくる、心地なきわざとか、貫之が諫め、たうるる方にて、むつかしければとどめつ。（賢木②一四二〜一四三）

さて、二重傍線部「聞こしめしなす」について、新全集の頭注七には、「下の『聞こしめす』の解が、酒を召しあがる、中将の言葉をお聞きになる、の大別二様に分かれている。前者では下の「強ひきこえたまふ」と矛盾する。後者では源氏が中将の歌を『らうがはしく』聞く点に不自然さが残るが、一応後者に従っておく。中将の歌を真実『らうがはし』と受け止めたのではないが、中将の同情をも含めて自己の衰退への詠嘆を意識的におし隠す気持ちであろう」とある。玉上琢弥『源氏物語評釈』も、「大将の歌は、中将の歌を『らうがはしく』聞いたとは思えない」（第二巻六一四頁）とする。新潮日本古典集成は「酔いの紛れの言葉とお取りなしになるのを」、新日本古典文学大系も「（中将の歌を）酔いの暴言だとお取りなしになるのを」とするが、どうして酔いの紛れの暴言になるのかについての言及はない。[*5] 頭中将（一）の歌のどこが「らうがはし」なのかが問題であろう。「らうがはし」とは、視覚的であれ、聴覚的であれ、心理的であれ、乱雑で秩序のないさまをいう語である。[*6]「さうどく」は「騒ぎ立てる。陽気にはしゃぐ」[*7] の意であり、「咎め出でつつ」も、ただ単に「咎めて」とあるよりは強い表現である。

私は、頭中将（一）の8の歌は、ただ単に光源氏の美貌を讃えた歌ではなく、光源氏を女性に見立て、冗談ではあるが関係を持ちたいという意が籠められた「らうがはし」い歌なのではないかと考える。その理由を以下に述べていきたい。

この歌は、頭中将（一）の次男（紅梅）が催馬楽の「高砂」を歌ったのを受けて詠まれている。「高砂」とは、「それもがと」・「けさひらけたる」（「高砂」では「けささいたる」）・「初花」が重なる。「高砂」には「それもがと　サム　ましもがと　ましもがと」[*8]（花のようなそれが欲しい、そう、おまえが欲しい、おまえが欲しい）とある。頭中将（一）の歌は、初花と源氏を重ねて、「高砂」では「あはましものを」（逢いたかったのに）だが、自分は「にほひをぞ見る」だというのである。「にほひ」「見る」は、近藤氏の指摘する男性語であり、男が女を見る視線である。「見る」には特別な意味もあり、「高砂」の「それもがと　サム　ましもがと」が響いてくるであろう。

頭中将（一）の歌は、「我はけさうひにぞ見つる花の色をあだなる物といふべかりけり」（古今・物名・四三六、紀貫之）[*9]を引歌にしており、「花の色」（源氏の美貌）には「あだ」（なまめかしい）というイメージが加わる。また、頭中将（一）の歌には、「けさひらけたる初花」ともある。「ももくさの花の紐とく秋の野に思ひたはれむ人なとがめそ」（古今・秋上・二四六、読人しらず）では、花が咲くことを「紐とく」と表現しており、花が咲くことには女が衣服を脱ぐイメージがある。「高砂」では「さいたる」とあるものが、頭中将（一）の歌では「ひらく」になったのも、そのイメージを強めるであろう。

そのうえ、歌の贈答の直前で、源氏の肌を「透きたまへる肌つき」（傍線部）と描写している。源氏の肌が語り手から描かれ、「年老いたる博士ども」の視線にずらされていくが、博士よりも源氏の近くにいる頭中将（一）の目に入らないはずはない。年老いた博士が感動するのであるから、若い頭中将（一）はなおさらであろう。頭中将（一）が、源氏を女性に見立てる環境は整っている。『源氏物語』において、男性の「肌つき」を描くのはこれのみである。[*10]

頭中将（一）の歌が、男から女に対して「あなたが欲しい」と贈る歌の雰囲気を持っているので、源氏は「ほほ笑み」、「うちさうどき」、「らうがはしく聞こしめしなす」（ことさらに頭中将の歌を意味ありげに解釈する）のであろう。つまり、苦笑して、私は不遇で（「時ならで」）、くじけてしまって（「しをれにけらし」）、色っぽくなんかない（「にほふほどなく」）、容貌は落ちてしまっているのに（「おとろへにたるものを」）と、ちょっと騒いで、いやらしいことをいうなあ、と言うのであろう。そこで、頭中将（一）は、そんなことを言ってやしないさと、源氏が「らうがはしく聞こしめしな」したことを「咎め出でつつ」（繰り返しことさらに咎めて）、まあ飲めと「強ひきこえたまふ」のであろう。語り手が「まほならぬこと」（波線部）というのも、こうした好色めいた歌が多かったということであろう。諸注は、源氏の歌を文字通りの深刻な意味に解釈し、それにとらわれてしまっているように思われる。[*11]

ところで、10の歌に対して、三谷邦明氏は、「光源氏は都に向けて自己の無罪を訴える。それに対して、相手の頭中将は、それを容認する返歌や発話をするわけにはいかない。それ故、『鶴』という同じ歌語を用いながら、比翼連理の同性愛的な歌に変容してしまうのである」と述べる。[*12] 10の歌は、「なき（鳴き）」「雲居」「泣く」「恋ひ」と男性語が頻出する。その傾向は9の歌にも見られ（「あかなくに」「立ち別れ」「まどはむ」）、須磨巻の頭中将（一）の歌の特徴といえよう。一方、6の歌は、催馬楽「石川」をふまえた光源氏との贈答であるが、光源氏を高麗人に、自分を帯を盗られた女に擬している。また、7の歌の前には、「女にては、見棄てて亡くならむ魂かならずとまりなむかしと、色めかしき心地にうちまもられつつ」（葵②五五）ともある。つまり、6の歌は、光源氏に対して頭中将（一）が女性の立場になって歌を詠んでおり、7の歌の直前で、頭中将（一）は女の視線で源氏を見ている。8の歌は、頭中将が男の立場で源氏を見ており、9・10の歌は同性愛的といえよう。場面場面で立場を変化させながら、恋歌めいた歌を詠んでいることになる。[*13] 親しい女房たちが恋歌のような歌の贈答をしていたことと共通するようだ。そのような行為が、男性貴顕の間にもあったことが推測される。

続いて15の歌を検討したい。「むらさきの雲」・「菊」・「星」が詠み込まれている。新全集の頭注二〇には、「『むらさきの雲』は、白菊の移ろう色であるとともに、聖帝の君臨する時にたなびく瑞雲をいう。『菊の花』は、皇統の偉徳の象徴。『にごりなき世』も聖代の意」とある。「むらさきの雲」は、「和歌では藤の花の咲くさまをたとえることが多[*14]」く、次節で引用する34の歌もその例である。「菊」は、『古今和歌集』に一四例あり（詞書から菊が詠まれたとわかるものを含む）、読人しらずの一首を除きすべて男性の歌である。「菊」は男性性を示す歌材であるといえよう。「菊の花」を「星」に見立てる発想は、「久方の雲のうへにて見る菊は天つ星とぞあやまたれける」（古今・秋下・二六九、藤原敏行）など珍しくはない。しかし、「むらさきの雲」とともに詠まれたものは、『新編国歌大観CD—ROM』によって平安時代の和歌を検索すると、次の二首のみである。

むらさきの雲間の星と見ゆるかなうつろひのこる白菊の花　（清輔集・一八九）

星とのみまがひし菊はむらさきにうつろふのちぞ雲とみえける　（実家集・一七〇）

いずれの歌も残菊を題にして歌ったもので、15の歌とは内容が異なる。また、『源氏物語』から百年以上後の歌でもある。15の歌は、型通りの歌ではないことがわかる。河海抄には「慶雲寿星心歟」とし、『南仲記』を引用する。15の歌は漢詩文の教養をもとにした歌のようだ。この歌は、華やかに格調高く光源氏の栄華を言祝いでおり[*15]、第一部の掉尾を飾るにふさわしい歌になっていよう。派手好みの頭中将（一）の性格と同時に、彼の教養の高さを表しているように思われる。なお、10・12の歌にも漢詩文がふまえられている[*16]。

頭中将（一）の歌は、私が今回取り上げた人物たちの歌に多く見られる無性格な歌とは異なる。そのことは、頭中将（一）が、単なる貴族社会の一員としてではなく、肉付けされた人物として『源氏物語』に登場していることを示しているといえよう。

五　左大臣・右大臣の歌

左右大臣はそれぞれ一首ずつしか歌がない。鬚黒も、第二部に入ってからは歌を詠まない。夕霧も第三部に入ってからは、次の二首のみである。

33　大空の月だにやどるわが宿に待つ宵すぎて見えぬ君かな　（宿木⑤四〇一）
34　君がため折れるかざしは紫の雲におとらぬ花のけしきか　（同⑤四八五）

33は匂宮の来訪を促すもので、2・12・13と同種の歌、34は、藤花の宴における唱和歌で、新全集は夕霧の歌とするが、夕霧の歌とは特定できないとする説もある。[*17] 光源氏以外は、高位高官になると歌をあまり詠まない傾向があるようだ。『古今和歌集』に、大臣の歌がほとんどないことと関連があるのであろうか。

再度、両大臣の歌を掲出する。

左大臣
1　結びつる心も深きもとゆひに濃きむらさきの色しあせずは　（桐壺①四七）
右大臣
2　わが宿の花しなべての色ならば何かはさらに君を待たまし　（花宴①三六三）

両大臣の歌を見ると、右大臣の歌は、12・33の歌と類似している。12・33の歌は婿の来訪を誘う歌で、右大臣の歌とは状況が異なるが、男君の来訪を促す歌としては共通する。12・33の歌が、花や月の美しい我が家にあなたは来てくれないのかというのに対して、右大臣の歌は、自分の家の花は並の美しさではないのだからあなたを待ってい る、と詠む歌で押しが強い。桐壺帝が「したり顔なりや」（花宴①三六三）と笑うほどの、あっけらかんとした自信は、『古今和歌集』の藤原良房の歌、「年ふればよはひは老いぬしかはあれど花をし見れば物思ひもなし」（春上・五二）に通じるものがある。自己肯定的で権力者の歌らしい歌といえよう。

一方、左大臣の歌は、光源氏の元服の日における、桐壺帝の歌、

いときなきはつもとゆひに長き世をちぎる心は結びこめつや　（桐壺①四七）

に対する返歌である。「濃きむらさきの色しあせずは」（濃い紫の色が浅くならないならば―源氏の君の心が変わることがなければいいのだが）とは、心が変わることを前提にしているようにも思われる。随分消極的な歌ではないだろうか。そこで、元結がどのように歌に詠まれているかを『新編国歌大観CD―ROM』によって調べてみると、

ア　君こずは閨へも入らじこ紫わがもとゆひに霜はおくとも　（古今・恋四・六九三、読人しらず）

イ　ゆひそむるはつもとゆひのこ紫衣の色にうつれとぞ思ふ　（拾遺集・賀・二七二、大中臣能宣）

に代表されるようで、『源氏物語』の古注釈もこの二首をあげる。しかし、アの歌は恋人が来るのを待つ歌、イの歌は将来の出世を祈る歌であり、左大臣の歌とは関わりが薄いようだ。『新編国歌大観CD―ROM』を検索すると、平安時代に詠まれた元結の歌には、元結に願いなどを結び籠めるという発想の歌はいくつかあるが、「紫の色があせる」と詠んだものは見当たらない。宴席の歌は、繁栄を言祝ぐ型通りの歌が多いように思われるのだが、左大臣の歌は、予祝をするのでもなく、型にはまった歌とはいえまい。源氏と葵の上の不和を予見しているようにさえ思われる。光源氏は、生まれた日も元服の日も、死の日さえも不明であるので、*18 月や花といった季節の語は入りようがないとしても、もっと違う詠み方があるように思われてならない。左大臣の歌であることを越えて、物語の

伏線になっているのではなかろうか。それにしても、両大臣の歌は対極的であり、両者は、作歌の面においても対比的に描き出されているといえよう。[*19]

六　まとめ

それぞれの人物の性格、それぞれの人物の物語における位置付けが、歌表現のなかに示されている様相を縷々述べてきた。紅梅が、いわゆる男性貴族の歌を詠んでいるように思われるのに対して、その父頭中将（一）は、表現に特色のある歌を詠んでいる。左右大臣も、各一首のみにもかかわらず、左大臣は特色のある歌を詠んでいる。恋歌ではない歌に対しては、従来、注目することが少なかったように思われる。しかし、そうした歌においても、それぞれの人物の特徴が現れるように、『源氏物語』の歌は作り出されているのである。

注

＊1　吉見健夫「『源氏物語』作中和歌の表現と方法―玉鬘巻の和歌をめぐって」（『和歌文学研究』第69号、一九九四・一一。久富木原玲編『和歌とは何か』〈有精堂、一九九六〉に再録）

＊2　近藤みゆき「nグラム統計処理を用いた文字列分析による日本古典文学の研究―『古今和歌集』の「ことば」の型と性差―」（千葉大学『人文研究』第29号、二〇〇〇・三、『古代後期和歌文学の研究』〈風間書房、二〇〇五所収〉）。以下本稿では、この論文を「nグラム統計処理」論と略称する。

＊3　近藤みゆき「男と女の「ことば」の行方―ジェンダーから見た『源氏物語』の和歌―」（『源氏研究』第9号、二〇〇四・四）

＊4　本文の引用および呼称は、新編日本古典文学全集による。以下、新全集と略称する。歌の掲出は、第六巻付録の「源氏物語作中和歌一覧」による。なお、鬚黒・中将（三）については、本稿では恋歌以外の歌を中心に考察するので、煩雑を避けて掲出しなかった。

＊5　『岷江入楚』秘説では「さうときとはおとろへたる物をなとゝさうときの宣ひつゝらうかはしく酒をむさときこしめしなす也（中略）河海にはおとろへにたる物をとうちそほれとありて感たるなり云々或抄御説にらうかはしは労かはしき也いたむやう也云々」とする。「うちさうどく」を「うちそほれ」としたり、「らうかはし」を「いたむやう也」とするなど先人の苦労が窺われる。

＊6　『全訳全解古語辞典』（山口堯二・鈴木日出男編、文英堂）

＊7　注＊6に同じ

＊8　木村紀子訳注『催馬楽』（平凡社、二〇〇六）、口語訳は池田。

＊9　歌番号および引用は、『新編国歌大観』による。一部かなを漢字に変更した箇所がある。

＊10　小嶋菜温子氏は、源氏の「肌つき」の美しさに「両性的な美の現れ」があることを指摘する（「光源氏の身体と性―誕生から〈老い〉まで」『源氏物語の性と生誕』立教大学出版会、二〇〇四）。

＊11　縄野邦雄氏は、「それ（源氏の歌の通説―池田注）では猥雑な場面の中で歌が浮き上がってしまう」とし、「三位中将は自慢の薔薇を源氏にひき比べて和歌に詠んだ。それを源氏はふざけて、しおれているとした。その失礼な見立てが『らうがはしく聞こしめしなす』とされているのである」と述べる（『源氏物語の鑑賞と基礎知識⑩賢木』至文堂、二〇〇〇）。その場合には、「聞こしめしなす」ではなく、「のたまひなす」などのほうがふさわしいのではなかろうか。「聞こしめしなす」であるから、中将の歌そのものを、源氏が「らうがはしく」解釈したということであろう。

＊12　三谷邦明「あとがき―須磨巻を軸とした物語文学研究の展望あるいは言説分析の可能性―」（『物語文学の言説』有精堂、一九九二）

＊13　注＊2など。
＊14　『小学館日本国語大辞典』
＊15　『弄花抄』にも、「紫雲とは河海にいへることく堯の時の嘉瑞也寿星は徳星ともいふ聖代明時の嘉瑞也（中略）又紫の雲を禁中の事によめる哥も有」という詳しい注がある。藤裏葉巻の最後には、源氏と頭中将（一）の贈答、朱雀院と冷泉帝の贈答の四首が並ぶが、古注が詳しい注を付すのは、頭中将（一）の歌に対してのみである。このことも、この歌が型通りの歌ではないことを示していよう。
＊16　漢詩文がふまえられている歌は、源氏以外では少数である。9の歌は、源氏の歌に対する返歌であるが、源氏の贈歌は漢詩をふまえている。一方、源氏は良清や惟光などとも歌を唱和しているが（須磨②二〇一～二〇二）、漢詩文はふまえられていない。
＊17　青木慎一・長谷川範彰「源氏物語の和歌を読む　宿木巻」（加藤睦・小嶋菜温子編『源氏物語と和歌を学ぶ人のために』世界思想社、二〇〇七）
＊18　拙稿「源氏物語の月日設定」（『源氏物語表現論』風間書房、二〇〇〇）
＊19　一例をあげると、「大将はものの紛れにも、左大臣の御ありさま、ふと思しくらべられて、たとしへなうぞほほ笑まれたまふ」（賢木②一四五）とある。

従者の和歌

長谷川範彰

一

ここでいう従者とは上級貴族に奉仕する中・下級貴族の事を指す。従者は主人である上級貴族に仕え、一蓮托生の関係を結ぶ。この従者の代表例が惟光である。源氏の乳母子でもある惟光は影のように源氏に付き添い、助けてきた。当然、源氏の須磨流謫にも従い、帰京後は源氏の政界復帰を受けて出世し参議にまで昇るのである。

本稿の課題はこの従者たちの詠んだ和歌を読み解くことである。従者の詠んだ和歌として最も知られているのが、須磨巻における源氏一行の唱和であろう。

ほのかに、ただ小さき鳥の浮かべると見やらるるも、心細げなるに、雁の連ねて鳴く声、楫の音にまがへるを、うちながめたまひて、涙こぼるるをかき払ひたまへる御手つき、黒き御数珠に映えたまへるは、故里の女恋しき人々、心みな慰みにけり。

初雁は恋しき人のつらなれやたびのそらとぶ声の悲しき

とのたまへば、良清、

かきつらね昔のことぞおもほゆる雁はその世のともならねども

民部大輔、

心から常世を捨ててなく雁を雲のよそにも思ひけるかな

前右近将監、

常世いでて旅の空なるかりがねも列におくれぬほどぞなぐさむ

友まどはしては、いかにはべらましと言ふ。親の、常陸になりて下りしにも誘はれで、参れるなりけり。下には思ひくだくべかめれど、誇りかにもてなして、つれなきさまにしありく。(「須磨」②二〇一〜二〇二頁)[*1]

この場面は言及されることが比較的多く、またこの四首についても「この唱和は「都」の人と盛時を顧み、「都」を郷愁する主従の心情と連帯とを象るものであり、光源氏の独詠が急増する前後の物語の展開とあいまって、辺境での孤独感を表象する役割を果たしている」などと概括されている。[*2] そこで本稿ではこの「須磨」巻の唱和以外の従者の和歌を考察の対象としたい。

『源氏物語』において従者の和歌はそれほど多くない。須磨巻の唱和歌を除くと従者の和歌は次に挙げる二首のみである。

ひき連れて葵かざししそのかみを思へばつらし賀茂のみづがき　(右近将監・須磨②一八一頁)

住吉のまつこそものは悲しけれ神代のことをかけて思へば　(惟光・澪標②三〇五頁)

本稿ではこの二首の検討をとおして、従者の和歌について考えていく。

二

まずは「須磨」巻の右近将監の歌から見ていきたいが、和歌自体について考える前に、詠者右近将監について簡単に触れておきたい。

右近将監が『源氏物語』に初めて登場するのは「葵」巻の賀茂祭の御禊の行列の場面である。

ほどほどにつけて、装束、人のありさまいみじくととのへたりと見ゆる中にも、上達部はいとことなるを、一ところの御光にはおし消たれためり。大将の御仮の随身に殿上の将監などのすることは常のことにもあらず、めづらしき行幸などのをりのわざなるを、今日は右近の蔵人の将監仕うまつれり　（葵②二四～二五頁）

ここに見える「右近の蔵人の将監」が右近将監である。賀茂祭の御禊の行列において源氏の随身を務め、以降しばしば源氏の側近として姿を見せることになる。源氏の須磨下向にも随行し、先に挙げた「須磨」巻の唱和歌のメンバーにも名を連ねており、かなり源氏と近い関係にあることが分かる。また源氏の政界復帰後も源氏の元に出入りする姿が確認できる。*3 これらをふまえた上で、右近将監の歌を見てみたい。

当該歌が詠まれたのは次のような場面である。

月待ち出でて出でたまふ。御供にただ五六人ばかり、下人も睦ましきばかりして、御馬にてぞおはする。さらなることなれど、ありし世の御歩きに異なり、みないと悲しう思ふ。中に、かの御禊の日仮の御随身にて仕うまつりし右近将監の蔵人、得べきかうぶりもほど過ぎつるを、つひに御簡削られ、官もとられてはしたなければ、御供に参る中なり、賀茂の下の御社をかれと見わたすほど、ふと思ひ出でられて、下りて御馬の口を取る。

ひき連れて葵かざししそのかみを思へばつらし賀茂のみづがき

と言ふを、げにいかに思ふらむ、人よりけに華やかなりしものを、と思すも心苦し。君も御馬より下りたまひて、御社の方拝みたまふ。神に罷申ししたまふ。

うき世をば今ぞ別るるとどまらむ名をばただすの神にまかせて

とのたまふさま、ものめでする若き人にて、身にしみてあはれにめでたしと見たてまつる。

（須磨②一八〇～一八一頁）

朧月夜との密通が発覚し、右大臣や弘徽殿女御の怒りを買った源氏は須磨へ赴くことを決意し、ゆかりのある人々に別れの挨拶をして回る。この場面は藤壺のもとを訪れたあと、桐壺帝の御陵に向う途中下鴨神社の前を通りかかった時のことである。

五六人ほどの供を連れひっそり夜の道を行く源氏一行。世間の注目を浴びもてはやされていた往時に比べるべくもない。一行の中に右近将監の姿が見出せる。下鴨神社の前に差し掛かったとき、源氏が一際華やかで脚光を浴びた賀茂祭の御禊の行列にも随身として従っていた右近将監は「ひき連れて葵かざししそのかみを思へばつらし賀茂のみづがき」と詠まずにはいられなかった。「そのかみ」とは「ひき連れて葵かざし」た賀茂祭の御禊の行列に代表される源氏が一番輝いていた時期を指すと同時に下鴨神社の神の意も含んでいる。華やかな往時を思い出すにつけても、つい下鴨神社の神の仕打ちを辛いと思う。感情の矛先がこの下鴨神社に向うのは、その存在が賀茂祭の御禊の行列の記憶と直結するのと同時に後述するように下鴨神社の祭神が理非曲直を正す神として知られていたからでもあろう。古注釈では「神もうらめしきと也」（『細流抄』）、「神もうたてしと也」（『孟津抄』）*4 などと神への恨みを強調するきらいがあるが、一首の主題は当時と今を引き比べ、昔の記憶が華やかであればあるほど現在の境遇を恨まずにはいられないという心境であり、「境遇の激変を神に慨嘆する歌[*5]」といった理解が穏当なように思われる。

賀茂祭の御禊の行例に随身として従った右近将監こそが詠みうる和歌とも言えるが、一首に詠まれた感情は一人右近将監だけのものではないということに注意したい。御禊の行列の記憶の有無は別として、「みないと悲しう思ふ」とあるように、辛さ、悔しさ、惨めさといった思いは一行の中で共有されているものなのである。そもそもこれらの思いを一番強く抱いているのは源氏当人であろう。吉海直人氏は右近将監を「源氏の分身（同体）であり象徴」、「光源氏の分身（一蓮托生）的存在[*6]」と規定されているが、一首は「分身的存在」である右近将監の言葉を借りて源氏の胸中を代弁したものともいえそうである。

一首に関してもう一つ指摘したいのが、源氏の歌

うき世をば今ぞ別るるとどまらむ名をばただすの神にまかせて

を引き出すという役割である。「ただすの神」とは『神道大辞典』には「官幣大社賀茂御祖神社、並にその摂社に坐す河合神社等の神を申す」とあり、『日本国語大辞典（第二版）』には「賀茂御祖神社およびその摂社河合神社の祭神」とある。「賀茂御祖神社」とは下鴨神社のことであり、「河合神社」は下鴨神社の南、糺の森の中にある。下鴨神社の祭神は上賀茂神社に祭られている別雷神の母である玉依姫命とその玉依姫命の父である建角身命、河合神社の祭神は玉依姫命（上記の玉依姫命とは別の神とされる）である。この「ただすの神」は平安時代以降しばしば和歌に詠まれるようになり、

我にきみおとらじとせしいつはりをただすのかみも名のみなりけり（和泉式部続集・一六八[*7]）

いかにしていかにしらましいつはりを空にただすの神なかりせば（枕草子・一七七段[*8]）

こぞとやといふぞちとせをとしのうちにただすのかみにしらせてしかな（肥後集・一四七）

いつはりの言の葉紀す神も聞けさやは契りしなから木の宮（十訓抄・七ノ二十四）[*9]

などと真偽正邪を明らかにする神として和歌の中で用いられることが多かった。汚名や濡れ衣を晴らす「ただすの神」を詠んだ「うき世をば…」歌はあらぬ疑いをかけられ[*10]逼塞を余儀なくされた源氏の現在の境遇に相応しい内容といえ、当該場面の主眼はこの源氏歌にこそあるとも考えられる。そして、「げにいかに思ふらむ、人よりけに華やかなりしものを、と思すも心苦し」とあるように右近将監の歌が呼び水となって源氏歌が詠まれていることが了解されよう。

なぜこの場面に右近将監が登場し、歌を詠むことになったのであろうか。吉海氏が「要するに右近の将監は、御禊の行列を盛り上げるために、半ば強制されて仮の随身を努めたにすぎ」ず「この場面一回きりの登場で、それ以後二度と物語に登場しないということもありうる」[*11]と言われるように、右近将監は「葵」巻ただ一度の登場に終わる可能性は決して低くなかった。にも拘らず当該場面に登場し歌を詠むことになったのはその一度の登場が賀茂祭の御禊の行列における源氏の随身としてだったからであろう。源氏の「うき世をば…」歌をこの場面の主眼であると考えるならば、下鴨神社という舞台設定も右近将監の登場もそして右近将監の歌も源氏にこの歌を詠ませるためと見ることもできるのである。

三

続いて惟光の和歌を見てみよう。

君は夢にも知りたまはず、夜一夜いろいろのことせさせたまふ。まことに神のよろこびたまふべきことをし尽くして、来し方の御願にもうち添へ、ありがたきまで遊びののしり明かしたまふ。惟光やうの人は、心の中に神の御徳をあはれにめでたしと思ふ。あからさまに立ち出でたまへるにさぶらひて、聞こえ出でたり。

住吉のまつこそものは悲しけれ神代のことをかけて思へば

げに、と思し出でて、

あらかりし波のまよひに住吉の神をばかけてわすれやはする

しるしありなとのたまふもいとめでたし。（澪標②三〇五〜三〇六頁）

帰京のかなった源氏は翌年秋、願ほどきのため住吉社に参詣した。政界に復帰した源氏の威勢を示すように多く上達部、殿上人が供をしていた。たまたま同じ日に住吉社に来ていた明石の君は源氏一行の華やかな様子を目にし、源氏と自分との身分の差を痛感する。[*12]

そんなこととも知らず源氏は一晩中様々な神事を行った。住吉の神に深い感謝の念を抱いていた惟光はふと席を外した源氏の側に行き、「住吉の…」と詠みかける。ここでいう「神代」とは、須磨流離の頃のことを含意している。源氏の勢いを見せ付ける盛大な神事の数々の中で、源氏の供をして須磨へ赴いた惟光は当時の苦労を思う。

この歌を聞き、源氏はその通りだと、当時を思い出し、「あらかりし…」と詠む。この歌は「住吉の神をばかけてわすれやはする」とあるように住吉の神への感謝の思いを歌ったものである。

まず「須磨」巻の右近将監の例と同じように従者である惟光の歌が源氏が歌を詠む契機となっていることを指摘しておきたい。

さて惟光の「住吉の…」歌は先述したように須磨での苦難に満ちた思い出を詠んでいるが、これは惟光個人の心境に留まらない。『細流抄』が「上下の懐をのべ侍るなり」と言うように源氏と惟光主従の感慨と見るべきだろう。つまりこの場面の二首はともに源氏の心中を詠んだものといえる。惟光の歌に込められた須磨にあった日々への万感の思いと源氏の詠んだ住吉の神への感謝、この二つが合わさったものがこのときの源氏の心なのである。

四

和歌と人物との関係を考える方法は様々にあるだろうが、「御法」巻の紫の上と花散里や明石の君の贈答の例のように和歌の詠みぶりや表現からその人の個性を読み取る[*13]といった方法は従者の和歌に関しては有効とはいえない。従者という立場にある者の和歌がどのようなものであり、どのような役割を果たしているかを考えることが重要だろう。

このような観点から見たとき従者の和歌の特性は次のようになる。

従者の和歌は源氏の思いや感情を代弁している。それは影のように寄り添い、一心同体の関係にあるからこそ果たし得る役割といえるだろう。同時に源氏の心中を和歌として形作る契機として機能していることが指摘できよう。それもまた従者の和歌が源氏の心中の忠実な反映だからこそ契機となり得るのである。

従者の和歌と源氏の歌との関わりで言うならば、この両者は互い補完しあう関係にあるといえる。「須磨」巻を例に取るならば、右近将監の歌が華やかだった日々を思い出し現在の境遇を嘆くものであり、源氏の歌は己の潔白を訴えるものであった。どちらもともに源氏の思いであり、どちらか一方のみでは源氏の胸中を十分に言い表わすことはできない。右近将監の歌と源氏の歌、両首が揃ってはじめて源氏の失意が不足なく表現されるのである。

「澪標」巻の場合も、苦難の記憶への懐古とその表裏の関係にある現在の状況に対する充足感、住吉の神の加護への感謝の念。この内のどちらが欠けても源氏の感慨をすべて示したことにはならない。

源氏の「分身・象徴」としての存在である右近将監や幼い頃から長年源氏に仕え、苦楽をともにしてきた惟光の詠んだ和歌だからこそこのような役割を果たすことが可能だったのである。先ほど述べたように従者の和歌の場合、表現や詠みぶりから詠者の個性を読み取るという試みはあまり意味がない。従者の和歌はその在り方にこそ存在意義があるのである。従者の和歌とは従者個人の個性が表れたものというよりも、仕える主人の心中や境遇を映し出すものと見るべきだろう。従者は和歌の上でも主の意を体するという従者の役割を忠実に果たしているといえよう。

五

ところで、右近将監と惟光の和歌にはこれまで見てきた点以外にも看過しえない共通点が二点ほど指摘できる。

一つ目は、従者の歌が先に詠まれ、それを受けて源氏が歌を詠んでいるという点である。これはつまり目下の者がまず歌を詠み、その後に目上の者が歌を詠むということであり、少々不自然な感は否めまい。悲憤の思い余っての独詠である右近将監の場合はまだしも、惟光の場合は明らかに惟光の側から源氏に歌を詠みかけている。惟光と源氏との極めて親しい間柄の象徴と見ることもできるし、「うたならてはいかにして卑懐をものへ侍へきと云々」（『細流抄』）「哥ならては卑懐はのへられぬとて惟光の申也」などとあるように和歌だからこそ源氏に自分の思いを表すことができたという考え方もあるだろう。しかしいくら親しい間柄だとしても特異な形であるのは疑いようがないだろうし、このような注がつけられること自体が違和感を持って見られていたことの証左だろう。いずれにせよ、まず従者の歌があり、その後に源氏の歌が続くという形態は和歌の詠まれ方としてはいささか不安定なように思われる。

もう一つの共通点はともに神に関わるという点である。右近将監の歌は下鴨神社、惟光の歌は住吉社にまつわるものであった。二首しかない従者の和歌がどちらも神に関係したものであるのは果たして偶然であろうか。

これらのことがどのような意味を持つかについて明らかにする術を今は持たないが、『源氏物語』と和歌という巨視的な視点から見ていく必要があるだろう。特に最後に挙げた問題点は『源氏物語』における神と和歌、そして神と人というより大きな問題に繋がる可能性がある。今後考えていくべき課題といえよう。

注

＊1 『源氏物語』の本文は『新編日本古典文学全集』による（但し、引用に際しては適宜表記を改めた箇所がある。以下同）。

＊2 小町谷照彦「源氏物語の唱和歌の表現性」（『国語と国文学』第六一巻第五号、一九八四・五。後に「唱和歌の表現性」と改題して『源氏の歌ことば表現』東京大学出版会、一九八四に所収）。

＊3 右近将監については、藤村潔「右近のぞう」（『古代物語研究序説』笠間書院、一九七七）、吉海直人「右近の将監を読む—家司論の一環として」（『古代文学研究（第二次）』一一号、二〇〇二・一〇。後に「右近の将監」と改題して『源氏物語の新考察—人物表現の虚実—』おうふう、二〇〇三に所収）などに詳しい。

＊4 『細流抄』『孟津抄』の引用は『源氏物語古注集成』による。

＊5 小町谷照彦「光源氏須磨退居と離別和歌」（『源氏物語の鑑賞と基礎知識№2　須磨』至文堂、一九九八・一一）。

＊6 前掲注＊2論文。

＊7　和歌の本文、歌番号は『新編国歌大観』による。
＊8　『枕草子』の本文、章段数は『新編日本古典文学全集』による。
＊9　『十訓抄』の本文は『新編日本古典文学全集』による。
＊10　「濁りなき心」（須磨②一六五頁）、「雲ちかく飛びかふ鶴もそらに見よわれは春日のくもりなき身ぞ」（須磨②二一六頁）、「八百よろづ神もあはれと思ふらむ犯せる罪のそれとなければ」（須磨②二一七頁）などと源氏はたびたび自分の無実を訴えている。
＊11　前掲注＊2論文。
＊12　須磨において暴風雨に襲われた源氏は「住吉の神、近き境を鎮め護りたまふ。まことに迹を垂れたまふ神ならば助けたまへと、多くの大願を立てたまふ」（須磨②二二六頁）と住吉の神に願をかけている。
＊13　この辺りの研究史については『源氏物語と和歌を学ぶ人のために』（世界思想社、二〇〇七）の「源氏物語の和歌を読む」の「御法巻」の項にまとめられている。

女房たちの歌――暴かれる薫――

吉井美弥子

一　はじめに

『源氏物語』に登場する女房たちの内、詠んだ歌が記されている人物は全部で三十二名であり[*1]、計四十一首が数えられるが、それぞれの女房が詠んでいる歌数は少なく、最も多く歌を詠んでいる女房（王命婦と末摘花の乳母子侍従の二名）でも三首にとどまる。女房たちの場合、歌そのものにそれぞれの人物の個性や特徴があらわされるというより、彼女たちの歌と言動によって、その場面に登場する他の人物の性格や登場意義等が照らし出されるといえるようだ。右に数えた四十一首の女房たちの歌の種類は、答歌十七首（代作を含む）、唱和歌八首、贈歌十四首（男性への八首、女性への六首）、独詠歌二首である。この内、代作を含む答歌や唱和歌については、歌そのものについてはもとより、その歌が詠まれた各場面についても慎重な検討をする必要はあろうが、とりあえず形態からすれば、女房としての立場をふまえた役割によるものということができるだろう。それに対して、贈歌のほうはより能動的な行為といえる。[*2] 中でも注目すべきは、女房たちから男性たちへ贈られた八首の歌である。なぜなら、女性からの贈歌という点からも異例な上、この八首の内、五首までが、いずれも異なる女房によって、薫一人に集中して贈られているからである。

そこで本稿では、女房たちから男性たちへ贈られた歌のある場面に注目し、そこから浮かび上がる薫の問題についての考察を試みたい。

二　召人たちの歌

薫に関する贈答歌について検討する前に、その他の例を確認しておこう。

まず、玉鬘のもとへ出かけていくための鬚黒大将の衣装に香をたきしめつつ、召人でもある木工の君が鬚黒に詠みかける一場面。

Ａ　木工の君、御薫物しつつ、

「独りゐてこがるる胸の苦しきに思ひあまれる炎とぞ見し

なごりなき御もてなしは、見たてまつる人だに、ただにやは」と、口おほひてゐたる、まみいといたし。されど、いかなる心にてかやうの人にものを言ひけん、などのみぞおぼえたまひける、情なきことよ。

「うきことを思ひさわげばさまざまにくゆる煙ぞいとど立ちそふ

いと事のほかなることどもの、もし聞こえあらば、中間になりぬべき身なめり」と、うち嘆きて出でたまひぬ。

（真木柱③三六八～三六九頁）

鬚黒は、前夜、北の方から香炉の灰を投げかけられ、玉鬘のもとへ通うことができなくなってしまった。今夜こそはと身づくろいに励む鬚黒に対して、木工の君は、北の方の思いへの同情を示すとともに、鬚黒に顧みられないことについての自分自身の恨みをも訴える。「口おほひてゐたる」とある通り、出過ぎたことをいって木工の君はみずから口元を覆っているが、その「まみいといたし」、つまり目元は鋭い魅力を放っている、と語り手は評す。ところが、鬚黒はこうした木工の君のような召人と交渉を持ったことも悔やむほどになっている。語り手はそのような鬚黒を「情なきことよ」と弾じるものの、玉鬘のもとへ出かけていく鬚黒のさまが語られて、この贈答歌の場面は閉じられている。玉鬘に夢中になるあまり、召人に対しては「情」なきさまの鬚黒の姿が強く描かれた場面といえるだろう。

次は、中将の君から光源氏への贈歌が見られる場面。

B ……葵をかたはらに置きたりけるをとりたまひて、「いかにとかや、この名こそ忘れにけれ」とのたまへば、

さもこそはよるべの水に水草ゐめ今日のかざしよ名さへ忘るる

と恥ぢらひて聞こゆ。げに、といとほしくて、

おほかたは思ひすててし世なれどもあふひはなほやつみをかすべき

など、一人ばかりは思し放たぬ気色なり。（幻④五三八〜五三九頁）

紫の上を喪った光源氏は、新年を迎えてもなお悲しみにくれたまま春を過ごす。夏になって、葵祭の当日、光源氏はうたた寝をしていた中将の君を見つける。気づいて起きた中将の君の魅力的なさまを見て、近くに置いてあった「葵（＝逢ふ日）」を取り、その名も忘れたという光源氏のことばを受け、中将の君が歌で応ずるというのが、右の場面である。その意味では、ここで詠まれた中将の君の歌は、自発的な贈歌というより光源氏のことばに応じ

た返答ともいえるが、会話によらず、歌という手段によって、中将の君が光源氏にみずからの思いを訴えていることは見逃せない。すなわちそれは、新編全集が、「顧みてくれぬ源氏をさりげなく恨む女歌の典型」とする通り[*3]、光源氏に顧みられないことを恨む召人の思いである。光源氏が、恥じらいつつこの歌を詠んだ中将の君を不憫に思い、彼女だけは思い捨てない様子だと語られて、この場面は閉じられる。紫の上を喪ってからというもの、ほかの女性たちと関係を持たなくなっていた光源氏にとって、この折の中将の君との交渉は異彩を放つものである[*4]。もとより故紫の上の側近くに仕えていた中将の君であったからこそ、その身代わりとしての交渉であったのだと考えられようが、中将の君の歌の力が、このような展開を導くことができたかとも思われる、歌徳説話的な場面であるといえよう。それにしても、Aの鬚黒とは対照的な、召人への配慮ある――鬚黒の際の語り手のことばを用いるとすれば「情」ある――光源氏の対応がここでは明確に語られている[*5]。

A・Bの二例から、歌を贈った二人の女房がそれぞれの男性の召人であること、さらにいずれの場合もみずからが顧みられないことを恨む歌を詠んでいることが指摘できる。そして、彼女たちからの贈歌に対するそれぞれの男性の対応ぶりによって、彼らが「情」ある人物であるかどうかがあざやかに浮かび上がっていることも看取されるのである。

もう一例、浮舟の母中将の君が女房といえる立場にある人物であり、歌を左近少将に贈る例が見られる（東屋⑥八〇頁）が、この場合は、女房としての立場からの歌ではなく、娘の浮舟を不憫に思う「母としての歌」と捉えられるので、ここでは検討からはずしたい。

以上から、女房から男性へ歌を贈る、ということが記述されるのは、『源氏物語』においてはかなり限られた場合であるといえるわけだが、冒頭に述べたように、薫に関してだけは、女房たち（しかもすべて異なる）のほうから薫へ贈った歌が五首も見られるのである。その五つの場面を具体的に検討していきたい。

三　女房たちと薫（一）

C
御前近き若木の梅心もとなくつぼみて、鶯の初声もいとおほどかなるに、いとすかせたてまつらまほしきさまのしたまへれば、人々はかなきことを言ふに、言少なに心にくきほどなるをねたがりて、宰相の君と聞こゆる上臈の詠みかけたまふ。

折りて見ばいとどにほひもまさるやとすこし色めけ梅の初花

口はやしと聞きて、

「よそにてはもぎ木なりとやさだむらんしたに匂へる梅の初花

さらば袖ふれて見たまへ」など言ひすさぶに、「まことは色よりも」と、口々、ひきも動かしつべくさまよふ。尚侍の君、奥の方よりゐざり出でたまひて、「うたての御達や。恥づかしげなるまめ人をさへ、よくこそ面なけれ」と忍びてのたまふなり。まめ人、とこそつけられたりけれ、いと屈じたる名かな、と思ひゐたまへり。

（竹河⑤六八〜六九頁）

D
「闇はあやなきを、月映えはいますこし心ことなりとさだめきこえし」などすかして、内より、

竹河のその夜のことは思ひ出づやしのぶばかりのふしはなけれど

と言ふ。はかなきことなれど、涙ぐまるるも、げにいと浅くはおぼえぬことなりけりと、みづから思ひ知らる。

流れてのたのめむなしき竹河に世はうきものと思ひ知りにき

ものあはれなる気色を人々をかしがる。さるは、下り立ちて人のやうにもわびたまはざりしかど、人ざまのさすがに心苦しう見ゆるなり。（竹河⑤九八〜九九頁）

Cの場面では、玉鬘邸を訪れた十四、五歳の薫に、玉鬘邸の上臈女房である宰相の君が挑発的な歌を詠みかけ、薫が戯れの歌で応じている。注目すべきは、この贈答のあとで出てきた玉鬘が、女房たちに、こちらが気が引けるほどの「まめ人」の薫に対して恥ずかしいといい、薫のほうでは「まめ人」といわれていることをうとましく思っているという点である。召人でもない女房から挑発されること、さらには、そのついでに「まめ人」——本人には不本意な——と呼ばれてしまっていること。薫は女房からの贈歌によって挑発され、またそれがきっかけで不快な思いを抱かされている。

次のDは、薫が、玉鬘の大君に思いを寄せていたもののかなわなかったことについて、玉鬘の大君の女房が薫に同情して歌を詠み贈る場面である。この歌に自然と涙ぐまれる薫は、玉鬘の大君へのみずからの思いが深かったことをあらためて思い知り、返歌する。薫は、ここでは女房から同情され、その贈歌によって自分自身が意識していなかった、傷ついていたみずからの心の内を思い知らされているのである。

以上のC・Dでは、召人といった関係を持たない女房から、薫が歌——挑発や同情を詠みこんだ——を贈られ、そのことにより、薫が不快感を抱く羽目に陥ったり、自分でも意識していなかった心の痛みを意識させられることになったりしていることが看取された。

四　女房たちと薫（二）

E　例の、寝ざめがちなるつれづれなれば、按察の君とて、人よりはすこし思ひましたまへるが局におはして、その夜は明かしたまひつ。明け過ぎたらむを、人の咎むべきにもあらぬに、苦しげに急ぎ起きたまふを、ただならず思ふべかめり。

うちわたし世にゆるしなき関川をみなれそめけん名こそ惜しけれ

いとほしければ、

深からずうへは見ゆれど関川のしたのかよひはたゆるものかは

深しとのたまはんにてだに頼もしげなきを、この上の浅さは、いとど心やましくおぼゆらむかし。

（宿木⑤四一八頁）

F　この宮も、年ごろ、いといたきものにしたまひて、例の、言ひやぶりたまへど、などか、さしもめづらしげなくはあらむと心強くねたきさまなるを、まめ人は、すこし人よりことなりと思すになんありける。かくもの思したるも見知りければ、忍びあまりて聞こえたり。

「あはれ知る心は人におくれねど数ならぬ身にきえつつぞふる

かへたらば」と、ゆゑある紙に書きたり。ものあはれなる夕暮、しめやかなるほどを、いとよく推しはかりて言ひたるも、にくからず。

「つねなしとここら世を見るうき身だに人の知るまで嘆きやはする

このよろこび、あはれなりしをりからも、いとどなむ」など言ひに立ち寄りたまへり。
（蜻蛉⑥二四五〜二四六頁）

G　弁のおもとは、「いとけざやかなる翁言、憎くはべり」とて、
「旅寝してなほこころみよ女郎花さかりの色にうつりうつらず
さて後さだめきこえさせん」と言へば、
宿かさばひと夜は寝なんおほかたの花にうつらぬ心なりとも
とあれば、「何か、辱めさせたまふ。おほかたの野辺のさかしらをこそ聞こえさすれ」と言ふ。
（蜻蛉⑥二六八〜二六九頁）

ここで取り上げる場面は、前節で検討したC・Dから十年ほど年を経たものである。E・Fの場面は、前述したA・Bの場合と同様に、関係を持つ女房との交渉が語られている。[*6]

Eは、薫が、ほかの女房よりは目をかけている按察の君の局に来て一夜を明かした後、誰も咎めるはずもないのに急いで起きようとするのに対して、按察の君が穏やかならず思う様子で、薫のつれなさを訴える歌を詠み贈ったという場面である。薫は、按察の君をいじらしく思って返歌しているものの、それはむしろ情愛の浅さが露呈したものであった。それを語り手は「深しとのたまはんにてだに……いとど心やましくおぼゆらむかし」と評して按察の君への同情を示すが、この後、薫は自己弁護にもならないようなことばを残して去っていく。こうした展開からすれば、ここでは、先に言及したAの鬚黒の例に近い、すなわち「情」を解さないといえる薫のつれない対応ぶりがあきらかに示されている。

この場面の薫について、「こういう情景も今までにはなかった。友人の結婚に刺激されて、女房と一夜を過ごす

薫。女房は性欲の対象にすぎないのである。宇治の姫宮とのプラトニック・ラブにも、裏にはこういう処理があったはずである」という言及がされる通り[*7]、この場面は、これまで語られることのなかった薫の一面が明確に浮かび上がった部分といえる。しかも、女房につれない態度をとる薫であることまでが語られているのだ。

さらに注目すべきは、この部分に続く次の説明である。

ことにをかしき言の数を尽くさねど、さまのなまめかしき見なしにやあらむ、情なくなどは人に思はれたまはず。かりそめの戯れ言をも言ひそめたまへる人の、け近くて見たてまつらばやとのみ思ひきこゆるにや、あながちに、世を背きたまへる宮の御方に、縁を尋ねつつ参り集まりてさぶらふも、あはれなることほどほどにつけつつ多かるべし。（宿木⑤四一九頁）

薫は、その様子が優雅に見えるせいか、「情」がないとは女房たちに思われていない。薫がちょっとした冗談言で言い寄った女房たちも、みな薫を近くで拝見していたいと思うからか、何とかして薫の母女三の宮のもとに参上し仕えているが、身分の高い者も低い者もそれぞれ気の毒な思いをしている者も多いようだ、とする語り手の評言である。薫は、女房たちに「情」がないなどとは思われていないといい、薫が十分応えているとはいえないものの、女房たちに慕われているというこの語りは、もちろん薫を非難しているものではない。しかし、この語りは、右のような言い訳めいた説明を施さなくてはならないほど、ここでの薫の対応がつれないのだということを示すものにほかならないのではないか。しかも、薫について「さまのなまめかしき見なしにやあらむ」と憶測したり、また薫に関わる女房たちについても「け近くて見たてまつらばやとのみ思ひきこゆるにや」と推測したりする語り手の視線は、薫に対してさめたものとさえいえる。

Fはどうか。女一の宮に仕える小宰相の君もまた、薫が人目を忍んで関係を持っている女房である。匂宮もこの女房に興味を持っているが、小宰相の君は匂宮を拒んでいる。そうした小宰相の君を薫は評価している。そのような小宰相の君が、浮舟を失って嘆いている薫を見かねて歌を贈ったというのが、Fの場面である。薫はみずからの心境を察し、折柄をよく見計らった小宰相の君の贈歌に感心して、返歌と礼をいいに小宰相の君の局の戸口に立ち寄り、話をする。そして心中で、小宰相の君と浮舟とを比べる薫の様子が語られて[*8]、右の場面は閉じられる。

確かに、折にあった小宰相の君の歌およびことばは、薫が感心するように、薫の悲嘆への共感と同情がこもっているものであった。とはいえ、それは、数ならぬ身である私も薫を慕う思いは故浮舟に劣らない、亡くなったのが私だったらこれほど悲しんではくれまいと、薫に顧みられないはかなさを訴える召人ならではのものであった。とすれば、薫のこのあとの対応はいささか的はずれで、小宰相の君にとってはやはりつれないものだったといえるのではないか。小宰相の君の局を訪ねた薫について、語り手は「いと恥づかしげにものものしげにて、なべてかやうになどもならしたまはぬ、人柄もやむごとなきに、いとものはかなき住まひなりかし」（⑥二四六頁）――立派で重々しく普段は女房の局に寄ることなどなく、人柄も高貴だ等々――と評し、悪くいってはいないが、小宰相の君の思いを受けとめてはいないという点では、いわば「情」なき男君ということになるのではないだろうか。

最後のGは、弁のおもとが薫に詠みかけた場面である。もっとも、この贈答前にしばらくの間、薫は女房たちと歌を含めた戯れの応酬をしており、その際の薫の歌を受けた弁のおもとが、薫に歌を詠みかけたものなので、これまでの「女房からの贈歌」のパターンと同様とはいえない。ただし、この女房たちとの応酬のあとで、匂宮とこのときの女房の一人とのやりとりを耳にした薫が、女房たちの様子に失望したり、匂宮への不快感を募らせたり、中の君への苦しい思いを再確認したり、と心をさまざま動かされてしまっていることは見逃せない。

五　むすびにかえて

『源氏物語』における女房たちの歌、中でも女房から男性へと歌が贈られる場合を検討した結果、浮かび上がったのは、歌に見られる女房たちそれぞれの個性など以上に、彼女たちに歌を贈られることによって、薫という人物の内面あるいはそれまで語られていなかった本人自身の別の一面が暴き出されているということである。すなわち、若き日には、女房たちの贈歌によって挑発され、不快感を抱かされる展開になったり、また、同情されてみずからの傷ついた思いを意識させられたりする薫が描かれる。その後、道心を標榜していたはずの薫が、女房たちに歌を贈られることによって、複数の女房たちと関係を持っている――たとえそれが当然のことであったとしても[*9]――こと、さらにはそうした女房たちにつれない姿までが語られて、薫を通して女房たちがはかない境遇に位置していることもあぶり出されてくる。語り手は、そうした薫をけっして非難してはいないが、語る視線はさめているのである。研究史的に薫像が乱反射するのは[*10]、歌を贈るこうした女房たちと薫との関わりが語られていることも、その一因となったといえようか。薫という登場人物の存在そのものに、内面からも外面からもゆさぶりをかけているのが、女房たちからの贈歌とそれをめぐる語りなのだ[*11]。

『源氏物語』続編の主人公ともいうべき薫は、女房たちと、そして語り手からさまざまに暴かれてゆく。それはそのまま読者に、女房という存在のしたたかさとはかなさを訴え、さらに物語において人物を語る語り手とは何かという問題をあらためて投げかける。そして、このことは、女房と語り手とがきわめて近接していることを示唆しているといえるかもしれない。

注

＊1　本稿では、胡蝶③一六七頁（引用本文は、新編日本古典文学全集『源氏物語』（小学館）に拠り、適宜、巻数・頁数を記す）に見られる、唱和する秋好中宮の女房たちは四名と数えた。また、大きな範囲から見れば「女房」といえるが、その職掌の特色が強い典侍や乳母は、この中に数えていない。尼・女童なども除いた。

＊2　本稿では論及する紙幅を持たないが、独詠歌も同じ意味で注目に値する。

＊3　④五三九頁頭注。

＊4　中将の君について注目した先蹤的論文として、武者小路辰子「中将の君――源氏物語の女房観――」（『源氏物語生と死と』武蔵野書院、一九八八）がある。

＊5　「源氏物語作中和歌一覧」（新編全集⑥所収）は、中将の君が詠んだもう一首「君恋ふる涙は際もなきものを……」（幻④五四四頁）も光源氏への贈歌とみなしているが、この歌は中将の君が扇に書き付けていたものであり、それを見て光源氏が歌を書き添えた結果として贈答歌の体をなしたものであるため、本論では贈歌とは見なさず、独詠歌と数えることとした。ただし、この場合も「例の宵の御行ひに、御手水まゐらする中将の君の扇」（同頁）にこの歌が書き付けてあった点を重視すれば、光源氏が必ず見ることを意識した中将の君の贈歌と見なすことはできよう。

＊6　「按察の君」の呼称の問題は、拙稿「宿木巻の方法」および「宿木巻と「過去」――そして「続編」が生まれる」（『読む源氏物語　読まれる源氏物語』森話社、二〇〇八）参照。

＊7　玉上琢彌『源氏物語評釈』第十一巻（角川書店、一九六八）一六五頁。

＊8　小宰相の君が、薫にとって亡くなったと思っている浮舟と重なり合う女性であることについては、拙稿「蜻蛉巻試論――浮舟の「四十九日」」（注＊6書）でも述べた。

＊9　たとえば、新編全集は「召人との交情は、結婚のようには出家の絆にはならない」（⑤四二〇頁）とする。

＊10　鈴木裕子「研究史——薫をめぐる研究の状況」（室伏信助監修・上原作和編集『人物で読む『源氏物語』第十七巻——薫』勉誠出版、二〇〇六）が、さまざまな面を持つ薫論の研究史について丁寧に論じている。

＊11　薫と語りの関係の問題については、拙稿「薫をめぐる〈語り〉の方法」（注＊6書）でも述べたことがあるが、研究史を含めてこの問題に注目した最近の論文に、陣野英則「「物語」の切っ先としての薫——『源氏物語』「橋姫」「椎本」巻の言葉から——」（『国語と国文学』二〇〇八・六月号）がある。

男たちの記憶の中の女たちの歌——指食いの女と博士の娘の場合——

鈴木裕子

一　はじめに

『源氏物語』の中で優れた和歌の詠み手と言えば、光源氏は別格として、六条御息所や紫の上、明石の君などがあげられよう。宇治十帖の薫や浮舟も魅力的な和歌の数々を詠んでいる。しかし、そのような主要な人物たちだけではない。ほんの端役にすぎない者たちもまた、時に和歌を詠み、物語世界の現実を細部において支えている。

もっとも、単純に和歌が作中人物の心情の吐露や意識の反映であるとばかりは言えない。[*1] 例えば、語り手が作中人物に憑依して語っていると思われるような場合、その歌の「作者」は誰と限定しがたい。また、ある人物が他の人の詠歌を、記憶の糸をたどって語っている場合はどうだろうか。呼び起こされ再現された和歌は、現に語り出した人物との「合作」のようなものとなっているかも知れない。

さて、本稿の課題は、物語世界に僅かな痕跡を留めるに過ぎない端役の女たちの歌に着目して、その役割を考察することである。具体的には、所謂「雨夜の品定め」で男たちに語られた女たちの物語から、紙幅の都合により、指食いの女と博士の娘を取り上げる。

「雨夜の品定め」[*2]の後半は、男たちの体験談であるが、その総てで男女が詠み交わした歌が披露され、語りの締め括りとなっている。言わば、「雨夜の品定め」後半の体験談とは、男たちの円居における歌語りなのであった。女たちの歌は、男たちの記憶から呼び戻され、男たちの声によって語り出され、そして男たちに新たに所有された歌と言えよう。そうして、男たちの記憶の糸で物語世界に縫い綴じられた女たちの「生」の痕跡に、少しばかり光をあてることができたらと思う。

二　指食いの女

左馬頭の体験談は、通称・指食いの女の話から始まった。「早う、まだいと下臈にはべりし時、あはれと思ふ人侍りき」（帚木四三頁）[*3]と語り出される。左馬頭がごく若かった頃に通った女性で、容貌に不満はあったものの、妻としての才覚や気立てに不足はなく、「あはれ」と思った人だと言う。ただ一つ、ひどく「もの怨じ」をする点が憎らしかった。「もの怨じ」とは、この場合、夫の浮気を容赦なく追及して嫉妬することだが、それは見方を変えれば、愛着の強さの表現でもある。嫉妬される煩わしさを嘆きつつ、一方ではそれだけ深く思われていたことを告白していることにもなろう（左馬頭だけではない。男たちは、色恋の「失敗談」を、困った顔を作りつつ、多少なりとも自慢げに披露しあったのだ。もちろん光源氏を除いて）。

この女の造型で際だって印象的なのは、夫・左馬頭と言い争った挙げ句、突如相手の指に噛みつくという暴力性を表したことである。左馬頭の体験談じたいに、居眠りをしていた光源氏を惹き付けようとして、おもしろく誇張された点があろうから、それを考慮しなければならないのだろうが、それにしても、物語中、相手の身体に傷をつけるほどの攻撃的な行動をとった人物は他にはいない。[*4]

憎げなることどもを言ひ励ましはべるに、女も、え修めぬ筋にて、指一つを引き寄せて食ひてはべりしを、おどろおどろしくかこちて、「かかる傷さへつきぬれば、いよいよ交じらひをすべきにもあらず。辱めたまふめる官位、いとどしく、何につけてかは人めかむ。世を背きぬべき身なめり」など言ひ威して、「さらば、今日こそは限りなめれ」と、この指を屈めてまかでぬ。（帚木四八頁）

『孝経』[*5]を引くまでもなく、父母から与えられた身体を損なうのは、不孝に値する。発作的にとは言え、妻は夫の身体を損なった。厳しく咎められるのは当然である。もっとも、重い怪我を負わせたわけではない。「おどろおどろしくかこちて」、「言ひ威して」と言うように、左馬頭自身が妻を苛む（脅して言うことを聞かせる）ために事を荒立てたのであった。

とは言え、「指を食う」という、女のふるまいは、『源氏物語』だけでなく、同時代の物語類の中でも他に例のない暴力的な行為である。この左馬頭の傷つけられた指をめぐり、二人が歌を詠み交わして言い争う場面には、互いに相手を必要としながらも、気持を伝えられない不器用な関係のありようが見て取れる。

「手を折りてあひ見しことを数ふればこれ一つやは君が憂き節

え恨みじ」

など言ひはべれば、さすがにうち泣きて、

「憂き節を心一つに数へ来てこや君が手を別るべき折」（帚木四八頁）

左馬頭の歌の意味は、表層では、「（あなたに傷つけられたこの指で）あなたと共に過ごした日々の出来事を指折り数えてみると、嫌な思い出は、この（大事な指を損なうという）情けない出来事一つばかりではない。あなたの嫌なところは、こんなふうに嫉妬の激しいところだけではない」ということになろう。が、それだけではない。周知のように、歌の上句は、『伊勢物語』十六段の紀有常の詠歌「手を折りてあひ見しことを数ふれば十と言ひつつ四つは経にけり」に拠っている。物語世界内でのリアルな贈答歌として、左馬頭が『伊勢物語』十六段歌を意図的にもじり、相手に詠みかけたものと解釈できるだろう。

そして、左馬頭の歌から『伊勢物語』十六段の物語を想起した読者は、次のような寓意・痛烈な皮肉を連想できないだろうか……「手を折りてあひ見しことを数ふれば」と言えば、あの『伊勢物語』の紀有常が詠んだ歌の文句だ。それは、長く連れ添った妻がいよいよ尼になるので、何かしてあげたいと思って富裕な友に助けを求めた際に詠んだ歌であった。うだつのあがらない夫に床去りまで何も言わずに添い遂げた妻、そのような立派な妻と、あなたは違う。私たちは、これから「十と言ひつつ四つは経にけり」などというほど長い月日を共に過ごすことなどできはしまい。何しろ、あなたには嫌なところがたくさんあるのだからとても我慢などできはしない。

「早う、まだいと下臈にはべりし時」というほどのことであり、結婚生活自体それほど長期間でもなかろうに、「憂き節」が指折り数えるほどたくさんあると、誇張して皮肉を言い、弱い立場の女を苛む男の姿は、いささか幼く、滑稽でもある。あるいは、男の甘えを読み取るべきかもしれない。

しかし、女にとっては、滑稽どころではなく、人格を否定されるようなつらい言葉であろう。女の返歌「憂き節を心一つに数へ来てこや君が手を別るべき折」は、深い悲しみと絶望の吐露である……「つらいことを、自分の心の中だけで数えて来ました（つらいことがたくさんあって我慢してきたのは私の方ですのに）。今こそ、あなたの手を離れてお別れするべきなのですね」と、女は、返したのであった。

「手」、「憂き節」、「数ふ」と、二人は言葉を共有しながら、心の向く方向はちぐはぐである。特に、女の歌の「憂き節」には、左馬頭よりももっと重い意味が込められているように思われる。

そもそも、「憂き節」は、歌の言葉としては、竹のイメージとのつながりで用いられることが多い。また、節を隔てて連なる竹の「よ」は、「世の中」の「世」と掛けられる。例えば次のように、憂き事が竹の節のように数多く連なるつらい世の中のイメージである。

・今更に何生ひ出づらむ竹のこの憂き節繁きよとは知らずや（古今集・雑下・九五七・凡河内躬恒）*6

・世にふれば言の葉繁き呉竹の憂き節ごとに鶯ぞ鳴く（古今集・雑下・九五八・詠人不知）

女にとって「憂き節」とは、耐え忍んできた男との生活にほかならない。さらに「節」に「臥し」を連想するならば、つらい独り寝の夜を数えて、ということになろう。過去から連綿と続く憂き事・夫の女性問題、嫉妬に苛まれる私の心、そのたびに繰り返される諍い、そして独り寝の夜のつらさにも我慢を重ねてきたが、今こそ男の手を離れて決別する時が来たのだ、と女は、悲しい覚悟を男に示したことになろうか。

左馬頭の追憶に拠れば、この女は、物言わずに堪え忍ぶ女ではなく、「もの怨じをいたくしはべり」、「ゆるしなく疑ひはべり」、「うるさくて」（帚木四六頁）、「例の、腹立ち怨ずる」（同四七頁）という具合に、左馬頭の女性関係に関してもの言う女であった。先に引用した、女が指に噛みつくところでも、浮気は「え修めぬ筋」であったと回想されている。男にとって、女の嫉妬深さが疎ましかったというだけではなく、女が男の裏切りを黙認することなく、容赦なく言葉で攻撃する点こそが、「憎き方」であったのだろう。

ところで、左馬頭は、女のプロフィールを説明しているが、彼の語りによって蘇るのは、「もとより思ひ至らざりけることにも、いかで、この人のためにはと、なき手を出だし、後れたる筋の心をも、なほ、くちをしくは見えじと思ひ励みつつ、つゆにても、心に違ふことはなくもがな」（同四六頁）と、専ら夫に気に入られようと涙ぐましくも非常な努力をする女の姿である。本来の気の強い性格「すすめる方」も、「とかくに靡きてなよびゆき」と、相手に合わせて穏やかにするように心がけ、容貌の醜さも自覚していて、「この人に見や疎まれむ」と、嫌われることを恐れて、「わりなく思ひ繕ひ」と懸命に装い整えていた。まさに「女は、己を喜ぶ者のために顔作りす」（『史記』刺客列伝）と言われるとおりではないか。そして、当時の諺「鬼と女は人に見えぬぞよき」とばかりに、他の人には顔を見せないように慎重にふるまい、「操にもてつけて」、変わらぬ心配りで夫に仕えた。夫の意に背くまい、夫に嫌われまいとして、常に自分を抑えて気を使い、努力を重ねていたけなげな女であり、その努力は夫の目にも見えていたことがわかる。それなのに、ただ一つ、浮気する夫に対しては、優しい気持ちで寛容に対応できなかった。この女にとって、夫の浮気は、性格まで改めて気に入られようと努力している自分の心と存在を軽じる行為、裏切り行為にほかならなかったのではなかったか。

しかし、左馬頭は、従順にふるまう女の、目に見える姿だけからは、嫉妬する女の差し迫った思いを見いだせなかったのだろう。だから、女の嫉妬する「心修め」ぬありようは、どうにも受け入れがたい欠点でしかなかったのだった。自分は、「自然に心修めらるるやうになむはべりし」（同四六頁）というわけなのだから、女さえ「心を修め」さえすれば、自分の浮気心はおのずから修まっていくもので、このまま平穏に夫婦の時間を紡いでいけるはずだったと、本気で思っていたのだろう。

女の言い分では、結婚生活で耐えているのは女の方だというが、男は男で、自分こそ努力したという。このような食い違いは、夫婦の関係においてしばしば生じることであろう。人は、自分だけが我慢してつらい思いをしていて、相手は自分ほど苦しんでも耐えてもいないと思いがちだ。

そもそも、左馬頭は、女は自分に従う心を持っていて、離れてゆくはずがないという傲慢な自信を抱いていた。別離の原因となった喧嘩の発端も、女の欠点を矯正してやろうという左馬頭の仕組んだことに起因したのだった。

> かうあながちに従ひ怖ぢたる人なめり、いかで、懲るばかりのわざして威して、この方も少しよろしくもなり、さがなさもやめむと思ひて、……省略……かしこく教へ立つるかなと思ひたまへて、我猛く言ひそしはべるに、（帚木四七頁）

女を「あながちに従ひ怖ぢたる人」と侮り、「懲るばかりのわざして威し」、「かしこく教へ立つるかな」、「猛く言ひそし」と威圧的に振る舞えば、女が「心を修め」ることが可能だと信じていたらしい。脅すようなことをして、女の心を深く傷つけようとも、自分にとって都合の良い女、『伊勢物語』十六段の紀有常の妻のような、夫に不満があろうとも物言わずに耐える妻に「教育」することが大事だったらしい。

女の視線で読み直してみれば、「暴力的」であったのは、「指を食う」女一人だけではなく、男もそうだったのではないかという気がしてくる。「あながちに従ひ怖ぢたる人」と語る左馬頭のまなざしからは、夫の前で萎縮する女の姿が窺えよう。手を出すのみが暴力ではない。言葉で、まなざしで、態度で相手を抑圧し、萎縮させるのも「暴力」なのだ。左馬頭こそが、女の本来の性格を撓めて夫の意に添うように委縮させ、生活の局面において夫の好みに合わせるようにさせていたと見ることもできる。左馬頭の語りには、男の無自覚な「暴力性」が露呈していないだろうか。

女の「指食い」は、我慢に我慢を重ねて、自分を殺して男に尽くしてきた女の、堪忍袋の緒が切れた瞬間のふるまいであったかもしれない。あるいは、夫の言葉による「暴力」によって傷つけられた心が、もうそれ以上の「暴力」を受け入れられないとして、自己を防衛するための、無意識な「攻撃」だったかもしれないなどと空想したくなる。

空想のついでだが、女のたった一首の歌は、あるいは、『伊勢物語』では語られなかった、あの寡黙な紀有常の妻が本当は詠んだ和歌が、このようであってもよかったという思いを禁じ得ない。『伊勢物語』では、紀有常の妻の心は無視されたまま、男同士が和歌を詠み合い、麗しい友情に酔いしれていた。[*7] その『伊勢物語』十六段の歌の「もじり」にこと寄せて、左馬頭が詠んだ歌は、追い詰められて「指食い」というふるまいに及んでしまった女を、さらに言葉の力でねじ伏せようとしたのだとも言えよう。それに対して、女の歌は、女が最後に見せた、偽りも飾りもない、率直な心情の吐露というべきものではなかったか。

その後も、左馬頭が浮気心を改めないままに、女は強情を貫き、夫に心をなびかせない女として、亡くなってしまった。浮気をするな、心を改めよ、というのは、左馬頭にとっては無理な難題だったのだろう。まるでかぐや姫のように、難題を男に課したまま、女は昇天してしまったのだ。女が求めていたものは、自分一人を妻として守る夫の心一つだったのであり、それは、例えば『蜻蛉日記』の作者などの切望したものと同じものではなかったかと思われる。

もちろん、相手の指を噛むというふるまいは、決して許されることではない。相手への攻撃として咄嗟に突きつけた刃のようなものだったと思われるが、それは自分自身をも傷つけたはずである。彼女自身、左馬頭にひどく愛着していて、換言すれば、左馬頭に精神的に（経済的には恵まれていたようなので依存する必要はなかった）依存していたように思われる（実は、左馬頭もまたこの女に甘え、依存していたように見える。二人は共依存的な関係だったのではないか）。本稿ではこれ以上言及できないが、「指食い」の一件があった後も、夫の後見をする気持を棄てず、夫の訪れを待ち、夫の装束などを用意し続けたことからも推察できよう（同四九頁）。この女は、左馬頭の世話をしない人生など考えられなかったのではないか。夫への思いを一針ごとに込めて縫い上げた衣裳のみごとさは、夫への愛着の強さ・愛情の深さを物語っていよう。

激しい嫉妬の表現は、所有願望の意思表示である。左馬頭に愛着する心と、思い通りにならないことから生じる苛立ちと、彼女は葛藤に苦しんだことだろう。思うようにならないのでますます激しく相手を咎め、攻撃するわけだが、そのようにふるまうほどに相手から疎まれ、棄てられることへの不安もふくらんでいく。そういう怒りや、不安、恐れなどを、心に負い続けることになるので、よけいに相手に執着する心が強くなるのだ。

そもそも、女をそこまで追い込んだのは夫なのではなかったか。女の傍らに立って思いめぐらせば、歌に込められた精一杯の異議申し立ての心を汲み取ることができようかと思う。

激しく嫉妬し、ものを言い、「指を食う」、このような女であったが、左馬頭の思い出の中で、女は確かに憐れまれ、懐かしまれてもいる。追憶によって美化されているばかりではなかろう。左馬頭の語りは、生きていた時には伝えられなかった思いをあかしているという意味では、女への贖罪と鎮魂でもある。しかし、『源氏物語』全体の中では、男たちの円居にふさわしい、消費されるべきささやかな話題として提供されたものにすぎない。

たった一人の存在でありたいと相手に願い続けた女の心は、男の歌語りの中でただ一首の歌に込められて、物語世界に僅かな痕跡として残っている。

三　博士の娘

「雨夜の品定め」最終の体験談は、式部丞が語る賢き女、通称・博士の娘あるいは、蒜食いの女の物語である。式部丞は、文章生であった時に学問を学ぶために、ある博士のもとに通っていた。その博士に「娘ども多かり」と聞き、ほんの好奇心でその一人に接近したために、婿として待遇されてしまったのだという。

式部丞が語るこの女のプロフィールは、夫の「後見」を親身にするものの、「むべむべし」くもの言い、夫婦というよりも「教ふ／習ふ」関係で、夫の「師」としてふるまう女というものである。それは、当時の貴族の女性に求められた役割を甚だしく逸脱する、非常にユニークな人物設定である。が、それはそれとして、蒜を食して悪臭を放つ女というエピソードの特異性も注目に値する。王朝の物語で、悪臭を放って敬遠される女性などという造型は他に見られない。その悪臭の原因である「蒜」を詠み込んだ歌の応酬をしているのであるから、念が入っている。耳を傾けていた君達からは、「おいらかに、鬼とこそ向かひ居たらめ」(帚木五七頁)と、指弾されている。そのような女との体験を披露する式部丞は、光源氏のような貴人との同席を許された歌語りの場に、道化としてふるまい、記憶の女を「供犠」のように差し出したとも言えようか。

式部丞の語りのポイントを粗々たどっておこう。久しぶりに女のもとを訪れた式部丞は、女がいつもと違う様子で、「物越し」に対面するので、別れるのによい機会だと思った。女が隔てを置いて対面したので、自分と別れたいという意思表示だと思ったのである。しかし、そうではなかった。

声も逸りかにて言ふやう、「月ごろ風病重きに堪へかねて、極熱の草薬を服して、いと臭きによりなむ、え対面賜はらぬ。目のあたりならずとも、さるべからむ雑事らは承らむ」と、いとあはれに、むべむべしく言ひはべり。（帚木五八頁）

「極熱の草薬」とは、贈答歌で明らかになるが、蒜のことである。飲食物や食材に関する記述が極めて少ない『源氏物語』の中で、具体的に特定される食物（草薬）名の記述として珍しい例である。蒜は、古くは、『古事記』や『日本書紀』に記述があり、[*8]『万葉集』にも食材として名が見えるが、[*9]平安時代の物語や和歌にはほとんど出てこない。同時代の韻文としては、『為信集』[*10]に一首と、勅撰集では、次の『後拾遺集』の誹諧歌一首が見出される程度であろう。

蒜食ひてはべりける人の、今は香も失せぬらむと思ひて人の許にまかりたりけるに、名残のはべるにや、七月七日につかはしける

君が貸す夜の衣を七夕は返しやしつるひるくさくして（後拾遺集・雑六・一二〇五・陸奥）

「蒜臭し」の「ひる」に、「夜の衣」の「夜」の対語としての「昼」が隠されているわけだが、これは、『源氏物

語』当該歌の技巧と同じである。蒜が非常に臭い物であり、人を遠ざける物であることも共通している。この歌と博士の娘の造型との影響関係は不明であるが、陸奥の歌もまた非常に特異なものであることは確かであろう。『後拾遺集』では「誹諧歌」として所収されている。

この陸奥の歌や『為信集』歌に見えるように、蒜を食することが歌に詠まれることはあり得たが、博士の娘のように、「極熱の草薬を服し」、「いと臭きにより」、「え対面賜はらぬ」などと発言するのは、やはり女性の言葉としてきわめて特異なものである。その上、「声も逸りかにて言ふ」「むべむべしく言ひ」などという、優雅さを著しく欠いた言い方までしなくてもよさそうなものである。第一、普通ならば蒜を食したなら、物越しであろうと対面そのものを遠慮するだろう。

とは言え、そのような状態にもかかわらず夫のために何か役に立とうとするありようは、けなげであり、滑稽でありつつも「あはれ」である。しかし、物語を支える美意識の範疇を大きく踏み外した、優雅さの欠片もないふるまいとして、徹底的に戯画化され、男たちに笑い飛ばされるほかない。詠み合った歌もまた、誹諧歌の応酬のようである。

「この香失せなむ時に立ち寄りたまへ」と、高やかに言ふを、聞き過ぐさむもいとほし、しばしやすらふべきにはたはべらねば、げに、その匂ひさへはなやかに立ち添へるもすべなくて、逃げ目を使ひて、

「ささがにの振る舞ひしるき夕暮れにひるま過ぐせと言ふがあやなさ

いかなる言つけぞや」と言ひも果てず走り出ではべりぬるに、追ひて、

「逢ふことの夜をし隔てぬ仲ならばひるまも何かまばゆからまし」

さすがに口疾くなどははべりき。（帚木五八頁）

式部丞の歌は、諸注釈に指摘されているように、古歌「わが背子が来べき宵なりささがにの蜘蛛のふるまひかねてしるしも（古今集・恋四・墨滅歌・一一一〇）」に上句を拠り、夕暮に対応する昼間の「昼」に蒜を掛けて、「蜘蛛のふるまいから待ち人が訪れることがはっきりしている夕暮に、今宵は逢えない、昼の間を過ごしてから、（蒜の匂う間は逢えない、匂いが消えるまで待て）というのは、わけがわからない。どんな口実か。本当は、私と逢うのが嫌で蒜を食べたのだろう」という意味になる。

一般的な歌言葉としての「ひるま」は、恋人が会えない「昼間」に、会えないつらさで袖の涙が乾く間「干る間」を掛けて用いられることが多い。あるいは、潮が引いている間を言う場合もある。例えば、次のような歌である。

・満つ潮の流れひるまを逢ひがたみみるめの浦によるをこそ待て（古今集・恋三・六六五・清原深養父）
・いつの間に恋しかるらむ唐衣濡れにし袖のひるまばかりに（後撰集・恋三・七三〇・藤原冬継）
・朝まだき露分け来つる衣手のひるまばかりに恋しきやなぞ（拾遺集・恋二・七二〇・平行時）

実は、今回二人の贈答歌を読み直して気がついたのだが、「昼間」に「蒜」を読み取らなければ、それぞれ、王朝の雅を逸脱しない恋の歌として読むことも不可能ではない。式部丞の歌は、逢うのを拒んだ相手を恨む恋の歌となり得る。例えば、蜘蛛のふるまいから、今宵逢えると思っていたのに、「今宵は逢えない、昼間を過ごしてから／流した涙が乾くまで待って」と女が言ってきた、というような状況が想定される。女の歌も、恋人を待つ女の歌としては、やや諧謔性を帯びるが、それほどはしたない歌というようでもなくなる。例えば、昼間に訪れた男に対して、逢うのを断る歌を詠むというような状況が想定されよう……夜ごとに逢瀬を持つ仲ならば、昼間であってもお目にかかるのにどうしてきまりが悪いことがありましょうか。昼間に逢うのを恥ずかしいと思うのは、訪れが稀だからですよ（本当は、もっとたくさんお逢いしとうございます）。このような恋の歌となり得るものが、特異な表現「昼／蒜」の掛け詞を共有することで、滑稽で攻撃的な歌の応酬になり変わったのだ。

式部丞の歌は、帝の訪れを待ちわびる衣通姫が、僅かな蜘蛛のふるまいに心をときめかせるという、典型的な待つ女の歌を下敷きにしつつ、優雅さとは全く縁のない女のふるまいを揶揄する、攻撃的な男の歌である。それに応じる博士の娘は、男を待つ女の恋心ではなく、蒜の悪臭を媒介にして、男から言われた「あやなさ」の批判、つまり理屈にあわないことを言うなというメッセージや、「いかなることとつけぞや」という言いがかりのような問いに、博士の娘らしく瞬時に反応し、理屈を通して反発する歌を読み返している。

そもそも、『源氏物語』には、不快な臭気の表現はきわめて少ない。この博士の娘の発言に用いられた「臭し」の他には、「黴臭し」・「黴臭さ」（弁の尼が保存していた、柏木の遺書である反故どもの黴臭い臭い、橋姫三三二頁・三三四頁）、「疎ましげに焦がれたる臭ひ」（鬚黒のもとの北の方に火取りの灰を浴びせられて焼け通ったための焦げた臭い、真木柱・一一三頁）ぐらいである。やはり、博士の娘の「臭し」の特異性が際だっている。

不快な臭いとは、仏性あるものの芳香と対極的なものの属性であろう。[*11] あるいは、女が病を癒すために食した蒜の悪臭は、女が抱え込んでいる欲望の放つ臭い、男を迷いの道に誤らせる女の執着という罪障の臭いだというのかもしれない。

また、臭い物と言えば、鬼が臭いものであることが、森正人氏によって指摘されている。[*12] 森氏は、『本朝法華験記』（巻中第五七）や『今昔物語集』（巻第一七第四七）に記される鬼の描写「其ノ香極メテ臭シ」などや、『狭衣物語』

巻四の女房の発言「鬼は臭うこそあなれ」を例として示される。同じ時代の共通認識として、とらえてもよいのではないかと思われる。

式部丞の話を聞き終わった君達が、「そらごと」と言って式部丞を非難し、「おいらかに、鬼とこそ向かひ居ため」と言って爪弾きしたのも、鬼の悪臭と無関係ではなかろう。博士の娘の放つ臭いは、まさに、不浄の物を食らって悪臭を放つ鬼さながらであると言うのだ。そんな女と一緒にいるのはごめんだ、鬼と向かい合っている方がましだと言うのは、そんな悪臭を放つのは人間の女ではなくて、鬼なのではないか、いや、鬼は通常目に見えないが、この女は目に見えるし、しかも「声は逸りかに」、「高やかに」、「むべむべしく」もの言う女だ、それならばまだ目に見えない鬼の方がましというものだ、という戯れ言である。「爪弾き」は、悪臭を放つ女の話を耳にし、鬼を連想して話題にしたため、その不浄を祓うために行ったのである。

男の学問の領域を侵犯し、夫に「道々しきこと」を教え、「むべむべしく」言いまわし、「師」のようにふるまう女、「なつかしき妻子」という気持を夫に懐かせることのなかった女。和歌贈答においてさえ、式部丞への返歌は、早口に、大きな声ではっきりと理屈っぽく詠んだもので、しかもそれを遁走する夫に向かって、追って「口疾く」言いかけたのだ。一貫して優雅さを欠く、当時の「女らしさ」の規範を大きく踏み越えた言動である。

ただし、このような女の物語も、「指食いの女」と同じように、式部丞にとっては、自分にどれほど女が尽くしてくれたかという自慢の話に変換し得る要素も見出される。匂いの激しい服薬治療中ならば、無理に対面しなくてもよかろうものを、物を隔ててでも会って夫のために役に立とうとしたけなげさ一途さという点である。

しかし、雅な心用意を欠いた女は、貴族たちの共感を呼ぶことはない、ということである。不浄なる「鬼」に準えられて退散させられる。あるいは、『伊勢物語』二三段の高安の里の女のように、貴族の女らしい優雅さの欠如した女は、訪れない男を永久に待ち続けるしかない。

博士の娘の物語は、式部丞の記憶から引き出されたとはいえ、「雨夜の品定め」という非日常の時空における貴人の円居の場に捧げられた物語であって、果たしてどこまで物語世界内での「実話」であるか怪しいものだと思う。しかし、ともかく、式部丞の語りによって、博士の娘は、物語世界にその生きた痕跡を残したことになる。語られた博士の娘のふるまいも歌も、男たちの語りのフレームの中で読む限り、滑稽な烏滸話の負のヒロインであり、男たちに難じられ笑い飛ばされる「供犠」のような存在である。虚構世界の男たちのまなざしを共有して、読者も一緒になって笑い飛ばすのが「正しい」読み方であろう。しかし、笑いの後に、男の語りのフレームを外してみることがあるならば、烏滸話の中に綴じられて語り継がれる女のけなげさも、一瞬立ち上がるのではないかと思う。

四　最後に

以上、「雨夜の品定め」で男たちの話題にされた女たちの歌にまつわる場面、指食いの女と博士の娘を取り上げた。二人とも、通常ではほとんど顧みられない端役の中の端役である。

男たちの円居・歌語りの場で、男たちの声によって語り出され、男たちに所有された女たちの歌も人生史も、女からの視点で解読されることは、普通はないだろう。物語における「雨夜の品定め」の構造として、読者は、男の語りというフレームから逸脱して読むことを要求されてはいないからである。

しかし、一度ならず『源氏物語』を読み通し、この物語が光源氏という英雄の栄光の人生史を描く物語であると同時に、女の生きがたさを炙り出していく物語でもあるというふうに読み取った読者ならば、「雨夜の品定め」のような、こんなささやかな所にも、女たちの悲しみの人生史の片端を発見することがあってもよいのではないか。物語を貫く大きな主旋律を奏でる主要な女君たちから遠く離れたこんなところでも、聞こえないほど小さな音を合わせていた女たちがいたのだということを読み取ってもよいのではないか。ほんの僅かな痕跡を物語世界に留めているに過ぎない女たちの物語、男たちの記憶の糸で物語世界に縫い綴じられた女たちの物語であっても、そのような、ささやかな役割を託されてもいるのだと思いたい。

注

＊1　『源氏物語』における和歌の位相の複雑さについては、土方洋一氏が、早く「画賛的和歌」という表現方法を認定して、語りの内面化の問題に発展させて分析を継続している。土方洋一「源氏物語における画賛的和歌」『源氏物語のテクスト生成論』所収（笠間書院、二〇〇〇）、「物語作中歌の位相」『国際学術シンポジウム源氏物語と和歌世界』所収（新典社、二〇〇六）

＊2　『源氏物語』における「雨夜の品定め」の意義と構成について詳細に整理した論考として、室伏信助「源氏物語の女性論」『王朝物語史の研究』所収（角川書店、一九九五）初出『源氏物語講座』第五巻（有精堂、一九七一）がある。その他、「雨夜の品定め」に関する論考は数多あるが、研究史については、本稿では省略した。

＊3　『源氏物語』本文の引用は、新日本古典文学大系『源氏物語一』（岩波書店、一九九三）に拠るが、私に表記を改めた。

＊4　しいて言えば、もののけに襲われた鬚黒の北の方が香炉の灰を浴びせたことがあげられよう。その他に激しいふるまいをした女性といえば、六条御息所の生霊が、葵の上のもとに飛翔して、あらあらしく揺すぶったと夢に見たことであろう（葵巻）。また、雲居の雁が夕霧の手から手紙を奪い取ったこと（横笛巻）などがそれに準じる暴力的なふるまいと言えよう。

＊5　『孝経』開宗明義章第一「身體髪膚、受父母。不敢毀傷、孝之始也」

＊6　和歌の引用は、新日本古典文学大系『古今和歌集』（岩波書店、一九八九）に拠り、私に表記を改めた。なお、その他の和歌の引用についても、新日本古典文学大系『後撰和歌集』（岩波書店、一九九〇）『拾遺和歌集』（岩波書店、一九九〇）『後拾遺和歌集』（岩波書店、一九九四）に拠り、私に表記を改めた。

＊7　『伊勢物語』十六段「手を折りて」歌は、本来去りゆく糟糠の妻に贈るべき歌であろうが、実際には「友」に贈られている。十六段では、妻の出家と別離という出来事を契機として、男同士の友情を確かめ合う男たちの物語になっていて、妻の存在は希薄である。十六段のテーマは、貧富や身分や年齢に関わらず成立している、男たちの美しい「友情」である。

＊8　『古事記』（応神記）では、小碓命（ヤマトタケル）の東征の際に、足柄山で白鹿に化した坂の神を蒜で打ち殺したことが記されている。『日本書紀』では、信濃坂でのこととなっている。ただし、これらの蒜は野蒜のことかもしれない。

＊9　醬酢に蒜搗き合てて鯛願ふ我にな見えそ水葱の羹（巻十六・三八二九・長忌寸意吉麻呂）「酢・醬・蒜・鯛・水葱を詠む歌」として載る（引用は新編日本古典文学全集『萬葉集4』小学館、一九九六に拠る）。巻十六に収められている奇抜な戯歌の中の一首である。

＊10　『為信集』には、「ある女、逢はんと言ひたるに、障る事なんある、と言ひたれば、はやう蒜を食ひたりけると聞きて」という詞書で、「宵の間の露に濡れたるわが袖をひるまを待たんほど久しき」（『国歌大観』九八番・私に表記を改めた）の一首がある。『為信集』は、成立・作者とも定説がないが、最近では、紫式部の祖父の家集と見て矛盾がないとされつつあるようである。笹川博司「紫式部の祖父と『為信集』」（『源氏物語の新研究』新典社・二〇〇五）。また、本稿脱稿後に、関連する中古文学会の発表、中西智子「『為信集』から『源氏物語』へ」（二〇〇八・一〇・四）があったことを、今校正時に補足しておく。

＊11　蒜の悪臭と仏典との関わりについては、本稿では言及しない。参考までに、『大正新脩大蔵経』より三例だけ引

いておく。なお、語の検索にテキストデータベース［大藏經テキストデータベース研究会（SAT）］を用いた。
・『大般涅槃經』（No. 0374）0386b07-0386b08：如人噉蒜臭穢可惡。餘人見之聞臭捨去。
・『大方等大集經』（No. 0397）0389a01-0389c02：譬如婆羅門自食蒜已與寶女通。不言己臭妄怨寶女言汝臭穢。
・『入楞伽經』（No. 0671）0562b10-0562b11：酒田葱韮蒜薤臭味悉捨不食。
＊12　森正人「罪業のしるしと救済の予感——古代仏教説話に漂う匂い——」『文学』（岩波書店、9・10月号、二〇〇四・九）

尼・僧侶の歌

松岡智之

一　はじめに――概略――

『源氏物語』に登場する出家者はどのような和歌を詠んでいるのだろうか。尼や僧侶という地位や役割によって、作中歌がどのような性格を帯びるのか。まずは概観しよう。『新編日本古典文学全集　源氏物語』(小学館。以下『新全集』)の第六巻付録「源氏物語作中和歌一覧」を参照して、『源氏物語』における尼・僧侶の和歌を数えると、次のようになる。〈　〉内がその人物が詠んだ和歌の数。(　)で示したのは、物語の途中で出家する人物で、〈　〉の数字は出家後の和歌の数である。

明石の尼君〈7首〉、明石の入道〈5首〉、(浮舟)〈6首〉、宇治の阿闍梨〈1首〉、(大宮)〈1首〉、小野の妹尼〈7首〉、朧月夜〈1首〉、(女三の宮)〈3首〉、北山の尼君〈5首〉、北山の尼君の侍女〈1首〉、北山の僧都〈2首〉、北山の聖〈1首〉、(源典侍)〈1首〉、(朱雀院)〈2首〉、導師(二)〈1首〉、(藤壺)〈5首〉、(弁

の尼）〈4首〉

合計五十三首。その内、尼の歌が四十一首、僧侶の歌が十二首である。

次にこれら五十三首の和歌に多く詠まれる言葉を拾い出してみよう。（1）「世」が十二首に用いられている。その内「うき世」が三首。「うき世」も含めて、「背く」とともに「世」が詠み込まれている歌が六首。（2）「山」が、「山水」「深山桜」等の複合語を含めて数えると十二首。北山の尼君の和歌にある「山の井」一例を除くと、出家ないし出家者の居住空間に関わる。（3）「見る」（「見ゆ」を含む）が十一首（十二例）あるが、これは出家者に特徴的と言えまい。（4）「尼」が八首に詠まれている。「尼衣」の一首を除く七首で「海人」（漁師の意）と掛詞になっている。また、贈答の相手（および唱和する中の一人）もまた「尼―海人」の掛詞を用いている例が五例ある。（5）「背く」が七首。前述のように六首で「世」とともに詠まれている。（6）「憂し」（語幹を含む）が七首。ただし、北山の尼君の歌にある「立ちうき」の「うき」を除くと六首。（7）「身」が六首。ただし、出家者に特徴的と言えるのは、明石の入道の「世をうみにここらしほじむ身」、明石の尼君の「身をかへて」、浮舟の「かはれる身」の三例。また、（8）「岸」（三首）も注目される。

右の結果から、まず、ごく一般的な動詞「見る」を除き、出家への思いを表現する言葉が、『源氏物語』の出家者の和歌に多いと言えそうである。関連して、若年に出家した専門僧侶と考えられる人たちの和歌についてみると、北山の僧都の和歌（二首）に「山」、北山の聖の歌に「山」と「見る」、幻巻の導師（二）の歌に「見る」と「身」が詠み込まれている。宇治の阿闍梨の歌には（1）～（8）がない。彼らは、「世」「憂き」「背く」といった在俗生活を長く経た人が出家を語る際の常套的な語を用いて和歌を詠んでいない。また、「サンスクリット語 amba の俗語形の音写か」（『岩波仏教辞典 第二版』）とされる「尼」を含めれば、（1）～（8）は和語である。「尼」も、「海人」

と掛詞で用いられる場合が多く、和歌になじんだ言葉である。

二　北山の僧都――仏教語を含む歌――

尼・僧侶の和歌も、全体として検討すれば、多く詠まれている語は和語であった。しかし、仏教語を詠み込んだ歌もある。『源氏物語』の古注釈書『孟津抄《もうしんしょう》』に「僧都の詞には似合ひたりと云々」と評される北山の僧都の和歌がその一つである。

優曇華《うどんげ》の花待ち得たる心地して深《み》山桜《やまざくら》に目こそうつらね

（若紫①二二一頁）

僧都の言葉にふさわしいと評されたのは、「優曇華」が詠み込まれているからであろう。この歌は、よく知られた若紫巻の物語にある。加持祈禱の効験で評判の高い聖に瘧病の治療を受けるため、光源氏は都郊外の北山を訪れ、まだ少女の紫の上、祖母の尼君、尼君の兄の僧都たちと出会う。一晩滞在した光源氏が都へ戻ろうとするとき、僧都は聖とともに送別の宴を設けた。そこで光源氏が「宮人に行きてかたらむ山桜風よりさきに来ても見るべく」（若紫①二二〇頁）と詠み、彼らの暮らす北山の桜を賞賛して聖や僧都に感謝の念を表したのに対し、僧都が「優曇《うどん》華《げ》の〜」の歌を詠んで答えた。源氏の君の姿を拝見できた私は、待ち焦がれた優曇華の開花に出会えたような気持がしていて、周囲の深山桜は目にも入りません、と光源氏を絶賛する。「優曇華」の「〈優曇〉はudumbaraの音写〈優曇婆羅〉の略。（略）ウドゥンバラとは、インドで古くより神聖視される樹木」であり、その花は外部から見えないため、仏教徒はこれを三千年に一度開花するものと考え、非常に出会いがたいもの、如来やその法に接する機会の喩えに用いた（『岩波仏教辞典 第二版』）。

僧都の和歌に対し、光源氏は「時ありて一《ひと》たび開くなるはかたかなるものを」（若紫①二二一頁）と謙遜する。その時機となって優曇華が開花するのはめったにあり得ないことだと聞いていますので、この場の喩えに「優曇華」を持ち出されるのは言い過ぎでありましょう、という。このやりとりは『法華経』方便品の「如是妙法。諸仏如来。時乃説之。如優曇鉢華。時一現耳」を踏まえているとされる。今仮に『妙一記念館本仮名書き法華経』で訓読を示せば「かく《是》のこと《如》き妙法《めうほう》は、諸仏如来《しよふつによらい》、とき《時》に、いまし《乃》これ《之》をとき《説》たまふ。優曇鉢華《うとんはつくゑ》《はな》の、とき《時》ありて、ひと《一》たひ現《けん》するかこと《如》きまく《耳》のみ」となる（中田祝夫編『妙一記念館本仮名書き法華経 翻字編』霊友会、一九八七年 一〇八）。「（優曇華が）時ありて一たび現はる（時一現）」といった表現は、『華厳経』や『金光明経』など仏典に広く見られるが、[*1] 送別の宴に先立つ場面に『法華経』を読誦し罪を懺悔する「法華懺法」の声が聞こえるとあり、さらに、光源氏が尼君の侍女に「仏の御しるべは、暗《くら》きに入《い》りてもさらに違《たが》ふまじかなるものを」（若紫①二一五頁）と話しかける箇所は『法華経』化城喩品の「冥きより冥きに入りて」によると考えられる。『法華経』に注目しよう。化城喩品は、はるか遠い過去の時代における大通智勝という仏の出現を語り、その大通智勝仏が三乗方便一乗真実の思想を化城宝処の比喩によって説いている。大通智勝仏の覚りは、「その国界《こくかい》《くにさかひ》の諸天《しよてん》の宮殿《くうてん》、乃至《ないし》梵宮《ほんくう》《わうのみや》まて、六種《ろくしゆ》に震動《しんとう》し、大光《たうくわう》《おほきなるひかり》あまね《普》くてら《照》し、世界《せかい》に遍満《へんまん》して、諸天《しよてん》のひかり《光》にすくれ《勝》たりき」（同前四六〇～四六一頁）のように、光によって象徴され、また、「天華《てんくわ》《てんのはな》をもて《以》、仏上《ふつしやう》《ほとけのみうへ》に散す。その所散《しよさん》《ちらすところの》のはな《華》、須弥山《しゆみせん》《やま》のことし《如》」（同前四六五頁）のように梵天たちが天上の花「天華」によって仏を供養することが繰り返し語られ、諸々の梵天王が「むかし《昔》よりいまた《未》かね《曽》てみ《見》さるところ《所》の無量《むりやう》の智恵者《ちゑしや》に、優曇波羅《うとんはら》《はな》のことくして、今日《こんにち》すなはち《乃》値遇《ちく》したてまつり」（同前四八九頁）と、仏の出現を「優曇波羅」（優曇華に同じ）の比喩によって讃美する（大正蔵は「優曇鉢花」）。光と花の強調は、光源氏が桜の花盛りの下にいる若紫巻の宴の場面に重なる。また、『河海抄』などが引く智顗『法華文句』のように、優曇華の開花が仏教上の理想の王である転輪聖王の中の金輪王の出現を予兆することを強調する『法華経』の注釈もある。[*2]

一方で、「優曇華」の語は、『源氏物語』に先行する物語文学、『竹取物語』や『うつほ物語』にもみられる。『竹取物語』では、くらもちの皇子が蓬萊の玉の枝（偽物）を持ってあらわれた際に、世人が「くらもちの皇子は優曇華の花持ちて上りたまへり」と言い立てた。『うつほ物語』吹上上巻では、神南備種松の屋敷がまるで浄土のようであると描くに際して「栴檀・優曇、交じらぬばかりなり」（二四三頁）といい、内侍のかみ巻では、帝（朱雀）に琴の演奏を求められた仲忠が、蓬萊の不死薬や悪魔国の優曇華を取りに行くことでも厭わないから弾琴だけは遠慮したいという（四一三〜四一五頁）。そこでの優曇華は「にはかに迫むる命とどめむ」ものとされる。『竹取』『うつほ』で仙境の宝物のようなイメージで取り上げられた優曇華を、『源氏物語』は経典の正統的な説に戻したような感があるが、仏典の理解に基づきながらも専門的すぎない言葉が選ばれている。

三　宇治の阿闍梨——和歌が苦手な僧侶の和歌——

早蕨巻では、一般に想像されやすい僧侶らしさ（僧侶のステレオタイプ）が、間接的に利用されている。大君の死後に迎えた新年、故八の宮が仏道の師としていた宇治の阿闍梨が、中の君に蕨や土筆を贈り、添えられた手紙に和歌が記されていた。[*3]

（阿闍梨）君にとてあまたの春をつみしかば常を忘れぬ初蕨《はつわらび》なり

文字の書きぶりについて「手はいとあしうて」とされる。諸注いうように、これは、僧侶であるだけに仮名文字を書き慣れていないことを示す。若菜上巻の明石入道が明石の君に宛てた手紙の中に「仮名文《ぶみ》見たまふるは目の暇《いとま》いりて、念仏も懈怠《けだい》するやうに益《やく》なうてなむ」（若菜上④一一三頁）とあり、仮名文字に慣れていないことは類型的な僧侶の造型だと言える。「歌は、わざとがましくひき放ちてぞ書きたる」ともあり、（あ）一字一字を離して書いた、とする二つの（い）手紙文の和歌は散文に続けて書くのが通例であるにもかかわらず両者を明瞭に離して書いた、とする二つの解釈が言われていて判然としない。しかし、（い）説をとる『細流抄』に「法師の沙汰おもしろし」とあるように、和歌を含む手紙を書くことに習熟していないことが、僧侶らしい指標になっているとはいえよう。「大事と思ひまはして詠み出だしつらむと思せば、歌の心ばへもあはれにて」と、そうした手紙の書きぶりの稚拙さが、むしろ中の君の感動を誘発している。

この歌は、「常を忘れぬ」の主体をまず第一に「蕨」であるとして、「（今は亡き）あのお方のためにと思って摘み取ることを、多くの春ごとに積み重ねてきたので、恒例となったことを忘れずに（こうして新芽を出した）本年最初の蕨なのです」などと解するのが妥当であろう。無常の人間と不変の自然との対比に喪失感を感じながらも、言忌みをしてその点を表面に出さず、これまで故八の宮のために摘んできた蕨が、今年も変わらず新芽を出したのだという点に生命力を感じさせる歌となっている。

この場合、和歌自体に僧侶らしさがあるのではない。むしろ和歌が苦手と想定される阿闍梨が和歌らしい和歌を詠もうとしたことに眼目があった。

四　北山の尼君――高貴なとぼけ――

『源氏物語』の尼の和歌では、出家して男女関係を離れた尼が、女君の保護者的な立場から恋愛贈答歌の相手（代作者）となることがくり返される点がおもしろい。若紫巻の北山の尼君と手習巻の小野の妹尼とである。二つの場合《ケース》は、初め尼らしい言葉の装いであるものの、やがて恋愛贈答歌の言葉の組み立てとなる点で共通する一方、北山の尼君の和歌が抑制的で気品を保ち続けるのに対し、小野の妹尼は自ら積極的で和歌の言葉も奥ゆかしさを欠くようになってしまうという対照的な違いも見せる。

北山の尼君が物語に登場するのは、光源氏の垣間見の場面。そこで、尼君が雀を逃がして泣く少女の紫の上にいう言葉、「おのがかく今日明日におぼゆる命をば何とも思したらで、雀慕ひたまふほどよ。罪得ることぞと常に聞ゆるを、心憂く」（若紫①二〇七頁）は、いかにも尼らしい。しかし、同じ場面で尼君が侍女と交わした贈答歌（尼君①「生《お》ひ立たむありかも知らぬ若草をおくらす露ぞ消えんそらなき」、「初草の生ひゆく末も知らぬ間にいかでか露の消えんとすらむ」（若紫①二〇八頁）は、尼だからこうだというのではなく、物語展開に絡まり合う鍵語「草」を中心に組み立てられている。[*4]

続いて、光源氏の贈歌に答えることで、尼君は求愛（婚）贈答歌に関わっていく。

（源氏）「げに、うちつけなりとおぼめきたまはむもことわりなれど、

初草の若葉のうへを見つるより旅寝の袖もつゆぞかわかぬ

と聞こえたまひてむや」とのたまふ。（女房）「さらにかやうの御消息うけたまはり分くべき人もものしたまは

ぬさまはしろしめしたりげなるを、誰にかは」と聞こゆ。（源氏）「おのづから、さるやうありて聞こゆるならん、と思ひなしたまへかし」とのたまへば、入りて聞こゆ。（尼君）「あな、いまめかし。この君や世づいたるほどにおはするとぞ思すらん。さるにては、かの若草を、いかで聞いたまへることぞ」とさまざまあやしきに心乱れて、久しうなれば、情なしとて、

（尼君②）「枕ゆふ今宵《こよひ》ばかりの露けさを深山の苔《こけ》にくらべざらなむ

ひがたうはべるものを」と聞こえたまふ。（若紫①二一六〜二一七頁）

尼君の第二首目は、僧都の坊に泊まっていた光源氏から、女房を介して伝えられた贈歌に対する返歌である。光源氏の和歌は、尼君①の歌から「若」と「露」、侍女の歌から「初草」を取り入れ、「旅寝の袖」も涙で濡れ続けていると一目ぼれの恋情を訴える。贈った相手が誰なのか曖昧であるが、本人に伝わることを期待しながら、まずは周囲の人たちに聞かれることを前提とした歌、と解するのが妥当であろう。屛風を隔てて、口頭で和歌を託された侍女は、こうした恋歌を受けとるべき人がいないことはご存知でしょうに、どなた宛てでしょうかと言う。この侍女の言葉は、光源氏歌の「初草の若葉」を「見つる」に対し、見たのならご存知でしょうと返答したものと読める。しかし、尼君は、光源氏が若君の年齢を誤解しているのだろう、それにしては何故自分と侍女の贈答歌を知っているのかと不審に思いながら②の歌を詠む。「心乱れて」と困惑しているにはちがいないが、「初草」「若葉」「露」を詠み込み、「見つる」と言っている光源氏の和歌を伝えられながら、尼君が光源氏の垣間見に気づかないとすれば不自然であろう。

尼君②は、贈歌の「旅寝」を受けて否定的に切り返す。贈歌が言う恋ゆえの涙を、若君の将来を心配する涙に置き換え、一晩限りのあなたの涙を私の涙と比べないでほしい——私のほうが多いに決まっている、という。自分をさ

して「深山の苔」というところが尼らしい言葉の装いである。贈歌の「旅寝の袖」と対比しているから、「苔」は「苔の衣」の意。「苔の衣」が出家者の粗衣を表す例は遍昭の「世をそむく苔の衣はただ一重貸さねばうとしいざ二人寝む」（後撰集・雑三、大和物語一六八段）が知られるが、『新全集』が指摘するように、直接的には『多武峰少将物語』で、出家した藤原高光の妻の母親が新調した僧衣を贈る際に添えた歌「奥山の苔の衣にくらべ見よいづれか露のおきはまさると」が近い。「山」「比ぶ」が尼君②と共通し、光源氏の贈歌にある「露」もある。引用は略すが、「苔の衣」は高光の散文（消息）・和歌両方に用いられてもいる。「苔の衣」は、和歌に牽引されるかな文学の中で、尼・僧侶にまつわる言葉となっていった。侍女と詠み交わす際にはなかった尼らしい言葉が、光源氏に対する時にあらわれている。続く贈答では語句による尼らしさが消え、恋愛贈答歌の言葉の対応関係が目立っていく。

（源氏）夕まぐれほのかに花の色を見てけさは霞の立ちぞわづらふ

（尼君③）まことにや花のあたりは立ちうきとかすむる空のけしきをも見む

光源氏は帰京直前にも和歌を詠む。歌の形は前の「初草の〜」と似て、「夕まぐれ……見て」と、やはり紫の上を垣間見たことを示す。対する尼君③は、贈歌の「花」「霞」を取り入れ、「見る」の方向を逆転させて詠んでいる。花のことだけを詠んだ歌（『細流抄』）とも、光源氏の真意を確かめたいとする歌（『新全集』）とも解せる。さらに「期待を抱かせる歌として読める」（『新大系』）とも言える。③歌を詠む前に、尼君は僧都から紫の上に対する光源氏の希望を聞いている。贈歌が紫の上を「花」に喩えていることは読み取れたであろう。③歌は、姫君を「見た」ことはそらしながら、男の誠意を計る歌として読まれてもよく、それでいて逃げ道もあるような歌である。続く第四、第五の和歌もみよう。

（源氏）面影《おもかげ》は身をも離れず山桜心のかぎりとめて来しかど

夜《よ》の間《ま》の風もうしろめたくなむ

（尼君④）嵐吹く尾上《をのへ》の桜散らぬ間を心とめけるほどのはかなさ

いとどうしろめたう

（源氏）あさか山あさくも人を思はぬになど山の井のかけ離るらむ

（尼君⑤）汲《く》みそめてくやしと聞きし山の井の浅きながらや影を見るべき

「桜」から「影」へと軸となる言葉が移ろう。尼君の返歌は拒む歌であるものの、相手の不誠実さをとがめることで、より大きな愛を誓う男の言葉を引き出すことにもなっている。また、尼君④は光源氏の「面影は身をも離れず」には直接答えないが、尼君⑤になると否定的ながら「影を見る」を詠んでいる。垣間見があったことを認めない言葉を選び続けていた尼君は、場面・状況の変わったところで言葉の上だけであるが、ついに影（姿）を見ることへ踏み込まされている。和歌の贈答が尼君の言葉をここまで運んでいった。

尼君が返歌をすることについて、高木和子氏は、それは姫君の尊厳を守る尼君の意思であり、女主人公を重々しく物語に登場させる物語の方法だと論ずる。*5 紫の上は、光源氏の邸二条院に引き取られて後には和歌を詠む。詠めば詠めるのであるから、物語の意図を読み取ってよいだろう。右に検討した、光源氏が姫君を見たことに尼君の和歌が直接応じない点も、姫君の尊厳を守ることになろう。さらにそうした尼君の判断をも物語は語らないが、そこが読むべき空白であり、物語の奥ゆかしさなのではないか。尼君が、光源氏の歌の意味を知りつつも、言葉の攻防をどのように展開するかが読み所であった。

五　小野の妹尼――偽装の恋歌――

次に、小野の妹尼の和歌を取り上げよう。妹尼は、入水未遂で倒れていた浮舟を救助した横川の僧都の妹で、母の大尼君とともに比叡山西坂本の小野に隠棲している。上達部であった夫の死後、残された一人娘を養育し、婿を通わせて世話していたものの、その娘が亡くなって出家、小野に住むようになった。秋、かつての娘婿の中将が、僧都の弟子となって横川にいる弟を訪ねる途中で小野に立ち寄り、浮舟をかいま見て恋着し、帰途再び小野を訪れて浮舟との交際を求めたところから、求愛和歌の贈答が始まる。

（妹尼）うつしうゑて思ひみだれぬ女郎花《をみなへし》うき世をそむく草の庵《いほり》に　（手習⑥三一三頁）

右の歌は、「あだし野の風になびくな女郎花《をみなへし》われしめ結はん道遠くとも」という中将から浮舟への求愛歌に対する返歌。浮舟に返歌を促したものの応じないため、妹尼は「聞こえさせつるやうに、世づかず、人に似ぬ人にてなむ」として、この歌を詠んだ。上の句は、私（妹尼）は女郎花を移し植えて―この女君を迎えて（その扱いに）苦慮していますの意。ただし、中将が「思ひ乱る」を女君のこととして受け取ったかもしれないと読むのもおもしろい。下の句には「憂し」「世」「背く」と、『源氏物語』の出家者の和歌に多い語が詠まれている。また、「草の庵」は、必ずしも出家者の住まいのみをさす語ではないが、『源氏物語』では当該例を除く四例のうち、一例は明石の入道の住まい（若菜上）、三例は宇治の八の宮邸（橋姫・椎本）を表していて、出家者ないし仏道を志す人物の住まいをいう。妹尼と中将とはすでに親しい間柄ではあるが、妹尼の最初の和歌は、読者に向けてでもあるかのように、出家者らしいものであった。

妹尼は、出家遁世の希望を述べる中将に「山籠りの御うらやみは、なかなか今様《いまやう》だちたる御物まねびになむ」（手習⑥三〇六頁）と、すでに出家した者らしくその軽率さをたしなめていた。しかし、「言ふかひなくなりにし人（＝娘）よりも、この君（＝中将）の御心ばへなどのいと思ふやうなりしを、よそのものに思ひなしたるなん、いと悲しき」（同前）と語られる妹尼は、次第に中将を浮舟に通わせたい願いにとらわれる。

八月十日過ぎ、小鷹狩りのついでに中将が三たび小野を訪れた。「一目見しより、静心なくてなむ」（手習⑥三一四頁）と訴える中将に対し、妹尼は「待乳《まつち》の山のとなん見たまふる」と答えた。前の贈答の「女郎花」に呼応するように、『小町集』の「誰をかも待つ乳の山の女郎花秋と契れる人ぞあるらし」を引き、誰か他に思う人がいるように見えますと否定的に応ずる。中将は、この返事を覆し、秋に逢おうと約束したというのは私をだましたのですかと、浮舟の思い人とは自分のことだと取りなして恨み言をいい、和歌を詠む。

（中将）松虫の声をたづねて来《き》つれどもまた荻原《はら》の露にまどひぬ

（妹尼）「あないとほし。これをだに」など責むれば、（略）（浮舟ガ）答《いら》へをだにしたまねば、あまり言《い》ふかひなく思ひあへり。尼《あま》君、はやうは、いまめきたる人にぞありけるなごりなるべし。

「秋の野の露わけきたる狩《かり》衣むぐらしげれる宿にかこつな

となん、わづらはしがりきこえたまふめる」と言ふを、（手習⑤三一五〜三一六頁）

中将が「松虫の声をたづねて来」た（待たれているからやって来た）のに、またしても露―涙に濡れたというのに対し、妹尼の歌は、狩のために野をかき分けやって来たのだから衣が濡れたにすぎないのでしょう、不誠実に愛を訴えるのはやめてほしい、といなす。男の言い分を女が否定的に切り返す、恋愛贈答歌の型に添った歌である。この返歌を、妹尼は、「となん、わづらはしがりきこえたまふめる」と、浮舟が詠んだかのように装って中将に告げる。この逸脱行為について、事態の異常さを示すように、かつて当世風にはなやかな人であった妹尼がかたくなに応じない浮舟に焦《じ》れたからだろう、という語り手の推測が述べられる。この歌の注目点は「むぐらしげれる宿」であろう。妹尼はこの語に自分をすべり込ませている。寄宿している浮舟ならばこうは詠むまい。わが家を卑下して「むぐら～」と言い、浮舟を偽装しながらなりきれず自己表出してしまうところに、妹尼の一片のかわいらしさと悲哀とがある。前歌の「うき世をそむく草の庵」、出家者の草庵から、雨夜の品定で「さびしくあばれたらむ葎《むぐら》の門《かど》に、思ひの外《ほか》にらうたげならむ人の閉《と》ぢられたむこそ限《かぎ》りなくめづらしくはおぼえめ」（帚木①六〇頁）と言われるような「むぐらの宿」へ、妹尼は恋愛贈答歌にのめり込んでいく。

やがて進展の期待できない中将は帰ろうとし、妹尼は、「ふかき夜の月をあはれと見《み》ぬ人や山の端《は》ちかき宿にとまらぬ」とさらに偽装の和歌を詠んで引き留めるものの、男女関係から離れていたい浮舟の希望とは相容れぬ妹尼の暴走は、老耄の大尼君の登場で惨憺たる気分に終わる茶番劇となった。尼らしい和歌から偽装の恋歌への変化に、この場合のおもしろさがある。

注

＊1　大正蔵・一〇・四四二c、大正蔵・一六・三五七b

＊2　河添房江「北山の光源氏」（『源氏物語表現史』翰林書房、一九九八）

＊3　松井健児「さわらびの春―『源氏物語』「蕨」の景の文芸史―」（『駒澤國文』第四一号、二〇〇四・二）

＊4　鈴木宏子「若紫巻と『古今集』」（小嶋菜温子・渡部泰明編『源氏物語と和歌』青簡舎、二〇〇八）は、『古今和歌集』恋部の配列と若紫巻の和歌の展開との関係を論じている。

＊5　高木和子『女から詠む歌 源氏物語の贈答歌』（青簡舎、二〇〇八）六頁

＊『源氏物語』の引用は『新編日本古典文学全集 源氏物語』（小学館）、『うつほ物語』は室城秀之校注『うつほ物語 全改訂版』（おうふう）、による。

老人の歌

小嶋菜温子

一　「さかさまに行かぬ年月よ」――「老い」の言葉に秘められるもの

はじめにお断りしておくと、タイトルは他の項目との兼ねあいもあって、「老人」の歌としたが、具体的には「老い」の歌について論点をしぼることになる。「老人」という括りは一般的で分かりやすいようでいて、その定義づけという点で案外に難しいものがある。年齢による線引きをするにしても、その基準が問われようし、身体的な条件からするとしても一律な基準は無いに等しい。ましてや当人の意識・無意識ということを加味するならば、なおさら何をもって「老人」とするかは困難このうえない。比喩的な言い方になるが、人間には老人という人種がいるわけではなくて、人間に「老い」がかぶさってくるかどうかという問題があるだけではないだろうか。『源氏物語』について論点となるのも、ある人間が「老人」としてどう生きるかということよりも、いかにして「老い」と向きあうかということではないかと思われる。[*1] ここでも、『源氏物語』の人物たちが「老い」といかに向き合うのかということについて考える一環として、作中にみる「老い」の歌を概観したいと考える。
ところで『源氏物語』中において、印象深い「老い」の言説といえば、光源氏が若菜下巻の試楽のおりに、柏木に向かって言った言葉、

「…さかさまに行かぬ年月よ。老いは、えのがれぬわざなり」

（若菜下二七〇頁　全集本による、以下同じ）

ではなかろうか。「さかさまに…」の典拠には、次の一首が指摘されている。

八九六　さかさまに年もゆかなむとりもあへずすぐる齢《よはひ》やともに返ると

（『古今和歌集』雑上　読人知らず）

「すぐる齢《よはひ》」の日々を取り返すべく、「さかさまに年」が巻き戻されればよいのに――現在の「老い」を自覚しつつ、ありえない若返りへの願望を詠じた歌である。いわゆる嘆老の歌の典型の一つともいうべきものといえよう。しかし、源氏の「さかさまに…」の言葉は右の本歌を踏まえながら、「老い」の逃れがたさへの憂いが装われている。しかし、その真意は、さらに複雑であるはずだった。すでに源氏の正妻・女三宮に、柏木は通じてしまっていた。だから、源氏の真意はただの「老い」の概嘆にはなかった。憎んであまりある敵の若々しさに対する、おどろおどろしい嫉妬と怨念に燃えた生々しい激情が、源氏の想念の奥底では燃えさかっている。それにしてもこれは、なんという激越な「老い」の表出であろうか。華やかな宴の蔭で、酒を無理強いしながら突きつけられた、言葉の刃。[*2]柏木はこの試楽の宴の後、重い病いに臥して、やがて死にいたる。大臣（頭中将）家の嫡男として将来を嘱望された柏木を、あたら早世に追いやったのは、まさしく源氏の発する「老い」の言葉の一撃にほかならないといえるだろう。
右の場合は極端にしても、『源氏物語』の「老い」の言説は、さまざまな形で虚構世界に彩りを与える働きをし

ているようだ。すでに『源氏物語』の「老い」については、永井和子氏の詳細な研究があり、物語の重要な構成要素としての、生き生きした「老い」の諸相が浮き彫りにされている。[*3]『源氏物語』の「老い」の歌もまた、そうした「老い」の諸相に即応した、生動する意味によって成り立っているにちがいない。光源氏をはじめとする主要な登場人物たちが詠む多彩な「老い」の歌をとおして、そのことを確かめることとしたい。

二　父親たちと母のない子――光源氏・頭中将・宇治八宮

そもそも「老い」の歌のスタンダードとはどんなものであろうか。勅撰集の範囲でいうとすれば、「老い」の歌の典型の一つは「老い」を嘆くもの、もう一つは「老い」を慶ぶものに大別されよう。[*4]嘆老と年寿――はたして『源氏物語』のなかの「老い」の歌は、それら二つのスタンダードに準じるものであるかどうか。あらかじめ言うなら、「老い」の述懐、あるいは慶賀といったステレオタイプは、『源氏物語』の「老い」の歌の指標にはなりえないようなのだ。かりに嘆老や算寿の言葉を装われていても、『源氏物語』の「老い」の歌は、背景にある状況や人間関係に生じる錯雑な機微を体現するものとなっているだろう。多くの『源氏物語』の作中歌がそうであるように、「老い」の歌もその文脈における状況や、人間関係の様相と不可分にある。逆にいえば、だからこそ「老い」の歌が体現する多様な機微には、『源氏物語』の主題的な状況が託されることにもなるといえるはずだ。

まず、「老い」の歌の典型の一つである、嘆老の述懐歌として『源氏物語』のなかで真っ先に想起されるのは、幻巻にみる光源氏の絶唱ではないだろうか。

もの思ふと過ぐる月日も知らぬ間に年もわが世もけふや尽きぬる　（幻五三六頁）

「もの思ふ」なかを、源氏の最後の一年は過ぎゆく。一年の終わりとともに、「わが世もけふや尽きぬる」と嘆じる源氏の想いは、これ以上ないような憂愁に満ちている。一首には勅撰集的な嘆老の述懐と類似の表現が用いられてはいる。しかし正篇の終幕に置かれた源氏のこの絶唱には、スタンダードな表現の型を食い破るようにして、深い絶望と悲哀が滲み出ているだろう。これに先立ち源氏は、「まどふ」心を歌に詠んでいた。

死出の山越えにし人をしたふとて跡を見つつもなほまどふかな　（幻五三三頁）

現世の終末においてなお「まどふ」・「もの思ふ」時間のなかを、退場していく孤絶の光源氏。光り輝く主人公を語ってきた、『源氏物語』正篇のドラマそのものが、憂愁に満ちた哲学的な深みのなかで閉じられるのであった。

＊

いっぽう、「老い」の歌のもう一つの典型である、「老い」の賀歌は、『源氏物語』に見られるだろうか。算賀における「老い」の言祝ぎの歌は、『落窪物語』『うつほ物語』などでも、物語の大団円に向けて大いに力を発揮されるところであった。[*5] とりわけ算賀の屏風歌にみるごとき「老い」の歌は、それが儀礼的な場を背景とするがゆえに、社会的に慶賀されるものとしての「老い」の役割を浮き彫りにしてみせる。はたして、光源氏にそうした慶賀の場は与えられたかどうか。『源氏物語』正篇にあって、「老い」の賀歌がありうるとしたら、それは誰に関してであろうか。そのことを確かめてみたい。

光源氏に「老い」の問題が浮上するのは、若菜上巻の四十賀の折りであった。玉鬘から贈られた賀歌の返しに、源氏は次の歌を詠む。

小松原末のよはひに引かれてや野べの若菜も年をつむべき　（若菜上五一頁）

源氏の右の歌は一応、四十賀の「若菜」の祝いの場における、スタンダードな「老い」の歌の体裁を取っているといえよう。ただ、この場面から浮かび上がるのは、表面的には「老い」の慶祝の場に身を置きながら、その内実は「老い」から疎外されている、源氏の宙づりの身体にほかならなかった。[*6] 源氏は玉鬘に対して擬似的ではあれ、老親の立場にあるはずで、通常の親子関係ならば算賀を受ける自らの立場を自覚すべきはずであった。しかし、源氏の意識はあくまで「老い」から疎外され、同時に玉鬘との（擬似的）父娘関係からも疎外されていると言わざるをえない状況にあったのである。

先の源氏による「小松原…」の歌は、「老い」に直面した父親と娘（擬似的ではあるが）の関係において詠まれたものでありながら、源氏の意識はあくまで自らの内側をのみ見つめるものとなっていた。そうした父娘関係における「老い」の歌としては、ほかに頭中将が雲居雁と夕霧の結婚に際して詠んだ歌が挙げられる。

そのかみの老木はむべも朽ちぬらむ植ゑし小松も苔生ひにけり　（藤裏葉四四九頁）

頭中将自身の抵抗のため難航した、愛娘・雲居雁と、源氏の嫡男・夕霧との婚姻をようやく認めることとなって漏らした感慨である。「朽ち」ていく「老木」を頭中将自身と取るか、亡き大宮と取るか説が分かれる。それにともなって「苔」むす「小松」を雲居雁や夕霧と取るか、頭中将と取るかに分かれるが、いずれにせよ「老い」の逃れがたさを趣旨とする歌であることには変わりはないだろう。永すぎた春さながらの雲居雁・夕霧の関係がようやく喜ばしい方向で収まることへの安堵とともに、結局は源氏と折り合わざるをえなくなった頭中将の「老い」の現在への苦い思いも看取できる歌である。

ところで、「老い」の意識が表層に現れなくても、老いた父親の娘の結婚に対する複雑な想いは、物語のそここに見ることができる。たとえば宇治の八宮が薫に娘の後事を託したときの歌。

われ亡くて草の庵は荒れぬともこのひとことはかれじとぞ思ふ　（椎本一七四頁）

八宮が娘たちに残した遺言はきわめて厳しいものであったが、薫にここで託されているのは、母なき娘たちの将来を案じる、老父の痛いほどの気持ちである。

同様のことは、朱雀院とその娘・女三宮の物語にも見られる。朱雀院が紫上に贈った歌。

背きにしこの世にのこる心こそ入るやまみちのほだしなりけれ　（若菜上六八頁）

院が出家の身でありながら、この世に心を残すのは、ひとえに母を亡くした孤独な娘ゆえであること。この切なる訴えは、源氏への女三宮の降嫁という、紫上にとっては受け入れがたい事態を容認してもらうために、なによりも有効であるだろう。背景に院自身を捉えた「老い」があることが、よりその効果を高めることは言うまでもない。

娘への想いを抱く父親たちと、その「老い」。娘たちの行く末を案じる父親たちには、「老い」の嘆きに浸る余裕もないだろう。右に見た父娘関係において、母親はいずれも不在であることが注目される。母親不在であることからすると、〈家〉の関係性においては非充足の状況と言うべきかもしれない。しかし、そうであればあるほど、これら父娘の絆はひとしお深いとも言えよう。だからこそ、ここに見た父たちの嘆きは、自らの「老い」を歎くことよりむしろ、娘たちの将来への深々とした歎きとして詠む者の心を打つのではあるまいか。

三　祖母たちと、母なき孫――大宮・桐壺更衣母・北山の尼君・明石の尼君

先に、父娘の関係にみる「老い」の歌を見たが、続いては祖母と孫の関係において詠まれた「老い」の歌を見よう。その場合にも、母親不在という状況が見られるところが興味深い。

ちなみに祖母が、母親に先立たれた幼い孫を想って詠んだ歌として脳裏に浮かぶのは、桐壺更衣の母が命婦に託

した桐壺帝への歌である。

あらき風ふせぎしかげの枯れしより子萩がうへぞしづ心なき
（桐壺一一〇頁）

ここには「老い」のことは詠み込まれていない。母なき孫である「子萩がうへ」（光源氏）の身の上について心を砕く歌意の底には、桐壺更衣亡き後の第二皇子を、帝が変わりなく寵愛してくれることへの愁訴があることは明白であろう。更衣の死への哀傷歌を装いながら、故・大納言家の悲願を籠めて、皇子の将来への一縷の望みに賭けるがごとき熱意も、この一首には感じ取れるのではないか。自らの「老い」についての歎きは、ここには介在する余地がないと見るべきかも知れない。

そこで、祖母の詠む「老い」の歌を取り上げる。大宮ならびに北山の尼君の詠歌である（明石の尼君および入道については後述）。

まず、大宮の歌から。葵巻で葵上が亡くなり、その哀傷の想いに打ちひしがれながら、光源氏に向けて詠まれたものである。

今も見てなかなか袖を朽たすかな垣ほ荒れにし大和なでしこ
（葵五〇頁）

新しき年ともいはずふるものはふりぬる人の涙なりけり
（葵七二頁）

二首目の「新しき年」のほうが、「老い」を直に詠み込んだもの。「ふりぬる人」とは、暗に大宮自身を指す。新年にもかかわらず、年老いたわが身は、娘に先立たれて泣き暮らすのみである――。この歌と、それに先だって詠まれた一首目の歌とは、時系列では隔たっているけれども、大宮の思いとしては時間が止まったかのような、同じ気分で繋がっている。一首目「今も見て」の歌の、「大和なでしこ」は暗に葵上の忘れ形見である夕霧を指す。その

「なでしこ」（夕霧）を見ては涙に暮れる祖母・大宮の悲痛な想い。それはそのまま二首目の「あたらしき年」にも変わらず泣き暮らす、「ふりぬる人」すなわち老いた祖母・大宮の心境に重なっていくわけである。

母なき孫への祖母の想いとしてはもう一首、北山の尼君が紫上のことに関して詠んだ歌が想起される。

おひ立たむありかも知らぬ若草をおくらす露ぞ消えんそらなき　（若紫二八二頁）

「消えん」とする「露」とは、尼君その人を指す。母親（尼君の娘）に先立たれ、これから「おひ立たむありか」も覚束ない、哀れな「若草」（紫上）。孫娘への憐憫の情が、切々と歌いあげられている。「老い」を直接的に詠み込んではいないにせよ、はかない「露」のような尼君の余生ということからすると、ほどなく死を迎える尼君の老境が重ね合わされているとみてよかろう。

母を亡くした孫への、祖母の想い。自らの「老い」の歎きとないまぜになっての、憐憫の情——ここには、前節で見た、父娘の関係にみる「老い」の歌と相同形の構図が見て取れよう。

＊

ところで、慶賀すべき「老い」の歌を詠むことができた祖母もいる。明石尼君その人である。明石一族の悲願を背負って明石の君は受領の娘として、源氏との身分違いの愛に苦しみながら、明石姫君をもうけた。この姫君の存在が、一族の悲願を成就に導いていく。その大きな転機は、明石の君が尼君とともに姫君を伴って上京したことであった。ひとり明石に残る入道が詠んだ「老い」の歌は、家族との永遠の別れを悲しむ離別歌でありつつ、姫君の「ゆくさき」の栄華を祈願する親心を詠むものとして胸を打つ。

ゆくさきをはるかに祈るわかれ路にたえぬは老のなみだなりけり　（松風三九三頁）

いっぽうの明石の君も、姫君を紫上の養女にするために子別れの苦しみを味わわねばならない。その苦しみから解放されるには、若菜巻に至る長い雌伏期間を経ねばならないのであった。
松風巻で入道の詠んだこの歌からはるか時を隔てた若菜上・下巻で、明石の尼君が「老い」の歌を一首ずつ詠む。一首目は明石女御の皇子出産を控えて読んだ歌。二首目は、満願成就の願ほどきのために源氏に伴われて、住吉参詣をした折りの歌である。

老の波かひある浦に立ちいでてしほたるるあまを誰かとがめむ　(若菜上一〇〇頁)

住みの江をいけるかひある渚とは年経るあまも今日や知るらん　(若菜下一六五頁)

「老いの波」も甲斐あって、喜びに「しほたるるあま」。「いけるかひある」、「年経るあま」。レトリックを散りばめながらも、二首ともにきわめて率直に尼君の喜びを表している。姫君が東宮妃として入内。やがて母の明石の君も、宮中に付きそうことが許されることになる。姫君との血の繫がりをひた隠しにせねばならず（その意味では、姫君は擬似的に母のない子であったとも言える）、常に身の程を弁えてきた明石の君。その明石の君が、ようやく母として姫君に寄り添うことが許されたわけだ。いずれ明石所生の皇子の即位が実現するその日に向けて、一族の悲願達成のドラマは着実に進行していくのである。尼君が詠んだ二首の「老い」の歌は、先の松風巻で入道が詠んだ「老い」の歌とは対照的に、一族の到達した栄華を高らかに謳歌する響きに満ちている。入道の「老い」の歌から、尼君の「老い」の歌への転換には、一族の辛苦と栄転の道のりが刻みつけられていると言っていいだろう。*7

以上にみたとおり、祖母たちの「老い」の歌にも、さまざまなドラマの投影が見られた。父親たちの歌にも見られたように、『源氏物語』の「老い」の歌は、嘆老の歌や、慶賀の歌の典型を突き破って、ドラマチックな物語展開の局面をみごとに抉り出す効果をあげている。

おわりに――源典侍と「老い」の歌

そういえば、『源氏物語』の「老い」の歌としてきわめてユニークな例が、源典侍の物語にあった。内侍所という神聖な職域、そして琵琶の名手という属性――典雅な道具立てと、それを台無しにする猥雑な笑劇。高貴な出自をもちながら、好色な老女を演じる源典侍の挿話の面白さについては既に述べたことがある。*8 彼女が手にする「森の下草」と書かれた扇や、彼女が美しく口ずさむ歌謡の一節。それらには若き貴公子の光源氏を幻惑する、老練な言葉が散りばめられている。そこにおいて「老い」の歌は、好色な誘惑の響きへと巧みに転換されるのであった。

君し来ば手なれの駒に刈り飼はむさかり過ぎたる下葉なりとも　（紅葉賀四〇九頁）

立ち濡るる人しもあらじ東屋にうたてもかかる雨そそきかな　（紅葉賀四一二頁）

年ふれどこのちぎりこそ忘られね親の親とかいひしひと言　（朝顔四七四頁）

催馬楽「東屋」の引用をはじめとして、これら源典侍の「老い」の歌には多彩なレトリックが施されている。源氏からすれば「親の親」にあたるほどの老婆の役回りでありながら、「さかり過ぎたる下葉」へと若き「駒」を誘惑しようとする大胆にして淫靡な言動。これらの一連のドラマには、『古今和歌集』（巻十七・雑上）の歌の引用が働いていることも知られている。

八九二　おほあらきの森の下草おいぬれば駒もすさめずかる人もなし

八九三　かぞふればとまらぬ物を年といひてことしはいたくおいぞしにける

八九四　おしてるやなにはのみつにやくしほのからくも我はおいにけるかな

典雅にして醜悪――好色な老女・源典侍の独特の造型には、「老い」にまつわる諧謔性を帯びた性的・身体的な表現の類型が作用しているのである。[*9]「老い」の歌のステレオタイプを突き破る、きわめてユニークで生動感に溢れる表現空間がそこに起ちあがる。可笑しくも美しい、かつ醜くもしたたかな「老い」の形象に、王朝人たちも眉をひそめつつ忍び笑いをもらしたに違いない。

源典侍をめぐる「老い」の言説と、冒頭に見た激しくも深刻な光源氏の「老い」の言葉の世界とを比べてみよう。源典侍をめぐる「森の下草」以下の「老い」の言説は、諧謔に満ちたエンターテインメントの躍動する表現世界たりえている。かたや源氏の「さかさまに行かぬ年月よ」との憎悪と皮肉に満ちた「老い」の感慨には、やがて幻巻に見たごとき「まどふ」・「もの思ふ」絶望的な時間のなかの慨嘆を導き出していった。そしてそれこそが、試練と栄華を探求してきた『源氏物語』正篇が到達した最終的な主題状況でもあった。そのかたわらでは、明石一族の試練から栄達への物語には、辛苦に満ちた「老い」から輝かしい「老い」の歌への転換があったことも確かめられた。また見てきたように、父と娘、祖母と孫娘の関係においても、「老い」の歌が詠まれた。そこに表出された母のない子たちへの、父や祖母たちからの憐憫の情には、それぞれの家族の物語に派生するさまざまな主題に裏打ちされた、深々としたトーンが影を落とす。

『源氏物語』の「老い」の歌に託された意味は実に多彩であった。そしてそうした多様さこそが、物語をその主題の深まりと究極の帰結へと導いていく契機となるのだと考えられる。「老い」の歌に託された主題とは何か。それは『源氏物語』の人間に対する洞察にほかなるまい。人が生まれ、社会関係のなかで成長し、やがて死に臨む――そうした個々の生にまつわる心の機微が巧みに描き出される。[*10]『源氏物語』という壮大なる言葉の迷宮に示された、人生哲学にも似たその認識の深さと鋭さには、あらためて感銘をおぼえずにはいられない。

注

＊1　かつて拙稿において、律令的な年齢区分や生理的・物理的な老化現象の問題とは別次元の、〈家〉や〈血〉といった抽象的な問題系に関わらせて、光源氏たち登場人物個人がいかに「老い」と向き合うか、もしくは向き合わないかということを論じた。小嶋菜温子『源氏物語批評』有精堂、一九九五、同『源氏物語の性と生誕』立教大学出版会、二〇〇四。

＊2　小嶋「賀歌——盃酌歌と賀の時空」『源氏物語と和歌を学ぶ人のために』（加藤睦・小嶋編、世界思想社、二〇〇七）。同「『源氏物語』の〈罪〉とホスピタリティ——宴の苦い酒」『季刊 iichiko No96』二〇〇七。

＊3　永井和子『源氏物語と老い』笠間書院、一九九五。また老女房の固有の役割を解析したものに、外山敦子『源氏物語の老女房』（新典社、二〇〇五）がある。

＊4　「老い」をふくむ人生の通過儀礼にかかわる歌については、以下に教えられる。橋本不美男『王朝和歌史の研究』笠間書院、一九七二。中村義雄『王朝の風俗と文学』塙書房、一九六二。

＊5　小嶋『源氏物語の性と生誕』（注＊1）。

＊6　同右。

＊7　同右。

＊8　同右。

＊9　久富木原玲「雑歌」『源氏物語と和歌を学ぶ人のために』（注＊2）。「典型的な老いを嘆く歌群」のなかにある「森の下草」の一首が、好色な老女である源典侍の「若い男を誘惑する滑稽な場面に変換」されることで、笑いをもたらすとする。

＊10　本稿に見たような「老い」の歌の問題は、「子ども」の歌のあり方と連動するところがあろう。

なお本論に述べた、母のない子という視点については、青木慎一「夕霧の「生ひ先」——成長をめぐる表現方法について」(『立教大学日本文学　第九十九号』二〇〇七・十二)に示唆を受けた。青木論文では、夕霧から宇治大君たちにいたる「実母の不在」に注意を促していて教えられる(次項の「子どもの和歌」(青木慎一)も参照されたい。

子どもの和歌

青木慎一

一　紫の上と明石姫君の和歌

『源氏物語』において、子どもの詠む和歌はいかなる意味を持つのであろうか。そもそも子どもの和歌を考えるにあたっては、「子ども」である時期をいつまで認めるかという問題をはらむ。本稿では元服や裳着といった成人儀礼を経るまで、または経ていないと考えられる時期までを、「子ども」として認定したい。子どもの年代をこのように捉える時、『源氏物語』には二十数人の人物が子ども時代の語りを持つ。このうち子どもの時に和歌を詠むのは、七人に限られる。[*1] 従来、これらの人物たちの幼少期の和歌は、巻論や人物論など個別に読み解かれてきており、管見の限り横断的に見渡した論は見受けられない。

これまで筆者は、夕霧や明石姫君を例に、幼少時の語りが作中人物の登場や成長、物語展開などと深く関わることを論じてきた。[*2] 子ども時代が語られる作中人物にとって幼少期は、人生においての起点であり、物語における足がかりを築く時期でもある。子どもの歌を考える際には、人物や巻ごとの特質を考えることもさることながら、あえて子どもの時に詠まれたという時期の問題も注視すべきでないだろうか。

子どもという年代に着目し、子どもの詠歌を論じたものに田中洋己氏の論考がある。[*3]田中氏は子どもの和歌について、修辞に工夫を凝らして深い心を詠むことは難しく、適度な稚拙さを備えた「言葉遊び」のような歌となるのが自然な形であると指摘する。[*4]たしかに子どもの歌には、単純さや稚拙さ、素直な詠みぶりなど、ある種の「子どもらしさ」を感じさせる要素が備わっていなければならないだろう。ただ、田中氏も指摘するように、子どもの歌として伝わるその多くは成人の手になるもので、『源氏物語』において言えば、全てが子どもに仮託されて詠まれた歌でもある。では、物語はなぜ子どもの歌を必要としたのか。本稿では「橋姫」巻の大君と中君の唱和歌を中心に、子どもの歌に企図される物語の論理を考えたい。

それに先立ち、まずは紫の上、明石姫君の和歌を取り上げ、正篇に見える子どもの和歌を概観しておく。左記の歌は紫の上が「十ばかり」。裳着を行う前に詠まれた歌である。

かこつべきゆゑを知らねばおぼつかないかなる草のゆかりなるらん

(紫の上)

と、いと若けれど、生ひ先見えてふくよかに書いたまへり。

(若紫①二五八～二五九頁)

この一首は光源氏の手習にあった「知らねども武蔵野といへばかこたれぬよしやさこそは紫のゆゑ」(古今六帖・五)と、その脇に記された光源氏の贈歌「ねは見ねどあはれとぞ思ふ武蔵野の露わけわぶる草のゆかりを」を受けての答歌である。当該歌の解釈については、幼いがゆえの素直な詠みぶりとするものと、素直ながらも女歌らしく切り返した歌とするものがある。[*5]

この歌は諸注が指摘するように、「かこつ」や「ゆゑ」、「草のゆかり」など、古今六帖歌と源氏の贈歌の表現を引いた返歌となっている。しかし、紫の上の返歌は、「おぼつかな」と素直に分からない気持ちを表明し、「いかなる草のゆかりなるらん」と下句でも問いかけに終始する。この歌の歌意からは、女歌らしい積極的に切り返した歌と解することは難しいだろう。和歌をしたためる様子も「うちそばみて書いたまふ手つき、筆とりたまへるさまの幼げなるも」と幼さただようものであった。さらに、この歌について語り手が「いと若けれど」とも評している。こうしたことからは、光源氏の歌に素直に応じた幼い詠みぶりでありつつ、結果として切り返しの歌とも捉えられる作りとなっているのではないだろうか。

続いて、明石姫君の和歌について見ることにする。

(明石姫君)
ひきわかれ年は経れども鶯の巣だちし松の根をわすれめや
幼き御心にまかせてくだくだしくぞある。(初音③一四六頁)

元旦を迎えた六条院にて、実母である明石君から贈られてきた歌「年月をまつにひかれて経る人にけふ鶯の初音きかせよ」に姫君が返歌する。この時、明石姫君は八歳。「いとうつくしげ」と語られるように、まだまだ幼い姫君である。この姫君の歌については、高木和子氏が贈歌と多くの語を共有するが、語順の照応関係が錯綜し、冗長な印象を免れないとの見方を提示する。*6 執拗なまでに明石君の贈歌のことばを引く明石姫君の詠みぶりが「幼き御心にまかせてくだくだしくぞある」との評と関わるものであることは言うまでもない。歌の内容もきわめて単純に、そしてあまりに素直すぎるほどに母への思いを詠む。歌の表現にくわえ、歌意も冗長で、一首のあり方自体が「くだくだし」い歌であるのだろう。ただ、新大系や新全集が歌を詠むまでに成長したと注するように、詠歌の登場から姫君の成長が見える点で、この歌の役割は大きいと言える。

二　大君・中君の歌

正篇の歌からは、詠み手が姫君たちである、詠歌は率直で素直な思いが表出される、子どもゆえの欠点が語られるといった傾向が見られた。宇治十帖でも右のような傾向がうかがえるのか、大君・中君の歌を取り上げ、「子どもの和歌」の特質にせまりたい。

(八の宮)
「うち棄ててつがひさりにし水鳥のかりのこの世にたちおくれけん
心づくしなりや」と目おし拭ひたまふ。(中略)
姫君、御硯をやをら引き寄せて、手習のやうに書きまぜたまふを、「これに書きたまへ。硯には書きつけざなり」とて紙奉りたまへば、恥ぢらひて書きたまふ。
(大君)
いかでかく巣立ちけるぞと思ふにもうき水鳥のちぎりをぞ知る
よからねど、そのをりはいとあはれなりけり。手は生ひ先見えて、まだよくもつづけたまはぬほどなり。「若君も書きたまへ」とあれば、いますこし幼げに、久しく書き出でたまへり。
(中君)
泣く泣くもはねうち着する君なくはわれぞ巣守りになるべかりける
(橋姫⑤一二三頁)

八の宮・大君・中君の歌は、水鳥の睦まじい様子を眺め交わされた唱和歌である。これまで見てきた紫の上・明石姫君の歌とは異なり、この唱和の時点での大君や中君の年齢を確認する手がかりはない。しかし、硯のことを教示する八の宮の様子や中君にたいする「若君」の呼称、「いますこし幼げ」といった描写からは、姫君たちの幼少時の記述と見なすことができるだろう。したがって、この唱和歌についても、子どもの和歌として扱ってよいと考える。

さて、この水鳥の唱和をめぐっては、これまでさまざまな解釈が提示されてきている。[*7]本論でも諸説を参観しつつ、私見を提示したい。では、まず中君の歌から検討する。当該歌は八の宮・大君で詠まれた水鳥の情景をふまえ、唱和をなす。しかし、注目すべきは「羽」・「巣守」という水鳥と関連のあることばを用いながらも、歌全体では水鳥の景に寄せたものとはなっていない点だ。中君は「君なくは」、「われぞ」と八の宮と自分の関係を前面に押し出し、八の宮の庇護がなければ今の自分はなかったであろうと詠む。[*8]自らの思いが表現の前面に出てしまうような率直すぎる詠みぶり、不遇をかこつ八の宮に一心に信頼を寄せる歌意にくわえ、大君よりも「いますこし幼げ」と語られる中君のありさまなど、当場面では中君の幼さが印象付けられる。こうした語りの中で、磯部氏が指摘するような、ある種「大人」的な強く生きる姿勢を見出すことができるかどうかということについては疑問が残る。[*9]やはり諸氏が子どもらしく素朴に父への信頼や感謝を詠んだ歌と解するのが適当ではなかろうか。

大君の歌は「水鳥」と「巣立ち」を詠み込み、唱和の形式をふまえる。従来はかない水鳥の姿に己の境遇を重ねた歌とする解が大勢を占める。だが、大君詠の解釈の選択肢を広げる意味で、大君の歌の捉え直しをはかりたい。この一首を考えるにあたっては、「(水鳥の)ちぎり」をどう解釈するかが一つのポイントとなってくる。当該場面の唱和は、春の日に「池の水鳥どもの翼うちかはしつつ（略）つがひ離れぬ」（橋姫⑤一二三頁）光景をきっかけに詠み交わされた。この描写からうかがえるのは、つがいとして仲睦まじい「水鳥」のイメージである。大君の歌では「うき水鳥」と詠まれており、右のイメージとは合致しない。とするならば、大君詠における「水鳥」イメージの源泉は八の宮の歌中の「うち棄ててつがひさりにし水鳥」に求めるべきであろう。八の宮の歌に詠まれる「水鳥」は亡き母の喩であるほかない。このように考えるとき、大君の和歌における「うき水鳥のちぎり」とは、幼な子を残して先立ってしまった母の宿縁や死別せざるをえなかった八の宮夫婦の縁と解釈できよう。もちろん「うき水鳥」は「うき（憂き）身」と「うき水鳥」の掛詞である。大君は成長を遂げてきた自身を振り返り、幼い時に離別した亡き母と自身の拙い運命へ思いを馳せる。本稿で考えてきたような解釈の先蹤となるものとして、管見の限り先に引いた松井氏の論が挙げられよう。[*10] 松井氏は、大君の人物像につながる八の宮と大君の歌の関係についても、眼前の水鳥の群れの向こうに、亡き妻の存在を見通し、大君もそれを理解して歌を詠んだと指摘しており、教えられるところが多い。

たしかに、大君は八の宮の詠にある「水鳥」像を受けて歌を詠んだ。しかし、それは八の宮の歌における「水鳥」を単純にふまえただけであるとも考えられる。歌意も母の不在から「うき身」を嘆くもので、父八の宮に向かっているとは言いがたい。「つがひ去りにし水鳥」、つまり亡き母という共通のことばが媒体となるため、八の宮と大君の歌の交流が可能になるだけなのである。そもそもこの歌は大君が硯に「手習のやうに書きまぜ」たもので、本来唱和となるものではなかった。それを八の宮が「これに書きたまへ」と勧めたことで唱和の形に整えられた。思えば中君の歌も八の宮が「若君も書きたまへ」と促したもので、この段の唱和は表向き唱和という体をなしつつも、その内実は八の宮の積極的関与によってかろうじて唱和という体裁を保っているに過ぎないとみることもできよう。

これまで「水鳥」を手がかりに大君の詠歌の解釈を探ってきたが、当該歌を「水鳥」という景物を取り入れた歌として読む際には、下句「うき水鳥のちぎりをぞ知る」に違和感を覚える。それは、「水鳥の」と連体修飾格で下の語につながっていきながら、「水鳥」に接続するのは「ちぎり」というきわめて一般的な名詞なのである。「水鳥」に寄せた詠歌ならば、「水鳥」を活かすような表現、すなわち「水鳥」と何かしら関連があることばを選択するところであろう。[*11]「ちぎりをぞ知る」という表現は「水鳥」の景と響きあうものではないのである。

この問題を考えるにあたっては、草子地が大きな意味を担ってくる。[*12]ここでの草子地は「よからねど、そのをりはいとあはれなりけり」というものだ。草子地の後半部分「そのをりはいとあはれなりけり」は歌の心情にまつわる評である。心情について「あはれ」と高評価する以上、前半部「よからねど」は歌に詠まれた心情以外の要素ということになる。和歌という言説において心情以外で注目されるべきは修辞や技法だろう。この「よからねど」という言辞が修辞や技法に関するものだとすると、大君の詠歌の技巧的な欠点を語るものとの判断がつく。大君の歌における技巧の不備は、先に指摘したとおり「水鳥」に寄せた詠歌にもかかわらず、「水鳥」から連想がはたらくような表現をあまり用いてない点だと考えられるのだ。このことは八の宮の詠歌と比較して考えると分かりやすい。八の宮の歌は「つがひ」・「水鳥」・「かりのこ」と「水鳥」にまつわることばを散りばめた自然的情景に、自らの心情を込める。だから、八の宮の歌は一見すると水鳥を詠んだ情景歌と見なすこともできる。しかし、大君の和歌は「ちぎりをぞ知る」の部分で自らの思いがはっきりと表れており、八の宮の歌のような理解はできない。大君の詠は自らの心情を修辞を用いて自然に仮託しきれていないのである。だからこそ、語り手は大君の一首を「よからぬ歌と評したのだろう。

しかし、その一方で「そのをりはいとあはれなりけり」との賛辞も送る。先に「いとあはれなりけり」と語られるのは、心情に関してであると述べたが、「そのをり」こそが大君の和歌を「いとあはれ」なものにしている。「をり」を共有するからこそ、「水鳥」のイメージの伝達が容易となり、歌と歌との関連性を高めるのだ。八の宮と大君の歌では、「水鳥」を共有することが結果として両者の和歌をつなげ、「あはれ」をもたらしているのである。このように、草子地の前半を心情について、後半を技巧に関することと読み解き、大君の歌との対応関係を考えた。語り手の評と大君の歌の特徴は照応する。これは、大君の歌が技巧はともなっていないものの、思いのこもった歌であることを示すだろう。

松井氏は三者の唱和について、家族の肖像が水鳥に重ねられて映像化されるとともに、姫君たちの性格の違いや人物像を語ると述べる。[*13] ただ、読者の脳裏に喚起される水鳥の姿という共通イメージが、かえって個々の唱和歌の出来不出来を浮き彫りにする結果も招くのではないか。水面に漂う鳥たちの情景を読み手が頭に浮かべることで、大君の和歌の難や中君の詠における自然の稀薄さが見えてくるのだ。それは大君にたいする「よからねど、そのをりはいとあはれなりけり」の評と中君にたいする「いますこし幼げ」といった語りと対応するものである。こうした自然・景物をめぐる詠歌姿勢が、この場面において「子どもらしさ」を感じさせる重要な要素の一つとなっているのではなかろうか。

三　まとめ

こうして紫の上・明石姫君・大君・中君と四人が幼少時に詠んだ和歌を見てきたが、以下これらの歌から見えてくる「子どもの和歌」の特徴をまとめる。子どもの歌四首を見渡してみてまず気がつくことは、歌を詠むのが全て幼い姫君である点だ。『源氏物語』において男君たちが詠んだ歌は確認できない。[*14] 物語において子ども時分に詠うのは、幼き姫君ばかりということになる。とりわけ注目すべきは、その姫君たちの詠歌が子どもながらにして生い立ちや出自への意識が強いという点で共通することだ。紫の上は自分がどのようなゆかりに位置づけられるかに疑問を投げかけ、明石姫君は表立っては伝えられない実母との血のつながりを確認する。大君・中君も亡き母への思いや不遇の中で育ってきた己を詠う。これはいわば「母なき子」の寄る辺なさと密接に関連してくる事柄であろう。[*15] 言い換えれば、『源氏物語』において子どもの和歌が詠まれるのは、「母なき子」たちが自身の生い立ちや境遇への自己認識をせまられる時なのである。

冒頭にて子どもの和歌に内在されるはずの「子どもらしさ」とは何かという問題を提起した。すくなくとも『源氏物語』においては、何心ない歌を詠んだり、無邪気に「言葉遊び」に興じたりする子どもは描かれない。これら姫君たちの和歌に「子どもらしさ」を探るとすれば、和歌それ自体の表現に求めることができよう。基本的に姫君たちの和歌は修辞や技法を用いない、素直な詠みぶりの歌となっている。あえて言えば、大君の和歌に掛詞が用いられるが、それでも修辞や技法で飾った歌ではない。『源氏物語』の子どもの和歌の「子どもらしさ」は、技巧を凝らした装飾的な表現を用いないことによる、素朴で素直なことばに込められている。本論ではふれる余裕がなかったが、真木柱の歌や故鬚黒大臣家の唱和歌も、それぞれに読み直されてよいように思われる。[*16] これらの歌も詠者が女子であり、ありのままの思いを素直に詠むなど、姫君たちが詠んだ和歌と共通する点が多いからである。

「子どもらしさ」の問題は、歌に付される草子地とも関わってくる。「いと若けれど」・「くだくだし」・「よからねど」といった評はそれぞれの和歌の欠点を指摘するものだが、これは子どもながらに詠んだ歌が大人の和歌と同じ基準で優劣付けられることを避けるものともなる。読者の判断に先回りして詠歌の難をつくことで、大人ではしえない詠み方、すなわち「子どもらしい」詠みぶりを感じさせる。さらに、こうした草子地の批評は、子どもの詠歌にありがちな欠点をあらかじめ指摘することで、歌の優れた部分に焦点をしぼる効果があると言える。子どもが詠んだ和歌の優れた部分が際立つことで、幼いながらも和歌を詠むことができる素養の高さが見えてくる。それは紫の上や大君の和歌に付される「生ひ先」評とも無縁ではない。[*17] しかし、姫君自身の素質がうかがえる一方で、親の家格や権勢といった後ろ盾がないからこそ、己の素養だけが浮き彫りにならざるをえないと言うこともできる。

いずれにせよ、姫君たちの詠歌行為は彼女たちの内に秘めたる豊かな将来性を表すものであることに違いはない。[*18] 物語はここに将来を切り拓く可能性を持った女君の登場を語る。それは同時に、各々の人物像を結んでゆく布石ともなっているのであろう。姫君たちの歌は、それぞれの物語が本格的に語りだされる冒頭部分で語られる。それまで物語の傍流にあった姫君たちにスポットがあたり、彼女たちの物語が動き出す。まさにその始動の時に姫君たちの歌が配されるのである。このように姫君達の物語における幼少時の和歌の存在はきわめて重要だ。『源氏物語』における子どもの和歌、こと姫君たちの歌に関しては、母と離れた幼な子を物語の前面へと送り出す物語の方法と位置付けられるのではないだろうか。

注

＊1　子どもの和歌を詠むのは以下の七人（各一首）―紫の上・明石姫君・真木柱・大君・中君・童・なれき。

＊2　青木慎一「夕霧の「生ひ先」―成長をめぐる表現方法について―」『立教大学日本文学』九九号、二〇〇八・一。および「「松風」・「薄雲」巻における明石姫君―「生ひ先」からみる思惑」源氏物語を読む会編『源氏物語〈読み〉の交響』、新典社、二〇〇八。

＊3　田仲洋己「子どもの詠歌―『袋草子』希代歌をめぐって―」・「子どもの詠歌補説―子どもが詠んだ歌と子どもを詠んだ歌―」『中世前期の歌書と歌人』和泉書院、二〇〇八。

＊4　田仲洋己「子どもの詠歌補説―子どもが詠んだ歌と子どもを詠んだ歌―」（注＊3）

＊5　素直に応じた歌とするものに、高橋亨氏（「〈ゆかり〉と〈形代〉―源氏物語の統辞法」『源氏物語の詩学　かな物語の生成と心的遠近法』名古屋大学出版会、二〇〇七）、原岡文子氏（「紫の上の結婚」『源氏物語』に仕掛けられた謎―「若紫」からのメッセージ』角川書店、二〇〇八）の論がある。また、切り返しの歌と見るものに、新大系や新全集の校注、今井久代氏（「紫の上と和歌―少女が女になるまで」『源氏物語構造論―作中人物の動態をめぐって』風間書房、二〇〇一）や吉見健夫氏（「若紫の君の歌と成長―源氏物語における人物造型の方法としての和歌―」『国文学研究』一一五号、一九九五・三）の意見がある。

＊6　高木和子「源氏物語における代作歌」『女から詠む歌　源氏物語の贈答歌』青簡舎、二〇〇八。

＊7　水鳥の唱和については、小町谷照彦氏（「唱和歌の表現性」『源氏物語の歌ことば表現』東京大学出版会、一九八四）、今井久代氏（「父の姉娘の物語―大君」『源氏物語構造論―作中人物の動態をめぐって』風間書房、二〇〇一）、磯部一美氏（「『源氏物語』橋姫巻「水鳥の唱和」考―宇治の物語の〈始発〉として―」『愛知淑徳大学国語国文』二二号、一九九九・三）、三田村雅子氏（「大君物語―姉妹の物語として―」『源氏物語研究集成』第二巻、風間書房、一九九九）、井上眞弓氏（「大君と八宮の「迷妄」を探る」『狭衣物語の語りと引用』笠間書院、二〇〇五）、斎藤昭子氏（「宇治の姉妹の「母なるもの」とメランコリー―中の君物語の「ふり」・再説―」室伏信助監修・上原作和編集『人物で読む源氏物語』第十九巻、勉誠出版、二〇〇六）、松井健児氏（「四季の歌―和歌生活としての自然」加藤睦・小嶋菜温子編『源氏物語と和歌を学ぶ人のために』世界思想社、二〇〇七）の論考がある。
　大君の歌は自身の成長につけ己の運命の悲しさを詠むという大意は変わらないものの、「（水鳥の）ちぎり」を前世からの因縁と解したり、水面にはかなく浮かぶ水鳥像を重ねたりし、ひたすら己の辛い宿世を悲しむとする説（新全集・新大系・三田村論）、「（水鳥の）ちぎり」を夫婦（夫・妻）の縁と解釈し、北の方に先立たれた八の宮と

悲しみを共有するのか（今井論・磯部論・井上論）、亡き母を偲ぶのか（松井論）という読みの違いが生まれる。また、それにともなって、大君の人物像も、思弁的・自閉的といったもの（三田村論）から、父を慰める娘（今井論）、母的役割を揺曳した八の宮に寄り添う者（磯部論・井上論・斎藤論）など、さまざまに変化する。

中君の歌については、子どもらしく父への信頼や感謝を詠んだとの見方がおおよそのところであるが、厳しい現実を認識した上で、それでも生きる姿勢を打ち出したとする見方（磯部論）もある。

さらに、八の宮の歌も含んだ唱和全体として考える場合、大君と中君の歌の関係を、唱和というゆるやかなまとまりの中で両者の差異に着目する見解が一般的だが、対立・対照と捉える意見（三田村論）もある。

＊8　『源氏物語大成』（第三巻、中央公論社、一九五四）によれば、大島本のみがこの歌の下句を「われぞ巣守になりははてまし」とする本文を持つ。「なるべかりける」と「なりははてまし」では、推量と反実仮想という意味の違いはあるものの、歌意に大きな差異が生じるまでには至らない。本稿では「なるべかりける」とする本文に基づいて立論する。

＊9　磯部一美前掲論文（注＊7）。

＊10　松井健児前掲論文（注＊7）。

＊11　新編国歌大観では、『源氏物語』以前もしくは同時代の和歌において「水鳥（みづとり・水とり）」と「契り（契・ちぎり）」をともに詠みこんだ歌は見られない。

＊12　三谷邦明氏は、この草子地について、自由間接言説であると判断する（三谷邦明「言説区分―物語文学の言説生成あるいは橋姫・椎本巻の言説分析―」『源氏物語の言説』翰林書房、二〇〇二）。さらに三谷氏は、「橋姫」巻において八の宮の一人称的視点を読み取る必要性を述べる。たしかに、この指摘は「橋姫」巻を読み解く上では重要な指摘である。しかし、ことこの箇所に限っては、自由間接言説とみる場合、「よからねど、そのをりはいとあはれなりけり」は当事者としてあまりに客観的で冷めた語りでないだろうか。八の宮は唱和の発端となる歌を詠み、「をり」を共有する空間に身を置く。その人物が「そのをりは」と限定を加え、大君の歌にたいして「よからねど」

と評するとは考えにくい。またこのくだりは会話文と地の文を比較的明瞭に区分けすることが可能である。この草子地を自由間接言説と認めるにあたっては慎重を期する必要があるだろう。

＊13　松井健児前掲論文（注＊7）。

＊14　男君で比較的若い時分に初出歌が確認できるのは、夕霧（12歳）、冷泉帝（13歳）と薫（15歳）だが、いずれも元服後に詠まれたものである。

＊15　田仲洋己氏は、『袋草子』希代歌に収められた二首の幼児歌が、親もしくは実母から引き離され遠ざけられた子どもを詠者とする点で共通することを指摘する（田仲洋己「子どもの詠歌―『袋草子』希代歌をめぐって―」（注＊3））。

＊16　（真木柱）今はとて宿離れぬとも馴れきつる真木の柱はわれを忘るな
（　童　）大空の風に散れども桜花おのがものとぞかきつめて見る
（なれき）桜花にほひあまたに散らさじとおほふばかりの袖はありやは
これらも含めて、子どもの歌の問題についてはさらに稿を改めて考えることにする。

＊17　両首における「生ひ先」の意味については、「夕霧の「生ひ先」―成長をめぐる表現方法について―」（注＊2）を参照されたい。

＊18　田仲洋己氏は紫の上と明石姫君の歌について、草子地の貶辞にもかかわらず、成人後の美質を暗示するという点で、「梅壇は双葉より芳し」の型に等しい要素をはらむと論じる（田仲洋己「子どもの詠歌―『袋草子』希代歌をめぐって―」（注＊3））。本稿では普段ならば顧みられないような存在の子どもの和歌が語られることで、現時点で心細い境遇にあるにもかかわらず、将来への見通しが示されることに注目するため、田仲氏の視点とは趣を異にする。

※『源氏物語』の引用は『新編日本古典文学全集』（小学館）による。なお、引用するに当たっては、巻名と巻数、頁数を記した。また、和歌引用の際に括弧付きで記した詠者名はすべて引用者による。

源氏物語の人物論・表現論を拓く

髙橋　亨

一　身分・職掌と歌・会話の表現

帚木巻の藤式部丞による恋の体験談の中で、博士の娘が「声もはやりか」に次のように発言している。大島本を底本とした漢字とかなの表記を生かして引用してみる。

「月ごろ、ふびやうおもきにたえかねて、ごくねちのさうやくをぶくして、いとくさきによりなんえたいめむたまはらぬ。まのあたりならずとも、さるべからんざふじらはうけ給はらむ」

（新日本古典文学大系本、一・五八頁）

ここには、漢語が多用されており、「月ごろ、風病重きに耐へかねて、極熱の草薬を服して、いと臭きによりなんえ対面たまはらぬ。目のあたりならずとも、さるべからん雑事らはうけ給はらむ」と表記すれば、読解しやすい。これを「はやりか」な「声」で発言した会話文に、博士の娘らしく誇張された戯笑の表現効果がある。

本居宣長は、この「ふびやう」の注の中で、風病・極熱の草薬・雑事らなど「女のいふべき詞にあらざる」ものなのに、この女は帚木巻本文にも「消息文にも仮名《かんな》と言ふもの書きまぜず」とある類として、「つねの物いひも、こはごはしくさかしだちたるさまを、ことさらにかく書る也」とする。そして、「此物語すべて、ほうしの詞儒者の詞など、おのおのその心ばへを書り、心をつくべし」という（『源氏物語玉の小櫛』巻六）。

『源氏物語』ではたしかに法師や儒者の会話文や歌などを、書き分けている部分がある。少女巻の夕霧が「字《あざな》」を付ける儀式でも、博士による漢文訓読調の会話表現が貴族たちの笑いの対象となっている。

「おほし垣下《かいもと》あるじ、はなはだ非常に侍りたうぶ。かくばかりの著《しる》しとある某《なにがし》を知らずしてや、公《おほやけ》には仕うまつりたうぶ。はなはだ烏滸《をこ》なり」など言ふに、人々みなほころびて笑ひぬれば、また「鳴り高し。鳴りやまむ。はなはだ非常也。座を退《ひ》きて立ちたうびなん」など、おどし言ふもいとをかし。（同、二一・二八四頁）

若紫巻で光源氏との別れを惜しむ北山の僧都の歌も、「優曇華の花待ち得たる心ちして深山桜に目こそ移らね」と、光源氏を「優曇華の花」に喩えた表現が僧都らしい。同じ時の聖の歌にも「奥山の松の戸ぼそをまれに明けてまだ見ぬ花の顔を見るかな」とある。これまた聖らしい住居の表現により、仏説をふまえて光源氏を釈迦の再来と讃えたのだと、ジャン・ノエル・ロベール氏はいう（二〇〇八年七月、名古屋大学グローバルCOE国際研究集会の基調講演）。僧都の光源氏への贈り物が聖徳太子が百済から得た金剛子の数珠であることなど、釈迦→聖徳太子→光源氏という系譜を読むことができる花の喩である。

橋姫巻で宇治の阿闍梨は、八宮の姫君たちが琴を合奏するのが「河波にきほひて聞こえ侍るは、いとおもしろく、極楽思ひやられ侍や」と「古体《こたい》」に誉め、冷泉院は苦笑している。薫がそこで「俗聖」とよばれた八宮に仏道を学ぶために宇治へ通い始めたのは、「聖だつ人、才ある法師」は世に多いが無骨で親しめず大仰であり、戒律を保つ在俗の人も「けはひ賎しく言葉たみ」て「もの馴れたる」のが不愉快だったからで、高貴な八宮が親しみやすかったからである。

本書の第二部「地位・役柄からみた作中歌」の諸論文は、そうした歌にまつわる具体例で、この博士の娘の歌もまた、「逢ふことの夜をし隔てぬ中ならばひるまも何かまばゆからまし」であった。とはいえ、「ひる」に「昼」と「蒜」(ニンニク)とを掛詞としたこの歌は、藤式部丞の「ささがにのふるまひしるき夕暮れにひるま過ぐせと言ふがあやなさ」への返歌である。文章生であった藤式部丞が、相手を意識した戯笑歌をまず詠みかけ、この贈答歌の全体が「儒者の詞」の磁場における戯笑の表現ということになろう。

平安朝の宮廷貴族社会は、徹底的な身分差別を前提としていたから、そこに言語表現における差異の感覚が作用している。『枕草子』もまた、「おなじことなれども聞き耳異なるもの。法師のことば。男のことば。下衆のことばにはかならず文字あまりたり。足らぬこそをかしけれ」(三巻本、三段)と記している。また、「ことばなめげなるもの。宮のべの祭文よむ人。舟こぐ者ども。雷の陣の舎人。相撲」(二三九段)は身分差別的な好奇心を示す。さらに、文章生出身の生昌が汗衫《かざみ》を「うはおそひ」、「ちひさき」を「ちうせい」と言い笑われたことを、「勤考」という漢語によって自己弁護したのが「をかし」と結ばれるのでもあった(高橋亨「〈もどき〉の文芸としての枕草子」『源氏物語の詩学』名古屋大学出版会、二〇〇七年)。

二　作中人物の身分・職掌と役割

作中人物の「地位」とは、「身分」や「職掌」にあたる。そして「役割」とは、『源氏物語』の語り手が主題的な文脈と結合して、作中人物たち相互の関係性の中で示すものである。この両者が密接に関連しているのだが、ひとまずその差異に注目する必要がある。

例えば末摘花は、「からころも君がこころのつらければ袂はかくぞそぼちつつのみ」という歌を、「陸奥国紙の厚肥えたる」に香の「匂ひ」だけは深く焚きしめて書き、包み布の上に「衣箱の重りかに古体」な物を置いて光源氏に贈った。当惑した光源氏は「あさましの口つきや」とあきれ、「また筆のしり取る博士ぞなかるべき」と皮肉っている。

「古体」なる（古代と読む説もある）常陸宮の姫君末摘花は、その醜貌の描写をはじめ、歌や趣味の古めかしい戯画化が際だっている。誇張された戯画化という意味では、雨夜の品定めの博士の娘や、田舎育ちで貴族の姫君の常識と教養をわきまえない近江の君とも共通している。しかし、博士の娘の物語が体験談の一例として短く完結し、近江の君も玉鬘物語の脇役であるのに対して、末摘花は光源氏の長編的な物語に組み込まれていく。

光源氏の物語の中心には、藤壺やその「紫のゆかり」としての紫上がいる。末摘花という紅花の「赤」そして赤鼻に象徴される姫君は、若紫の君の「紫」の周縁に配置されている。身分からいえば高貴な皇族で、藤壺や紫上と同様の「上の品」に属する末摘花が、周縁的な人物であるのは、ひとえに語りの心的遠近法による「役割」のためである。

その基底には、徳川・五島本『源氏物語絵巻』などの源氏絵において、高貴な主人公たちは引目鉤鼻で抽象化された静的な姿で描かれ、身分の低い脇役や老人が横顔やより具象的な動きによって個性的に表現されるという〈中心と周縁の文法〉が作用している。末摘花の古風で戯画化された個性的な表現は、語りの心的遠近法によるものである（髙橋亨『源氏物語の詩学』序章「物語の〈文法〉と心的遠近法」）。

そしてまた、末摘花の極端な戯画化は末摘花巻に限られ、蓬生巻以降ではそうした特徴は弱まっていく。つまり、末摘花の個性的な歌や会話文、また人物像の表現は「身分」や「職掌」によるのではなく、主題的な文脈における「役割」というべきなのである。

それをさらに一般化すれば、『源氏物語』の作中人物たちの歌や会話文は、はたしてその人物像の個性に基づいた描き分けがされているのか、主題的な文脈において語り手が与えた「役割」、つまりは物語の方法なのかという問題に通じる。これに関連して、明石君をすぐれた歌人として設定された人物と推定しつつも、その判定の根拠が必ずしも明確でないとした藤井貞和（「うたの挫折——明石の君試論」『源氏物語入門』講談社学術文庫、一九九六年）は、次のように記して、浮舟の歌を検討している。

作中人物を、すぐれた歌人と、そうでない人物とに描きわけるために、すぐれた歌人にはすぐれた作歌を、そうでない人物には凡庸な作歌をあたえる、などの描きわけは、物語作者の苦心して取りくむことがらとしてあろう。また、痛切な体験があるときには凡庸な人物でも秀歌をのこすであろうし、気分がのらなければすぐれた詠み手なのに駄作に甘んじる、ということは現実の和歌生活上にいくらもあろう。それと同じことが、物語作品のなかで、意識的に作者によって試みられると想像される。（「歌人浮舟の成長——物語における和歌」『源氏物語論』岩波書店、二〇〇〇年）

浮舟は二六首の歌を詠み、紫上の二三首、明石君の二二首よりも多く、女性の作中人物としては最多の歌を詠んでいる。とはいえ、むしろ拙劣とも思われる歌人浮舟が、出家をめぐる歌においては「読者をうつ」ものがあり、「真率に人生を見つめようとする裏面が、おもてに出た和歌のかずかずをささえるからだろう」と、藤井は結論している。

八宮を父としながらも、召人中将の君の子として貴族社会の中心から疎外され、東国で育った浮舟は、ほんらいは周縁的な人物であり、正統的な貴族の娘のような和歌の教養を修得していたはずはない。その多くは独詠歌で、「手習いの君」とよばれるように手習歌の多いのが特質である。藤井はその浮舟の、歌人としての成長の過程を検証しているのであるが、それは物語の主題的な展開にそった人物像の変化に伴うものであった。

三　作中人物の歌と作者〈紫式部〉の歌

『源氏物語』の主要な作中人物たちの歌や会話文が、人物像の個性に基づいた描き分けなのか、語り手が与えた物語の方法としての「役割」なのかという問題は、その両者が密接不可分だと結論するしかないであろう。そしてまた「語り手」の問題は、それを統括する表現主体としての「作者」〈紫式部〉へと帰結することになる。

『源氏物語』の作中人物たちの歌は、すべて「作者」紫式部の歌だというべきであろうか。ここで「作者」〈紫式部〉というのは、パラテクストとしての〈紫式部〉を媒介にして、歴史的な現実の作家紫式部へと通じている。このパラテクストとしての〈紫式部〉という視点から、『紫式部集』や『紫式部日記』の歌をめぐる言説と『源氏物語』とのテクスト相互関連を探っていくことが可能であると思われる。

陽明文庫本『紫式部集』には、次のような歌がある。

　　六月ばかり撫子の花を見て
　垣ほ荒れ久しさまさる常夏に露置き初むる秋までは見じ　（八六）

この歌は実践女子大本では第四句が「露をき添はむ」（九五）とあるのだが、「初むる」によりたい。詠歌の時期についても、紫式部の宣孝との結婚時代とみるか、宣孝没後の寡居時代とみるかに解釈が分かれているが、結婚時代で娘が生まれてすぐの頃の歌とみる。六月の頃に撫子の花を見て、幼い娘を連想しつつ詠んだ歌であろう。「垣ほ荒れ久しさまさる常夏」には、夫宣孝の訪れが長く途絶え孤閨をかこつ気持ちがこめられている。とはいえ、露が置きはじめてあなたに飽きられる秋までは体験したくないと、訪れを期待する気持ちを読むことができる。

この歌からは、『源氏物語』帚木巻の頭中将による体験談にみられる三つの歌と、それによって構成された物語との引用関連が連想される。

（A）山がつの垣ほ荒るともをりをりにあはれはかけよ撫子の露

思ひ出でしままにまかりたりしかば、例のうらもなきものから、いともの思ひ顔にて、荒れたる家の露しげきをながめて虫の音にきほへるけしき、昔物語めきておぼえ侍し。

（B）咲きまじる色はいづれとわかねどもなほ常夏にしくものぞなき

大和撫子をばさしおきてまづ「塵をだに」など親の心を取る。

（C）うちはらふ袖も露けき常夏にあらし吹きそふ秋も来にけり

とはかなげに言ひなして、まめまめしくうらみたるさまも見えず、涙を漏らし落としても、いとはづかしくつつましげにまぎらはし隠して、つらきをも思ひ知りけりと見えむはわりなく苦しきものと思ひたりしかば、心やすくて、又と絶えおき侍しほどに、あともなくこそかき消ちて失せにしか。（帚木、①五四〜五）

傍線部が、『紫式部集』の詞書と歌とに共通する表現である。そして何よりも、「撫子」とその異名である「常夏」とを、愛する自分の子どもと男女の情愛という連想と組み合わせて発想する共通性に注目したいのである。

もちろん、すでに指摘されているように、（A）の歌には「あな恋し今も見てしが山がつの垣ほに咲ける大和撫子」（古今集、恋四・六九五。古今六帖、六「なでしこ」）が引き歌とされている。そして、（B）の歌の後に「大和撫子」をさしおいてまず「塵をだに」とあるように、「塵をだに据ゑじとぞ思ふ咲きしより妹と我が寝る常夏の花」（古今集、夏・一六七。古今六帖、六「なでしこ」）もふまえられている。

こうした『古今集』歌、そしてこの二首を含む「撫子」と「常夏」の歌一六首を「なでしこ」の項目に一括した『古今和歌六帖』に拠りつつ、『源氏物語』の雨夜の品定めにおける頭中将の体験談が成立したという可能性は大きい。問題は、それが『紫式部集』の宣孝との結婚時代の歌とどのように関係しているのかということである。

『紫式部日記』の寛弘五（一〇〇八）年十一月中旬の、中宮彰子の内裏還御に伴う『源氏物語』第一部と思われる豪華な清書本作りの叙述の直後に、次のような記述があった。

……行く末の心ぼそさはやる方なき物から、はかなき物語などにつけてうち語らふ人、同じ心なるは、あはれに書きかはし、すこしけ遠き、たよりどもを尋ねても言ひけるを、ただこれをさまざまにあへしらひ、そぞろごとにつれづれをば慰めつつ、世にあるべき人数とは思はずながら、さしあたりて恥づかし、いみじと思ひ知るかたばかりのがれたりしを、さも残ることなく思ひ知る身の憂さかな。

宣孝没後の寡居時代に、私的な物語仲間たちとの交流の産物として出来ていたのが、雨夜の品定めの体験談や、空蟬また夕顔の物語といった短編的な物語、あるいはその原型であると思われる。この推定が正しく、また『紫式部集』の「撫子」を見て詠んだ「常夏」の歌が宣孝との結婚時代のものとして、さらに推測を重ねたい。

そのひとつは、『源氏物語』には『紫式部日記』に記されているような、私的な物語仲間の歌や、それにまつわる物語もプレテクストとして含まれている可能性があるということである。そしてまた、『紫式部集』の「常夏」の歌と『源氏物語』の頭中将の体験談のように、『源氏物語』の作中人物の歌と〈紫式部〉の歌とには、きわめて密接なつながりがあるということである。付け加えておけば、「秋」に「飽き」を掛詞として「撫子」や「常夏」と組み合わせた表現は、『古今集』歌にも『古今和歌六帖』歌にもない。

四　作者・語り手・作中人物のテクスト布置表現論にむけて

『源氏物語』の作者〈紫式部〉は、物語を表現するために、作中世界内で主人公たちに近侍して見聞した事柄を語る「語り手」たちを設定している。その「語り手」たちは、「聞き手」を含む口承から「書き手」というべき書承にわたる、複数の時空をトポロジカルに連続させる存在である。それらの「語り手」たちは〈紫式部〉の想像力が生み出した分身であり、「作中人物」たちに同化したり異化したりしながら、物語世界内における「作中人物」たちの相互関係を表現している。

こうした語りの心的遠近法による物語の表現の位相を対象化して論じるためには、テクスト布置表現論が有効であると思われる。

テクスト布置とは、あるテクストが生成する過程での「前（プレ）テクスト」、直接的な関係は別としてあるテクストと相互に引用関連をもちうるような視点からの「間（インター）テクスト」、題名・作者名・序文などの「パラテクスト」、あるテクスト自体への注釈や批評のような「メタテクスト」といった構成要素である。

これらのテクスト布置における用語の差異は、実体的な差異というよりも方法的な視点による差異であり、「間（インター）テクスト」のひとつとして「前（プレ）テクスト」を捉えることもできる。そして重要なことは、「作者」が文化的コンテクストの中で「前（プレ）テクスト」を解釈してあるテクストを生成し、「読者」がその文化的コンテクストに基づいてあるテクストを解釈して「メタテクスト」を生成する、それらの総体を広義のテクスト生成過程として捉える視点である。

テクスト布置表現論とは、このようなテクスト布置を念頭に置きながら、「作者」による表現の過程を考えることである。「作者」はまた「読者」でもある。

例えば『源氏物語』帚木巻の頭中将による「撫子／常夏」の女の物語のようなテクストが生成する過程で、すでに記したような『古今和歌六帖』歌などの前（プレ）テクストがあり、〈紫式部〉がこれを私的な物語仲間たちとの文化コンテクストにおいて物語化したとみることができる。問題は、その際に『紫式部集』の「撫子／常夏」の歌を前（プレ）テクストとして、その中間に位置づけてよいかどうかということである。先の推定ではその可能性は大きいが、確証はないため、間（インター）テクストとしての密接な関連というに止めるべきかもしれない。

いずれにせよ、「撫子／常夏」という子どもと男女の情愛とを二重化させて、これを「秋／飽き」と結合した表現に、〈紫式部〉的な特性を読むことができる。そして、『紫式部集』の「撫子／常夏」の歌においては、「秋までは見じ」であったのが、頭中将による「撫子／常夏」の女の物語においては女の失踪という悲劇的な結末を迎えている。

あるいはまた、紫式部の現実の生涯においては、夫宣孝のまもなくの死によって娘をかかえた『源氏物語』作者へと展開し、「撫子／常夏」の物語は、夕顔の物語から玉鬘の物語へと、長編化を生成する要素として組み込まれていく。現実の生活者としての紫式部とパラテクストとしての〈紫式部〉とを直結すべきではないのだが、ここで論じているのは『紫式部集』や『紫式部日記』という〈紫式部〉のテクストにおける表現に基づいた関連、つまりは間（インター）テクストの問題である。『源氏物語』を論じる立場からすれば、『紫式部集』や『紫式部日記』を

『源氏物語』のパラテクストやメタテクスト、あるいは間（インター）テクストとして読むということである。『源氏物語』における作中人物の歌や作中人物論を、こうしたテクスト布置表現論の視点から拓いてみたいという提案である。

『源氏物語』人物別和歌一覧

——『物語二百番歌合』『風葉和歌集』収載歌——

『源氏物語』人物別和歌一覧――『物語二百番歌合』『風葉和歌集』収載歌――

馬場淳子
横溝　博　編

本一覧は、『物語二百番歌合』『風葉和歌集』所載歌を、人物ごとにまとめて整序したものである。成立事情が異なる二つの集の所載歌を解体し統合することは、乱暴な営みのようであるが、いざ一覧にしてみると数多くの興味深い事象を見いだす。まず、重複歌が多いことにあらためて気づかされる。このことは、両集がまったく無縁に存在しているのではないことを窺わせる。また、主要な人物についていえば、その採歌数の順位は、男女とも『源氏物語』作中歌数の順位とまったく一致している。しかし、各人物について、どの巻からどのような歌が採られているかを見ると、それは決して等し並みではなく、偏りがあることにも気づかされる（たとえば光源氏についていえば、玉鬘十帖からはほとんど採られていない。このことは、玉鬘が作中歌二十首に対して五首の採用ということとも関わろう。また竹河巻からの採歌は両集通じてわずか一首であることも注目される）。採られなかった歌に着目することもできようし、脇役・端役的な人物の歌が採られていることに意味を求める見方もできるであろう。人物本位あるいは巻本位に歌が撰ばれることもあるということを、本一覧は示唆している。そもそも物語から歌が撰ばれるというとき、詠歌主体である人物はどのような意味を担うものであるのか。『源氏物語歌合』『伊勢源氏十二番女合』『源氏物語和歌』などの成立をも考え合わせると、様々な論点が浮上してくるものと予想される。『源氏物語』作中歌の享受を考えるに際し、本一覧が一助となることを期待する。

なお、『源氏物語』作中歌の両集への採歌状況を巻別に知るには、中野幸一編『常用源氏物語要覧』（武蔵野書院・一九九五年初版）所収の「作中和歌一覧」が至便である。併せて参照されたい。

〔凡例〕

○『物語二百番歌合』『風葉和歌集』所載の『源氏物語』作中歌を、重複を整理し、人物別に歌数の多い方から順に並べた。なお、男女の掲出の順については、採歌数が最多の光源氏を含む男性側から立てることとした。
○見出しには人物の通称を通し番号とともに掲げ、（ ）内に『物語二百番歌合』〔物〕、『風葉和歌集』〔風〕の呼称を記した。
○和歌の本文は『源氏物語』（青表紙本）に拠って立て、『物語二百番歌合』〔物〕、『風葉和歌集』〔風〕の異同を右に傍記した。
○歌の末尾には、巻名・歌番号、『物語二百番歌合』（物語）番号、『風葉和歌集』（風葉）部立・番号を、すべて（ ）内に示した。また、『無名草子』に見える歌については、そのことを「無名」と記した。
○和歌は人物ごとに作中の歌番号順に掲げた。歌数が同数の場合は、概ね主要人物を先に立てて並べた。なお、散逸『巣守』の作中歌と思しき歌は該当する人物の歌の末尾に「不明」として掲げた。
○『物語二百番歌合』『風葉和歌集』の詞書に見える歌は、四句以上掲出されている場合に限り、本一覧に採用した。また、『風葉和歌集』断簡（所属巻不明）に確認できる歌についても採用し、（ ）内に「風葉断簡」と示した。
○本一覧のデータは、馬場淳子と横溝博が両集を分担して入力し、最終的な整序を横溝が行った。なお、表記は適宜変えてある。

①光源氏　89首　〔物〕六条院／〔風〕六条院

つれなきを恨みも果てぬしののめにとりあへぬまでおどろかすらむ（帚木一九、物語二八七）
帚木の心を知らで園原の道にあやなくまどひぬるかな（帚木二二、物語三〇七詞書）
空蟬の身をかへてける木のもとになほ人がらのなつかしきかな（空蟬二四、物語三七詞書）
咲く花に移るてふ名はつつめども折らで過ぎ憂き今朝の朝顔（夕顔二八、風葉・秋上・二四七、無名）
優婆塞が行ふ道をしるべにて来む世も深き契りたがふな（夕顔三〇、物語二九一詞書）
いにしへもかくやは人のまどひけむ我がまだ知らぬしののめの道（夕顔三二、物語二一、風葉・恋二・八九五）
夕露に紐解く花は玉鉾のたよりに見えし縁にこそありけれ（夕顔三四、物語三〇九）
ほのかにも軒端の荻を結ばずは露のかことを何にかけまし（夕顔三九、物語二九、風葉・恋五・一〇九三）

泣く泣くも今日は我が結ふ下紐をいづれの世にかとけて見るべき（夕顔四一、物語一一三）
初草の若葉の上を見つるより旅寝の袖も露ぞかわかぬ《(物こぼるる)》（若紫四七、物語三六九詞書）
吹き迷ふ深山おろしに夢覚めて涙もよほす滝の音かな（若紫四九、物語一三九、風葉・雑二・一三〇〇）
面影は身をも離れず山桜心の限りとめて来しかど（若紫五六、風葉・春下・一〇一）
見ても又逢ふ夜まれなる夢のうちにやがてまぎるる我が身ともがな（若紫六〇、物語一、風葉・恋二・八七〇）
物思ふに立ち舞ふべくもあらぬ身の袖うち振りし心知りきや（紅葉賀八四、物語九）
よそへつつ見るに心は慰まで露けさまさる撫子の花（紅葉賀八八、風葉・夏・一九六）
尽きもせぬ心の闇にくるるかな雲居に人を見るにつけても（紅葉賀一〇〇、物語二六七）
深き夜のあはれを知るも入る月のおぼろけならぬ契りとぞ思ふ（花宴一〇二、物語三、風葉・恋五・一〇五四）
いづれぞと露の宿りを分かむまに小笹が原に風もこそ吹け（花宴一〇四、物語二二五）
世に知らぬ心地こそすれ有明の月の行方を空にまがへて（花宴一〇五、物語七）
あづさ弓いるさの山にまどふかなほの見し月の影や見ゆると（花宴一〇七、物語二〇九）
のぼりぬる煙はそれと分かねどもなべて雲居のあはれなるかな（葵一一八、風葉・哀傷・六六四）
限りあれば薄墨衣浅けれど涙ぞ袖を淵となしける（葵一一九、風葉・哀傷・六七〇、無名）
分きてこの暮れこそ袖は露けけれ物思ふ秋はあまた経ぬれど（葵一二六、物語三五一、風葉・秋上・二六五）
亡き魂ぞいとど悲しき寝し床のあくがれがたき心ならひに（葵一二八、物語一一五）
君なくて塵積もりぬるとこなつの露うち払ひ幾夜寝ぬらむ（葵一二九、物語三五九）
暁の別れはいつも露けきをこは世に知らぬ秋の空かな（賢木一三五、物語七七、風葉・恋五・一一二一、無名）
ふり捨てて今日は行くとも鈴鹿川八十瀬の波に袖はぬれじや（賢木一四〇、物語三八七（八一詞書））
行く方をながめもやらんこの秋はあふ坂山を霧な隔てそ（賢木一四二、風葉・秋下・三一一）
嘆きつつ我が世はかくて過ぐせとや胸のあくべき時ぞともなく（賢木一四七、物語三三）
逢ふことのかたきを今日に限らずはいま幾世をか嘆きつつ経む（賢木一四八、物語八五）

浅茅生の露の宿りに君をおきてよものあらしぞ静心なき　(賢木一五〇、物語二五、風葉・秋下・三三八)
月影は見しよの秋に変はらぬを(風ねど)隔つる霧のつらくもあるかな　(賢木一五五、風葉・秋下・三二九)
月のすむ雲居をかけて慕ふともこのよの闇になほやまどはむ　(賢木一六〇、物語一五九)
ながめかるあまのすみかと見るからにまづしほたるる松が浦島　(賢木一六二、物語二四七詞書)
をちかへりえぞ忍ばれぬ郭公ほのかたらひし宿の垣根に　(花散里一六六、風葉・夏・一七七)
橘の香をなつかしみ郭公花散る里を尋ねてぞとふ　(花散里一六八、物語二一一)
鳥部山燃えし煙もまがふやと海人の塩やく浦見にぞ行く　(須磨一七〇、物語三七五、無名)
身はかくてさすらへぬとも君があたり去らぬ鏡の影は離れじ　(須磨一七二、物語三七一、風葉・離別・五二七、無名)
行き巡りつひにすむべき月影のしばし曇らむ空なながめそ　(須磨一七五、物語三〇五)
逢ふ瀬(物詞書ナシ)なき涙の川に沈みしやながるるみをのはじめなりけむ(風なるらむ)　(須磨一七六、物語二五九詞書、風葉断簡)
憂き世をば今ぞ別るるとどまらむ名をばただすの神に任せて　(須磨一八一、物語八九、風葉・神祇・四六五、無名)
亡き影や(物風も)いかが(風に)見るらむよそへつつながむる月も雲隠れぬる(風つつ)　(須磨一八二、物語二三三、風葉・雑二・一二七八)
生ける世の別れを知らで契りつつ命を人に限りけるかな　(須磨一八五、風葉・離別・五二九)
松島の海人の苫屋もいかならむ須磨の浦人しほたるるころ　(須磨一八九、物語三〇三)
こりずまの浦のみるめのゆかしきを塩焼く海人やいかが思はん　(須磨一九〇、物語五一詞書)
恋ひわびて泣く音にまがふ浦波は思ふ方より風や吹くらん　(須磨一九九、物語九九、無名)
見るほどぞしばし慰む巡り会はん月の都ははるかなれども　(須磨二〇四、物語二〇一)
憂しとのみひとへに物は思ほえでひだりみぎにもぬるる袖かな　(須磨・二〇五、物語一八五)
山がつの庵にたけるしばしばもこととひ来なむ恋ふる里人　(須磨二〇八、物語九五)
いつとなく大宮人の恋しきに桜かざしし今日も来にけり　(須磨二一一、物語一八九、風葉・春下・八二、無名)
古里をいづれの春か行きて見んうらやましきは帰るかりがね　(須磨二一二、物語二六三、風葉・春上・五五)
雲近く飛び交ふ鶴も空に見よ我は春日の曇りなき身ぞ　(須磨二一四、物語三八一詞書)

知らざりし大海の原に流れ来てひとかたにやは物は悲しき（須磨二一六、物語一〇三）
八百万神もあはれと思ふらむ犯せる罪のそれとなければ（須磨二一七、物語一七五、風葉・神祇・四七九）
はるかにも思ひやるかな知らざりし浦よりをちに浦伝ひして（明石二二〇、物語二六一、風葉・羇旅・五八九）
をちこちも知らぬ雲居に《(物を)》眺めわびかすめし宿の梢をぞとふ（明石二二四、物語二四五）
むつごとを語り合はせむ人もがな憂き世の夢もなかば覚むやと（明石二二九、物語七五詞書）
しほしほとまづぞ泣かるるかりそめのみるめは海人のすさびなれども（明石二三一、物語二七七、無名）
このたびは立ち別るとも藻塩焼く煙は同じ方になびかむ（明石二三三、物語二五三）
わたつ海に沈みうらぶれ蛭の子の足立たざりし年は経にけり（明石二四三、物語二五七）
嘆きつつあかしの浦に朝霧の立つやと人を思ひやるかな（明石二四五、物語二四一）
海松や時ぞともなき陰にゐて何のあやめもいかに分くらむ（澪標二五四、物語一六一）
おしなべてたたく水鶏におどろかば上の空なる月もこそ入れ（澪標二五七、風葉・夏・一九二）
尋ねても我こそとはめ道もなく深き蓬のもとの心を（蓬生二六八、物語一五七、風葉・恋五・一〇七五、無名）
契りしに変はらぬことの調べにて絶えぬ心のほどを知りきや（松風二九二、物語二五五詞書）
久方の光に近き名のみして朝夕霧もはれぬ山里（松風二九五、風葉・雑一・一二二八）
君もさはあはれをかはせ人知れず我が身にしむる秋の夕風（薄雲三〇六、物語一五、風葉・秋上・二五七）
つれなさを昔にこりぬ心こそ人のつらき《(風さ)》に添へてつらけれ（朝顔三一六、風葉・恋二・八四二）
解けて寝ぬ寝覚めさびしき冬の夜にむすぼほれつる夢の短さ（朝顔三二〇、物語七一、風葉・冬・四〇七）
亡き人を慕ふ心に任せても影見ぬみつの瀬にやまどはむ（朝顔三二一、物語一二一）
小塩山みゆきつもれる松原に今日ばかりなる跡やなからむ（行幸三九一、風葉・冬・四三三）
おり立ちて汲みは見ねども渡り川人の瀬とはた契らざりしを（真木柱四〇七、物語三二七詞書）
かきたれてのどけきころの春雨にふる里人をいかにしのぶや（真木柱四一一、風葉・春上・五六）
思はずに井出の中道隔つとも言はでぞ恋ふる山吹の花（真木柱四一三、風葉・春下・一一九）

色まさる籬の菊もをりをりに袖うちかへし秋を恋ふらし（藤裏葉四五五、物語一九五、風葉・秋下・三二〇）
小松原末のよはひに引かれてや野辺の若菜も年をつむべき（若菜上四六二、風葉・賀・七一二）
中道を隔つるほど《物こと》はなけれども心乱るる今朝の淡雪（若菜上四六五、物語三五七詞書）
ややもせば消えをあらそふ露の世におくれ先だつほど経ずもがな（御法五五七、風葉・哀傷・六三一）
今はとて荒らしや果てん亡き人の心とどめし春の垣根を（幻五六八、物語一二五、風葉・哀傷・六一四、無名）
亡き人をしのぶる宵の村雨にぬれてや来つる山郭公（幻五七五、風葉・哀傷・六一九）
つれづれと我が泣きくらす夏の日をかことがましき虫の声かな（幻五七七、物語三九三）
夜を知る蛍を見ても悲しきは時ぞともなき思ひなりけり（幻五七八、物語三四一、風葉・夏・二〇一）
たなばたの逢ふ瀬は雲のよそに見て別れの庭に露ぞ置き添ふ（幻五七九、物語二一五）
人恋ふる我が身も末になりゆけど残り多かる涙なりけり（幻五八一、風葉・哀傷・六八一）
もろともにおきゐし《風ふし》菊の朝露もひとり袂にかかる秋かな（幻五八二、物語一二七、風葉・秋下・三一六）
大空を通ふまぼろし夢にだに見え来ぬ魂の行くへ尋ねよ（幻五八三、物語一二九）
死出の山越えにし人を慕ふとて跡を見つつもなほまどふかな（幻五八五、物語三五五）
春までの命も知らず雪の内に色づく梅を今日かざしてん（幻五八七、風葉・冬・四四〇）
物思ふと過ぐる月日も知らぬまに年も我が世《物身》も今日や尽きぬる（幻五八九、物語三五三）

②薫　25首（〔物〕右大将／〔風〕薫大将）

山おろしに耐へぬ木の葉の露よりもあやなくもろき我が涙かな（橋姫六二五、物語三三一、風葉・秋下・三四一）
あさぼらけ家路も見えず《物しらず》尋ねこし槇のを《風と》山は霧こめて《風に》けり（橋姫六二六、物語一四九、風葉・秋下・三一〇）
橋姫の心をくみて高瀬さす棹のしづくに袖ぞぬれぬる（橋姫六二八、物語一四七詞書）
いかならむ世にかかれせむ《物かるべき》長き世の契り結べる草の庵は《物を》（椎本六三七、物語三三九）
立ち寄らむ陰と頼みし椎が本むなしき床になりにけるかな（椎本六四八、物語三九七）

総角に長き契りを結び込め同じ所によりもあはなむ（総角六五三、物語二七五詞書）
おなじ枝をわきて染めける山姫にいづれか深き色ととはばや（総角六五七、風葉・秋下・三四六）
しるべせし我やかへりてまどふべき心もゆかぬ明けぐれの道（総角六六一、物語三八九）
霜さゆる汀の千鳥うちわびて鳴く音悲しきあさぼらけかな（総角六七六、物語一五一、風葉・冬・三九〇）
かきくもり《(風くらし)》日影も見えぬ奥山に心をくらすころにもあるかな（総角六七八、風葉・雑一・一二四六）
おくれじと空行く月を慕ふかなつひにすむべきこの世ならねば（総角六八〇、風葉・哀傷・六四〇）
はかなしや霞の衣たちしまに花のひも解く折も来にけり（早蕨六八八、物語三四三）
しなてるや鳰の湖に漕ぐ舟のまほならねどもあひ見しものを（早蕨六九八、物語五七）
よそへてぞ見るべかりける白露の契りか置きし朝顔の花（宿木七〇二、物語五九）
いたづらに分けつる道の露しげみ昔おぼゆる秋の空かな（宿木七一〇、物語二一九、風葉・雑一・一二〇四、無名）
すべらぎのかざしに折ると藤の花およばぬ枝に袖かけてけり（宿木七一八、風葉・春下・一二六）
絶えはてぬ《(風し)》清水になどか亡き人の面影をだにとどめざりけん（東屋七二九、風葉・哀傷・六九二、無名）
さしとむる葎やしげき東屋のあまり程経る雨そそきかな（東屋七三〇、物語一九三、風葉・雑二・一二九九）
里の名も昔ながらに見し人の面変はりせるねやの月影（東屋七三三、物語三七三、風葉・雑二・一二七四）
水まさるをちの里人いかならむ晴れぬながめにかきくらすころ（浮舟七四六、物語三六七（二六九詞書））
波越ゆるころとも知らず末の松待つらむとのみ思ひけるかな（浮舟七五〇、物語六五、風葉・恋四・一〇二四、無名）
我もまた憂き古里をあれ果てばたれやどり木の陰をしのばむ（蜻蛉七五八、物語三三七）
荻の葉に露吹き結ぶ秋風も《(風を)》夕べぞ分きて身には《(風ぞ)》しみける（蜻蛉七六一、物語二一七、風葉・秋上・二三〇）
散りちらず見てこそゆかめ山桜古里人は我を待つとも（不明、風葉・春下・一〇八）
暁は袖のみぬれし山里に寝覚めいかにと思ひやるかな（不明、風葉・雑三・一三九三）

③夕霧　16首　〔物〕右大臣／〔風〕夕霧の左大臣

さ夜中に友呼びわたるかりがねにうたて吹き添ふ荻の上風（少女三二四、物語三四七、風葉・秋下・二八七）

あめにます豊岡姫の宮人も我が心ざすしめを忘るな（少女三二八、物語二八一、風葉・神祇・四七七）

日影にもしるかりけめや少女子が天の羽袖にかけし心は《（風を）》（少女三三一、風葉・冬・四一〇）

風騒ぎむら雲まがふ《（風まよふ）》夕べにも忘るる間なく忘られぬ君（野分三八九、物語三五、風葉・恋五・一一一三、無名）

同じ野の露にやつるる藤袴あはれはかけよかことばかりも（藤袴三九九、物語四一）

幾返り露けき春を過ぐし来て花のひも解く折に会ふらむ（藤裏葉四四二、物語一九一）

とがむなよ忍びにしぼる手もたゆみ今日あらはるる袖の雫を（藤裏葉四四六、物語二八九）

なにとかや今日のかざしよかつ見つつ《（風ても）》おぼめくまでも《（風に）》なりにけるかな（藤裏葉四四七、風葉・夏・一五〇）

なれこそは岩もるあるじ見し人の行くへは《（風も）》知るや宿の真清《（風やり）》水（藤裏葉四五一、風葉・哀傷・六九一）

時しあれば変はらぬ色ににほひ《（風さきに）》けり片枝枯れにし宿の桜も（柏木五〇五、風葉・哀傷・六〇七）

山里のあはれを添ふる夕霧に立ち出でん空もなき心地して（夕霧五二六、物語三二三、風葉・秋下・三一二）

せくからにあささ《（風く）》ぞ見えん山川のながれての名をつつみ果てずは（夕霧五三三、風葉・恋一・七九八）

秋の野の草のしげみは《（風を）》分けしかどかりねの枕むすびやはせし（夕霧五三五、風葉・秋上・二三六）

見し人の影すみ果てぬ池水にひとり宿もる秋の夜の月（夕霧五四〇、風葉・雑一・一二一八）

いにしへの秋の夕べの恋しきにいまはと見えし明けぐれの夢（御法五五九、物語三一九、無名）

大空の月だに宿る我が宿に待つ宵過ぎて見えぬ君かな（宿木七〇四、物語三七九、風葉・雑二・一二六四）

④匂宮　15首　〔物〕兵部卿の親王・兵部卿の宮／〔風〕匂ふ兵部卿の親王・匂ふ兵部卿の宮

花の香にさそはれぬべき身なりせば風のたよりを過ぐさましやは（紅梅五九二、風葉・春上・二九）

山桜にほふあたりに尋ね来て同じかざしを折りてけるかな（椎本六三四、風葉・春下・八三詞書）

をじか鳴く秋の山里いかならむ小萩が《（風の）》露のかかる夕ぐれ（椎本六三八、風葉・秋下・三〇二）

朝霧に友まどはせる鹿の音を大方にやはあはれとも聞く（椎本六四〇、風葉・秋下・三〇九）
世のつねに思ひやすらむ露ふかき《（物しげき）》道の笹原分けて来つるも（総角六六三、物語二八三、風葉・恋二・九一八）
中絶えむものならなくに橋姫の片敷く袖や夜半にぬらさん（総角六六六、物語四九）
秋はててさびしさまさる木のもとを吹きな過ぐしそ峰の松風（総角六七二、風葉・冬・三六八）
また人に慣れける袖の移り香を我が身にしめて恨みつるかな（宿木七一一、物語二九七、風葉・恋三・九五三、無名）
穂に出でぬ物思ふらししの薄招く袂の露しげくして（宿木七一六、物語三六三、風葉・秋上・二四三）
長き世を頼めてもなほ悲しきはただ明日知らぬ命なりけり（浮舟七三五、物語七九、風葉・恋三・九四二）
よに知らずまどふべきかな先に立つ涙も道をかき暗しつつ（浮舟七三七、物語三四九詞書、風葉・恋二・九〇三）
峰の雪みぎはの氷踏み分けて君にぞまどふ道はまどはず（浮舟七四三、物語六三、風葉・恋五・一一五〇）
ながめやるそなたの雲も見えぬまで空さへくるるころのわびしさ（浮舟七四五、物語二七一、風葉断簡〈詞書・詠者名のみ〉）
いづくにか身をば捨てむとしら雲のかからぬ山もなくなくぞ行く（浮舟七五一、物語八三、風葉・恋四・一〇二七）
つらかりし心を見ずは頼むるをいつはりとしも思はざらまし（不明、風葉・恋二・八四九）

⑤柏木　9首　〔物〕柏木の権大納言・故権大納言／〔風〕柏木の権大納言

思ふとも君は知らじなわきかへり岩漏る水に《（風の）》色し見えねば（胡蝶三六六、物語一七、風葉・恋一・七六〇）
たをやめの袖にまがへる藤の花見る人からや色もまさらむ（藤裏葉四四三、風葉・春下・一二五）
よそに見て折らぬなげきはしげれども名残恋しき花の夕影（若菜上四八一、物語三九五）
おきて行く空も知られぬあけぐれ《（物しののめ）》にいづく《（物こ）》の露のかかる袖なり（若菜下四九〇、物語一二一詞書）
もろかづら落葉を何に拾ひけむ名はむつましきかざしなれども（若菜下四九三、物語一八五）
今はとて燃えむ煙もむすぼほれ絶えぬ思ひのなほや残らむ（柏木五〇一、物語一三三、無名）
行くへなき空の煙となりぬとも思ふあたりを立ちは離れじ（柏木五〇三、物語六九）
笛竹に吹き寄る風のことならば末の世長き音に伝へなむ（横笛五一九、物語一六七、風葉・雑二・一三三〇）

命あらばそれとも見まし人知れぬ岩根にとめし松の生ひ末（橋姫六三一、物語一六三）

⑥**頭中将　7首**（〔物〕前太政大臣／〔風〕致仕太政大臣）

もろともに大内山は出でつれど入る方見せぬいさよひの月（末摘花七〇、物語一八七、無名）
雨となりしぐるる空の浮雲をいづれの方と分きてながめむ（葵一二二、物語一一九、風葉・哀傷・六六五）
飽かなくにかりの常世を立ち別れ花の都に道やまどはむ（須磨二一三、物語九七）
鶴が鳴き雲居にひとり音をぞ泣く翼並べし友を恋ひつつ（須磨二一五、物語三八一）
紫にかことはかけむ藤の花まつより過ぎてうれたけれども（藤裏葉四四一、物語一九一詞書）
木の下のしづくにぬれてさかさまに霞の衣着たる春かな（柏木五〇七、風葉・哀傷・六一五、無名）
いにしへの秋さへ今の心地してぬれにし袖に露ぞ置き添ふ《(風こぼるる)》（御法五六〇、物語一三一、風葉・哀傷・六二二）

⑦**桐壺院　4首**（〔物〕故院／〔風〕賢木の院）

宮城野の露吹き結ぶ風の音に小萩がもとを思ひこそやれ（桐壺二、物語一一一、風葉・秋上・二三三）
尋ねゆく幻もがなつてにても魂のありかをそこと知るべく（桐壺六、物語二三一、無名）
雲の上も涙にくるる秋の月いかですむらん浅茅生の宿（桐壺七、物語一〇七、風葉・哀傷・六三八）
いときなき初元結ひに長き世を契る心は結びこめつや（桐壺八、風葉・賀・七二六）

⑧**冷泉院　4首**（〔物〕冷泉院／〔風〕冷泉院）

雪深き小塩の山に立つ雉の古き跡をも今日は尋ねよ（行幸三九〇、物語一九七、風葉・冬・四三二）
九重に霞隔てば梅の花ただかばかりも匂ひ来じとや（真木柱四一九、物語二〇三、風葉・春上・三六）
雲の上をかけ離れたるすみかにも物忘れせぬ秋の夜の月（鈴虫五二四、物語・秋上・二八〇）
世を厭ふ心は山に通へども八重立つ雲を君や隔つる（橋姫六二三、物語二三七（二四一詞書）、風葉・雑三・一四〇二）

⑨蛍宮　4首　〔物〕前兵部卿親王／〔風〕蛍の兵部卿親王

鳴く声も《（風の）》聞こえぬ虫の思ひだに人の消つには消ゆるものかは（蛍三七二、風葉・夏・二〇二）

今日さへやひく《（物しる）》人もなき水隠れに生ふるあやめのねのみなかれむ（蛍三七四、物語三九、風葉・夏・一七一）

朝日さす光を見ても玉笹の葉分けの霜を消たずもあらなむ（藤袴四〇四、物語五三）

鶯の声にやいとどあくがれん心しめつる花のあたりに（梅枝四三〇、風葉・春上・三〇）

⑩朱雀院　3首　〔物〕朱雀院／〔風〕朱雀院

宮柱巡り会ひける時しあれば別れし春の恨み残すな（明石二四四、物語一九九）

別れ路に添へし小櫛をかことにてはるけ《（風っ）》き仲と神やいさめし（絵合二七四、物語三八五）

九重を霞隔つるすみかにも春と告げくる鶯の声（少女三三三、風葉・春上・二）

⑪八宮　3首　〔物〕第八親王・宇治の親王／〔風〕宇治八宮・八宮

あと絶えて心すむとはなけれども世をうぢ山に宿をこそかれ（橋姫六二四、物語一四一、風葉・雑三・一四〇三）

山風に霞吹きとく声はあれど隔てて見ゆるをち《（物かは）》の白波（椎本六三二、物語二〇七、風葉・春上・二一）

我なくて草の庵は荒れぬともこのひとことはかれじとぞ思ふ（椎本六三六、物語三三九詞書）

⑫明石入道　3首　〔物〕明石の入道／〔風〕前播磨守

独り寝は君も知りぬやつれづれと思ひ《（風へ）》あかしのうら寂しさを（明石二二二、物語三一五）

行く先をはるかにいのる別れ路にたえぬは老の涙なりけり（松風二八三、風葉・離別・五二三）

光出でむ暁近くなりにけり今ぞ見し世の夢語りする（若菜上四七八、物語一六九）

⑬北山聖　1首〔物〕北山の仙人／〔風〕北山の上人
奥山の松の《風むろ》とぼそをまれにあけてまだ見ぬ花の顔《風いろ》を見るかな（若紫五三、物語二六五、風葉・春下・一〇〇）

⑭右大臣　1首〔風〕二条院の太政大臣
我が宿の花しなべての色ならば何かはさらに君を待たまし（花宴一〇六、風葉・春下・一二三）

⑮右近将監　1首〔物〕源朝臣名不見／〔風〕衛門大夫
引き連れて葵かざししそのかみを思へばつらし賀茂の瑞垣（須磨一八〇、物語一七三、風葉・神祇・四六四）

⑯惟光　1首〔物〕参議惟光朝臣／〔風〕参議惟光
住吉の松こそ物は悲しけれ神代のことをかけて思へば（澪標二五八、物語三二五、風葉・神祇・四七三）

⑰鬚黒　1首〔物〕玉鬘の右大臣／〔風〕鬚黒の右大臣
心さへ空に乱れし雪もよにひとり冴えつる片敷きの袖（真木柱四〇九、物語二七九、風葉・恋五・一一五四）

⑱紅梅　1首〔風〕紅梅右大臣
うらめしや霞の衣たれ着よと春よりさきに花の散りけん（柏木五〇九、風葉・哀傷・六一六）

⑲導師　1首〔風〕御導師
千代の春見るべき花と祈りおきて我が身ぞ雪と共にふりぬる（幻五八八、風葉・冬・四四一）

⑳蔵人少将　1首（〔風〕宰相中将）

花を見て春はくらしつ今日よりやしげきなげきの下にまどはむ（竹河六一一、風葉・夏・一三五）

㉑衛門督　1首（〔風〕右衛門督）

いづこ（風く）より秋はゆきけむ山里の紅葉の陰は過ぎ憂きものを（総角六七〇、風葉・冬・三六九）

㉒宇治阿闍梨　1首（〔物〕宇治の律師）

君にとてあまたの春をつみしかば常を忘れぬ初わらびなり（早蕨六八四、物語三三三）

㉓今上帝　1首（〔風〕帝）

万世をかけて匂はん（風す）花なれば今日をもあかぬ色とこそ見れ（宿木七一九、風葉・春下・一二七）

㉔中将　1首（〔風〕昔の婿の中将）

山里の秋の夜深きあはれをも物思ふ人は思ひこそ知れ（手習七八〇、風葉・秋上・二七〇）

＊　＊　＊　＊　＊　＊

①浮舟　17首（〔物〕浮舟・浮舟の君／〔風〕浮舟の君）

心をば嘆かざらまし命のみ定めなき世と思はましかば（浮舟七三六、風葉・恋三・九四三）

涙をもほどなき袖にせきかねていかに別れをとどむべき身ぞ（浮舟七三八、物語三四九、風葉・恋二・九〇四）

里の名を我が身に知れば山城の宇治のわたりぞ（風を）いとど住み憂き（浮舟七四七、物語二六九、風葉・雑三・一三六三）

かきくらしはれせぬ峰の雨雲にうきて世をふる身ともなさばや（浮舟七四八、物語三二一）

嘆きわび身をば捨つとも亡き影にうき名流さむことをこそ思へ（浮舟七五二、物語二三九）
からをだに憂き世の中にとどめずはいづこをはかと君も恨みむ（浮舟七五三、物語二九九）
のちにまたあひ見むことを思はなむこの世の夢《(物やみ)》に心まどはで（浮舟七五四、物語三九九）
鐘のおとの絶ゆる響きに音を添へて我が世尽きぬと君に伝へよ（浮舟七五五、物語一三五、無名）
身を投げし涙の川の早き瀬を《(風に)》しがらみかけてたれかとどめし（手習七六七、物語一七九、風葉・雑三・一三六七）
我かくて憂き世の中にめぐるともたれかは知らむ月の都に（手習七六八、物語六七、風葉・雑二・一二八〇）
はかなくて世にふる川のうき瀬には尋ねも行かじ二本の杉（手習七七七、物語三二九、風葉・雑三・一三六八）
心には秋の夕べを《(風と)》分かねどもながむる袖に露ぞ乱るる《(風こぼるる)》（手習七七九、物語二四九、風葉・秋上・二五六）
亡きものに身をも人をも思ひつつ捨ててし世をぞさらに捨てつる（手習七八二、物語一一七）
限りぞと思ひなりにし世の中を《(物つつ)》かへすがへすも背きぬるかな（手習七八三、物語一八一）
かきくらす野山の雪を眺めてもふりにしことぞ今日も悲しき（手習七八九、物語一五三）
雪深き野辺の若菜も今よりは君が為にぞ年もつむべき（手習七九一、風葉・春上・一五）
袖触れし人こそ見えね花の香のそれかとにほふ春のあけぼの（手習七九二、物語一八三、風葉・春上・四四）

②紫上 12首（〔物〕紫の上／〔風〕紫の上）

風吹けばまづぞ乱るる色変はる浅茅が露にかかるささがに（賢木一五一、物語三六一、風葉・秋下・三三九）
別れても影だにとまるものならば鏡を見ても慰めてまし（須磨一七三、風葉・離別・五二八、無名）
惜しからぬ命にかへて目の前の別れをしばしとどめてしがな（須磨一八六、物語九一、風葉・離別・五三〇、無名）
浦人の潮汲む袖に比べ見よ波路隔つる夜の衣を（須磨一九三、物語二七）
浦風やいかに吹くらむ思ひやる袖うちぬらし波間なきころ（明石二一八、物語一〇五）
うらなくも思ひけるかな契りしを松より波は越えじものぞと（明石二三二、風葉・恋四・一〇二三、無名）
氷閉ぢ石間の水はゆきなやみ空すむ月の影ぞながるる（朝顔三一八、風葉・冬・四〇三）

目に近くうつれば変はる世の中を行く末遠く頼みけるかな（若菜上四六三、風葉・恋三・九五二）
身に近く秋や来ぬらむ見るままに青葉の山もうつろひにけり（若菜上四七三、物語三四五、風葉・恋五・一一二八）
住の江《（風すみよし）》の松に夜深く置く霜は神のかけたるゆふかづらかも（若菜下四八七、風葉・神祇・四七二）
消えとまるほどやは経べきたまさかにはちすの露のかかるばかりを（若菜下四九五、風葉・夏・二〇五）
置くと見るほどぞはかなきともすれば風に乱るる萩の上露（御法五五六、物語一二三、風葉・哀傷・六三〇）

③明石君　9首　〔物〕明石の上／〔風〕明石の上

明けぬ夜にやがてまどへる心にはいづれを夢と分きて語らむ（明石二三〇、物語七五）
なほざりに頼め置くめる一ことを尽きせぬ音にやかけてしのばむ（明石二三五、物語七三）
年経つる苫屋も荒れてうき波のかへる方にや身をたぐへまし（明石二三八、物語九三）
数ならぬみ島がくれに鳴く鶴を《（物は）》今日もいかにととふ人ぞなき（澪標二五五、物語三一七）
変はらじと契りしことを頼みにて松の響きに音を添へしかな（松風二九三、物語二五五）
雪深き深山の道《（風さと）》ははれずともなほふみ通へ跡絶えずして（薄雲二九九、風葉・冬・四二四）
末遠き二葉の松に引き別れいつか木高き影を見るべき（薄雲三〇一、物語一六五、風葉・離別・五二四）
年月をまつに引かれて経る人に今日鶯の初音聞かせよ（初音三五四、風葉・春上・八）
大方に《（風の）》荻の葉すぐる《（物わたる）》風のおとも憂き身一つにしむ心地して（野分三八六、物語六一、風葉・秋上・二五九）

④中君　8首　〔物〕兵部卿の宮の上／〔風〕宇治の中君

かざし折る花のたよりに山がつの垣根を過ぎぬ春の旅人（椎本六三五、風葉・春下・八三）
あられ降る深山の里は《（風の）》朝夕にながむる空もかきくらしつつ（総角六七五、風葉・冬・四一四）
暁の霜うち払ひ鳴く千鳥物思ふ人の心をや知る（総角六七七、物語三九一、風葉・冬・三九一）
来し方を思ひ出づるもはかなきを行く末かけて何頼むらん（総角六八二、風葉・恋三・九四七）

この春はたれにか見せむ亡き人のかたみに摘める峰の早蕨（早蕨六八五、物語三三三、風葉・雑一・一一六二）
見る人もあらしに迷ふ山里に昔おぼゆる花の香ぞする（早蕨六八九、物語二〇五）
山里《（物おくやま）》の松の陰にもかくばかり身にしむ秋の風はなかりき（宿木七〇五、物語一四三、風葉・秋上・二五八）
見なれぬる中の衣と頼みしをかばかりにてやかけ離れなむ（宿木七一二、物語二二三、無名）

⑤六条御息所　7首（〔物〕前坊の御息所／〔風〕六条御息所）

影をのみたらし川のつれなきに身のうきほどぞいとど知らるる（葵一〇九、物語二九三）
袖ぬるるこひぢとかつは知りながらおり立つ田子のみづからぞうき（葵一一五、物語一三）
人の世をあはれと聞くも露けきに後るる袖を思ひこそやれ（葵一二〇、物語二二九）
大方の秋の別れも悲しきに鳴く音な添へそ野辺の松虫（賢木一三六、風葉・恋五・一一一二）
そのかみを今日はかけじとしのぶれど《（風おもへども）》心のうちにものぞ悲しき（賢木一三九、物語二三五）
鈴鹿川八十瀬の波にぬれぬれず伊勢までたれか思ひおこせむ（賢木一四一、物語八一）
伊勢島や潮干の潟にあさりてもいふかひなきは我が身なりけり（須磨一九五、物語一〇一）

⑥大君　6首（〔物〕宇治の親王の姫君・宇治の宮の姫君／〔風〕宇治の姉君）

さしかへる宇治の川長朝夕のしづくや袖をくたし果つらむ（橋姫六二九、物語一四七）
色変はる袖をば露の宿りにて我が身ぞさらに置き所なき（椎本六四二、物語一七七、風葉・哀傷・六七五）
雪深き山のかけはし君ならでまたふみ通ふ跡を見ぬかな（椎本六四六、物語一五五、風葉・冬・四三四）
貫きもあへずもろき涙の玉の緒に長き契りをいかが結ばむ（総角六五四、物語二七五）
鳥の音も聞こえぬ山と思ひしを《（風に）》世の憂きことは尋ね来にけり（総角六五六、風葉・雑三・一四〇四）
山姫の染むる心は分かねどもうつろふ方や深きなるらん（総角六五八、風葉・秋下・三四七）

⑦夕顔　5首　〔物〕夕顔の女君・夕顔の君・夕顔の上／〔風〕夕顔の君

山がつの垣ほ荒るとも折々にあはれはかけよ撫子の露（帚木一四、風葉・雑一・一一八九）
心あてにそれかとぞ見る白露の光添へたる夕顔の花（夕顔二六、物語一九）
前の世の契り知らるる身の憂さに行く末かねて頼みがたさよ（夕顔三一、物語二九一）
山の端の心も知らで行く月は上の空にて影や絶えなむ（夕顔三三、物語二三）
光ありと見し夕顔の上露はたそかれ時の空目なりけり（夕顔三五、物語三一一）

⑧藤壺　5首　〔物〕入道后の宮／〔風〕薄雲の女院

世語りに人や伝へむたぐひなく憂き身を覚めぬ夢になしても（若紫六一、物語二四三、風葉・恋二・八七一）
唐人の袖振ることは遠けれど立ち居につけてあはれとは見き（紅葉賀八五、物語一一）
袖ぬるる露のゆかりと思ふにもなほ疎まれぬ大和撫子（紅葉賀八九、物語二九五、風葉・夏・一九七）
九重に霧や隔つる雲の上の月をはるかに思ひやるかな（賢木一五四、物語一三七）
ありし世の名残だになき浦島に立ち寄る波の珍しきかな（賢木一六三、物語二四七）

⑨朧月夜　5首　〔物〕二条の尚侍／〔風〕朧月夜の尚侍

憂き身世にやがて消えなば尋ねても草の原をばとはじとや思ふ（花宴一〇三、物語五、風葉・恋二・九二五）
心からかたがた袖をぬらすかなあくと教ふる声につけても（賢木一四六、物語三七七）
木枯らしの吹くにつけつつ待ちし間におぼつかなさのころも経にけり（賢木一五六、物語二五一）
涙川浮かぶ水泡も消えぬべし流れてのちの瀬をも（風ナシ）待たずて（須磨一七七、物語二五九、風葉断簡）
浦にたく海人だにつつむ恋なればくゆる煙よ行く方ぞなき（須磨一九二、物語五一）

⑩玉鬘　5首　〔物〕玉鬘の尚侍／〔風〕玉鬘の尚侍

行く先も見えぬ波路に舟出して風にまかする身こそうきたれ（玉鬘三四三、風葉・羇旅・五九二）

声はせで身をのみ焦がす蛍こそいふ（風にも）よりまさる思ひなるらめ（蛍三七三、風葉・夏・二〇三）

心もて光に向かふ葵だに朝置く霜をおのれやは消つ（藤袴四〇六、物語五五）

三瀬川渡らぬ先にいかでなほ涙のみをの泡と消えなむ（真木柱四〇八、物語三一七）

若葉さす野辺の小松を引きつれてもとの岩根を祈る今日かな（若菜上四六一、風葉・賀・七一一）

⑪空蝉　4首　〔物〕空蝉の尼君／〔風〕空蝉の尼

身の憂さを嘆くにあかで明くる夜はとり重ねてぞ音も泣かれける（帚木二〇、風葉・恋二・八八六）

数ならぬ伏屋に生ふる名の憂さにあるにもあらず消ゆる帚木（帚木二三、物語三〇七）

空蝉の羽に置く露の木隠れてしのびしのびにぬるる袖かな（空蝉二五、物語三七、風葉・恋五・一〇八三）

とはぬをもなどかとはでほど経るにいかばかりかは思ひ乱るる（夕顔三七、物語二七三）

⑫女三宮　4首　〔物〕二品内親王・二品内親王朱雀院第三・二品内親王女三宮／〔風〕二品内親王

はかなくて上の空にぞ消えぬべき風に漂ふ春の淡雪（若菜上四六六、物語三五七、風葉・春上・一八）

あけぐれの空に憂き身は消えななむ夢なりけりと見てもやむべく（若菜下四九一、物語三二一）

立ち添ひて消えやしなまし憂きことを思ひ乱るる煙比べに（柏木五〇二、物語三一三、無名）

憂き世にはあらぬところのゆかしくて背く山路に思ひこそ入れ（横笛五一三、風葉・雑三・一四〇一）

⑬花散里　3首　〔物〕花散里の上／〔風〕花散里の君

月影の宿れる袖はせばくともとめても見ばやあかぬ光を（須磨一七四、物語三八三、無名）

荒れまさる軒のしのぶをながめつつしげくも露のかかる袖かな（須磨一九八、風葉・雑二・一三一二）

水鶏だにおどろかさずはいかにして荒れたる宿に月を入れまし（澪標二五六、風葉・夏・一九一）

⑭小野妹尼　3首（〔風〕小野の尼）

移し植ゑて思ひ乱れぬ女郎花憂き世を背く草の庵に（手習七七〇、風葉・雑一・一二〇〇）

秋の野の露分けきたる狩衣むぐらしげれる宿にかこつな（手習七七二、風葉・秋上・二五三）

山里の雪間の若菜摘みはやしなほ生ひ先の頼まるるかな（手習七九〇、風葉・春上・一四）

⑮桐壺更衣母　2首（〔物〕桐壺の更衣の母）

いとどしく虫の音しげき浅茅生に露置き添ふる雲の上人（桐壺四、物語一〇九）

荒き風防ぎし陰の枯れしより小萩が上ぞ静心なき（桐壺五、物語一二七）

⑯北山尼君　2首（〔物〕故右衛門督室紫の上祖母／〔風〕按察大納言の北の方）

枕ゆふ今宵ばかりの露けさを深山の苔に比べざらなむ（若紫四八、物語三六九）

あらし吹く尾上の桜散らぬ間を心とめけるほどのはかなさ（若紫五七、風葉・春下・一〇二）

⑰源典侍　2首（〔物〕源典侍／〔風〕源典侍）

立ちぬるる人しもあらじ東屋にうたてもかかる雨そそきかな（紅葉賀九二、物語二一三）

悔しくもかざしけるかな名のみして人頼めなる草葉ばかりを（葵一一四、風葉・恋五・一〇六九）

⑱明石尼君　2首（〔物〕明石の尼君／〔風〕明石の尼）

身を変へてひとり帰れる（物ふる）山里に聞きしに似たる松風ぞ吹く（松風二八八、物語一四五）

昔こそまづ忘られね住吉の神のしるしを見るにつけても（若菜下四八六、風葉・神祇・四七一）

⑲**明石中宮　2首**〔〔風〕中宮・明石の中宮〕
引き別れ年は経れども鶯の巣立ちし松の根を忘れめや（初音三五五、風葉・春上・九）
秋風にしばしとまらぬ露の世をたれか草葉の上とのみ見む（御法五五八、風葉・哀傷・六三二）

⑳**落葉宮　2首**〔〔物〕朱雀院の第二内親王／〔風〕女二の宮〕
山がつ《(風やまざと)》の籬をこめて立つ霧も心空なる人はとどめず（夕霧五二七、風葉・秋下・三一三）
我のみや憂き世を知れるためしにてぬれ添ふ袖の名をくたすべき（夕霧五二八、物語四三）

㉑**雲居雁　2首**〔〔物〕右大臣の上〕
あはれをもいかに知りてか慰めむあるや恋しきなきや悲しき（夕霧五三六、物語三六五）
人の世の憂きをあはれと見しかども身にかへむとは思はざりしを（夕霧五五一、物語四七）

㉒**中将君　2首**〔〔物〕六条院の中将／〔風〕六条院の中将〕
さもこそはよるべの水に水草ゐめ今日のかざしよ名さへ忘るる（幻五七三、物語一七一）
君恋ふる涙は際もなき《(風なかりけり)》ものを今日をば何の果てといふらん（幻五八〇、風葉・哀傷・六八〇）

㉓**桐壺更衣　1首**〔〔物〕桐壺の御息所／〔風〕源氏の桐壺の更衣〕
限りとて別るる道の悲しきにいかまほしきは命なりけり（桐壺一、物語八七、風葉・哀傷・六五二）

㉔**秋好中宮　1首**〔〔風〕冷泉院后宮〕
心から春待つ園は我が宿の紅葉を風のつてにだに《(風ても)》見よ（少女三三六、風葉・秋下・三四八）

㉕一条御息所　1首（〔物〕一条御息所／〔風〕一条御息所）

露しげきむぐらの宿にいにしへの秋に変はらぬ虫の声かな（横笛五一七、物語三三五、風葉・雑一・一二〇八）

㉖軒端荻　1首（〔物〕伊予介朝臣の女）

ほのめかす風につけても下荻の半ばは霜に結ぼほれつつ（夕顔四〇、物語三一）

㉗真木柱　1首（〔風〕紅梅右大臣の北の方）

今はとて宿かれぬとも慣れきつる真木の柱は我を忘るな（真木柱四一二、風葉・雑三・一三八六）

㉘靫負命婦　1首（〔物〕靫負の命婦、〔風〕靫負の命婦）

鈴虫の声の限りを尽くしても長き夜あかずふる涙かな（桐壺三、物語三〇一、風葉・秋下・二九九）

㉙中川女　1首（〔風〕よみ人知らず）

ほととぎすこととふ（風かたらふ）声はそれなれど（風ながら）あなおぼつかな五月雨の空（花散里一六七、風葉・夏・一七八）

㉚少弐娘　1首（〔風〕前の小弐女）

舟人もたれを恋ふとか大島のうら悲しげに声の聞こゆる（玉鬘三三八、風葉・羇旅・五九一）

㉛秋好中宮の女房　1首（〔風〕よみ人知らず）

春の日のうららにさして行く舟は棹のしづくも（風に）花ぞ散りける（胡蝶三六一、風葉・春下・一一〇）

㉜小侍従　1首　〔風〕二品内親王家の小侍従

今更に色にな出でそ山桜およばぬ枝に心かけきと（若菜上四八二、風葉・恋五・一〇六一）

㉝藤典侍　1首　〔物〕藤典侍、〔風〕藤典侍

数ならば身に知られまし世の憂さを人のためにもぬらす《(風ぬるる)》袖かな（夕霧五五〇、物語四五、風葉・恋四・九八二）

㉞巣守三位　1首　〔風〕一品内親王家の三位

松風をおとなふものと頼みつつ寝覚めせられぬ暁ぞなき（不明、風葉・雑三・一三九四）

あとがき

今を去ること十五年ほど前、久富木原玲さんと小嶋菜温子さんと私の三人で、勉強会をしばしば行っていた。『源氏物語』の言葉や主題、和歌との関わりなど、各自の研究テーマを持ち寄っての会は、自由に意見を述べ質問できる楽しく有意義な場であった。その席で、人物によって歌の詠みぶりに特徴があるように書かれているはずだ、しかし、私たちにはそれが見えない、平安時代の読者ならば自然に理解できたであろうのに、というようなことが話題になったと記憶する。歌の研究者ならば特徴が見えるのではないか、教えていただきたいものだと発言したと思う。

月日は流れたが、歌を人物造型の視点から考察する研究は、特殊な人物を除いては、あまりなされていないように思う。『源氏物語』の歌を考えるうえで重要な切り口ではないか、人物に注目することによって見えてくるものがきっとあるはずだ、ということで三人の意見が一致し、人物と歌の関わりを網羅的に見渡すべく一書を編む計画が立てられた。執筆は、それぞれの分野に造詣の深い方々にお願いした。

歌については、従来、先行物語の歌や『源氏物語』の他の歌などと、同一の引き歌や歌語が用いられていることに着目し、歌の内容や存在意義を考察する論が多いように思う。本書では、そのような論とともに、歌が存在すること・しないことの意味や、贈歌であるのか答歌であるのかといった歌の存在のあり方を考察する論が目立った。歌が詠まれる場や時の分布のあり方から、ある人物の人生の特殊性や微妙な人間関係を発見したり、物語の変化を跡づけたりすることが可能になるのであった。これは、今後の研究の一つの方向性を示していよう。

第一部での主要人物と歌についての総括的な考察に加えて、第二部で取り上げた、地位や役柄といった枠組みから歌の役割を探るというテーマは本書の新機軸であった。登場回数が少なく、これといった特徴もないような人物たちの歌についての論をお願いした方々には、大変なご苦労をおかけしたことと思う。従来あまり注目されてこなかった人物や歌に照明を当てることによって、『源氏物語』の、細部に至るまでの緻密な構成・表現のあり方が浮き彫りになった。地位・役柄によって、詠まれる歌の性質に共通するところがあることも明らかになった。また、第一部の論文にも多くの新解釈があるが、第二部は注目されることの少ない人物や歌を扱うだけに、個々の歌および歌の詠まれた場面の読解が深まり、斬新な解釈が生み出された。これも、本書の成果の一つといえよう。

本書に蓄積された人物と歌に関する論文が相互に刺激し合って、『源氏物語』と歌の研究の新たな可能性が広がっていくであろう。たとえば、本書の複数の論文を通じて、桐壺帝と藤壺、朱雀院と朧月夜、玉鬘と鬚黒、匂宮と六の君の贈答歌が存在しないことがあぶり出された。歌がないことは、その人物間に心の交流がないことを示すという見解もあるが、歌の不在によって、歌が存在する源氏と藤壺、源氏と朧月夜、源氏と玉鬘、匂宮と中の君が焦点化されているといえよう。贈答歌によって場面を構成することの意味を鋭く示すものといえよう。また、一見重要とは思われない歌の贈答にも注意すべきだとする問題提起もあった。

巻末の「『源氏物語』人物別和歌一覧」も労作であり、作中歌のみならず、『源氏物語』そのものの享受を研究するための基礎的なデータとして有意義なものである。

本書を編むことを通じて、問題を皆で共有することによって、研究は進んでいくものなのだということを改めて感じている。『源氏物語』と歌、ひいては語りと歌という大きな問題について、本書が新たな道標となることができるとすれば、私たち三人にとって、これ以上うれしいことはない。お忙しいなか、問題提起に富んだ貴重な論考をお寄せくださった方々に篤く御礼を申し上げたい。

最後に、本書の出版を快くお引き受けくださった翰林書房の今井肇・静江ご夫妻に心より感謝申し上げる。

二〇〇九年三月

池田節子

執筆者紹介（あいうえお順）

青木賜鶴子（あおき・しづこ）大阪府立大学准教授。『八雲御抄の研究　枝葉部・言語部』（共著、和泉書院）、『八雲御抄の研究　正義部・作法部』（共著、和泉書院）、『伊勢物語絵巻絵本大成』（共著、角川学芸出版）

青木慎一（あおき・しんいち）一九八二年生、立教大学大学院博士課程後期課程。「夕霧の「生ひ先」」（『立教大学日本文学』第九十九号）、「「松風」・「薄雲」巻における明石姫君」『源氏物語〈読み〉の交響』（新典社）

秋澤亙（あきざわ・わたる）一九六二年生、國學院大學教授。『源氏物語の准拠と諸相』（おうふう）、「校異から見た官職」（『源氏物語の新研究』新典社）、「谷崎源氏と玉上琢彌」（『國學院雑誌』一〇九巻第十号）

池田節子（いけだ・せつこ）一九五五年生、駒沢女子大学准教授。『源氏物語表現論』（風間書房）、「源氏物語の生誕―産養を中心に」（『王朝文学と通過儀礼』竹林舎）

井野葉子（いの・ようこ）青山学院大学非常勤講師。「〈隠す／隠れる〉浮舟物語」（『源氏研究』第六号、翰林書房）、「浮舟の山橘」（『論叢源氏物語4』新典社）、「手習巻の「引板」」（『日本文学』二〇〇八年八月）

今井久代（いまい・ひさよ）一九六二年生、東京女子大学准教授。『源氏物語構造論―作中人物の動態をめぐって―』（風間書房、二〇〇一年）、「横川の僧都の人物像をめぐって」（「国語と国文学」二〇〇二年五月号）

久富木原玲（くふきはら・れい）一九五一年生、愛知県立大学教授。『源氏物語　歌と呪性』（若草書房）、『源氏物語の変貌―とはずがたり・たけくらべ・源氏新作能の世界』（おうふう）『和歌とは何か』（編著、有精堂）

久保朝孝（くぼ・ともたか）愛知淑徳大学教授『新講源氏物語を学ぶ人のために』（共編著／世界思想社）『悲恋の古典文学』（編著／世界思想社）『端役で光る源氏物語』（共編著／世界思想社）

小嶋菜温子（こじま・なおこ）一九五二年生、立教大学教授、『源氏物語の性と生誕』（立教大学出版会）、『源氏物語批評』（有精堂）、『源氏物語と江戸文化』（共編著、森話社）、『源氏物語と和歌を学ぶ人のために』（同、世界思想社）、『源氏物語と和歌』（同、青簡舎）

陣野英則（じんの・ひでのり）一九六五年生、早稲田大学教授。『源氏物語の話声と表現世界』（勉誠出版）、『テーマで読む源氏物語論』全三巻（共編著、勉誠出版）、『平安文学の古注釈と受容』第一集（共編著、武蔵野書院）

鈴木宏子（すずき・ひろこ）一九六〇年生、千葉大学教授。『古今和歌集表現論』（笠間書院）、「若紫巻と古今集」（『源氏物語と和歌』青簡舎）、「幻巻の時間と和歌」（『源氏物語の新展望』第三集　三弥井書店）

鈴木裕子（すずき・ひろこ）駒澤大学教授。『『源氏物語』を〈母と子〉から読み解く』（角川書店）、「『源氏物語』の僧侶像――横川の僧都の消息をめぐって――」（『駒澤大学佛教文學研究』第八号）

高木和子（たかぎ・かずこ）一九六四年生、関西学院大学文学部教授。『源氏物語の思考』（風間書房）、『女から詠む歌　源氏物語の贈答歌』（青簡舎）、『男読み　源氏物語』（朝日新書）

高田祐彦（たかだ・ひろひこ）一九五九年生、青山学院大学教授。『源氏物語の文学史』（東京大学出版会）、『源氏物語ゼミナール』（共著、青簡舎）、『〈うた〉をよむ』（共著、三省堂）

高野晴代（たかの・はるよ）一九五一年生、日本女子大学教授。「贈答歌の方法―『竹取物語』をめぐって―」（『古筆と和歌』笠間書院）、「光源氏物語の終幕―贈歌不在の視点から」（『源氏物語と和歌』青簡舎）

高橋亨（たかはし・とおる）一九四七年生、名古屋大学教授。『源氏物語の詩学』（名古屋大学出版会）、『物語と絵の遠近法』（ぺりかん社）

津島知明（つしま・ともあき）一九五九年生、國學院大學・青山学院女子短期大学・駒澤大学・白百合女子大学ほか非常勤講師。『動態としての枕草子』（おうふう）、『ウェイリーと読む枕草子』（鼎書房）

橋本ゆかり（はしもと・ゆかり）大妻女子大学非常勤講師。『源氏物語の〈記憶〉』（翰林書房）、『人物で読む源氏物語　花散里・朝顔・落葉の宮』（共著、勉誠出版）。

長谷川範彰（はせがわ・のりあき）一九七八年生、立教大学大学院博士課程後期課程。「『源氏物語』と「後朝の別れの歌」序説」（『源氏物語と和歌』青簡舎）、「『源氏物語』における通過儀礼と和歌」（『王朝文学と通過儀礼』竹林舎）

馬場淳子（ばば・じゅんこ）一九七四年生、立教大学兼任講師。「窪俊満画「とりかへばやものがたり」について―メトロポリタン美術館蔵林忠正収集摺物帖「春雨集」より―」（『古代中世文学論考』第20集、新典社）

針本正行（はりもと・まさゆき）一九五一年生、國學院大學教授。『平安女流文学の研究』（桜楓社）、『平安女流文学の表現』（おうふう）、『源氏物語事典』（共編、大和書房）

松岡智之（まつおか・ともゆき）一九六八年生、静岡大学准教授。「『源氏物語』の文章の形成」（『文学』（隔月刊）第七巻第五号）

横溝博（よこみぞ・ひろし）一九七一年生、秀明大学専任講師。『平安文学の古注釈と受容』第一集（共編、武蔵野書院）、『九曜文庫蔵奈良絵本・絵巻集成　竹取物語絵巻』（共編、勉誠出版）

室城秀之（むろき・ひでゆき）一九五四年生、白百合女子大学教授。『うつほ物語　全』（おうふう）『うつほ物語の表現と論理』（若草書房）、『新版落窪物語』（角川学芸出版）、『源氏物語入門』（共編、角川学芸出版）

吉井美弥子（よしい・みやこ）一九五九年生、桐朋学園芸術短期大学教授。『〈みやび〉異説――『源氏物語』という文化』（編著、森話社）、『源氏物語事典』（共編著、大和書房）、『読む源氏物語　読まれる源氏物語』（森話社）

吉野瑞恵（よしの・みずえ）駿河台大学教授。「『端近』なる女君たち―女三宮と浮舟をめぐって―」（『源氏研究』第七号）、「日記と日記文学の間―『蜻蛉日記』の誕生をめぐって」（『国語と国文学』第七三巻第三号）

源氏物語の歌と人物

発行日	2009年5月20日　初版第一刷
編　者	池田節子 久富木原玲 小嶋菜温子
発行人	今井　肇
発行所	翰林書房

〒101-0051 東京都千代田区神田神保町 1-14
電　話　(03)3294-0588
FAX　(03)3294-0278
http://www.kanrin.co.jp
Eメール● Kanrin@nifty.com

印刷・製本	シ ナ ノ

落丁・乱丁本はお取替えいたします

ISBN978-4-87737-284-2